suhrkamp taschenbuch 5383

Wie hypnotisiert nimmt der Dokumentarfilmer Niall mit der Handy-kamera auf, wie zwei Männer mit Macheten einen Soldaten in Zivil niedermetzeln. Die beiden Täter bemerken die Kamera, bekennen sich im Namen Allahs zu dem Mord und schwenken stolz die Flagge des Islamischen Staats. Ab diesem Moment ist Nialls Leben nicht mehr, wie es war. Er nimmt den Auftrag an, eine Dokumentation über den Terrorakt zu drehen, und weiß nicht, dass er mit grausa-mer Absicht für diese besondere Aufgabe ausgewählt wurde ...

Zoë Beck ist Schriftstellerin, Übersetzerin, Verlegerin und Synchron-regisseurin für Film und Fernsehen. Sie lebt und arbeitet in Berlin. Zoë Beck zählt zu den wichtigsten deutschen Krimiautor:innen und wurde mit zahlreichen Preisen, unter anderem mit dem Friedrich-Glauser-Preis, dem Radio-Bremen-Krimipreis und dem Deutschen Krimipreis, ausgezeichnet.

Zuletzt erschienen: *Die Lieferantin* (st 4964), *Paradise City* (st 5157) und *Memoria* (st 5292).

Zoë Beck

SCHWARZBLENDE

Thriller

Suhrkamp

Der vorliegende Text ist eine Neuauflage des 2014
unter demselben Titel beim Wilhelm Heyne Verlag, München,
erschienenen Romans.

Klimaneutral
Druckprodukt
ClimatePartner.com/14438-2110-1001

Erste Auflage 2024
suhrkamp taschenbuch 5383
Neuausgabe
© Suhrkamp Verlag AG, Berlin, 2024
Alle Rechte vorbehalten.
Wir behalten uns auch eine Nutzung des Werks
für Text und Data Mining im Sinne von § 44b UrhG vor.
Umschlaggestaltung: zero-media.net, München
Umschlagfoto: Howard Kingsnorth/Stone/Getty Images
Druck und Bindung: CPI books GmbH, Leck
Printed in Germany
ISBN 978-3-518-47383-2

www.suhrkamp.de

SCHWARZBLENDE

This is a simple story of good and evil,
light and dark,
white and black.
»Sun«, Hofesh Shechter Company

MITTWOCH

1

Niemand lief mit einer Machete durch London.

Abgesehen von den beiden Männern, die gerade an ihm vorbeigingen. Niall lehnte an der Brückenbrüstung, er hatte Fotos von der Stelle gemacht, an der einst der Fluss Effra in die Themse geflossen war, als sich einer der beiden nach ihm umdrehte. Der Blick des Mannes blieb eine Sekunde zu lang an ihm hängen. Er sah ihn an, auffordernd, so kam es ihm zumindest vor. Vielleicht wollte er ihn provozieren, herausfordern, hey, sieh mal, was wir uns trauen, und niemand hält uns auf. In dieser Stadt, die nicht einmal Mülleimer in der Nähe von Regierungsgebäuden zuließ, aus Angst, jemand könne darin eine Bombe platzieren, ganz so, als sei dies nur in Mülleimern möglich.

Niall hätte eigentlich noch zu tun gehabt. Den Dreh nächste Woche vorbereiten. Sich weiter umsehen, was er filmen würde, welche Kamerafahrten er plante, welche Motive sich eigneten. Dann einkaufen, nach Hause fahren ... Eigentlich. Aber jetzt folgte er den beiden. Er war unruhig wegen der Macheten. Und irgendwie auch neugierig. So ein unterirdischer Fluss lief ihm außerdem nicht weg.

Die Männer gingen auf das südliche Themseufer zu, unter der Bahnbrücke durch, bogen links ab, ein Stück am Park entlang. Sie schienen es nicht besonders eilig zu haben. Manchmal kamen ihnen Leute entgegen, aber niemand achtete auf die beiden. Alle richteten ihre Blicke nur auf den eigenen Weg. Auf das eigene Leben.

Schauspieler, dachte Niall. Auf dem Weg zur Probe oder

zum Dreh. Aber brachten Schauspieler ihre Requisiten selbst mit? Eine kleine Truppe, vielleicht. Oder Angeber, die etwas beweisen wollten. Eine Mutprobe, wie bei einem Junggesellenabschied, nur eben nichts Albernes, sondern etwas mit Waffen. Irgendeinen Grund würde es geben. Ob er die Polizei rufen sollte? Besser noch abwarten, wenigstens ein paar Minuten. Schließlich taten sie keinem was und wirkten auch nicht bedrohlich, trotz der Macheten. Sie trugen die Waffen allerdings mit einer Selbstverständlichkeit, als handele es sich um Spielzeug. Es könnte Spielzeug sein. Niall machte unauffällig ein paar Fotos von den beiden. Sonst würde es ihm später niemand glauben.

Von hinten hätten die beiden Brüder sein können. Ähnliche Größe, ähnliche Statur, beide trugen sie Jeans und Sneaker, beide hatten ähnlich geschnittene kurze schwarze Haare, tief gebräunte Haut, gepflegte Bärte, soweit Niall das beurteilen konnte. Der eine trug ein grünes T-Shirt, der andere ein blaues, anders waren sie nicht voneinander zu unterscheiden, nicht von hinten auf die Entfernung.

Sie bogen in den Park ein, wurden noch langsamer, blieben stehen. Sie sprachen miteinander, aber das hatten sie die ganze Zeit schon getan, immer mal wieder. Sie hatten sogar gelacht. Einmal hatten sie sich auch nach ihm umgedreht, ihn zur Kenntnis genommen, sich nicht aus der Ruhe bringen lassen.

Niall hatte die ganze Zeit das Smartphone in der Hand, bereit, den Notruf zu wählen. Aber es geschah nichts. Die Machetenmänner standen herum und wirkten gut gelaunt, so als würden sie auf jemanden warten. Niall schätzte, dass sie etwas jünger waren als er. Nicht viel jünger. Mitte oder Ende zwanzig. Durchtrainiert, alle beide. Der mit dem blauen Shirt sah ziemlich gut aus: gleichmäßige offene Gesichtszüge, große wache Augen. Der mit dem grünen Shirt wirkte durch seine schmaleren Lippen und die enger zusammenstehenden Augen etwas verschlossener. Wieder sprachen sie miteinander, lachten, sahen sich manchmal um.

Zwei Jogger quälten sich durch den Park. Eine junge Frau schob einen Kinderwagen, neben ihr eine weitere Frau, etwa im selben Alter. Ein Typ schritt an Niall vorbei quer über den Rasen.

Es störte sich immer noch keiner an den Macheten. Spielzeugschwerter, davon war Niall mittlerweile überzeugt. Sie trafen sich hier im Park zu irgendwelchen Rollenspielen. Gleich würden ihre Freunde kommen, ebenfalls mit Spielzeugwaffen, vielleicht sogar in Verkleidung. Alles harmlos. Gut, dass er nicht die Polizei gerufen hatte, er hätte sich nur blamiert. Niall machte noch ein paar Aufnahmen von den beiden. Dann drehte er sich weg und ging.

Er hatte den Park schon fast verlassen, als er jemanden schreien hörte. Es waren Angstschreie, dann riefen mehrere Stimmen durcheinander. Er sah sich um. Die Machetenmänner bedrohten jemanden. Es war der Junge, der so entschlossen an ihm vorbeigegangen war. Er hatte die Hände erhoben, wie um sich zu ergeben, und rief immer wieder: »Lasst mich.« Dabei war er viel größer als die beiden, durchtrainiert, und trotzdem unsicher und verletzlich. Er war allein, sie zu zweit und bewaffnet. Sie hielten ihn mit ihren Macheten in Schach. Einer stand vor ihm, der andere hinter ihm, beide hatten die Knie leicht gebeugt, als wären sie bereit zum Sprung, hatten die Arme ausgebreitet, die Waffen als Verlängerung, zur Umarmung bereit.

Die Jogger waren nicht weit von Niall entfernt stehen geblieben und sahen in Richtung der drei.

Niall hatte sein Smartphone immer noch in der Hand, um die Polizei zu rufen, aber dann tippte er auf das Symbol für die Kamera.

»Ruft die Polizei«, sagte er zu den Joggern.

Beide tasteten zeitgleich nach ihren Telefonen.

»Warum rufen Sie nicht an?«, fragte der eine, während der andere schon den Notruf wählte. »Sie haben das Ding doch in der Hand.«

»Ich filme«, sagte Niall.

»Spinner«, sagte der andere.

Der im blauen Shirt holte mit der Machete aus und zielte auf den Hals des Jungen, traf aber seinen zum Schutz erhobenen linken Arm. Der Junge schrie vor Schmerz, wich zurück und krümmte sich. Mit der rechten Hand drückte er auf die blutende Stelle am linken Oberarm. Der mit dem grünen Shirt stand daneben, filmte ebenfalls mit dem Smartphone. Niall hörte, wie er zu seinem Freund sagte: »Noch mal, du musst weitermachen.« Er sagte es, als würde er Anweisungen zur Reparatur eines Motorrads geben.

»Ich mach doch«, sagte der im blauen Shirt und trat dem Verletzten gegen die Knie, der daraufhin ins Gras fiel und seine Angreifer zwischen Schmerzensschreien verfluchte. Dann beugte sich das blaue Shirt über den Jungen und hackte auf ihn ein.

Der im grünen Shirt sagte: »Ja. Richtig. Du machst das gut.«

»Ich weiß.« Der andere klang gereizt. Er hackte weiter, bis die Schmerzensschreie seines Opfers abrupt abrissen. Er hackte auch danach immer noch weiter, aber nicht mehr so motiviert, als fehlten ihm die Schreie.

»Das dauert«, sagte der mit dem Smartphone.

»Ich weiß«, sagte der andere wieder. Seine Bewegungen bekamen etwas Träges. Zum Schluss stocherte er mit der Spitze der Klinge an dem Toten herum. Sein Freund lief um ihn herum und filmte weiter, bis er aufhörte und die Machete gelangweilt durch die Luft schwang. Blut tropfte von der Klinge und von seinen Händen. Sein Shirt war ebenfalls voller Blutspritzer, und auf seinem Gesicht mischten sich Schweißperlen mit dem Blut des Jungen.

Der mit dem grünen Shirt ließ das Handy sinken, nickte ihm anerkennend zu und legte ihm eine Hand auf die Schulter. Dann sah er zu Niall und den Joggern, zu den anderen Menschen, die ein Stück hinter Niall stehen geblieben waren. Schaulustige. Die Faszination des Todes. Sie war immer stärker als die Angst.

»Wir haben Besuch«, sagte der im grünen Shirt.

Der Mörder folgte seinem Blick und richtete sich zu voller Größe auf. »Das ist gut.«

2

»Hey«, sagte das grüne Shirt zu einem der Jogger. »Hey! Was machst du mit dem Handy?«

Der Mann, der die Polizei gerufen hatte, ließ das Telefon fallen und hob die Arme. »Nichts, nichts.«

Der in Grün hob seine Machete und ging auf ihn zu. »Nichts? Willst du mich verarschen? Hast du telefoniert?«

Der Jogger machte sich in die Hose. Sein Begleiter stöhnte auf, vor Entsetzen oder weil es ihm peinlich war. Statt ihm zu helfen, war er zurückgewichen.

»Telefonieren ist scheiße. Ihr sollt Respekt haben. Nicht telefonieren.« Er stellte sich direkt vor den Jogger. »Du sollst dir genau ansehen, was wir machen. Hast du gehört? Nicht telefonieren. Das ist scheiße.«

Der Jogger wimmerte.

Niall rief: »Er hat nichts gemacht. Ich hab's gesehen.«

Er hielt die Kamera weiter auf den Machetenmann gerichtet, merkte aber, dass ihm schwindlig wurde.

»Du!«, rief der im grünen Shirt. »Du hast aufgepasst, ja?« Er ließ die Machete sinken. »Hast du das alles aufgenommen?«

Niall nickte.

»Alles?«

»Ja.«

»Gut. Warte. Geh nicht weg.« Er zog etwas aus der Hosentasche, ein Stück Stoff, das er auseinanderfaltete. Ein schwarzes Rechteck, oben in Weiß arabische Schriftzeichen, darunter ein weißer Kreis, ebenfalls mit Schriftzeichen. Die Flagge des Islamischen Staats. Er ging zurück zu seinem Freund und dem Toten, stellte sich vor die beiden und schwenkte das Tuch.

»Ist das drauf? Hast du's?«

Niall nickte. Er hatte Angst. Einerseits zog ein Fluchtreflex an ihm. Andererseits wollte er bleiben und sehen, wie es weiterging.

»Komm näher«, sagte der mit der Flagge.

Niall gehorchte. Er war kein Deut besser als alle anderen, die stehen geblieben waren, aber bei ihm kam noch etwas hinzu: eine Art Pflichtgefühl. Er hatte alles, was geschehen war, dokumentiert, und jetzt war es seine Aufgabe, die beiden abzulenken, von den Joggern, von den anderen Menschen, die hinzugekommen waren, von den Frauen mit dem Kinderwagen, die immer noch im Park waren, anstatt sich und das Kind in Sicherheit zu bringen. Niall konzentrierte sich auf seine Angst, wusste, dass er sie nutzen musste wie ein Schauspieler sein Lampenfieber.

»Ihr kämpft für den Islamischen Staat?«, fragte er.

»Ja!«, rief der andere stolz und schwenkte noch einmal mit Hingabe die Flagge.

Der Mann in Blau schob ihn beiseite, dabei hinterließ er einen Blutabdruck auf dessen Shirt. Er ging direkt auf Niall zu und sah in die kleine Smartphone-Kamera. Niall hatte Mühe, ruhig stehen zu bleiben. Seine Instinkte riefen ihm zu: abhauen. Er hatte schon andere Raubtiere vor der Kamera gehabt und sie beim Töten gefilmt, aber keines war ihm so nah gekommen. Er stellte sich breitbeinig hin, um seinem Körper die Illusion von Stabilität zu geben, und hielt das Smartphone mit beiden Händen. Die Aufnahme verwackelte trotzdem.

»Wir haben einen Soldaten getötet.« Der Mann zeigte mit der blutigen Machete auf den Toten im Gras. Nialls Blick und die Kamera folgten der Geste. Der Junge am Boden hatte sehr akkurat und kurz geschnittenes, hellbraunes Haar. Er war höchstens Anfang zwanzig. In jedem Fall jünger als Niall, auch jünger als die beiden Männer. Er trug normale Kleidung. Nichts wies darauf hin, dass er Soldat war. Vom Haarschnitt einmal abgesehen, aber dieser Kurzhaarschnitt konnte alles bedeuten. So wie die Bärte der beiden anderen auch alles Mögliche hätten bedeuten können.

»Wir haben einen britischen Soldaten getötet, weil wir im Krieg sind.«

»Welcher Krieg? Meinst du den Dschihad?«

»Wir befinden uns im Krieg gegen alle, die den Islamischen Staat nicht anerkennen.«

»Ihr seid Dschihadisten?« Nialls Hände waren jetzt ruhiger, dafür klang seine Stimme etwas kratzig.

Der Grüne hob den rechten Zeigefinger und grinste in die Kamera. Der Blaue sagte: »Wir töten eure Soldaten, weil ihr unsere Soldaten getötet habt. Wir nehmen euch die Frauen, wie ihr uns die Frauen genommen habt. Wir machen eure Kinder zu Waisen, wie ihr unsere Kinder zu Waisen gemacht habt.« Er veränderte leicht seine Position und warf seinem Freund einen kurzen Blick zu. Der nickte ihm zu. Der Blaue fuhr fort: »Wir unterstützen die Errichtung des Islamischen Kalifats und tun, was Abu Bakr al-Baghdadi verlangt. Es ist unser Wunsch, seine Soldaten zu sein. Wir fordern die Befreiung aller Palästinenser. Ihr habt Palästina besetzt und die Juden dorthin geholt. Ihr kommt

in unsere Länder und tötet Frauen und Kinder und Zivilisten. Wir töten eure Soldaten. Dieser Mann«, wieder zeigte
er mit der Spitze der Machete auf den Toten, »hat unsere
Frauen und Kinder und Zivilisten getötet. Wir dürfen ihn
töten. Es ist unsere Aufgabe.«

»Habt ihr ihn gekannt?«

»Er war Soldat.«

»Woher wusstet ihr das?«

»Er war Soldat«, wiederholte der Blaue und trat einen
Schritt auf Niall zu.

Niall ließ die Kamera sinken.

Der Mann mit der blutigen Machete sagte: »Das soll jeder sehen. Stell das ins Internet.«

»Was?«

»YouTube«, rief der in Grün.

»Okay«, sagte Niall. Er schluckte ein paarmal, weil er
glaubte, Druck auf den Ohren zu haben, wie beim Fliegen,
aber es wurde nicht besser.

»Lass laufen. Dreh weiter«, sagte der in Blau.

Niall zielte mit dem Smartphone wieder auf die beiden.

Der mit dem grünen Shirt ging vor der Leiche auf und
ab, fuchtelte ein paar Mal mit seiner Machete in Richtung
der Jogger, um die sich weitere Passanten gruppiert hatten.

Ich muss weiter mit ihnen reden, dachte Niall. Wenn
sie reden, sind sie abgelenkt. Dann kippen sie ihren Wahnsinn in die Kamera und lassen die Leute in Ruhe. Er dachte
noch darüber nach, was er fragen sollte, da rief der in Grün
etwas.

»Takbīr!«

»Allāhu akbar!«, antwortete der Blaue.

Niall sagte schnell: »Wo kommt ihr eigentlich her? Ihr seid doch aus London?«

Der Mann zögerte. Niall betrachtete sein Gesicht auf dem kleinen Display, weil er es nicht wagte, ihn direkt anzusehen. Der Mann wirkte vollkommen normal auf ihn. Ruhig, gelassen. Er hatte dunklere Haut und schwarzes Haar, könnte Araber sein. Vielleicht auch nicht. Er sprach mit unverfälschtem Südlondoner Akzent.

»Palästina«, sagte der im blauen Shirt endlich. »Wir wurden von euch Briten besetzt und unterdrückt, ihr habt uns unser Land genommen.«

»Ihr seid beide aus Palästina?« Niall hörte, wie sich Polizeisirenen näherten. »Dein Freund auch?«

»Wir fordern die Errichtung des Islamischen Kalifats in unserer Heimat.«

»Er kommt auch aus Palästina?«

»Türkei«, rief der im grünen Shirt.

»Türkei?«

»Wenn die türkische Regierung weiter das Wasser des Euphrat kontrolliert, um unsere Brüder im Islamischen Staat zu erpressen, müssen wir Istanbul befreien!« Er schwenkte die schwarze Flagge und stellte sich zu seinem Freund, dem Palästinenser.

»Wir befinden uns im Krieg mit den Streitkräften der Ungläubigen, mit allen Ungläubigen«, sagte der Palästinenser. Der im grünen Shirt reichte ihm die Flagge. Dann ging er zurück, beugte sich über den Toten, stieß ihn mit der Fußspitze an.

»Komm her«, sagte der Türke zu Niall. »Komm, ich zeig dir was. Na los. Und immer schön weiterfilmen.«

Niall näherte sich ihm langsam, achtete darauf, dem Palästinenser nicht zu nahe zu kommen und weiterhin beide im Auge und im Bild zu behalten. Er hätte sich darüber keine Sorgen machen müssen: Der Palästinenser stellte sich zu seinem Freund und hielt mit beiden Händen die Flagge hoch wie vorher der Türke. Die blutverschmierten Hände, die die schwarze Flagge mit den weißen Zeichen hielten, die Machete mit den blutroten Schlieren, die er weiter in einer Hand umklammert hier, sodass es aussah, als sei die Flagge daran befestigt. Archaisch der Triumph des Mannes, der gerade getötet hatte, für seinen Glauben, sein Land, sich. Er stolzierte neben der Leiche auf und ab. Demonstrierte Sieg, Macht, Überlegenheit. Ein großartiges Bild. Eine schreckliche Erinnerung an jeden Krieg in der Geschichte.

Der Mann im grünen Shirt brachte sich in Position: Breitbeinig stand er neben dem Kopf des Toten. Er umklammerte die Machete fest mit beiden Händen, holte aus und ließ sie auf den Hals des Toten niedersausen. Blut spritzte, und er hackte immer weiter, brüllte nun bei jedem Schlag nach seinem Gott.

Niall zwang sich, das Smartphone weiter so zu halten, dass er alles im Bild hatte, aber er schaffte es nicht, direkt hinzusehen. Am liebsten wäre er weggerannt. Hinter sich hörte er entsetzte Schreie. Er warf einen Blick über die Schulter. Immer mehr Menschen waren gekommen. Sie standen eng aneinandergedrängt in kleinen Gruppen, starrten ängstlich und fassungslos, hatten die Hände vors Gesicht geschlagen. Einige übergaben sich, ein Mann war ohnmächtig geworden.

Niall schloss für einen Moment die Augen und wünschte sich ganz weit weg. Als er die Augen wieder öffnete, war der im grünen Shirt fertig. Er hatte den Kopf des Jungen abgehackt. Er stieß ihn ein Stück vom Körper weg wie einen Fußball, beugte sich hinab und hob ihn auf.

»Hast du das?«, rief er Niall zu. »Das machen wir mit denen, die gegen den Islamischen Staat kämpfen.« Dann rief er seinem Freund zu: »Polizei.«

Niall dachte, die beiden würden spätestens jetzt fliehen. Aber sie taten es nicht. Sie blieben, wo sie waren. Immerhin legten sie den Kopf des Jungen wieder auf den Boden.

Niall speicherte die Filmsequenz ab. Seine Hände waren nass vom Angstschweiß. Der Touchscreen seines Smartphones konnte die Befehle, die er mit den Fingerspitzen eingab, kaum verstehen. Immer wieder musste er den Daumen an seiner Hose abwischen, die Befehle wiederholen, etwas rückgängig machen, weil er zu sehr gezittert und etwas Falsches angeklickt hatte.

Sie kamen mit drei Mannschaftswagen, zwei Streifenwagen und zwei Rettungsfahrzeugen. Die beiden Männer mit den Macheten sahen sich nach ihnen um. Zwei Streifenpolizisten versuchten, die Schaulustigen zurückzudrängen. Niall blieb bei dem Palästinenser stehen und filmte jetzt die Polizisten. Sie waren bewaffnet. Special Police Force. Einer rief: »Alle Waffen auf den Boden, Hände dahin, wo wir sie sehen können.«

Die beiden anderen warfen ihre Macheten von sich und streckten die Arme zur Seite.

»Wir befinden uns im Krieg. Wir haben einen Soldaten getötet«, rief der Palästinenser.

Die Polizisten kamen immer näher, kreisten sie ein.

»Alle Hände hoch!«, tönte es.

Niall verstand erst jetzt, dass einige der Waffen auch auf ihn zielten. Dass er gemeint war. Er hob die Hände, das Smartphone hob sich mit.

»Hey, ich gehör nicht dazu«, rief er und sah sich um. »Sagt es ihnen! Ich gehör nicht zu euch!«

Der Palästinenser sah ihn nicht mal an. Der Türke zuckte grinsend die Schultern, dann sah er an sich hinab, senkte die rechte Hand und griff nach seiner hinteren Hosentasche. Wie jemand, der nach seinem Handy greift, weil er gerade eine Nachricht bekommen hat. Er zog das Handy heraus.

Jemand rief: »Waffe!«

Es folgten Schüsse.

Niall sah den Türken zu Boden gehen. Zwei große dunkle Flecken breiteten sich auf dem grünen Shirt aus. Der im blauen Shirt schrie und rannte zu seinem Freund. Die Polizisten waren schneller. Sie stürzten sich auf ihn und warfen ihn zu Boden. Jemand riss auch Niall um, setzte sich auf ihn, fesselte ihm Arme und Beine.

»Ich hab nichts damit zu tun.« Er keuchte und bekam keine Antwort.

Sanitäter rannten zu dem Angeschossenen. Niall konnte nicht erkennen, ob er tot war oder sie noch versuchten, ihn zu retten. Nach dem Jungen, seinem Kopf und seinem Körper, sah niemand.

Der, der auf Niall saß, erhob sich. Als er stand, versetzte er Niall einen Tritt in die Rippen. Zwei andere packten ihn an den Oberarmen und zogen ihn vom Boden hoch. Er sah,

dass er mit dem Gesicht nur knapp neben einem Hunde-
haufen gelegen hatte. Dafür war sein Telefon im Kot gelandet.

»Mein Handy«, sagte er.

»Gehört uns«, sagte jemand in Uniform. »Und du
auch.«

3

Sie stießen ihn durch die Hecktür in den Mannschaftswagen. Er fiel auf den Boden. Dort ließen sie ihn liegen. Er sah nur die Stiefel der Polizisten, die neben ihm saßen und ihn bewachten. Ein paar Mal fragte er, wo sie ihn hinbrachten. Er bekam keine Antworten, nur Fußtritte, bis er nichts mehr sagte.

Vielleicht dauerte die Fahrt eine Stunde, vielleicht etwas weniger. Durch die vergitterten hinteren Fenster konnte er vom Boden aus nicht viel sehen. Er glaubte aber, dass sie die Themse nicht überquerten und größtenteils in Richtung Osten fuhren. Greenwich, und noch weiter.

Die Polizisten sprachen nicht miteinander. Nur Fahrer und Beifahrer unterhielten sich, er hörte sie murmeln, konnte aber nicht einmal einzelne Wörter ausmachen. Niall spürte Schmerzen beim Atmen. Er versuchte, seine Position zu verändern, um besser Luft holen zu können. Ein Stiefel traf ihn im Rücken.

»Ups«, sagte jemand. Vielleicht der, der zugetreten hatte. Ein anderer schnaufte höhnisch. Mehr bekam Niall auf der Fahrt nicht mehr zu hören.

Als sie angekommen waren, packten ihn zwei Polizisten an den Schultern und schleiften ihn ins Freie. Sie ließen ihn auf den gepflasterten Boden fallen, er knallte hart mit dem Kopf auf. Wieder wurde er getreten. Jeder, der an ihm vorbeikam, schien kurz auszuteilen. Einer blieb stehen und trat zwei, drei Mal zu, bis ein anderer sagte: »Lass gut sein.« Niall konnte nur Füße in Stiefeln, Beine in Uniformhosen sehen. Er versuchte, den Kopf zu heben. Jemand drückte ihm den Kopf runter. Man ließ ihn noch eine Weile liegen, dann wurde er hochgehoben und in das Gefängnisgebäude gestoßen. Die Polizisten übergaben ihn an die Gefängnisbeamten wie einen Sack Müll.

Im Trakt für die Untersuchungsgefangenen sprach man nur das Nötigste mit ihm, Wärter wie Arzt: Ausziehen. Mund auf. Bücken. Husten.

»Woher haben Sie die Verletzungen?«, fragte der Arzt.

Niall sagte es ihm. Der Arzt reagierte nicht darauf, machte aber Fotos.

Niall sagte immer wieder: »Ich habe nichts damit zu tun. Ich war nur zufällig dort.«

Niemand interessierte sich für das, was er sagte. Man interessierte sich für Nialls Blut, Urin, Haare.

Er sagte: »Ich will telefonieren. Ich will einen Anwalt. Habe ich keine Rechte mehr?«

Niemand sah ihn auch nur an, als er das sagte.

Er bekam Gefängniskleidung und wurde in eine Einzelzelle geführt. Bevor die Tür hinter ihm zuging, sagte er: »Carl Davis. Das ist mein Onkel. Sie müssen mit ihm reden. Sie können mich nicht einfach hier festhalten, ohne dass ich jemandem Bescheid geben darf. Carl Davis, er arbeitet für das Gesundheitsamt. Bitte!«

Die Tür war längst zugeknallt. Niall klopfte und trat dagegen und rief, zunächst nach jemandem, mit dem er sprechen könne, dann um Hilfe, schließlich Verwünschungen. Dann gab er auf, weil er keine Kraft mehr hatte. Sein Kopf dröhnte, die Rippen schmerzten von den Tritten, sein Hintern fühlte sich wund an, weil der Arzt darin gewühlt hatte, seine Stimme machte nicht mehr mit. Er schleppte sich zu der Pritsche, legte sich auf die Decke und starrte an die Wand. Stand wieder auf, ging zum Waschbecken, ließ sich Wasser über die Hände laufen und wusch sich das Gesicht. Dort, wo er Schrammen vom Hinfallen hatte, schmerzte es, blutete aber nicht. Er spülte sich den Mund aus, ging zurück zu seiner Pritsche und starrte weiter an die Wand. Er hatte Angst davor, die Augen zu schließen. Er wollte nicht wieder sehen, wie sie dem Jungen den Kopf abschlugen. Aber die Bilder des abgetrennten Kopfs kamen immer wieder in ihm hoch.

Niall versuchte, an etwas anderes zu denken. Daran, dass sein Onkel ihn sicherlich hier rausholen würde. Sein Onkel Carl wusste meistens eine Lösung. Er war ein konservativer älterer Mann, spießig und ein wenig arrogant, aber doch irgendwie nett und vor allem hilfsbereit. Kannte sich aus mit Behörden, weil er selbst in einer arbeitete, und wusste mit hierarchischen Strukturen umzugehen, weil er früher beim Militär gewesen war. Eigentlich war Carl gar nicht sein richtiger Onkel. Er war ein Cousin von Nialls Mutter, aber Niall hatte schon früher immer Onkel Carl zu ihm gesagt.

Niall musste irgendwie an ein Telefon kommen. Er war in Großbritannien, nicht in Südamerika. Alles würde gut werden, versuchte er sich einzureden.

Es hielt nicht lange vor. In Nialls Vorstellung rollte der Kopf wie ein Fußball über die Wiese.

Niall stand von der Pritsche auf und schlug gegen die Tür, bis jemand kam. Die Tür wurde aufgerissen, Niall zurückgestoßen. Man warf ihn zu Boden. Niall hob die Arme schützend über den Kopf und zog die Beine an. Jemand bohrte ihm die Spitze eines Schlagstocks in die Schulter.

»Wenn du keine Ruhe gibst, haben wir noch eine ganz andere Zelle für dich, Arschloch«, sagte jemand. Als Niall hörte, dass sie wieder gingen, wagte er es, den Kopf zu heben und ihnen nachzusehen. Zwei Männer in Uniformen, mehr konnte er nicht erkennen. Er ließ den Kopf wieder sinken, blieb auf dem Zellenboden liegen, krümmte sich noch enger zusammen.

Zum ersten Mal dachte er: Was, wenn ich hier nicht mehr rauskomme?

Erst Stunden später kam jemand, um ihm etwas zu essen zu bringen. Falls man es Essen nennen wollte. Wieder fragte Niall, ob er telefonieren könnte. Wieder bekam er keine Antwort.

Er war müde, erschöpft und unterkühlt vom Liegen auf dem Boden, aber als er sich nach dem Essen auf die Pritsche legte, konnte er nicht einschlafen. Er hatte keine Orientierung, wo er war. Noch in London? Wie spät war es? Wann wurde es dunkel? Es rauschte und pfiff in seinen Ohren. Kam das von außen oder innen? Dabei war er noch nicht mal besonders lange eingesperrt.

Vor allem aber konnte er nicht schlafen, weil er immer wieder die Bilder vor sich sah: den Palästinenser, wie ihm das Blut von den Händen lief, an der Klinge der Machete entlang. Den Türken, wie er den Kopf des Jungen abschlug, abhackte, und ihn als Trophäe stolz in die Kamera hielt.

Warum hatten sie eigentlich nicht auch ihn umgebracht? Oder einen von den Joggern? Warum den Jungen?

Ein Soldat, hatte der Palästinenser im blauen Shirt gesagt. Vielleicht hatten sie ihn vorher schon gekannt. Oder ausgesucht. Vielleicht waren sie mit ihm verabredet gewesen. Der Junge war so zielstrebig an Niall vorbeigegangen. Er hatte sicher nicht gewusst, dass er in den Tod ging.

Ob er wirklich ein Soldat gewesen war? Ein junger Mensch, der nichts ahnend durch einen Park ging und dann getötet wurde, weil zwei Fanatiker der Welt etwas beweisen wollten.

Warum hatten sie nicht Niall umgebracht? Möglich, dass alles ganz knapp gewesen war. Dass sie ihn getötet hätten, wenn der Junge nicht vorbeigekommen wäre.

Und jetzt? Saß Niall hier, weil er für die Polizisten ein Terrorist war, weil er am Tatort gewesen war. Musste er Angst haben, von Gefängniswärtern misshandelt zu werden, obwohl er nichts getan hatte. In ihren Augen war er Teil einer islamistischen Terrorgruppe und Mittäter bei einem islamistischen Anschlag. Was sonst sollten die auch von ihm denken, er hatte danebengestanden und die Kamera draufgehalten, während der blutüberströmte Mörder ihm in aller Ruhe ein Interview gegeben hatte. Natürlich traten sie auf ihn ein. Langsam begriff Niall seine Lage: Seit man ihn im Park mitgenommen hatte, galten für ihn nicht mehr die üblichen Rechte, die jeder britische Staatsbürger üblicherweise genoss. Er hatte kein Recht auf einen Anwalt. Er durfte länger als üblich ohne Anklage festgehalten werden, sehr viel länger als jeder, der unter Mordverdacht stand.

Vorhin im Arztzimmer hatte er auf einer Akte lesen können, wo er sich befand: Belmarsh Prison.

Nach dem 11. September 2001 hatte man hier Gefangene untergebracht, die unter Terrorverdacht standen: ohne Anklage und ohne Prozess, auf unbestimmte Zeit. Bis der Lordrichter entschied, dass es sich dabei um einen Verstoß gegen die Menschenrechte handelte. Das britische Guantanamo wurde Belmarsh damals genannt. Sie hatten die Gesetze geändert. Mehrfach. Jetzt konnten sie einen achtundzwanzig Tage ohne Anklage festhalten. Achtundzwanzig Tage lang mit ihm machen, was sie wollten. Fast schon Glück, dachte Niall und fand den Gedanken nicht einmal zynisch. Im Parlament waren auch schon neunzig Tage diskutiert worden.

Während er hier festsaß, würde man seine Kleidung untersuchen, seine Körperflüssigkeiten, seine Wohnung, seinen Computer. Die Ermittler würden sein Bewegungsprofil oder eigentlich das Profil seines Handys erstellen, was leicht war, weil das GPS immer eingeschaltet und er bei allen möglichen sozialen Netzwerken registriert war, die auch ohne eine Aktion seinerseits seinen Standort veröffentlichten. Sie würden seine telefonischen Verbindungsdaten überprüfen, seine Mails, seine Suchanfragen im Netz, die aufgerufenen Seiten. Sie würden in seinen Kalender schauen, das Bewegungsprofil von jedem Tag stundengenau protokolliert vorfinden, seine Fotos sehen, sie würden seine Facebook-Postings und seinen Twitter-Account auf verdächtige Meldungen hin scannen. Sie würden alles nachprüfen, was es über ihn irgendwo bei irgendeiner Behörde gab, von der Geburtsurkunde bis hin zur letzten Steuererklärung, und die Ermittler hätten mehr Befugnisse, in seinem Privatleben herumzusuchen, als üblich. Er war ein Fall für den Inlandsgeheimdienst, den MI5.

Niall wurde schwindlig. Das Rauschen in den Ohren wurde lauter, er spürte den Herzschlag bis in die Fingerspitzen, bis in die Zehen.

Sie würden etwas finden. Diverse Reisen ins Ausland. Darunter arabische, islamische Länder. Sie würden es gegen ihn verwenden. Sie würden sehen, dass er von der Brücke an bis zum Park denselben Weg genommen hatte wie die Attentäter. Sie würden sich fragen, was er so lange auf der Brücke gemacht hatte. Sie würden herausfinden, dass er immer wieder das Gebiet, auf dem sich das Gebäude des Auslandsgeheimdienstes MI6 befand, erforscht hatte. Vor allem den Lauf des unterirdischen Flusses. Wie das wohl für paranoide Terrorermittler aussah.

Er würde hier so schnell nicht mehr rauskommen. Würden sie ihm eine Chance geben, sich zu verteidigen? Oder ihn einfach hier eingesperrt lassen, ohne ihn jemals angehört zu haben? Niall dachte an das, was er über Guantanamo wusste, und daran, was angeblich auch in britischen Gefängnissen wie diesem geschehen war. Er dachte an die Bilder von den US-Soldaten, die Kriegsgefangene misshandelten, die Leichen des Feinds schändeten und sich dabei fotografierten. Daran, dass Menschen zu Sadisten wurden, wenn die Gesetze nicht mehr für sie galten. Wie sie sich veränderten durch die Macht, die sie mit einem Mal über andere Menschen hatten, ohne dass sie selbst mit einer Strafe zu rechnen hatten, ganz egal, was sie tun würden.

Achtundzwanzig Tage ohne Rechte und ohne Schutz. Und für die außerhalb seiner Zelle war er nur der, der die Kamera gehalten hatte.

Was würden sie mit den beiden Attentätern machen?

Ob der Türke nach den Schüssen, die man auf ihn abgegeben hatte, überhaupt noch lebte? Ob sie den Palästinenser auf der Fahrt ins Gefängnis auch zusammengetreten hatten?

Er hatte dabei zugesehen, wie sie grundlos den Jungen geschlachtet hatten. Es war ihm egal, was mit den beiden geschah. Aber Niall hatte nichts getan. Die beiden hatten eine Strafe verdient, er nicht. Eigentlich war alles ganz einfach.

Langsam wurde er ruhiger. Je länger er nachdachte, desto logischer erschien es ihm, dass sich alles irgendwann klären würde. Niall hatte sich nie politisch geäußert. Es gab keine Verbindung zu den beiden Attentätern. Er konnte alles erklären – sobald man es ihn erklären ließe. Sein Onkel Carl kannte gute Anwälte, und sobald er erfuhr, was mit Niall geschehen war, würde er sich für ihn einsetzen. Außerdem passte er nicht ins Profil islamistischer Terroristen, auch nicht in das westlicher Konvertiten. Er stammte aus der weißen englischen Mittelschicht. Das würden diejenigen, die das Attentat untersuchten, berücksichtigen.

Wie schnell man zum Rassisten wurde, wenn es um die eigene Haut ging.

Niall atmete ruhiger und versuchte wieder zu schlafen. Es war zu hell. Das Licht ging nicht aus. Draußen war es mittlerweile dunkel, aber in seiner Zelle brannte gleißend helles Licht. Auf der Pritsche gab es nur einen übel riechenden Stoffballen als Kissen und eine nicht minder stinkende grobe, dünne Decke. Nichts, was er sich über das Gesicht ziehen wollte. Er legte eine Hand auf die geschlossenen Augen. Es half nicht. Er blieb wach liegen, und die Erschöpfung wuchs.

Nach einer Weile kam die Angst wieder zurück. Was, wenn sich da draußen doch niemand für ihn interessierte? Wenn sein Onkel keine Gelegenheit bekäme, ihm einen Anwalt zu stellen, bevor die achtundzwanzig Tage um waren? Was würde in dieser langen Zeit geschehen? Würden sie ihn irgendwann noch viel übler zusammenschlagen, einfach nur, weil sie es konnten? Ihm kein Essen bringen? Er erinnerte sich daran, was einer der Wärter zu ihm gesagt hatte. Dass es noch eine ganz andere Zelle gab. Niall wusste nicht, was er damit gemeint hatte, stellte sich aber ein dunkles Loch ohne Klo, ohne Waschbecken, ohne Pritsche vor. Einen Quadratmeter groß. Vier Wochen lang im eigenen Dreck sitzen.

Gab es so etwas heutzutage?

Er dachte an Guantanamo.

Es gab alles, und alles war möglich.

Niall hatte Angst, natürlich. Er hing an seinem Leben. An seiner Freiheit und den Möglichkeiten, die er noch hatte. Er war einunddreißig und hatte noch lange nicht das erreicht, was er erreichen wollte. Er drehte immer noch langweilige Dokumentarfilme, sogar noch langweiligere als vor ein paar Jahren, weil es in der Branche gerade nicht gut aussah. Und vermutlich auch deshalb, weil er vor zwei Jahren durch besondere Sturheit bei einer Produktion aufgefallen und rausgeflogen war. Das sprach sich rum. Aber er hatte damals keine gute Phase gehabt.

Niall wollte in Wirklichkeit die großen, spannenden Sachen machen: Missstände aufdecken. Menschen in Not zeigen. Politisch relevante Themen behandeln. Gebucht wurde er für Tiere und Landschaften. Wenn man einmal einen Ruf hatte, dann blieb der für immer an einem kleben. Tiere und Landschaften. Exotische Tiere und Landschaften. Trotzdem. Und der nächste Film würde über die vergessenen unterirdischen Flüsse Londons gehen. Er sah sich schon eines Tages die Kamera bei Kochshows schwenken.

Vielleicht war es doch nicht verkehrt, hier drin zu sein, dachte er für einen Moment. Dann sprangen die Lebensgeister wieder an. Raus hier, ab ins Leben, es gibt noch zu viel da draußen. Nein, er wollte nicht sterben.

Nicht so.

Niall stand auf und ging in der Zelle auf und ab. Sein Herz klopfte zu schnell, er musste sich bewegen, um ruhiger zu werden. Er fühlte sich, als bekäme er einen Herzinfarkt.

Wenn du hier rauskommst, sagte er sich, dann entschuldigst du dich bei ein paar Leuten. Bei deinem Vater, weil du so stur warst und nicht mit ihm reden wolltest, bei deiner Ex-Freundin, weil du sie hast sitzen lassen, ohne es ihr zu erklären, bei deinen Kumpels, weil du dich kaum noch im Pub blicken lässt und die Arbeit vorschiebst. Wenn du hier rauskommst, machst du alles anders. Dann nimmst du nicht mehr die Jobs an, die dich sowieso nerven, sondern machst nur noch das, was dich auch weiterbringt. Wenn du hier rauskommst.

Immer wieder maß er die Schritte von der Zellentür zur gegenüberliegenden Wand ab, hin und her. Und noch mal. Alles wird gut, versuchte er als Mantra, und weil es nicht funktionierte: Wir sterben doch alle irgendwann.

Mitten in seiner Zelle blieb er stehen. Er hatte gerade etwas verstanden: wie Religion funktionierte. Natürlich gab es keinen Sinn für die menschliche Existenz. Würden das mehr Menschen begreifen und akzeptieren, dass es nach dem Tod vorbei war, würden sie vielleicht aufhören, sich gegenseitig umzubringen. Leben und leben lassen. Am Ende sind alle gleich, dachte Niall, wir hören einfach auf zu existieren. Aber wenn jemand sagt, einige sind auserwählt, dann wollen die Menschen dazugehören und ein Leben nach dem Tod haben. Ein gutes Leben nach dem Tod. Ein besseres. Klare Feindbilder, klare Regeln, Angst vor Strafe, das Konzept des Nachlebens als Belohnung für den Gehorsam. Religion war eine sehr kluge Erfindung gegen die Angst vor dem Tod. So machte man Menschen ein Leben lang gefügig.

Nur, dass Niall an keinen Gott glauben konnte.

4

Er wurde wach, weil er Schritte vor seiner Zellentür hörte. Schritte kamen näher, metallisches Kratzen, Schritte entfernten sich. Und wieder von vorn. Es hatte ihn bereits eine Weile im Schlaf begleitet. Jetzt war er wach geworden und musste feststellen, dass es kein Traum gewesen war. Niall wusste nicht, wie spät es war. In seiner Zelle brannte immer noch gleißend helles Licht. Er konnte sich nicht erinnern, sich auf die Pritsche gelegt zu haben und eingeschlafen zu sein.

Er versuchte weiterzuschlafen. Nach kurzer Zeit kamen die Schritte wieder. Er setzte sich auf und lauschte. Vor seiner Tür blieb jemand kurz stehen. Ein metallisches Kratzen war zu hören, zwei Mal kurz hintereinander. Dann wieder Schritte, die sich entfernten.

Sie überwachten ihn. *Suicide watch.* Deshalb hatten sie Licht in der Zelle angemacht, um ihn im Auge zu behalten. Er sollte sich nicht umbringen.

Er wertete es als halbwegs gutes Zeichen. Sie brauchten ihn noch.

Oder hatten sie nur Angst vor schlechten Schlagzeilen? »Verdächtiger in U-Haft erhängt« kam nicht gut. Kurz fragte er sich, wie er auf Erhängen kam. Er sah sich in der Zelle um. Tisch, Stuhl, Klo, Waschbecken, Schrank, Bett. Die Tür hatte innen keinen Griff. Das Fenster war von außen vergittert und ließ sich nicht öffnen. Man konnte sich hier nicht erhängen.

Er stand auf und sah aus dem Fenster. Draußen setzte

die Dämmerung ein. Es war noch sehr früh am Morgen. Er legte sich zurück auf die Pritsche und wälzte sich auf die Seite. Dann hörte er wieder Schritte.

»Ich bin noch da!«, rief er, bekam keine Antwort. Die Schritte entfernten sich.

Er fühlte sich müde, aber es stellte sich kein Schlaf ein. Die Bilder waren wieder da. Der abgetrennte Kopf. Das Blut an den Händen des Palästinensers. Niall setzte sich auf und wartete darauf, dass die Schritte zurückkamen. Er zählte die Sekunden, um seine Gedanken zu kontrollieren. Er wollte das Blut nicht mehr sehen.

Endlich hörte er die Schritte wieder.

»Hallo?«

Er bekam keine Antwort. Also stand er auf und stellte sich an die Zellentür. Er klopfte laut. Als sich nichts tat, trommelte er fester und trat mit dem Fuß dagegen. Er bereute es sofort. Er trug keine Schuhe. Niall schrie vor Schmerz auf, humpelte laut fluchend zurück zu der Pritsche und setzte sich hin. Er untersuchte seinen rechten Fuß, tastete ihn ab, in der Hoffnung, sich nichts gebrochen zu haben.

Es schien ihn jemand gehört zu haben. Die Zellentür öffnete sich. Ein Mann in Uniform kam herein und sah sich um, aber er sagte nichts.

»Ich will mit jemandem sprechen«, sagte Niall.

Der Mann drehte sich um und wollte gehen.

»Ich benötige lebenswichtige Medikamente«, rief ihm Niall hinterher.

Der Mann zögerte kurz, aber nur ganz kurz. Dann zog er die schwere Stahltür donnernd hinter sich zu.

Niall ließ sich zurücksinken. Sie reagierten mit Absicht nicht auf ihn. Egal, was er sagte. Sie sahen nur nach, ob er noch lebte. Das war alles.

Vielleicht tat sich etwas, nun, da er die Medikamente angesprochen hatte. Er musste abwarten. Niall tastete wieder seinen Fuß ab und bewegte vorsichtig die Zehen. Alles schien in Ordnung. Es tat nur noch etwas weh. Das nächste Mal würde er vorsichtiger sein. Er wusste ja jetzt, was er tun musste, um Aufmerksamkeit auf sich zu lenken.

Er blieb liegen. Draußen war es heller geworden. Irgendwann würden sie ihm etwas zu essen bringen. Er hatte keinen Hunger, aber er würde etwas essen müssen, allein schon, um durchzuhalten. Ihm fiel der tote Junge ein, doch diesmal sah er nicht seine Leiche, sondern wie er voller Energie über die Wiese geschritten war. Was war sein Ziel gewesen? Wollte er zu einer Verabredung? Was war mit seiner Familie, seinen Eltern? Ob er Geschwister hatte? Eine Freundin? Für diese Menschen musste die Welt zusammenbrechen. Während er, bestürzt über sich selbst, feststellen musste, dass er gerade zum ersten Mal an die Hinterbliebenen des Getöteten dachte, hörte er wieder Schritte vor der Tür, und auch diesmal öffnete sie sich. Der Wärter von vorhin kam herein. Er hatte jemanden in Zivilkleidung dabei. Es war der Arzt, der ihn direkt nach seiner Ankunft untersucht hatte.

»Welche Medikamente brauchen Sie?«, fragte er ohne jede Begrüßung.

»Ibuprofen. Ich habe überall Schmerzen von gestern.«

»Die gehen vorbei.«

»Und außerdem kann ich nicht schlafen.«

»Völlig normal. Erste Nacht im Knast, wer schläft da schon gut.«

»Ich habe Angstzustände. Panik!«

»Ja. Wie gesagt.« Der Arzt wandte sich zum Gehen.

»Wenigstens eine Schmerztablette! Ich meine, wer hat mich denn zusammengetreten? Doch die Polizei, oder?«

»Sie bekommen von mir nur, was Sie zum Überleben brauchen. Wären Sie Diabetiker und bräuchten Insulin, wäre das so ein Fall.« Er ging zu Niall, fasste an sein Handgelenk und sah auf die Uhr, um den Pulsschlag zu messen. »Gleichmäßig und fest.« Dann beugte er sich über ihn und zog ihm das untere Augenlid runter. »Sieht gut aus.« Er drehte sich von ihm weg.

»Sie würden mir nicht mal eine Aspirin geben, was?«

»Entspannen Sie sich, machen Sie ein paar Yogaübungen oder etwas in der Art. Sie werden jedenfalls nicht dran sterben.«

»Ich habe überall blaue Flecken, und beim Einatmen tun mir die Rippen weh. Und …«

»Das gibt sich«, unterbrach ihn der Arzt. Er ging zur Zellentür.

Niall stand von der Pritsche auf und folgte dem Arzt. Er streckte die Hand nach ihm aus, weil er ihn aufhalten wollte. Der Wärter riss ihm den Arm auf den Rücken und stieß ihn zu Boden. Niall knallte mit dem Kopf gegen die Kante des Schranks. Er schrie auf.

»Mann, was machen Sie da?« Der Arzt klang verärgert. Er kniete sich neben Niall. »Lassen Sie ihn in Gottes Namen los!«

»Er wollte Sie angreifen.«

»Wirklich?«

»Ja. Ich hab's doch gesehen.«

»Gehen Sie von ihm runter. Er blutet am Kopf. Ich muss mir das ansehen.«

»Erst sichern.« Er legte Niall Handschellen an. Niall schrie wieder auf, der Schmerz in seiner Schulter war kaum zu ertragen.

»Haben Sie ihm die Schulter ausgerenkt? Verdammt noch mal, wo haben Sie Ihre Ausbildung gemacht? Beim Wrestling?«

»Hey, Doctor«, sagte er, während er aufstand, Niall aber liegen ließ. »Sie sollten es doch besser wissen, mit wem wir es hier den ganzen Tag zu tun haben. Und der hier«, er versetzte Niall einen Tritt, »hat's verdient.«

»Helfen Sie mir, ihn hinzusetzen. Na los.« Sie hoben Niall vom Boden hoch und zerrten ihn auf die Pritsche. Der Arzt untersuchte Nialls Stirn. »Das können wir klammern. Das muss nicht genäht werden.«

»Sie wollen, dass ich ihn auf die Krankenstation bringe?«

»Nein. Zu mir ins Zimmer.«

»Doctor ...«

»Dann holen Sie meine Sachen.«

Der Wärter rührte sich nicht vom Fleck.

»Heute noch.«

»Ich kann Sie nicht allein lassen.« Er nahm sein Funkgerät und trug einem Kollegen auf, die Arzttasche zu bringen.

»Warum kann ich nicht auf die Krankenstation?« Niall keuchte beim Sprechen. Der erneute Tritt in die Rippen hatte die Schmerzen von gestern, die entgegen seiner Behauptung schon besser geworden waren, zurückgebracht.

»Sicherheitsverwahrung«, sagte der Arzt. »Für die Krankenstation sind Sie noch zu gut beieinander.« Der Arzt drückte ihm ein Papiertaschentuch auf die Stirn. »Ich desinfiziere das gleich und klammere es Ihnen zusammen. Es sieht schlimmer aus, als es ist. Sie waren nicht ohnmächtig, ich glaube nicht, dass Sie eine Gehirnerschütterung haben, aber achten Sie im Laufe des Tages auf Symptome. Falls Ihnen schlecht wird, zum Beispiel. Oder falls Sie Kopfschmerzen bekommen.«

»Was ist dann? Komm ich dann auf die Krankenstation?«

»Da wollen Sie nicht hin. Seien Sie froh, dass Sie hier ein bisschen für sich sind.«

»Sie wissen nicht, was Sie da sagen«, murmelte Niall.

»Sie kennen Ihre Mithäftlinge noch nicht«, sagte der Arzt.

»Machen Sie sich etwa doch Sorgen um mich?«

»Erwarten Sie nicht zu viel von mir. Ich gebe Ihnen nichts gegen Ihre Schlafstörung oder Ihre Angst. Da müssen Sie selbst mit klarkommen. Sie können von mir wirklich nur bekommen, was auf der Liste steht.«

»Welche Liste?«

»Medikamente, die Insassen zustehen.«

»Da gibt es eine Liste?«

Der Arzt betastete Nialls Schulter. Niall stöhnte auf.

»Arm heben.«

»Das tut weh.«

»Ja, aber heben Sie ihn. Ganz langsam.«

Er tat es. Sehr langsam.

»Wunderbar. Darf ich mal?« Der Arzt bog Nialls Arm

vorsichtig in verschiedene Richtungen. »Nicht ausgerenkt. Wahrscheinlich was gezerrt. Sehen wir uns in Ruhe an.«

Der Wärter fragte über Funk noch einmal nach seinem Kollegen. Einen Moment später öffnete sich die Zellentür, und ein Arztkoffer wurde hereingereicht. Niall konnte nicht sehen, wer ihn brachte. Der Wärter nahm ihn entgegen und gab ihn an den Arzt weiter. Er blieb breitbeinig vor der geschlossenen Tür stehen, als hätte er Angst, Niall könnte während der Wundversorgung türmen.

Als der Arzt fertig war, fragte Niall: »Bekomme ich jetzt wenigstens Ibuprofen für die Schulter? Der Typ da reißt mir fast den Arm raus und schlägt mich blutig ...«

»Ich war dabei. Ganz so war es nicht.«

»Ich habe Schmerzen.«

»Die sind sicher auszuhalten.«

»Ist das normal, wenn ...«

»Hören Sie«, unterbrach ihn der Arzt. »Überlegen Sie mal, wo Sie hier sind. Und warum. Haben Sie geglaubt, es wird so eine Art Wellnessurlaub?«

»Ich hab überhaupt nichts ...«

Wieder unterbrach der Mann ihn, aber diesmal sprach er sehr schnell und leise. »Ich bin Arzt, kein Staatsanwalt und schon gar kein Richter. Es muss mir egal sein, was Sie getan haben. Seien Sie froh, dass man mich überhaupt zu Ihnen gelassen hat, und halten Sie am besten den Mund.«

Der Arzt drehte sich um, den Koffer in der Hand, und klopfte an die Stahltür. Jemand öffnete sie von außen. Der Wärter warf Niall noch einen misstrauischen Blick zu, bevor er ging. Dann schloss sich die Zellentür.

Niall starrte auf den Stahl. Er konnte also froh sein, dass

der Arzt bei ihm gewesen war? Was machten sie mit dem Türken? Ihn an seinen Schussverletzungen sterben lassen?

Niall hatte zugesehen, wie er einem Toten den Kopf abgehackt hatte. Noch vor wenigen Stunden hatte er gedacht, dass er kein Mitleid mit ihm und dem Palästinenser haben würde. Gerade aber spürte er, wie sich seine Sicht relativierte, während aus der Angst vor den Wärtern Wut wurde. Sie schlugen und traten, weil sie es konnten und niemand genau hinsah. Aber nicht nur das. Es geschah mit System. Nicht mit den Gefangenen reden. Sie nicht schlafen lassen. Die ständige Kontrolle. Die Verweigerung medizinischer Hilfe. Institutionalisierte Folter. Wenn Niall an Guantanamo dachte, waren es noch sanfte Methoden. Der Arzt hatte recht gehabt: Er sollte froh darüber sein, wie es bisher für ihn gelaufen war, und von nun an den Mund halten.

DONNERSTAG

5

Ein anderer Wärter weckte ihn.

»Gibt's was zu essen?«, fragte Niall. Er musste wegge-
dämmert sein und hatte kein Gefühl dafür, wie spät es war.

»Mitkommen.«

»Ich hab Hunger.«

Der Wärter antwortete nicht. Er sah ihn nur an und
zeigte auf die offene Tür.

»Wie spät ist es?«

Der Mann schwieg.

»Bekomm ich meine Klamotten wieder?«, fragte Niall.
Nichts.

»Kann ich einen Anwalt anrufen?«

Er erwartete schon gar keine Antwort mehr. Er fragte
nur, um noch einmal gefragt zu haben. Schweigend führte man ihn durch Gänge und Sicherheitsschleusen in den
Gefängnishof, wo ein Transporter auf ihn wartete. Zwei
Männer saßen in der Fahrerkabine, zwei bewachten ihn
hinten. Das Unwirklichkeitsgefühl, das eine Panikattacke
ankündigte, stellte sich langsam ein.

»Wo bringt ihr mich hin?«

Keine Antwort.

Niall versuchte, während der Fahrt durch die vergitterten Fenster des Transporters etwas zu erkennen. Lange
Zeit sagte ihm die Gegend nichts, und er schaffte es nicht,
die Schilder zu lesen, an denen sie vorbeikamen. Er glaubte aber, dass es in Richtung City ging, jedenfalls nicht aus
London heraus. Als sie am Greenwich Park vorbeikamen,

hatte Niall die Orientierung wieder. Er erkannte das Old Royal Navy College und auf der anderen Seite das National Maritime Museum. Ihm fiel ein, wie er dort vor längerer Zeit einmal gewesen war. Spazieren, mit seiner Freundin. Jetzt Ex-Freundin, weil er nicht mit ihr über das hatte reden wollen, was ihn am meisten beschäftigte.

»Welcher Tag ist heute?«, fragte Niall.

»Donnerstag.«

Er war fast erschrocken darüber, dass sie ihm antworteten. Eigentlich hatte er nur gefragt, um etwas zu fragen. Vielleicht auch, um sich zu versichern, dass er wirklich nur eine Nacht im Knast gewesen war. Er wagte noch eine weitere Frage. »Und wie spät ist es?« Er tippte auf späten Nachmittag, dem Licht nach zu urteilen. Im August wurden die Tage langsam wieder kürzer.

»Fünf.«

Ihm würde übel von dem Schaukeln des Transporters. Wann hatte er zuletzt gegessen? Heute hatten sie ihm kein Mittagessen gebracht, vielleicht hatte er da gerade geschlafen. Er fühlte sich unterzuckert, außerdem hatte er Durst. Er sagte es ihnen. Diesmal reagierten sie nicht.

Nach einer guten Stunde waren sie an der Westminster Bridge angelangt. Er sah Big Ben und die Parlamentsgebäude. Ein Anblick wie auf einer Postkarte, wären die Gitter nicht gewesen. Eine Brücke weiter flussabwärts war der MI5. Noch eine Brücke weiter flussabwärts der MI6, und gleich dahinter Vauxhall Pleasure Gardens, der Park, in dem man dem Jungen den Kopf abgehackt hatte. Er fragte sich, ob sich die Terroristen mit Absicht diesen Ort ausgesucht hatten, so nah an den Geheimdiensten.

»The Met?«, fragte Niall.

Der eine sah ihn an, schien ihm mit den Augenlidern zuzunicken.

Der Transporter bog von der Victoria Street rechts ab und hielt vor der bewachten Einfahrt zu dem Gelände, auf dem sich das Gebäude von New Scotland Yard befand: ein rechteckiger, hoher Klotz, bestehend aus glatten, spiegelnden Glasscheiben. Der Fahrer sprach mit den Beamten an der Absperrung, dann öffneten sich die Schranken. Sie fuhren an das Gebäude heran und hielten davor.

Seine Begleiter blieben sitzen und warteten. Niall hörte auch nicht, dass die beiden in der Fahrerkabine ausstiegen. Er machte sich nicht die Mühe zu fragen, worauf sie warteten. Seine Bewacher wurden nicht unruhig, es schien alles nach Absprache zu laufen oder im Rahmen zu sein, die beiden kannten die Abläufe. Niall sah, dass einer von ihnen eine Schachtel Zigaretten in der Hosentasche hatte und abwesend mit den Fingern daran herumspielte.

»Du kannst ruhig rauchen«, sagte er. »Stört mich nicht.«

»Nein.«

»Dann eben nicht.« Niall hatte es nett gemeint. Jetzt fühlte er sich beleidigt.

Sie schwiegen und warteten weiter. Nach einer Weile hielt er es nicht mehr aus und rutschte unruhig herum. Handschellen, Fußfesseln, verschnürt und verpackt. Er bekam Kopfschmerzen.

»Ich hab nichts mit der Sache zu tun«, sagte er. »Ich hab die Typen nur zufällig gefilmt.« Er wusste, wie sinnlos es war, das zu sagen, und trotzdem war es ihm wichtig.

Keiner der beiden antwortete. Der mit den Zigaretten schnaufte nur leicht abfällig.

»Na gut«, sagte Niall. »Ihr macht nur euren Job.«

Von draußen waren Stimmen zu hören. Der Transporter ruckelte, der Fahrer stieg aus und schlug die Tür hinter sich zu. Der Bewacher, der keine Zigaretten hatte, beugte sich etwas vor, als könnte er dadurch besser verstehen, was draußen vor sich ging.

»Wenn wir wieder zurückfahren«, sagte Niall, »könnte ich dann noch mal mit dem Arzt sprechen? Er hat gesagt, ich soll mich melden, wenn mir schlecht wird und ich Kopfschmerzen bekomme.«

Der ohne Zigaretten sagte, ohne ihn anzusehen: »Musst du kotzen?«

»Nein, mir ist schwindelig.«

Der Mann lachte und schüttelte den Kopf.

Jemand klopfte an die hintere Tür des Transporters. Sie wurde geöffnet. Niall erkannte den Fahrer, aber die blonde Frau im Anzug, die neben ihm stand, sah er zum ersten Mal.

»Mr Stuart«, sagte sie und nickte ihm zu. »DI Helen Gilpin. Tut mir leid, dass Sie so lange warten mussten.« Sie streckte ihm die Hand zur Begrüßung entgegen.

Niall blinzelte und erhob sich langsam. »Ich kann Ihnen leider nicht ...« Er drehte sich etwas zur Seite, um ihr die hinter dem Rücken mit Handschellen gefesselten Hände zu zeigen.

»Oh. Natürlich.« Gilpin wandte sich an den Mann mit den Zigaretten in der Hosentasche. »Würden Sie Mr Stuart bitte ...« Unbestimmt wedelte sie mit der Hand durch die Luft. Nialls Bewacher blinzelten ebenso verstört wie er selbst ein paar Sekunden zuvor.

Der Fahrer des Transporters sagte: »Heute noch, Jungs.« Was offenbar eine Art Autorisierung war. Wenn sie Gilpin schon nicht trauten – weil sie eine Frau war oder weil sie eben wollte, dass Niall keine Handschellen mehr trug –, ihrem Kollegen gehorchten sie.

Von Hand- und Fußfesseln befreit, sprang Niall aus dem Transporter und blieb unschlüssig vor Gilpin stehen. »Hallo«, sagte er.

Sie lächelte breit. »Mr Stuart.« Wieder streckte sie ihm die Hand hin. Diesmal konnte er sie schütteln. »Was ist mit Ihrer Stirn?«

»Oh, das.« Er tastete nach den Pflastern und warf den Wärtern einen Blick zu. Sie betrachteten ihn angespannt und warteten ab, ob er ihren Kollegen verpfeifen würde. »Nichts, wirklich. Ich bin gestolpert.«

»Ah, natürlich. Sicher.« Gilpin sah nun ebenfalls zu den Beamten.

»DI Gilpin«, murmelte Niall und rieb sich die schmerzende Schulter. »Ich, ähm, hab mit der Sache nichts zu tun. Ich weiß, das sagen wahrscheinlich alle, aber ich war wirklich nur zufällig ...«

»Kommen Sie bitte mit, wir würden uns gern mit Ihnen unterhalten.« Wieder lächelte sie.

Niall fühlte sich elend. »Klar«, sagte er und wäre am liebsten wieder in den Transporter gestiegen. Seine schweigsamen Begleiter erschienen ihm weniger bedrohlich als die lächelnde Helen Gilpin. Der mit den Zigaretten rauchte jetzt und sah mit hochgezogener Augenbraue an dem Gebäude hoch. Seine drei Kollegen sprachen leise miteinander, der Beifahrer hielt Papiere in der Hand, die er den anderen zeigte. Wie auf ein geheimes Kommando hin sahen alle gleichzeitig zu ihm auf. Niall schrak zusammen.

»Bis später dann«, sagte er unsicher zu den Gefängnisbeamten.

Sie wechselten Blicke, die er nicht deuten konnte.

Schließlich sagte der Fahrer des Transporters zu ihm: »Wir sehen uns erst mal nicht mehr.«

6

Niall folgte Gilpin zu einem kleinen, nicht besonders modernen Aufzug. Sie fuhren in den dritten Stock, gingen ein kurzes Stück des langen, hellen Gangs hinunter, vorbei an geschlossenen Türen, und betraten einen übersichtlichen Besprechungsraum. Zwei Männer warteten dort bereits auf die beiden. Zwei Stühle waren noch unbesetzt. Auf dem runden Tisch standen Wasserflaschen, Kaffeekannen, Gläser und Tassen, ein Mikrofon und ein erschütternd klobiges, immerhin aber digitales Aufnahmegerät. Vor den Männern lag jeweils ein Notizblock. Sie nickten ihm zu, murmelten eine Begrüßung und taten so, als würden sie seine Gefängniskleidung nicht bemerken.

»Das ist Mr Stuart«, stellte Gilpin ihn vor und wies ihm einen Stuhl zu. »Mr Stuart ist so nett, alle unsere Fragen zu beantworten.«

»Kann ich vielleicht jetzt einen Anwalt anrufen?«, fragte Niall.

»Den brauchen Sie jetzt nicht«, sagte der jüngere der beiden Männer. Er trug einen besseren Anzug als sein Kollege, dafür wirkte der ältere Mann deutlich selbstsicherer und wichtiger.

»Irgendwie habe ich das Gefühl, dass es mir sehr helfen könnte, jemanden zu haben, der auf meiner Seite steht und sich, na ja, auskennt.« Hilflos zupfte er an seinem Overall. »Mit diesen Dingen.«

»Sie bekommen Ihre Kleidung natürlich zurück. Ihr Smartphone auch«, sagte Gilpin.

»Jetzt gleich?«

»Sie haben später noch die Gelegenheit, sich frisch zu machen und umzuziehen«, sagte der Jüngere. »Mr Stuart, ich bin Detective Inspector George De Verell. Freut mich, Sie kennenzulernen. Ist es in Ordnung, wenn wir gleich anfangen? Wir stehen, wie Sie sich denken können, in diesem Fall sehr unter Druck.«

»Klar, ja.« Niall sah in drei ungeduldige Gesichter. »Fangen wir an.«

»Sie haben doch nichts dagegen, wenn wir unsere Unterhaltung dokumentieren?« De Verell zeigte auf das Aufnahmegerät.

»Ganz im Gegenteil.« Niall sah in die Runde. Gilpin war etwa Ende dreißig. Sie hatte ihr Haar zu einer strengen Frisur hochgesteckt und war sehr dezent geschminkt. De Verell war in Nialls Alter. Interessant, dass er trotzdem bereits mit der älteren Kollegin gleichrangig war. Ein Karrieretyp, dachte Niall, oder er hatte gute Beziehungen. Er gab sich, als wäre er der leitende Beamte, und Gilpins kühle Seitenblicke auf ihn ließen darauf schließen, dass das im Team nicht durchweg gut ankam.

Sein Kollege war vielleicht Ende vierzig oder Anfang fünfzig. Er war der Einzige, der nicht vorzuhaben schien, irgendjemandem etwas zu beweisen. Er hatte sich zurückgelehnt, spielte mit einem Kugelschreiber und beobachtete mit wachem Blick und unbewegtem Gesicht, was vor sich ging. De Verell startete das Aufnahmegerät und stellte die kleine Runde vor. Den älteren Kollegen nannte der DCI Hodges.

»Dann reden wir jetzt?«, fragte er unsicher.

Der zurückgelehnt sitzende DCI hielt den Kugelschreiber zwischen Daumen und Zeigefinger und sagte: »Sie wissen, worum es geht. Wir haben Ihr Video gesehen. Sie sind den beiden ab der Vauxhall Bridge bis zu den Vauxhall Pleasure Gardens gefolgt. Beantworten Sie uns ein paar Fragen. Warum sind Sie ihnen gefolgt?«

»Weil sie Macheten dabeihatten.«

»Warum haben Sie nicht die Polizei verständigt?«

Niall sah unsicher in die Gesichter von De Verell und Gilpin, als könnte er dort eine Antwort finden. »Die beiden sahen eigentlich ganz entspannt aus. Ich dachte mir dann, das müssen Attrappen sein. Und dass die beiden auf dem Weg zu einem Rollenspiel oder so was sind. Wer läuft denn schon mit echten Macheten durch London?«

»Die beiden, offensichtlich«, sagte Gilpin.

»Sie sind ihnen also nachgegangen.«

»Ja. Ich war schon beunruhigt und wollte nachsehen, was die beiden vorhaben.«

»Und Sie? Hatten Sie nichts vor?«

Er zögerte. »Doch. Schon.«

»Aber Sie waren beunruhigt. Und haben trotzdem nicht die Polizei gerufen. Richtig?« Der Mann lehnte immer noch tief im Stuhl und spielte mit dem Kugelschreiber herum. Er machte sich keine Notizen. De Verell malte Kringel auf seinen Notizblock und schielte hin und wieder zu dem Aufnahmegerät hinüber.

Niall wusste nicht, was er antworten sollte. Er fühlte sich beschissen.

»Warum waren Sie in der Gegend? Ihre Wohnung ist in Brixton.«

»Ich war spazieren.«

»Spazieren.« Jetzt lehnte sich der Mann vor und legte den Kugelschreiber auf den Tisch.

»Ja, ich bin den Effra-Verlauf abgegangen. Der Fluss lief durch Brixton. Quasi direkt hinter meinem Haus vorbei. Unterhalb des MI6-Gebäudes mündete er in die Themse.«

»Und warum sind Sie den Verlauf dieses Flusses abgegangen?«

»Nächste Woche drehen wir eine Doku über die vergessenen Flüsse Londons. Effra war einer der größten.«

»Wer ist wir?«

»Eine kleine Produktionsfirma hat mich beauftragt.«

Die Tür ging auf, und eine kurzhaarige Frau kam herein. Sie trug eine durchsichtige Plastiktüte mit Nialls Kleidung, ging damit zu dem DCI und flüsterte ihm etwas zu. Der Mann nickte nur. Dann wandte sie sich an Niall.

»Ihre Sachen, Mr Stuart.« Sie legte die Plastiktüte vor ihn auf den Tisch und ging wieder.

»Danke«, sagte er erstaunt.

»Eine kleine Produktionsfirma hat Sie also beauftragt, unterirdische Gänge unter dem Gebäude des Auslandsgeheimdienstes auszukundschaften«, fasste De Verell zusammen.

»Das klingt ein bisschen schräg, wenn Sie es so sagen. Ich sehe mir die Drehorte vorher an, um ein Gefühl für die Atmosphäre zu bekommen und zu entscheiden, was ich wie filmen will. Dazu mache ich Fotos. Ich stand auf der Brücke und habe einfach Fotos gemacht.«

De Verell verzog nur kurz den Mund. »Und dann wurden Sie vom Anblick der beiden Männer mit den Macheten abgelenkt. Sie sind Ihnen gefolgt. Ist Ihnen da schon etwas aufgefallen?«

»Abgesehen von den Macheten? Nein, die beiden haben sich unterhalten und manchmal gelacht.«

»Gut. Trotzdem wollten Sie wissen, was die beiden vorhatten.«

»Ja, ich ...« Er verstummte.

»Sie wollten noch etwas ergänzen.«

Niall nickte langsam. »Der eine hat mich angesehen. Nur für eine Sekunde, aber wir haben uns direkt in die Augen gesehen, als die beiden an mir vorbeigegangen sind. Wissen Sie, was ich meine? Wenn jemand einen ein bisschen zu lange anschaut?«

»Aber er hat nicht mit Ihnen gesprochen?«

»Nein.«

»Ihnen auch kein Zeichen gegeben? Irgendeine Geste?«

»Nichts.«

»Gut. Sie sind also hinter den beiden her in den Park gegangen.«

»Ja, und da ist dann nichts passiert. Sie standen einfach rum. Ich dachte, sie würden auf jemanden warten. Wie gesagt, Rollenspiel oder so etwas. Ich war eigentlich schon auf dem Weg zurück, als ich den Jungen schreien gehört habe.«

De Verell hörte mit seinen Kringeln auf und sah ihn aufmerksam an. »Sie haben also nicht gesehen, ob er die beiden angesprochen hat, oder sie ihn?«

»Nein. Ich dachte mir, wenn die beiden Spinner ihre Macheten spazieren tragen, von mir aus, keiner sonst stört sich dran, vielleicht bilde ich mir da auch nur was ein, und es ist Spielzeug.« Er biss sich auf die Unterlippe, weil er merkte, dass sie zitterte. »Tut mir leid«, murmelte er.

»Es ist nicht Ihre Schuld«, sagte De Verell und klang, als hätte er das Gegenteil gesagt.

»Ein berühmter Vater kann eine Belastung sein«, erklärte Gilpin unvermittelt.

»Was hat das mit dem Mord an dem Jungen zu tun?«

»Wir lernen Sie gerade kennen. Wir unterhalten uns nur.«

Niall verschränkte die Arme vor der Brust. »Mein Vater ist vor zwei Jahren gestorben. Und ich möchte nicht darüber reden.«

»So ein Film über ... wie war das? Die vergessenen Flüsse Londons? Charmant. So einen Film zu machen, ist nicht unbedingt das Interessanteste, wenn man in der Branche etwas werden will, oder?«

»Worauf wollen Sie hinaus?« Niall konnte es sich denken. Natürlich hatten sie in den letzten sechsunddreißig Stunden nichts anderes getan, als ihn zu durchleuchten. Sie wussten mittlerweile alles über seine Familie, seinen Bekanntenkreis, seine berufliche Situation. Sie wussten auch, dass die Filme, die er besonders in den letzten zwei Jahren als Kameramann gedreht hatte, nicht gerade die Speerspitze kreativer Höchstleistung waren. Und sie konnten sich denken, dass er viel lieber etwas ganz anderes machen würde.

»Vielleicht«, sagte Gilpin, »wussten Sie von Anfang an, dass die beiden etwas vorhatten.«

»Ich kannte die nicht! Wie oft denn noch!«

»Sie sind Ihnen gefolgt, um etwas richtig Krasses vor die Kamera zu bekommen.«

Niall schüttelte den Kopf. Die lächelnde Helen Gilpin. Ja, vor ihr musste er sich tatsächlich mehr in Acht nehmen als vor seinen Gefängniswärtern. Bei denen wusste man wenigstens gleich, woran man war. »Nein, ich habe wirklich nicht damit gerechnet, dass ...«

»Deshalb haben Sie auch nicht die Polizei verständigt«, unterbrach sie ihn. »Sie wollten, dass etwas passiert.«

Niall sprang auf. »Sind Sie völlig wahnsinnig? Was reden Sie da für einen Scheiß?«

De Verell war sofort an seiner Seite, packte ihn fest an den Schultern. Niall stöhnte auf vor Schmerz, und der Mann ließ ihn sofort los.

»Sorry«, sagte er und hob die Hände, um zu zeigen, dass er ihm nichts tun wollte. »Ich wollte Sie nur beruhigen, Mr Stuart. Bitte, setzen Sie sich wieder. Meine Kollegin macht nur ihre Arbeit.«

Niall setzte sich langsam, rieb sich die verletzte Schulter. Er sah Gilpin an, die wiederum De Verell böse Blicke zuwarf.

DCI Hodges sagte: »Reden wir darüber, was geschehen ist. Sie hörten also Schreie und haben sich umgedreht.«

»Ja. Wer ist der Junge überhaupt? Die Typen haben gesagt, er sei Soldat. War er das?«

»Er war Air Cadet bei der Royal Air Force.«

»Woher wussten die das? Kannten sie ihn?«

Hodges sah ihn neugierig an. »Hatten Sie den Eindruck, dass die drei sich bereits kannten?«

Wieder rieb sich Niall gedankenverloren die Schulter. »Ich habe keine Ahnung. Ich könnte nicht mal sagen, ob die beiden gezielt in den Park gegangen sind oder ob es

Zufall war. Ich weiß nur noch, dass der Junge recht zielstrebig an mir vorbeigelaufen ist. Aber das heißt nicht, dass er zu den beiden wollte. Er hatte es vielleicht nur eilig und ging eben in ihre Richtung.« Er zögerte. »Was ist eigentlich mit dem einen, auf den geschossen wurde? Ist er tot?«

»Er wird intensivmedizinisch versorgt. Was ist mit Ihrer Schulter? So fest hat DI De Verell doch gar nicht zugepackt?«

»Was? Oh, nein, das war schon. Jetzt kann ich's ja sagen. Der Wärter im Gefängnis hat mich zu Boden geworfen, um mir Handschellen anzulegen. Dabei hab ich mir auch das hier geholt.« Er deutete auf die Wunde an seiner Stirn.

»Tut mir leid«, murmelte De Verell. »Das hab ich nicht gewusst.«

»Warum hat er das getan?«, fragte Hodges.

»Er dachte, ich würde den Arzt angreifen.«

»Haben Sie?«

»Nein. Ich wollte nur nicht, dass er schon geht. Er hat sich geweigert, mir Ibuprofen gegen die Schmerzen zu geben.« Die drei wechselten stumme, fragende Blicke.

»Das wissen Sie nicht, was?« Niall stand auf und zog sich bis auf die Unterhose aus. »Sehen Sie die blauen Flecke? Klar, ein paar sind von der Festnahme. Aber danach, während der Fahrt ins Gefängnis, haben die mich weiter getreten. Hier, sehen Sie das, an den Rippen?« Er drehte sich zur Seite und hob den gesunden Arm.

Gilpin vermied es, ihn anzusehen, und schrieb etwas auf. Die beiden Männer sahen sich kurz an.

»Tut mir leid, dass man so mit Ihnen umgegangen ist«,

sagte Hodges. »Ich hoffe, es geht Ihnen schnell wieder besser. Brauchen Sie jetzt noch einen Arzt?«

»Eine Schmerztablette wäre für den Anfang schon ganz
toll. Und wenn sich das ein Arzt noch mal ansehen könnte. Der im Gefängnis meinte nur, es sei nichts Schlimmes,
aber er hat nur draufgeschaut. Keine Röntgenaufnahme
oder so was. Und, ähm, wenn Sie vielleicht etwas zu essen
hätten, ich habe seit gestern nichts Richtiges mehr zu essen bekommen. Oh, darf ich mir vielleicht von dem Wasser
dort nehmen?«

Hodges stand auf, schenkte ihm ein Glas Wasser ein,
und während er es ihm hinstellte, sagte er: »Niall, wir kümmern uns darum. Und da Sie sich schon mal ausgezogen
haben, schlage ich vor, wir machen eine kleine Pause mit
unserer Unterhaltung, und Sie machen sich in der Zeit
frisch.«

7

Etwa zwei Stunden später, als die Abenddämmerung schon einsetzte, war Niall satt und mit einem schnell wirkenden Schmerzmittel versorgt worden. Seine Schulter war nicht ausgekugelt, das war die gute Nachricht. Die schlechte lautete, dass es wohl noch eine ganze Weile wehtun würde. Er hatte geduscht und die Kleidung gewechselt. Die drei Detectives saßen wieder auf ihren Stühlen und sahen ihn ernst an.

»Geht es Ihnen jetzt besser, Mr Stuart?«, fragte Gilpin und war wieder so freundlich, als hätte sie ihm nie unterstellt, sensationsgierig und verantwortungslos zu sein.

»Ja. Danke.«

»Sie hätten ruhig gleich sagen können, was Sie brauchen.«

»Na ja, Sie hatten es doch eilig.« Er sah zu De Verell hinüber.

»Sind Sie bereit, uns noch weitere Fragen zu beantworten?« De Verell sah ihn nicht an.

Niall war grundsätzlich misstrauisch, wenn man ausgesucht höflich zu ihm war. Jetzt gerade war er sicher, dass er ihn verarschte.

»Ich dachte, das ist der Grund, warum ich hier bin«, entgegnete er giftig.

De Verell schwieg.

Hodges übernahm. »Sie haben das Video gleich hochgeladen, noch vor Ort?«

»Ja. Auf meinen YouTube-Kanal.«

»Sie haben einen eigenen YouTube-Kanal?«

»Ich bin Kameramann. Da stelle ich Arbeitsproben rein. Natürlich.«

Gilpin beugte sich vor. Sie sprach ruhig und leise. »Sie haben diese Aufnahmen zu Ihren Arbeitsproben gestellt?«

»Ja, zu den Arbeitsproben, weil da nur Leute vorbeischauen, denen ich explizit den Link geschickt habe! Die beiden Typen wollten, dass es online geht. Hätte ich mich auch noch mit denen anlegen sollen?«

»Das war kein Vorwurf, Niall«, sagte Hodges, obwohl es genau das gewesen war. »Sie haben das Richtige getan und uns dadurch wertvolles Material geliefert. Und es war sehr mutig von Ihnen.«

»Mutig?« Niall schnaufte. »Mutig wäre gewesen, wenn ich versucht hätte, dem Jungen zu helfen.«

»Sie konnten nichts tun.«

»Doch. DI Gilpin hat recht. Ich hätte früher die Polizei rufen sollen. Aber ich ...« Er verstummte. Sagte dann: »Ich hätte wenigstens versuchen sollen, sie aufzuhalten.«

»Sie hätten nur sich selbst und möglicherweise noch andere gefährdet, und wir hätten es jetzt mit mehr als einem Toten zu tun. Niall, machen Sie sich keine Vorwürfe. Sie haben richtig gehandelt.«

Erst jetzt verstand er, dass sie nicht mit ihm als Verdächtigem sprachen.

Hodges bemerkte, was in ihm vorging. »Wir hatten genug Zeit, Sie zu überprüfen und einiges an Daten auszuwerten. Es gibt keine Hinweise, dass Sie in Verbindung mit diesen Männern standen.«

»Ah. Gut. Dann brauche ich wohl wirklich keinen Anwalt. Obwohl ich im Gefängnis schon ganz gern einen gehabt hätte, ehrlich.«

»Sie wollten keinen, hat man uns gesagt.« De Verell sah in die Runde. »Stimmt doch?«

»Ich wollte keinen Anwalt? Deshalb hab ich auch dauernd gefragt, ob ich telefonieren darf. Klar.« Er lachte auf. »Ich wollte keinen Anwalt. Großartig.«

Die drei Detectives sahen ihn an. Sie schienen abzuwägen.

Als sie nichts sagten, fuhr er fort: »Also, fürs Protokoll: Natürlich wollte ich einen Anwalt. Und ich hab mich nicht freiwillig verprügeln lassen. Okay?«

»Nun, das liegt außerhalb unserer Zuständigkeit. Wir werden das aber ... verfolgen. Natürlich.« De Verell schrieb etwas auf.

»Ach so, verstehe, Sie meinen, unter den gegebenen Umständen hatte ich das zu erwarten, oder?« Niall sah den Mann fragend an, konnte aber dessen Gesichtsausdruck nicht deuten. »Terrorverdacht und so weiter? Da tritt man schon mal härter zu als bei, sagen wir mal, einem Raubmörder. Was passiert mit Vergewaltigern? Werden die gleich an Ort und Stelle kastriert, wenn's den Wärtern gerade passt, oder wartet man da wenigstens, bis Anklage erhoben wird?« Jetzt, da er sich sehr viel besser und vor allem auch sicherer fühlte, brach seine ganze Wut hervor.

De Verell fragte, um Ruhe bemüht: »Was ist noch passiert?«

»Sie haben nachts das Licht angelassen. Und ständig jemanden vorbeigeschickt, der aufpasst, dass ich mich nicht umbringe. Vor allem hat man nicht mit mir geredet. Und nicht geantwortet, wenn ich was gefragt habe. Von denen hab ich nicht mal die Uhrzeit bekommen. Obwohl ...« Er musste fast lachen. »Doch. Die hat man mir auf der Herfahrt gnädigerweise mitgeteilt.«

De Verell sagte: »Sie können mit einem Anwalt darüber sprechen.«

»Ja. Jetzt«, murmelte Niall. »Ich kenne keine Anwälte. Ich weiß auch nicht, ob ich mir einen leisten kann. Aber ich habe einen Onkel, der arbeitet im Gesundheitsamt. Ich dachte, vielleicht weiß der jemanden. Er verkehrt eher in solchen Kreisen.«

»Ihr Onkel?« Gilpin blätterte in ihren Notizen.

»Ein Cousin meiner Mutter. Mein Nenn-Onkel. Nicht so wichtig.«

»Fragen Sie ihn. Tun Sie das«, sagte De Verell. »Aber machen Sie sich keine zu großen Hoffnungen. Die Antiterrorgesetze sind ...«

»... die härtesten in ganz Europa. Ich weiß.«

De Verell nickte. »Fällt Ihnen noch irgendetwas ein? Etwas, das Ihnen bisher vielleicht nicht so wichtig erschienen ist?«

»Reden wir noch vom Knast oder von dem Anschlag?«

»Ich meinte, was im Park geschehen war.«

Niall überlegte und schüttelte langsam den Kopf. Dann hob der den Blick. »Sind wir fertig? Sie haben alles von mir. Sie kennen das Video. Mehr weiß ich auch nicht.«

»Sie müssen das Protokoll unserer Unterhaltung noch unterschreiben«, sagte Gilpin. »Das können Sie morgen machen. Wenn es zu einer Gerichtsverhandlung kommt ...«

»Wenn? Im Sinne von ›falls‹?«, unterbrach er sie.

»Sobald es zur Gerichtsverhandlung kommt, werden Sie dort aussagen müssen.«

»Ja.« Er sah sich suchend um. »Mein Smartphone? Kann ich das eigentlich auch wiederhaben?«

De Verell erhob sich. »Wenn Sie bitte mitkommen möchten.«

Niall stand ebenfalls auf. Gilpin und der DCI blieben sitzen.

»Wir sind noch nicht ganz fertig, Niall«, sagte Hodges.

Niall sah ihn an. »Das war alles nur ein Scherz? Ich bin doch verhaftet?« Er lachte, wenn auch unsicher. Der DCI sah ihn ernst an, und er verstummte.

»Niall. Wir haben zwei Probleme.«

»Zwei.«

»Erstens. Wir sind uns nicht ganz sicher, ob Ihnen Gefahr seitens der Anhänger des Islamischen Staats droht. Wir wissen noch nicht, wie die Kontakte der beiden zu anderen Dschihadisten sind, wie sie organisiert sind. Wir brauchen noch etwas Zeit für unsere Untersuchungen. Bis dahin sollten Sie, wenn das möglich ist, nicht in Ihre Wohnung zurückkehren.«

»Nicht mal, um ein paar Sachen dort abzuholen? Ich meine, ich kann mir doch nicht alles neu kaufen. Das Geld dazu hab ich gar nicht.«

»Natürlich können Sie sich etwas aus Ihrer Wohnung holen. Wir schicken Ihnen jemanden mit. Gibt es Freunde, denen Sie vertrauen und bei denen Sie unterkommen können?«

»Aber warum …«

»Überlegen Sie es sich«, sagte DCI Hodges. »Es gibt noch etwas, das Sie bedenken müssen. Die Boulevardpresse in unserem Land hat Ihre Identität herausgefunden.«

»Wie das denn?«

»Das Video macht natürlich seit gestern die Runde.«

»Ich hab es doch nur auf meinen YouTube-Kanal geladen. Niemand ... Oh. Scheiße.« Er schloss die Augen und seufzte. Er hatte die Einstellungen geändert. Ein Bekannter hatte ihm gesagt: Mach mehr Eigenwerbung auf den sozialen Plattformen. Die Produzenten treiben sich dort alle herum und suchen nach guten Leuten. Deshalb hatte er seinen YouTube-Kanal so eingestellt, dass alles, was er hochlud, automatisch auch an Facebook und Twitter weitergeleitet wurde. Daran hatte er nicht mehr gedacht.

»Ja. Sie sind jetzt bei Facebook und Twitter gesperrt. Bei YouTube natürlich auch.«

»Was ...«

»So läuft das nun mal. Wer solche Inhalte teilt, wird rausgeworfen.«

»Scheiße«, sagte Niall wieder. Seine komplette virtuelle Existenz war gelöscht worden. Abgesehen von seiner Mailadresse, das hoffte er jedenfalls. Aber es gab Leute, mit denen er nur über Facebook verbunden war und nur dort kommunizierte. Von denen hatte er weder eine Mailadresse noch eine Telefonnummer. Es würde mühsam werden, sie alle wieder zusammenzusuchen. Schöne neue virtuelle Welt.

»Dass das Video von Ihnen kam, war nur für einen relativ kurzen Zeitraum klar ersichtlich, bevor alles gelöscht wurde. Aber andere hatten es da schon kopiert und weiterverbreitet, und irgendwie haben ein paar Journalisten einen guten Schnüffeljob gemacht und sind auf Sie gestoßen. Seit einer guten Stunde ist Ihr Name mit Foto neben einem Standbild aus dem Video in sämtlichen Portalen der Boulevardpresse zu sehen. Bei den anderen Zeitungen auch, nur eben etwas dezenter. Morgen wird es garantiert gedruckt vorliegen. Sie sollten sich schon mal drauf einstellen.«

»Schreiben die, ich hätte was mit dem Mord zu tun?« Nialls Kopf dröhnte.

»Nein.«

»Gut.« Er wandte sich De Verell zu. »Dann holen wir mal mein Handy.«

»Niall«, sagte der Vorgesetzte.

»Gibt's noch ein Drittens?«

»Ich war noch nicht fertig.«

»Sie machen es mir aber auch wirklich nicht leicht. Was ist noch?«

»Ein Foto von Ihnen. Ihr Name. Was glauben Sie, wer jetzt alles mit Ihnen reden will?«

»Die gesamte englische Presse?«

»Wenn das reicht.«

»Noch ein Grund mehr, mich irgendwo zu verkriechen, wollen Sie mir damit vermutlich sagen.«

Der Mann nickte De Verell zu. »Kümmern Sie sich um unseren Helden.«

»Welchen Helden?«

Der Vorgesetzte seufzte. »Niall, Sie haben wirklich keine Ahnung, was Sie da draußen erwartet.«

FREITAG

8

Er ließ sich von den beiden DIs nach Hause bringen. Für ihn war die Gleichung ganz einfach: Wenn dort Journalisten herumlungerten, würden ihn nicht zur gleichen Zeit Dschihadisten in Stücke hacken können.

»Eine laufende Kamera hält die nicht auf«, erinnerte ihn Gilpin. »Im Gegenteil. Sie sollten sich das gut überlegen.«

»Ich bin kein Soldat, ich bin Zivilist und damit wahrscheinlich uninteressant. Und um Zeugenbeseitigung geht es denen nicht.«

»Stimmt. Journalisten entführen die lieber und behalten sie ein paar Jahre als Geiseln«, sagte Gilpin trocken.

»Wer vor Ort ist, wird entführt. Aber doch nicht von London aus. Das ist denen zu viel Aufwand.«

»Sind Sie sich ganz sicher?«, erkundigte sich De Verell. »Ich meine, glauben Sie wirklich zu wissen, was Sie da tun?«

»Nein. Aber ich würde jetzt gern nach Hause.«

DCI Hodges hatte recht gehabt. Vor dem Wohnblock lungerte ein Pulk Journalisten herum. Man erwartete ihn offenbar bereits seit Stunden. Auch dass er verhaftet worden war, hatte sich herumgesprochen.

»Kommen Sie gerade aus dem Gefängnis?«

»Wie hat man Sie behandelt?«

»Hat man sich bei Ihnen entschuldigt?«

»Wie lange waren Sie in Haft? Bis gerade eben?«

»Wann hat die Polizei den Irrtum eingesehen?«

»Wie fühlen Sie sich jetzt?«

»Hatten Sie Kontakt zu den beiden Attentätern?«

»Hatten Sie keine Angst um Ihr Leben?«

»Glauben Sie, dass Sie jetzt in Sicherheit sind?«

Gilpin stellte sich vor die Meute, sprach blumig von laufenden Ermittlungen, Persönlichkeitsrecht und Schutz der Privatsphäre. Währenddessen schob De Verell Niall vor sich her ins Haus. Sie beeilten sich, die Treppen hinaufzukommen.

»Die Kollegin kümmert sich. Sie spricht gern mit der Presse.«

»Sie sind um einiges jünger, aber Sie haben denselben Dienstrang.«

De Verell nickte. »Ich bin ein Streber. Und ich rede nicht so gern mit der Presse.«

»Das heißt, sie hat mal den Mund nicht gehalten?«

»Und die nächsten Beförderungsrunden gingen an ihr vorbei. Sie war auch kurz vom Dienst suspendiert.«

Niall schloss seine Wohnungstür auf, öffnete sie aber nur einen kleinen Spalt. Er wollte De Verell nicht reinlassen. Er schämte sich für seine kleine, unaufgeräumte Bude.

Der Detective bemerkte sein Zögern. »Ich war da schon drin«, sagte er nur.

Niall öffnete die Tür und ließ ihn rein.

Dafür, dass man seine Ein-Zimmer-Wohnung durchsucht hatte, sah alles noch recht anständig aus. Nicht sehr viel unordentlicher, als er die Wohnung verlassen hatte.

»Ich hab's nicht so mit Aufräumen«, murmelte er.

»Hätte ich keine Frau, sähe es bei mir genauso aus.«

Niall musterte De Verell, diesmal bewusster als zuvor.

Der teure, gepflegte Anzug, das perfekt gebügelte Hemd, die geputzten Schuhe. Niall hätte auf einen guten Wäscheservice und vielleicht noch eine Haushaltshilfe getippt. De Verell bemerkte seinen Blick und lachte.

»Ich bin ein konservativer Streber.«

Niall sah sich in der Wohnung um. Der Laptop fehlte.

»Wann bekomm ich den wieder?«

»Haben Sie ein Ersatzgerät?«

»Nein.«

»Dann bringen wir ihn so schnell es geht zurück.«

»Wäre gut.«

De Verell sah in Küche und Bad nach, ob alles in Ordnung war. Zu Niall sagte er: »Sie haben unsere Nummern, falls etwas ist. Passen Sie auf sich auf. Das sind Verrückte.«

»Meinen Sie die von der Presse oder die Dschihadisten?«

»Sowohl als auch.«

Als De Verell gegangen war, ließ sich Niall auf sein Bettsofa fallen und versuchte, ein wenig zu schlafen. Das Telefon ließ ihn nicht. Er nahm das Gespräch an, automatisch, und dachte zu spät daran, dass es mit Sicherheit Presse sein würde.

Er hatte recht. Jemand aus der Frühstücksfernsehen-Redaktion. Ob er sich vorstellen könne, als Studiogast die Sendung zu begleiten und darüber zu sprechen, was ihm zugestoßen war.

»Mir ist nichts zugestoßen«, sagte Niall. »Der Junge ist tot. Sagen Sie mir, wie er heißt?« Er hatte bei der Polizei nicht nach seinem Namen gefragt. Oder nach den Namen der Attentäter. Namen machten aus den Figuren in seinem Kopf Menschen. Er wusste nicht, ob er jetzt bereit war, sich den Toten als Menschen, nicht nur als Opfer vorzustellen. Aber irgendwann musste er es.

»Paul Ferguson. Seine Freunde nannten ihn Paulie«, sagte die Frau am anderen Ende der Leitung.

Paulie. Er sah einen strahlenden, gesunden jungen Mann vor sich. Paulie Ferguson.

»Danke«, sagte Niall.

»Kommen Sie?«

»Nein.«

»Warum nicht?«

»Ich will nicht ins Fernsehen, und ich habe auch nichts Tolles gemacht. Warum rufen Sie mich an?«

»Sie sind ein Held, und Sie sollen Ihre Geschichte erzählen.«

»Ich bin kein Held, und ich habe nur die Handykamera draufgehalten. Wenn man bedenkt, dass ich von Beruf Kameramann bin, ist das nicht mal verwunderlich.«

»Aber in dieser Situation?«

»Mir wäre es lieber, ich hätte Superkräfte entwickelt und dem Jungen geholfen.« Er schluckte. Er sagte nicht, dass er sich lieber dazwischengeworfen und riskiert hätte, an Paulies Stelle getötet zu werden. Weil es nicht stimmte. »Ich hätte ihm gern geholfen. Ich bin eher ein Feigling als ein Held.«

»Sie könnten darüber reden.«

»Ich kann es auch bleiben lassen. Hören Sie, eigentlich sollte ich sofort auflegen. Ich hätte nicht mal ans Telefon gehen sollen.«

»Natürlich bezahlen wir dafür, wenn Sie kommen. Und ich meine damit keine Aufwandsentschädigung für die Anfahrt.«

»Sie zahlen? Seit wann?«

»Ach, es gibt für besondere Gäste immer mal ein Sonderbudget. Sofern wir sie exklusiv bekommen. Würden wir Sie exklusiv bekommen?«

»Ich hatte eigentlich gar nicht vor, mit irgendjemandem zu reden.«

»Also ja?«

»Wie viel?«

»Tausend?«

»Zwei.«

»Paulies Eltern würden Sie gern kennenlernen.«

Niall stutzte. »Was?«

»Sie kommen auch.«

»Ins Fernsehen?«

»Ja.«

»Wie bitte?«

»Es ist ihnen ein Bedürfnis.«

»Warum das denn?«

»Die beiden wollen erfahren, was mit ihrem Jungen geschehen ist. Und deshalb wollen sie auch mit Ihnen reden.«

»Mit mir. Das haben sie genau so gesagt. Ja?«

»Ja.«

»Lügen Sie mich gerade an?«

»Nein.«

»Ich glaube Ihnen das nicht.«

»Die Fergusons wollen Sie wirklich kennenlernen.«

»Warum?«

»Kommen Sie morgen, dann erfahren Sie's.«

»Sie werden es mit Ihrem Überredungstalent einmal weit im Leben bringen«, sagte Niall. »Wann muss ich da sein?«

»Um vier.«

»Morgens um vier?«

Sie lachte wieder. »Wenn es zehn nach vier ist, ist das nicht schlimm, aber dann sagen Sie bitte Bescheid, dass Sie etwas später kommen.« Sie diktierte Niall ihre Nummer und erklärte ihm, wo er hinkommen sollte. Ihr Name war Laura. Im Hintergrund hörte Niall Stimmengewirr.

»Laura, kann es sein, dass Sie gerade bei mir vor der Tür stehen?«

»Ich habe Ihnen zugewinkt, aber Sie haben mich gar nicht beachtet.«

»Was ist Ihre Aufgabe beim Sender? Wegelagerei?«

»Ich bin die Produktionsassistentin beim Frühstücksfernsehen.«

»Noch«, sagte Niall. »In zwei Jahren sind Sie die Chefin von dem Laden. Ich hoffe, Sie gehen nie in die Politik.«

»Versprochen. Wir hatten also tausend gesagt, richtig?«

Er seufzte. »Du meine Güte. Von mir aus.«

»Dann sehen wir uns morgen früh um vier.«

Nachdem sie aufgelegt hatte, schaltete Niall seinen Festnetzanschluss auf lautlos und machte das Handy aus.

Als um drei Uhr der Wecker ging, hatte er nicht viel und auch nicht besonders gut geschlafen. Niall duschte, zog sich an, rannte zum Nachtbus und kam eine Viertelstunde zu spät in den Fernsehstudios nördlich des Oxford Circus an.

»Halb fünf hätte auch gereicht«, sagte Laura mit einem Grinsen. Sie holte ihn in der imposanten Art-déco-Eingangshalle des Sendergebäudes ab.

»Warum sagen Sie dann, ich soll um vier kommen?«

»Weil um diese Zeit sonst alle zu spät sind. Niemand ist wirklich um vier da.«

»Sie sind durch und durch gerissen.« Er sagte es voller Bewunderung.

»Ich weiß.«

Laura kam ihm bekannt vor, aber er wusste nicht, woher. Sie war klein und pummelig, hatte dunkelblonde Locken und eine leichte Akne, die sie mit starkem Make-up kaschierte. Sie würde nicht wegen ihres Aussehens Karriere machen, sondern durch ihr Können und ihre Klugheit auffallen müssen. Niall wünschte ihr, dass sie sich trotzdem durchsetzte. Die Fernsehbranche war mäßig attraktiven Frauen gegenüber unbarmherzig. Intelligenz war auch nicht immer hilfreich, nicht mal hinter den Kameras. Er hatte das Bedürfnis, ihr ein Kompliment zu machen, aber ihm fiel nichts ein. Mädchen wie ihr sagte man immer, dass sie eine tolle Stimme hatten. Oder ein liebenswertes Wesen. Ein hübsches Lächeln. Schöne Augen. Oder dass sie besonders geistreich und witzig waren. Laura war zu klug, um sich von solchem Gerede beeindrucken zu lassen. Wenn er sie jetzt fragte, ob sie sich irgendwoher kannten, käme das möglicherweise völlig falsch bei ihr an. Er hoffte, es würde ihm von selbst einfallen.

»Sind Paulies Eltern schon da?«, fragte er.

»Nein, sie kommen später und auch nur kurz.« Sie zeigte auf seine Stirn. »Was haben Sie da?«

Vorsichtig befühlte er die geklammerte Wunde. »Lange Geschichte.« Zu lang für das Frühstücksfernsehen.

Sie brachte ihn in den Aufenthaltsraum für Studiogäste, wo Essen und Trinken für ihn bereitstanden, und überließ ihn kurz sich selbst. Niall trank Kaffee, ging ein wenig auf und ab, um wach zu bleiben, dachte an seine Zelle, die kleiner gewesen war als dieser Raum, und betrachtete das Thunfischsandwich, das ihn vom Tisch aus anlächelte, als Laura wieder hereinkam und ihm mitteilte, er könne nun in die Maske.

Dort wurde er gepudert und frisiert, anschließend von Laura verkabelt und dem Team vorgestellt. Niemand schien sich für ihn zu interessieren, alle nickten ihm nur knapp zu, mit den Gedanken ganz bei der Arbeit. Es war halb sechs, in dreißig Minuten würden sie live auf Sendung gehen.

Von wegen Held, dachte er und erinnerte sich an das Gespräch mit dem DCI von Scotland Yard. Niemanden interessierte, wer das Video gemacht hatte. Überhaupt interessierte es nie jemanden, wer die Kamera hielt. Weil alle dachten, die Kamera zu halten, sei das Einfachste auf der Welt. Jeder konnte eine Kamera halten. So wie jeder den Knopf einer Kaffeemaschine betätigen konnte. Einfach irgendwo draufdrücken, den Rest macht die Maschine. Niall ärgerte sich ein wenig darüber, wie immer.

»Sie können noch mal in den Aufenthaltsraum«, sagte Laura.

»Eigentlich meinen Sie: Verschwinden Sie hier, Sie stehen allen im Weg.«

»Endlich jemand, der mich durch und durch versteht«, sagte sie. »Ihre fünfzehn Minuten Ruhm kommen gleich noch. Und es werden mehr als fünfzehn Minuten sein, deshalb trinken Sie noch ein paar Tassen Kaffee und schlagen Sie bei den Sandwiches oder Keksen zu. Wenn Sie auf Sendung sind, werden Sie nicht mehr über Essen nachdenken wollen.«

»Meinen Sie?«

»Ich weiß es. Und jetzt: Verschwinden Sie.« Sie lächelte fröhlich und trieb ihn vor sich her in den Aufenthaltsraum. Dort wurde sie wieder ernst. »Paulies Vater kommt nicht«, sagte sie.

»Nein? Hat er es sich anders überlegt?«

»Er ist im Krankenhaus. Er hatte einen Schwächeanfall.«

»Scheiße.«

»Aber seine Mutter kommt.«

»Warum? Sie soll bei ihrem Mann bleiben. Sie regt sich bestimmt nur auf.«

Laura nickte langsam. »Sie wollte unbedingt kommen.«

»Finden Sie das richtig?«

»Es ist ihre Entscheidung.« Sie sah auf die große Uhr, die über der Tür hing. »Ich hole Sie gleich ab. Sie sind nicht sofort um sechs dran, Sie haben noch eine halbe Stunde Ihre Ruhe.« Laura nickte ihm zu, dann verließ sie den Raum.

Er öffnete die Plastikverpackung und nahm das Thunfischsandwich raus. Während er aß, checkte er auf seinem Smartphone die Mails. Sein Onkel Carl hatte ihm geschrieben und vorgeschlagen, sich zum Essen zu treffen. Freunde und Bekannte hatten sich gemeldet. Seit dem Tod seines Vaters vor zwei Jahren war der Kontakt zu einigen Leuten abgebrochen, was seine Schuld gewesen war, aber jetzt meldeten sie sich. Die einen, weil sie sich wirklich sorgten. Die anderen, weil sie die Gelegenheit wahrnehmen wollten, ihm zu sagen, wie scheiße sie ihn fanden. Darunter seine Ex-Freundin. Wahre Freunde, dachte er. Keiner dabei, der so tut, als würde er mich mögen, nur weil ich jetzt in allen Medien bin.

Er überflog die meisten Mails nur. Wenn ihm der Absender fremd war, öffnete er die Nachricht erst gar nicht. Dann wechselte er zur Startseite des Fernsehsenders und klickte sich zur Seite der Frühstückssendung durch, fand aber keine besonderen inhaltlichen Hinweise. Vielleicht suchte er auch an der falschen Stelle. Er hatte die Sendung nie wirklich aufmerksam geschaut. Manchmal, wenn er vorm Fernseher eingeschlafen und während der Frühstückssendung aufgewacht war, hatte er ein paar Minuten davon gesehen. Oder wenn er unterwegs war, morgens im Hotel. Er hatte sie nebenbei laufen lassen. Sie brachten eine Mischung aus sich ständig wiederholenden Nachrichten, erstaunlich ausführlichen Wettervorhersagen, Interviews mit Studiogästen und Einspielern zu aktuellen Themen, die keinen Nachrichten-, aber Unterhaltungs- oder Servicewert hatten. Vielleicht kochten sie auch zwischendurch. Oder stellten Hunde aus dem Tierheim vor, die ein neues Zuhause suchten.

Niall spürte das Lampenfieber. Er stand nicht gern vor der Kamera, sein Platz war dahinter. Jetzt hatte er feuchte Hände, und sein Puls raste. Am liebsten wäre er sofort nach Hause gegangen. Was hatte er sich eigentlich dabei gedacht, für diese Sendung zuzusagen?

Laura kam herein. Jetzt fiel ihm ein, woher er sie kannte.

»Wir müssen«, sagte sie, bevor er zu Wort kam. »Alles okay?«

»Ja. Klar.« Er stand auf.

»Sie sehen ein bisschen blass aus.«

»Und das trotz Maske?«

»Im Vergleich zu gerade eben. Aufgeregt?«

»Und wie.«

»Das erste Mal live im Fernsehen?«

»Das erste Mal ernsthaft *vor* einer Kamera.«

9

Die beiden Moderatoren erwarteten ihn bereits im Studio. Er setzte sich zu ihnen in die Sofalandschaft, die auf dem Bildschirm bequem aussehen mochte und es für die anderen möglicherweise auch war. Niall hatte das Gefühl, auf einem Wasserbett gelandet zu sein.

»Wir haben noch eine gute Minute«, sagte die Moderatorin. Shirin, erinnerte er sich. Ihr Kollege hieß Brian. Nein, Dylan. Oder Colin? Er hatte es vergessen. Nialls Nervosität grenzte jetzt an Panik. Er hoffte, um eine direkte Anrede herumzukommen. Schließlich sollten die beiden ihm Fragen stellen, nicht umgekehrt. Trotzdem brachte es ihn aus dem Konzept, dass er sich den Namen nicht hatte merken können.

Was für einen Unsinn würde er erst reden, wenn er gleich auf Sendung war?

Shirin drückte den Rücken durch und fing an, strahlend zu lächeln. Ihr Kollege brach seine verkrampfte Sitzhaltung auf und lehnte sich betont locker zurück. Niall hätte fast den Countdown verpasst. Jetzt waren sie live auf Sendung. Shirin plapperte gut gelaunt los, und Niall versuchte daran zu denken, die Kameras als wohlmeinendes Publikum zu sehen. Seine Gedanken schweiften zu seinen Kameras zu Hause und zu den unterirdischen Flüssen, als er seinen Namen hörte. Er zuckte zusammen.

»Ja«, sagte er vorsichtshalber. »Guten Morgen.« Dabei nickte er vage in die Kamera, die gerade auf Sendung war. Eine rote Lampe auf dem Gerät zeigte ihm an, welche die richtige war.

»Sie haben zwei turbulente Tage hinter sich«, sagte Shirin. »Darüber sprechen wir gleich. Aber erst sehen wir uns an, was der Grund dafür war. Niall Stuart hat nämlich, liebe Zuschauer, den bestialischen Mord an Air Cadet Paul Ferguson gefilmt. Wir zeigen Ihnen aufgrund der Brutalität der Aufnahmen und aus Respekt vor dem Verstorbenen nur einen kleinen Ausschnitt.«

Der Einspieler kam. Auf einem Monitor konnte Niall sehen, was auch die Zuschauer zu Hause sahen: wenige, zusammengeschnittene Bilder, die das Grauen nur andeuteten. Sie endeten damit, dass der im grünen Hemd zu sehen war, wie er die Flagge schwenkte, und der im blauen etwas über den Islamischen Staat sagte. Man sah das Blut an seinen Händen, die triefende Machete. Niall war froh, dass sie nichts von Paulie zeigten.

»Niall«, sagte der Moderator, dessen Name ihm nicht einfiel. Robert vielleicht? »Wie kam es dazu, dass Sie diese Aufnahmen machen konnten?«

Niall überlegte, offenbar zu lang für eine Livesendung, denn Shirin redete sofort rein, bevor er den Mund öffnen konnte. »Das muss Sie alles sehr mitgenommen haben. Wie haben Sie sich dabei gefühlt?«

»Ich weiß nicht. Also, natürlich hatte ich Angst. Ich habe vermutlich einfach gedacht, ich muss unbedingt die beiden Männer filmen, damit es später Beweise gibt. Ich konnte ja nicht ahnen ...« Er unterbrach sich. »Okay, sie hatten diese Macheten dabei, aber ... damit rechnet doch niemand. Ich jedenfalls nicht.«

Shirin beugte sich geschickt vor, sodass sie ihm das Licht nicht nahm, selbst im Bild blieb und die Hand auf seinem Arm platzieren konnte, um der gesamten Frühstücks-fernsehnation zu zeigen, wie sehr sie mit ihm fühlte. Irritiert sah Niall auf die perfekt manikürte, magere Hand der Moderatorin. »Sie hätten weglaufen können.«

»Ja, vielleicht, aber ...« Er schüttelte den Kopf. »Das war wie ein Reflex.«

»Berufskrankheit«, sagte Shirins Kollege.

Brian, dachte Niall. Das passte zu ihm. Oder doch Colin?

»Möglich.«

»Und wie Sie mit den Attentätern gesprochen haben. Unglaublich! Sie haben das Geständnis aufgezeichnet. Die Authentizität Ihrer Aufnahme ist unbestritten und wird vor Gericht Beweiskraft haben. Die Täter haben schließlich eingewilligt, sich filmen zu lassen, richtig?«

»Sie haben mich sogar aufgefordert, das Video hochzuladen.«

»Sie haben das Richtige getan.« Shirin klang wieder sehr verständnisvoll.

»Na ja. Erst mal sollte es nur auf meinen YouTube-Kanal. Ich dachte, da verirrt sich niemand hin, aber wenigstens habe ich die Aufnahme hochgeladen, falls die Typen einen Beweis wollen. Ich hatte aber vergessen, dass ich ...«

»Ja«, strahlte Brian-Collin, »das Netz vergisst nie etwas! Einmal im Internet, schon weiß es die Welt. Bei Welt fällt mir ein, es ist wieder Zeit für uns, bei Fiona nachzufragen: Fiona, was passiert denn gerade so auf der Welt?«

Fiona, die Nachrichtensprecherin, begrüßte den Moderator und nannte ihn Harry. Harry und Shirin entspannten sich etwas, als die Kameras nicht mehr auf ihnen waren.

»Das war sehr gut«, sagte Harry zu Niall. »Wir sprechen dann gleich darüber, was die Männer zu Ihnen gesagt haben.«

»Okay.«

»Sie machen das ganz toll.« Harry nahm eine Kaffeetasse von dem kleinen Tisch, der vor der Sofalandschaft stand. »Auch einen?«

Niall schüttelte den Kopf. »Ich hatte schon.«

Shirin ließ sich nachpudern. Harry winkte jemanden mit einer Haarspraydose zu sich. Niall versuchte, in dem Sprühnebel nicht zu ersticken.

»Die rote Tasse, das ist mein Kaffee«, sagte Harry.

»Klar.«

»Noch dreißig Sekunden«, rief jemand.

Die Moderatoren gingen wieder in Position, und Niall versuchte, sich etwas bequemer auf dem Sofa einzurichten. Es fühlte sich an, als würde er liegen. Also beugte er sich vor und stützte die Unterarme auf den Knien ab. Er kam sich vor, als wollte er die *brace position* im Flieger kurz vor der Notlandung einnehmen.

»Was haben die zu Ihnen gesagt, Niall?«, fragte Harry, als sie wieder auf Sendung waren.

»Sie haben davon gesprochen, dass sie im Krieg sind. Und deshalb einen Soldaten getötet haben. Der eine hat eine Flagge geschwenkt.«

»Eine Flagge, richtig«, sagte Shirin lächelnd. »Haben Sie sie erkannt?«

»Ja, das ist die von den Islamisten, also, vom Islamistischen, äh, Islamischen Staat?« Nialls Nervosität hatte sich während der Pause etwas gelegt, jetzt war sie wieder da. Er rutschte ein Stückchen nach vorn. »Was genau steht eigentlich auf der Flagge?«

»Genau das haben wir uns auch gefragt. Wir haben deshalb etwas vorbereitet, sehen Sie.« Ein Schaubild wurde eingeblendet. Shirin las von einem Bildschirm ab. »Das ist eine Variante der Flagge des Islamischen Staats, wobei dazugesagt werden muss, dass es sich nicht um einen Staat im völkerrechtlichen Sinne handelt, sondern um eine Organisation. Viele Regierungen stufen sie als extrem gefährliche salafistisch-islamistische Terrororganisation ein. Die Flagge zeigt oben den ersten Teil der Schahāda, des Glaubensbekenntnisses des Islam. Übersetzt heißt es: ›Es gibt keinen Gott außer Gott.‹ Das untere Zeichen stellt das Siegel des Propheten Mohammed dar.«

Die Regie wechselte das Bild zurück auf die drei im Studio. Shirin lächelte wieder, aber diesmal hatte es etwas Grimmiges. »Das haben die Männer auch zu Ihnen gesagt, nicht wahr? Dass sie den Islamischen Staat unterstützen?«

»Den Kalifen, ja«, antwortete Niall unsicher. Er ärgerte sich, weil er sich nicht besser vorbereitet hatte. Er besaß nur oberflächliches Viertelwissen, das er aus den Nachrichten und dem Internet hatte. Laura hatte am Telefon nicht gesagt, dass er in einen Polittalk geladen wurde, sondern ins Frühstücksfernsehen.

»Abu Bakr al-Baghdadi, das ist der Anführer der Organisation ISIS, die sich vor Kurzem in IS umbenannt hat. Es gibt mehrere tausend Mitglieder, und aus allen Teilen der Welt hat die Organisation immer mehr Zulauf. Auch konvertieren immer wieder junge Männer aus westlichen Ländern zum Islam und sind besonders leicht durch die Salafisten zu beeinflussen.« Harry sagte seinen Text flüssig auf und blickte dabei betroffen in die Kamera. »Glauben Sie mir, Sie wollen nicht, dass Ihre Söhne da mitmachen. Der sechsundzwanzigjährige Frank Holeywell ist einer von denen, die darauf hofften, endlich ihre Bestimmung zu finden.«

Ein Foto des Mannes, der Paulie getötet hatte, wurde eingeblendet. Nur war er darauf glatt rasiert, trug das Haar etwas länger und lächelte zurückhaltend. Niall erkannte ihn erst auf den zweiten Blick.

»Seit er zum Islam konvertiert ist, nennt er sich Farooq Kaddumi al-Engeltra. Ein ganz normaler junger Mann aus Südlondon, der sich radikalisiert.«

Niall wusste nicht, ob er unterbrechen durfte. Er tat es einfach. »Er hat mir gesagt, er sei Palästinenser.«

»Nein, unseren Informationen zufolge ist er britischer Staatsbürger. Und Frank Holeywell klingt auch sehr englisch, oder?«

»Ja«, übernahm Shirin das Wort. »Sein Mittäter, Cemal Bayraktar, vierundzwanzig, wurde bei der Festnahme schwer verletzt und wird seitdem intensivmedizinisch versorgt.«

»Der Türke«, sagte Niall. »Also, das hat er jedenfalls gesagt.«

Sie zeigten Cemal Bayraktars Foto. Er grinste selbstbewusst in die Kamera, jemand hatte den Arm um ihn gelegt, aber dieser Jemand war auf dem Bildausschnitt nicht zu sehen. Auch Cemal trug auf dem Foto noch keinen Bart.

»Cemal Bayraktar wurde in London geboren. Seine Großeltern sind bereits in den Sechzigerjahren aus der

Türkei ausgewandert.« Shirin sah streng in die Kamera. »Niall Stuart hat die Täter bei ihrem brutalen Überfall nicht nur gefilmt, er hat sie anschließend auch noch interviewt und dadurch so lange festgehalten, bis die Polizei eintraf. Ein Vollblutjournalist, könnte man meinen, ein Mann vom Fach. Und tatsächlich, er ist Kameramann und Dokumentarfilmer von Beruf. Niall«, sie wandte sich wieder ihm zu. »Mit Ihrem mutigen Einsatz haben Sie ein noch größeres Blutbad verhindert und dafür gesorgt, dass die Polizei die beiden festnehmen konnte. Das war unglaublich mutig von Ihnen.«

»Ja? Also, ich weiß nicht.«

»Sie sind an Extremsituationen gewöhnt. Von Beruf sind Sie Dokumentarfilmer und reisen ständig mit Ihrer Kamera durch die ganze Welt.«

Da er nicht annahm, dass Shirin ihm erklären wollte, was er beruflich machte, war dieser Hinweis wohl an die Zuschauer gerichtet.

»Ich hatte mich auf Tiere spezialisiert. Und Landschaften«, sagte er.

Harry war ihm längst ins Wort gefallen: »Ist das eigentlich ein Talent, das Sie von Ihrem Vater geerbt haben?«

Niall brauchte einen Moment. »Mein Vater? Der hatte eine Gärtnerei«, sagte er. »Meinen Sie, ob ich von ihm eine Vorliebe für schöne Landschaften habe? So habe ich das noch nie betrachtet.«

»Ihr Vater ist doch …«

Jetzt ließ er Harry nicht ausreden. »Er ist leider vor zwei Jahren gestorben, das stimmt. Sein Tod hat mich sehr mitgenommen. Jemanden zu verlieren, der einem so nahesteht, ist schrecklich. Ich kann mir vorstellen, was die Eltern von Paulie durchmachen müssen.« Seine Wut auf Harry feuerte ihn an. Er redete wie ein Wasserfall. »Wie alt war Paulie eigentlich? Hat er noch Geschwister? Sie haben keine Vorstellung, welche Vorwürfe ich mir mache, dass ich nichts tun konnte, um ihn zu retten. Ich sehe ihn immer wieder vor mir, wenn ich die Augen schließe. Es ist furchtbar.«

Shirin wartete auf eine Atempause und sagte schnell: »Paulies Mutter, Valerie Ferguson, wird gleich unser Gast sein.« Sie richtete den Blick in die Kamera, die gerade sendete. »Wir schalten jetzt wieder um zu Carol, die uns verraten wird, wie das Wetter in den kommenden Tagen wird. Carol, was erwartet uns? Wird es heute wieder ein schöner, heißer Sonnentag?«

Shirin lächelte noch so lange, bis sie sicher war, nicht mehr im Bild zu sein. Dann warf sie Harry einen fragenden Blick zu. Harry hob die Schultern.

»Tun Sie das nie wieder«, sagte Niall.

»Was?«

»Ich werde nicht über meinen Vater reden. Okay?«

»Das kann ich doch nicht wissen.« Beleidigt wandte Harry sich ab und tat so, als müsse er etwas an seinem Mikrofon überprüfen.

»Das ist privat«, sagte Niall. »Sie können doch nicht einfach Sachen fragen, die privat sind!«

Shirin antwortete für Harry, der sich taub stellte. »Er bewundert Ihren Vater sehr.«

»Das hat alles überhaupt nichts mit dem Attentat zu tun. Das ist doch scheiße von ihm.«

»Sie haben recht. Er hätte Sie vorher fragen müssen. Ich entschuldige mich für ihn.«

»Er kann mich mal«, murmelte Niall leise. Als er zu Harry rübersah, sprach der gerade mit Laura. Offenbar ging es um Paulies Mutter, die schon etwas früher gekommen und bereit war, vor die Kamera zu treten.

»Her mit ihr«, sagte Harry und winkte der Frau zu, die sich noch in den Kulissen versteckte. »Kommen Sie, Mrs Ferguson. Bitte.« Er stand auf und ging ihr entgegen. »Mein Beileid. Unser aller Beileid. Ihr Paulie hat das nicht verdient. Wie geht es Ihrem Mann?«

Valerie Ferguson nahm mit einem stummen Nicken Harrys Begrüßung auf. Verwirrt sah sie sich um und blinzelte in die Scheinwerfer.

»Hier entlang«, sagte Laura.

»Wie lange noch?«, fragte Harry in Richtung der unsichtbaren Regie.

»Noch zwanzig. Beeilung bitte«, kam es über Lautsprecher.

Laura rannte aus dem Studio. Harry platzierte die Frau neben Niall. Shirin beugte sich vor und murmelte ihr anteilnehmende Worte zu.

Niall betrachtete sie von der Seite: Sie war vielleicht Anfang vierzig. Manche Frauen bekamen in dem Alter noch ein Kind, und sie hatte ihres jetzt verloren.

»Mrs Ferguson«, sagte er, als Shirin sich wieder zurückgelehnt hatte und schon vorbereitend in eine Kamera lächelte. »Ich bin Niall Stuart. Es tut mir so schrecklich leid, das alles. Ich hätte Ihrem Sohn so gern …«

»Danke, Carol«, sagte Shirin, »das wird ja ein grandioses Wochenende, wenn man nicht gerade in Wales wohnt. Liebe Zuschauer«, ihr Gesicht wurde ernst, »wir haben die Mutter von Air Cadet Paul Ferguson, der am Mittwoch einem Terroranschlag in Vauxhall zum Opfer fiel, im Studio. Valerie Ferguson, wir sind Ihnen sehr dankbar, dass Sie es auf sich genommen haben, in unsere Sendung zu kommen. Wie geht es Ihrem Mann? Er ist letzte Nacht nach einem Schwächeanfall ins Krankenhaus eingeliefert worden.«

Valerie Ferguson blinzelte immer noch. Sie wusste offenbar nicht, wohin sie sehen sollte. »Wer ist das?«, fragte sie.

»Wer? Der Mann neben Ihnen? Das ist Niall Stuart, er hat die Aufnahmen gemacht und verhindert, dass noch Schlimmeres ...«

Valerie Ferguson hörte nicht weiter zu. Sie war aufgestanden und hatte sich vor Niall gestellt, der verwundert zu ihr aufsah.

»Sie haben zugesehen, wie mein Sohn geschlachtet wurde, und haben nichts getan!« Die Frau schrie so laut, dass die Worte kaum noch zu verstehen waren. Irgendwo gab es eine Rückkopplung, und Niall sah aus dem Augenwinkel, wie Shirin und Harry gleichzeitig aufsprangen. Aber sie konnten der Frau nicht mehr in den Arm fallen, um zu verhindern, dass sie ihn fest mit der Faust im Gesicht traf.

10

»Immer noch keinen Arzt?«, fragte Laura.

»Immer noch nicht«, sagte Niall und hielt sich tapfer das Kühlkissen auf die Wange. »Sie müssen wirklich nicht alle drei Minuten nachfragen. Ich bin schon groß.«

»Darf ich mal sehen?«

Er nahm das Kühlkissen vom Gesicht. Sie verzog den Mund.

»Hätte ins Auge gehen können.«

»Ist es aber nicht.«

»Oder auf die Stirn, und dann wäre Ihre Wunde wieder aufgegangen.«

»Es ist doch nichts passiert. Hat sie sich beruhigt?«

»Ja, aber nur mit Arzt. Er ist übrigens noch draußen auf dem Gang, falls Sie …«

»Nein. Wirklich nicht.«

»Vielleicht haben Sie eine Gehirnerschütterung von dem Schlag?« Sie klang aufrichtig besorgt. Es erstaunte ihn, mit wie viel Herzblut sie bei der Sache war. Und er spürte, dass es ihre Art war. Egal, was sie im Leben noch tun würde, sie würde immer alles geben. Und mehr. Sie war ein besonderer Mensch. Sie passte gar nicht in diese oberflächliche Frühstücksfernsehwelt.

Er lächelte sie an. »Laura, ich bin okay. Ehrlich.«

Sie betrachtete ihn skeptisch.

Niall wusste noch, dass Shirin Paulies Mutter in eine Art Zwangsumarmung genommen und weggeschoben hatte, ein Einsatz, der immense körperliche Kraft erfordert haben musste, weil Valerie Ferguson bereit war, Niall k. o. zu boxen. So viel Kraft hätte er nun wiederum der mageren Shirin gar nicht zugetraut. Währenddessen hatte er Harry gehört, der sonore Entschuldigungen in Richtung der sendenden Kamera gesprochen und sich dabei mit kleinen Schritten vom Geschehen entfernt hatte, um das Drama aus dem Fokus zu nehmen. Laura hatte Niall in den Aufenthaltsraum gelotst. Seitdem saß er hier und kühlte sein Gesicht.

»Läuft die Sendung jetzt einfach weiter?«, fragte Niall.

»Ja. Klar. Die beiden sind Vollprofis. Die würden auch weitermoderieren, wenn ein Amokläufer reinkommt.«

»Falls das passieren sollte, rufen Sie mich an. Dann will ich zuschauen.«

»Aber natürlich.« Sie hielt ihm ein Glas Wasser hin. »Das hilft gegen den Schock.«

»Ich habe keinen Schock. Ich war nur erschrocken.«

»Trotzdem.«

Niall nahm es. »Ich weiß jetzt, woher wir uns kennen.«

Laura lächelte und hob fragend die Augenbrauen.

»Vor drei Jahren. Da hab ich diesen Botswana-Film gedreht. Du warst die Praktikantin im Londoner Produktionsbüro.«

»Stimmt.«

»Warum hast du nichts gesagt?«

Sie winkte ab. »Niemand erinnert sich an Praktikantinnen. Und wir haben uns ja auch nur zwei oder drei Mal kurz gesehen.« Was sie meinte, war: Man erinnerte sich nur an die hübschen Praktikantinnen.

»Ich erinnere mich.«

»Es hat aber eine Weile gedauert.«

Mit gespielter Empörung rief er: »In meinem Zustand! Da ist es ein Wunder, dass mir überhaupt noch etwas einfällt! Wie war noch mal mein Name?«

Laura lachte.

Er erinnerte sich an ihr Lachen. Es war ihm damals aufgefallen. Ein echtes, herzliches Lachen. »Ich weiß noch, Rick, dein Chef, war unglaublich beeindruckt von dir. Zuverlässig, klug, schnell, innovativ. Er hat gesagt: Aus dem Mädchen wird noch mal was ganz Großes.«

Sie wurde rot. »Er hat mich hierher vermittelt. Ich habe fertig studiert und dann diesen Job bekommen. Dank Rick.«

Niall nickte. »Das hat er gut gemacht. Aber bleib nicht zu lange beim Frühstücksfernsehen.«

Er trank von seinem Wasser, als sich die Tür öffnete.

»Guten Morgen.« Ein großer schlanker Mann um die siebzig mit vollem, grau meliertem Haar trat ein.

Niall verschluckte sich und hustete.

»Mr Huffman, guten Morgen«, sagte Laura und klang überrascht und aufgeregt. »Haben Sie ... Sind Sie für die Sendung bestellt worden? Mir hat leider niemand etwas gesagt, ich kümmere mich gerade ...«

»Alles in Ordnung«, sagte er und lächelte die Produktionsassistentin an.

Niall wischte sich den Mund ab und bemerkte, wie Laura wieder rot wurde.

»Ich wollte nach unserem jungen Freund hier sehen. Niall, wie geht es dir?«

»Danke, ausgezeichnet.«

»Das an der Stirn, war das gerade ...«

»Nein, nein, das ist schon älter.«

»Ah.«

Sie schwiegen. Huffman lächelte vor sich hin, Laura wurde unruhig, und Niall lehnte sich mit geschlossenen Augen zurück, das Kühlkissen fest an die Wange gepresst. Er zitterte immer noch und hoffte, wenn er die Augen öffnete, würde er wieder mit Laura allein sein. Oder ganz allein.

Leonard Huffman, die Legende. Der große Kriegsfotograf, dessen Bilder über dreißig Jahre lang Geschichte ge- und beschrieben hatten. Vor etwa fünf Jahren hatte er sich offiziell vom Fotografieren zurückgezogen und mehrere Ausstellungen mit seinen Fotos in der ganzen Welt gemacht. Er arbeitete in beratender Funktion für den Fernsehsender. Niall hätte allerdings nicht damit gerechnet, ihm zu begegnen.

»Ähm, ich seh gerade mal nach, ob draußen alles in Ordnung ist«, erklärte Laura, als immer noch niemand etwas sagte.

»Nein, bleib hier«, sagte Niall, bevor Huffman sie hinausnicken konnte.

»Sicher?«, fragte Laura.

Huffman ließ sich nicht anmerken, ob es ihn störte, dass sie blieb. Er zeigte sich ihr gegenüber formvollendet höflich, bat sie, sich dazuzusetzen, reichte ihr sogar eine Tasse Kaffee, als sei sie sein Gast. Er wusste, wie man Menschen für sich einnahm, dachte Niall. Lauras Gesicht brannte immer noch. Niall hätte ihr am liebsten sein Kühlkissen gereicht.

»Niall, ich spreche später noch mit Harry. Er hätte dich nicht auf so private Angelegenheiten ansprechen dürfen.«

Niall winkte nur ab und vermied es, Huffman anzusehen.

»Das ist aber nicht der Grund, warum ich hier bin«, fuhr der Mann fort, als Niall nichts sagte. »Ich möchte mit dir über ein Projekt reden.«

»Kein Interesse. Keine Zeit. Sorry.«

»An was arbeitest du gerade?«

»Eine Produktion hier in London. Stadtgeschichte«, sagte Niall bewusst vage.

»Ist das Projekt sehr wichtig für dich? Oder überraschend gut bezahlt?«

Niall seufzte. »Na los. Sag schon, worum geht's?«

Huffman lächelte. »Danke. Ich habe gerade mit der Programmplanung und diversen Redaktionsleitern gesprochen. Es besteht großes Interesse daran, eine Dokumentation über die beiden Attentäter zu machen, und dabei haben wir natürlich an dich gedacht.«

»An mich. Klar. Sorry, kein Interesse. Ich bin froh, wenn ich den beiden nie wieder begegnen muss.« Er versuchte, ruhig zu klingen. Es gelang ihm nicht. Seine Stimme kratzte und rutschte zu sehr nach oben.

»Du wärst aber genau der Richtige dafür. Der einzig Richtige.«

»Weil ich mich in der Vergangenheit immer wieder durch besonders schöne Landschafts- und Tieraufnahmen hervorgetan habe, bin ich jetzt genau der Richtige. Verstehe.«

»Du wolltest immer etwas anderes machen. Etwas mit Tiefgang und Bedeutung.«

»Bis vor zwei Jahren wollte ich das.«

»Niall, wir sollten ...«

»Wer sagt denn überhaupt, dass mein nächster Film keinen Anspruch hat? Gehst du einfach davon aus, dass ich den mal eben absage?«

»Die vergessenen Flüsse. Das kann natürlich ganz interessant sein.«

Typisch. Er wusste mal wieder alles. Niall schüttelte den Kopf und sah zu Laura, die höchst gespannt und mit deutlicher Verwunderung zuhörte. Er wurde etwas ruhiger. »Hör zu«, sagte er zu Leonard Huffman, »warum sucht ihr euch nicht einfach einen anderen?«

»Weil die beiden mit dir gesprochen haben.«

»Sie hätten mit jedem gesprochen, der eine Kamera in der Hand hatte.« Niall fühlte sich erschöpft.

»Aber sie haben mit dir gesprochen. Sie kennen dich jetzt.« Huffman lächelte ruhig.

»Bei dem Adrenalin, das die intus hatten, werden sie sich kaum an mich erinnern.«

»Niall. Bitte überleg es dir. Wir wollen einen kritischen, umfassenden Hintergrundbeitrag. Wie kommt es, dass sich zwei junge Engländer einer islamistischen Terrororganisation anschließen und einen Menschen in aller Öffentlichkeit töten? Das ist ein großes Thema. Den Anfang hast du schon gemacht. Und es interessiert dich doch auch, was mit den beiden los ist. Es ist genau das, was du machen willst. Das weiß ich.«

»Wow«, hörte er Laura sagen.

»Ich habe keine Zeit.«

Leonard Huffman sah ihn nachdenklich an. »Ist das dein letztes Wort?«

»Ja.«

Der Mann stand auf, nickte Laura zu und sagte im Rausgehen: »Denk bitte in Ruhe darüber nach. Wir reden später weiter.«

»Mein letztes Wort, habe ich gesagt. Ist das denn so schwer zu verstehen?«, rief Niall ihm hinterher.

Als er fort war, blieben Laura und er schweigend zurück. Laura brauchte etwas Zeit, bis sie sich von Leonard Huffmans Besuch erholt hatte und nicht mehr glühend rot im Gesicht war. Niall war froh über die Stille. Seine Unterlippe zitterte, sobald er den Mund öffnete. Eine ungute Mischung aus Aufregung und Erschöpfung.

»Wow«, sagte sie schließlich.

»Was, wow?«

»Ihr kennt euch aber gut, oder?«

»Nein, eigentlich nicht.«

»Aber ... es wirkte so.«

Niall zuckte die Schultern, bereute es sofort und rieb sich die verletzte Stelle. »Was ist mit Mrs Ferguson? Geht's ihr besser?«

»Soll ich nachsehen?« Laura erhob sich, aber dann hielt sie inne. »Ach so. Du willst mich loswerden. Du kannst mir so was auch direkt sagen. Das ist mir lieber.«

»Entschuldigung. Nein, bleib hier. Ich freue mich, wenn du mir noch Gesellschaft leistest. War ein bisschen viel heute. Die letzten Tage.« Das Kühlkissen hatte mittlerweile Zimmertemperatur. Er legte es zur Seite. »Aber musst du nicht irgendwo ... sein? Und etwas tun? Was man eben so tut als Produktionsassistentin?«

Sie sah auf die Uhr. »Ich hab noch Zeit.« Sie setzte sich wieder hin, diesmal direkt neben ihn.

»Danke.«

»Das hier gehört zu meinem Job. Nicht, dass du denkst, ich würde mit dir Zeit verplempern.«

Niall lachte. »Ich denke nicht, dass du faul bist. Keine Sorge.«

Sie nickte zufrieden. »Wie geht's deiner Wange? Sieht aus, als würde sie nicht allzu sehr anschwellen. Es war gut, dass wir gleich gekühlt haben.«

Wieder schwiegen sie, bis Niall sagte: »Frag mich ruhig.«

»Oh, es geht mich nichts an.«

»Frag, wenn du willst.«

Natürlich wollte sie. »Warum willst du die Doku nicht drehen? Klingt wie ein perfektes Angebot. Außerdem zahlt der Sender ordentlich.«

»Ich weiß. Aber ich habe ein anderes Projekt.«

»Und das kannst du nicht absagen?«

»Ich will es nicht absagen.«

Laura stand wieder auf und begann, in dem Aufenthaltsraum auf und ab zu gehen. Ihre Wangen glühten, doch diesmal war es keine Schamesröte. »Du könntest doch mit der Produktionsfirma reden, ob man den Dreh nicht ein bisschen schieben kann. Die verstehen das doch bestimmt, oder? Wenn etwas Aktuelles reinkommt? Und es wäre eine tolle Sache für dich.«

»Laura, ich habe eine andere Produktion. Ich kann nicht einfach ...«

Sie ließ ihn nicht ausreden. »Du hast gesagt, du willst nicht. Das ist was anderes.«

Er sah sie von der Seite an. Jung und engagiert, aber ohne den egoistischen Ehrgeiz der meisten anderen, den man in dieser Branche fand. In dieser? In allen. Laura hatte ihre Empathie behalten, und auf Niall wirkte sie wie jemand, der sie so schnell auch nicht verlieren würde. Ihre Begeisterung über Huffmans Angebot an ihn war echt. Er hatte das Gefühl, ihr eine ehrliche Erklärung schuldig zu sein. Vielleicht weil er ihr instinktiv vertraute. Vielleicht weil seine Nerven so dünn waren, dass die angestaute Verzweiflung sich nicht länger zurückhalten ließ.

»Die kurze oder die lange Version?«, fragte er sie.

Sie sah ihn an und lächelte. »Ich bin neugierig.«

»Ich werde weit ausholen müssen. Ich weiß nicht, ob Sie so viel Zeit und Geduld haben.«

Laura lehnte sich zurück, zog die Knie an, umklammerte die Kaffeetasse mit beiden Händen und sah ihn gespannt an. »Ich höre gern zu.«

»Es geht darum, dass ich Angst davor habe. Weil es eine große Sache ist. Und weil Huffman sie mir anbietet.«

Er erzählte ihr, dass er als kleiner Junge schon eine Leidenschaft für Fotografie und Film hatte, die von seinen Eltern nur zögerlich gefördert wurde. Sein Vater besaß eine Gärtnerei. Seine Mutter arbeitete im Betrieb mit, bis sie an Brustkrebs erkrankte, als er zwölf war. Die Diagnose war hoffnungslos, sie erklärte nach einem verzweifelten Jahr in ihrem Abschiedsbrief, dass es für sie alle das Beste sei, wenn sie die Sache beende, und nahm sich das Leben. Nialls Vater heiratete kein zweites Mal. Er kümmerte sich um seinen Sohn, befeuerte nun seine Leidenschaft für das Visuelle, kaufte ihm eine Videokamera. Er bezahlte ihm Sommerkurse, in denen er lernte, mit der Kamera umzugehen und seine Filme zu schneiden, und als Niall mit sechzehn von der Schule abging und begann, an Filmsets zu arbeiten, um später Kameramann zu werden, stand er voll hinter ihm, egal wie schwierig es manchmal war: schlecht oder gar nicht bezahlte Jobs, weite Anreisen zu den Sets, lange, harte Arbeitszeiten – Pete Stuart hielt zu seinem Sohn, ermutigte ihn, unterstützte ihn auf jede denkbare Art. Mit Anfang zwanzig hatte sich Niall bereits auf das Drehen von Dokumentarfilmen spezialisiert. Er reiste mehrfach um die Welt. Sein Vater schlug ihm vor, eine Master Class zu besuchen, um eine akademische Qualifikation zu erlangen. Er hatte sogar etwas Geld zur Seite gelegt, aber Niall wollte nicht. Er meinte, auch so zurechtzukommen. In Wirklichkeit aber waren es zwei Dinge, die ihn abhielten, obwohl er unbedingt mit seiner Arbeit weiterkommen wollte: Zum einen wollte er nicht, dass sein Vater so viel Geld für ihn ausgab. Die Gärtnerei lief mittlerweile nicht mehr so gut, er brauchte jeden Penny selbst. Zum anderen konnte sich Niall einfach nicht vorstellen, eine Uni zu besuchen. Er glaubte, dass die Leute dort auf ihn herabsehen würden, weil er noch nicht studiert hatte und über die berufliche Qualifikation in den Kurs aufgenommen werden würde. Er hatte nicht einmal die Schule mit den A-Levels beendet. Wäre er dann nicht so etwas wie ein Student zweiter Klasse? Er beschloss, es aus eigener Kraft zu schaffen. Auch ohne Studium. Aber seine Karriere verlief zäh und langsam, obwohl er gut war. Man buchte ihn immer wieder für dieselbe Sparte: Tiere und Landschaften.

Vor zwei Jahren dann war sein Vater gestorben. Das magere Erbe, das, was übrig geblieben war, nachdem die Gärtnerei und das Haus verkauft und die Schulden beglichen worden waren, war schnell aufgebraucht. An Studieren war nun erst recht nicht mehr zu denken. Auch nicht daran, ein eigenes Projekt vorzufinanzieren. Niall nahm an, was er kriegen konnte, unabhängig von der Qualität. Wobei, nicht ganz: Für Kochshows oder Scripted Reality die Kamera zu schwenken, so tief wollte er nicht sinken. Noch nicht. Und jetzt? Kam Huffman und machte ihm ein Angebot, auf das er jahrelang gewartet hatte. Nur dass er es unmöglich annehmen konnte.

Laura sah ihn an, versuchte zu verstehen, was er ihr gerade erzählt hatte. »Magst du ihn nicht, oder warum?«

»Oh, ich habe ihn mein Leben lang bewundert. Und gefürchtet.«

»Das heißt, du hast Angst, ihn zu enttäuschen?«

»Er hat mich enttäuscht.«

Laura hob eine Augenbraue. »Aha?«

Niall beugte sich zu ihr vor. »Ich habe ihn bewundert und gefürchtet. Das tun wohl irgendwie alle. Das, was er macht, ist das Inspirierendste und Großartigste, was ich mir vorstellen kann. Was seine Fotos aussagen, würde ich gern in Film umsetzen können.«

»Aber?« Sie hatte so gespannt zugehört, dass sie vergessen hatte, ihren Kaffee zu trinken. Sie prüfte kurz die Temperatur, dann stellte sie die Tasse weg. »Erzähl weiter. Bitte.«

Wenige Tage nach der Beerdigung seines Vaters war das Testament verlesen worden. Erst hatte sich darin nicht viel Überraschendes gefunden. Niall war als einziger Sohn und einziger noch lebender Verwandter der Alleinerbe von Pete Stuart. Das irritierende Highlight bestand allerdings aus einem versiegelten Brief, der die Handschrift von Nialls Mutter trug. Der Notar erklärte ihm, wo er diesen versiegelten Brief abzugeben hätte: bei Leonard Huffman persönlich. Huffman sollte ihn in Anwesenheit von Niall öffnen. Niall fragte den Notar, warum Huffman nicht zur Testamentseröffnung geladen war.

»Soweit ich informiert bin, erbt Huffman nichts, weshalb es keinen Grund für seine Anwesenheit gibt. Es ist Ihnen überlassen, ob Sie ihm den Brief geben oder nicht. Es sind keine Bedingungen daran geknüpft. Ich sage Ihnen nur, was mir Ihr Vater als letzten Wunsch Ihrer Mutter übermittelt hat.« Für den Notar war die Sache damit erledigt.

Niall fühlte sich wie in einem schlechten Film. Er zermarterte sich das Hirn darüber, was sich seine Mutter dabei wohl gedacht haben würde. Ein paar Mal war er kurz davor, selbst den Brief zu öffnen, aber er konnte sich immer wieder davon abhalten. Die einzig vernünftige Erklärung, die ihm einfiel, war zugleich auch etwas peinlich: Vielleicht handelte es sich um eine Art Bettelbrief. Eine sterbende Mutter bat einen Prominenten, für den ihr Sohn sehr schwärmte, sich seiner anzunehmen und sein Mentor zu werden. Nun, wenn es das war, was sich seine Mutter gewünscht hatte – so sollte es sein.

Niall machte Huffman ausfindig. An diesem Tag eröffnete er gerade seine Ausstellung in der Keller Gallery im Londoner West End.

Auf dem Weg dorthin dachte Niall an seine Mutter. Sie hatte sich nie für Kunst oder Fotografie interessiert, nicht einmal für Filme. Sie hatte mit Leib und Seele zusammen mit seinem Vater die Gärtnerei geführt und ihm nicht nur mit der Buchhaltung geholfen, sondern auch fast ebenso viel über die vielen unterschiedlichen Pflanzen gewusst wie er. Sie konnte hervorragend Kunden beraten und band wunderschöne Sträuße. Niall versuchte sich vorzustellen, wie Leonard Huffman eines Tages in der Gärtnerei vorbeigekommen war, um Blumen zu kaufen. Und dann? Hatte sie ihn auf Niall angesprochen?

Am Oxford Circus hatte Niall bereits schweißnasse Hände, und als er die kleine Treppe runterging, die von der Oxford Street in die Ramillies Street führte, kam es ihm vor, als müsse er sich ständig versichern, nicht zu träumen. Schüchtern warf er einen Blick auf die riesigen weißen Buchstaben, die an der Fassade des hohen, teilweise mit schwarzen, glatten Steinplatten verkleideten Backsteinhauses vertikal die Keller Gallery auswiesen, und betrat die Galerie. Er musste lange diskutieren, um hereingelassen zu werden, weil er keine Einladung hatte. Aber sobald Leonard Huffman auf ihn aufmerksam geworden war und den Brief von Nialls Mutter in den Händen hielt, ließ man ihn durch.

Es war der Abend, an dem Niall erfuhr, dass ihn seine Eltern neunundzwanzig Jahre lang angelogen hatten. Dass Pete Stuart gar nicht sein leiblicher Vater war, sondern Leonard Huffman, der ihn nun anlächelte, ihm die Hand schüttelte und sagte: »Du bist also mein Sohn. Niall.« Dass seine Eltern, seine drei Eltern, mit ihm nie darüber hatten sprechen wollen. Erst jetzt, da er Vater und Mutter verloren hatte, sollte er wenigstens die Wahrheit über seine Herkunft erfahren.

Nur dass sich Niall seitdem jeden Tag wünschte, er hätte es nie erfahren.

11

Niall wartete vor dem Café der Keller Gallery, bis es öffnete.

»Meine Güte«, sagte der Kellner, »um diese Zeit schon solch ein Andrang.«

Das West End war morgens träge, als müsse es den Rausch der Nächte kollektiv ausschlafen. Niall war aus dem Sender geflohen, nachdem er Laura seine Geschichte erzählt hatte. Ihr Gesicht, als sie verstand, dass er der Sohn einer Legende war. Genau davor hatte er seit zwei Jahren Angst: im Schatten dieses großen Mannes zu stehen. Offenkundig ein Versager zu sein, der nicht einmal halb an ihn heranreichte. Seit zwei Jahren fragte er sich, ob seine Eltern deshalb so zögerlich auf seine Fotografieleidenschaft reagiert hatten, und wünschte sich manchmal, sie hätten ihn doch davon abgehalten.

Das allein war es natürlich nicht, was ihn so wütend gemacht hatte. Es war: alles zusammen. Zu erfahren, dass die eigenen Eltern über Jahrzehnte gelogen hatten. Dass der Vater, den er geliebt hatte, gar nicht sein Vater war, nicht sein »richtiger« Vater, obwohl er doch genau das gewesen war, ein richtiger Vater, wie ihn sich Niall nicht besser hätte wünschen können. Im Grunde hatte man ihm auf einen Schlag alles geraubt. Seine Identität, sein Grundvertrauen, sein Fundament. Es fiel ihm schwer, um seinen Vater, Pete, zu trauern. Er müsste doppelt trauern. Pete fehlte ihm sehr, aber Niall war von ihm enttäuscht. Auch von seiner Mutter.

Jetzt erfuhr er von einem Mann, den er verehrt hatte

wie andere einen Schauspieler oder einen Literaten oder Sportler, dass Pete seine Mutter erst kennengelernt hatte, als Niall zwei Monate alt gewesen war. Niall erinnerte sich, dass er seine Eltern gefragt hatte, warum sie erst ein Jahr nach seiner Geburt geheiratet hatten. Seine Mutter hatte nur die Schultern gezuckt und gesagt: »Wir waren eben nicht so konventionell. Es hatte sich einfach so ergeben.«

Hier in dieser Galerie hatte ihm Leonard Huffman vor zwei Jahren gesagt: »Ich fand deine Mutter wirklich großartig. Aber ich konnte keine Familie haben, und das hat sie auch verstanden. Sie wollte dich unbedingt bekommen, auch wenn ich nicht für sie da sein würde. Wir haben es gemeinsam so beschlossen.«

Niall hatte nach dieser Offenbarung keinen Kontakt mehr zu Leonard Huffman gesucht. Aber Leonard zu ihm. Er hatte sich immer wieder bei ihm gemeldet: Geburtstagskarten, Weihnachtskarten, alle paar Wochen ein Anruf, eine Mail, Postkarten. Er hatte ihn eingeladen, zu Treffen überredet. Widerstrebend war Niall auf die Annäherungsversuche eingegangen. Er hätte die Weihnachtskarten und die ganze Aufmerksamkeit lieber in den neunundzwanzig Jahren davor bekommen.

Niall war sogar so weit gegangen, alle seine Fotobände von Huffman wegzuwerfen. Er wollte sie nicht mehr und hasste sich dafür, den Mann bewundert zu haben. Fast hätte er auch alle Erinnerungen an seine Eltern weggeschmissen.

Vermutlich saß er deshalb genau jetzt in der Galerie im West End, trank Kaffee und überlegte sich, was das alles sollte. Zwei Jahre seit damals. Zwei Jahre Trotz, Wut, Blockade. Nur weil er nicht der Sohn seines Vaters sein wollte. Herzlichen Glückwunsch.

Er bestellte noch einen Kaffee und sah sich auf seinem Smartphone im Internet an, was über das Spektakel im Frühstücksfernsehen berichtet wurde. Es fand sich die gesamte Bandbreite: von Mitleid für die arme Frau, die überreagiert hatte, bis hin zu Spekulationen, ob Nialls Anwesenheit am Tatort doch mehr als Zufall gewesen sein könnte. Außerdem erhielt er eine Nachricht von Laura. Sie wollte wissen, ob es ihm gut gehe. Und wenn er reden wolle, habe sie jederzeit ein offenes Ohr. Das Angebot des Senders, die Doku zu machen, solle er sich doch noch mal in Ruhe überlegen. Sie halte das für eine gute Idee.

Niall stand auf, nickte dem Kellner zu und ging in den Buchshop der Galerie. Er wollte sich einen Fotoband von Huffman kaufen. Keinen bestimmten, er würde nehmen, was sie dahatten.

Natürlich hatten sie alles von Huffman. Von ihm und von anderen großen Fotografen: Margaret Bourke-White, James Nachtwey, Dorothea Lange, Lewis Hine, Steve McCurry, Robert Capa, Elliot Erwitt. Sogar Vivian Meyer. Das Buch von Marchand und Meffre über die Ruinen von Detroit. Kein Kitsch fand sich hier, keine London-Bildbände für Touristen. Noch vor wenigen Jahren hätte sich Niall hier wie im Himmel gefühlt. Er hätte stundenlang gestöbert, geblättert, geschaut. Er hätte sein Konto überzogen, um sich neue Bildbände zu kaufen. Jetzt sehnte er sich nach der Begeisterung und dem Feuer von damals.

Fünf Bände hatte Huffman bereits herausgegeben. Niall studierte die Preise auf der Rückseite der Bücher, überschlug grob, was er auf dem Konto hatte.

»Wenn Sie zwei nehmen, lasse ich Ihnen was nach«, sagte die Frau, die hinter dem Verkaufstresen saß. Sie blinzelte gegen die Schwere ihrer Augenlider an und kämpfte noch mit dem Wachwerden. In der Hand hielt sie einen Becher mit etwas Heißem. Hoffentlich hatte sie kein Frühstücksfernsehen gesehen.

Niall murmelte etwas von »gerade nicht genügend Geld dabei« und wollte sein Vorhaben verschieben, wenn nicht sogar aufgeben, als sie sagte: »Ach, Sie sind's.«

»Verdammt. Ich hatte gehofft, Sie hätten keinen Fernseher. Oder würden ihn nicht einschalten.«

Sie wirkte verwundert. »Aus dem Fernsehen kenne ich Sie nicht. Tut mir leid. Falls Sie in einer Serie mitspielen oder eine Show moderieren, so etwas geht komplett an mir vorbei.« Dem Akzent nach konnte sie Kanadierin sein.

»Sagten Sie nicht gerade ›Ach, Sie sind's‹?«

»Ja, natürlich. Sie waren hier mal auf einer Ausstellung.«

»Vor zwei Jahren.«

»Bei Leonard Huffman.« Überflüssigerweise deutete sie auf die Bildbände, die er noch in den Händen hielt.

»Daran können Sie sich erinnern?«

»Sie sind sein Sohn.« Sie lächelte, die Lider immer noch schwer.

»Er hat Ihnen davon erzählt?«

»Ist das ein Geheimnis?«

Niall zögerte, dann legte er die Bildbände wieder an ihren Platz. »Für mich war es das neunundzwanzig Jahre lang«, sagte er leise, und bevor sie etwas erwidern konnte, fragte er sie: »Ist das Ihre Galerie?«

Sie nickte und kam hinter dem Tresen hervor. »Annie Keller.« Annie streckte ihm die Hand hin. Er schüttelte sie. »Ich kenne Ihren Vater seit bestimmt dreißig Jahren. Als ich noch Fotoredakteurin beim *Time Magazine* war. Da haben wir uns kennengelernt.«

Sie sah jünger aus, als sie sein musste. Eher wie Mitte vierzig. Das lange, schwarz gefärbte Haar war zum Zopf gebunden, den sie locker über die Schulter nach vorn geworfen hatte. Sie war sparsam, aber effektvoll geschminkt und trug enge, schwarze Kleidung. Sie konnte sie tragen. Sie hatte eine großartige Figur.

»Ich komme bestimmt demnächst mal wieder vorbei und seh mir eine Ausstellung an«, sagte er ausweichend und wandte sich zum Gehen.

»Wollten Sie doch kein Buch kaufen?«

»Oh. Nein. Ich hab nur zufällig reingeschaut.«

So, wie sie ihn ansah, glaubte sie ihm kein Wort. »Sicher«, sagte sie nur.

Er hatte das Gefühl, etwas entgegnen zu müssen. »Ich war gerade in der Gegend. Ich habe …« Niall verstummte.

Annie Keller ging zurück zum Tresen, nahm den dampfenden Becher. Kaffeeduft wehte zu Niall herüber. »Sie müssen mir gar nichts erklären«, sagte sie.

Er tat es trotzdem. »Ich hatte alle Bücher von ihm. Bis auf sein letztes. Als das gerade rauskam, habe ich ihn ja kennengelernt. Danach habe ich alle Bücher weggeworfen. Und jetzt wollte ich eins nachkaufen. Oder zwei.«

Annie schüttelte den Kopf, lachte dabei aber leise. »Weggeworfen, ja? Suchen Sie sich ein Buch aus und nehmen Sie's mit. Ich schenke es Ihnen.«

»Was? Nein. Das kann ich nicht annehmen.«

Annie Keller legte den Kopf etwas schief, starrte knapp an ihm vorbei und schien nachzudenken, den Kaffeebecher dabei in der Hand. Niall wagte nicht, sie in ihren Gedanken zu unterbrechen. Er wartete einen Moment, dann wurde ihm das Schweigen unangenehm, und er nahm den nächstbesten Bildband zur Hand. Diane Arbus, ausgerechnet. Der junge Mann mit den Lockenwicklern starrte ihm entgegen. Fast so, wie Annie durch den Raum starrte.

»Niall«, sagte sie endlich.

»Oh. Meinen Namen haben Sie sich auch gemerkt.«

Sie stellte den Kaffeebecher ab, unterdrückte ein Gähnen und stand auf. »Kommen Sie mit. Ich zeige Ihnen was.«

»Was?«

»Unveröffentlichtes Material. Kommen Sie!«

Er folgte ihr durch den Buchladen und die Galerie zur Hintertür. Sie gingen die Treppe hinauf, durch den schmalen Gang in ein Büro. Es war vollgestellt mit Regalen, auf denen sich Bücher und Ordner stapelten. Trotzdem wirkte der Raum nicht unordentlich, nur eben sehr voll.

Die Frau ging zielstrebig auf ein Regal zu und griff nach einem Ordner, der recht weit oben stand. Sie war groß genug, um sich nicht auf einen Stuhl stellen zu müssen. Für Niall unterschied sich der Ordner durch nichts von den anderen, aber sie fand nach kurzem Blättern, wonach sie gesucht hatte. Dann bat sie ihn, Platz zu nehmen und zu warten. Er hörte, wie sie über den Flur ins Nebenzimmer ging. Nach einer Weile kam sie mit Schwarz-Weiß-Fotos im A4-Format zurück. Eins legte sie auf den Schreibtisch:

ein Schützengraben, in dem sich eine endlos wirkende Reihe Soldaten befand. Man sah kein einziges Gesicht, nur ihre Stahlhelme. Auf einer Seite des Grabens standen Panzer.

»Die Panzerschlacht von Susangerd. Erster Golfkrieg«, sagte Niall.

Sie legte die anderen Fotos auf den Tisch: ein ganzes Feld aus Stahlhelmen. Als hätten die Soldaten die Helme vom Kopf gerissen, weggeworfen und gesagt: Es reicht, wir gehen. Jubelnde Soldaten vor Panzern. Tote Soldaten vor Panzern. Ein sehr junger Soldat, der wie ein Kind wirkte, mit weit aufgerissenen Augen und abgerissenen Beinen.

»Ich kenne die Fotos«, sagte er. Sie hatte etwas von unveröffentlichtem Material gesagt.

»Leonard war dort, als es anfing. Er wollte den ganzen Krieg begleiten.«

»Ich weiß.« Allmählich wurde er ungeduldig.

»In Susangerd hat es ihn erwischt. Wussten Sie das auch?«

Niall schüttelte den Kopf.

»Das hat er nie an die große Glocke gehängt. Er geriet mit anderen Journalisten unter Beschuss. Einer von ihnen hat sich vor ihn geworfen, half ihm, in Deckung zu gehen. Leonard fing sich eine Kugel ein, wurde ausgeflogen und lag wochenlang im Krankenhaus. Der ihn gerettet hatte, ist gestorben. Kopfschuss.«

»Scheiße.«

»Ein Journalist aus New York, paarunddreißig Jahre alt. Jünger als Leonard zu der Zeit. Anders als Leonard verheiratet, eine Tochter.«

»Ich ahne, was jetzt kommt.«

»Wenn sich ein Kriegsfotograf eine Kugel einfängt, wird das gern gefeiert. Leonard wollte es nicht. Weil ein anderer für ihn gestorben war«, sagte sie. »Und es hat noch mehr mit ihm gemacht. Er war nicht bereit, einer Frau so etwas anzutun. Er war auch nicht bereit, einem Kind so etwas anzutun. Er liebte seine Arbeit, vielleicht das Einzige, was er im Leben lieben konnte und kann.«

»Wie hat er das durchgehalten?«

Annie Keller hob die Schultern. »Das weiß ich nicht. Das weiß nur er. Ich kann Ihnen nur sagen, was er einmal in einem Interview gesagt hat, und das kennen Sie wahrscheinlich schon: Alles, was er an Schrecken und Elend zu Gesicht bekommen hat, was er sah und hörte und roch und fühlte, hat er in sich eingeschlossen. In ihm ist kein Platz für etwas anderes.«

Niall nickte müde. Was Huffman in seinen Bildern zeigte, war nur ein Bruchteil dessen, was er erlebt hatte. Es war nur das, was er bereit war zu zeigen. Man konnte tatsächlich nur ahnen, was in ihm vor sich ging. Aber was hatte das mit ihm zu tun? Damit, dass man ihm nicht die Wahrheit hatte sagen können? Und wurde von ihm jetzt etwa Demut und Dankbarkeit verlangt, weil er Huffmans biologischer Sohn war? Vielleicht hatte er noch eine Menge anderer Kinder. Die ebenfalls nicht wussten, dass sie von Huffman waren. Vielleicht ...

»Da ist noch was«, unterbrach Annie Keller seine Gedanken. »Der junge Mann, der ihn damals gerettet hat, hieß Niall.« Sie legte das letzte Bild vor ihn. Das unveröffentlichte Foto, von dem sie gesprochen hatte: ein blonder Mann in den Dreißigern. Er trug Schutzweste und Helm. Er

lag am Boden, die Arme ausgestreckt, die Beine wie weg-
geknickt. Über seinem linken Auge ein Einschussloch. Blut
war über Gesicht und Hals geströmt, die Augen hatte er offen. »Leonard hat gesagt, und auch das werden Sie wissen:
›Ich fotografiere das Schrecklichste, was sich Menschen
gegenseitig antun. Ich fotografiere es, damit wir es nie vergessen. Und damit wir endlich verstehen, dass wir damit
aufhören müssen.‹«

Niall nickte. Er kannte das Zitat. Jeder kannte es.

»Gehen wir wieder runter. Nehmen Sie seine Bücher
mit. Alle. Und werfen Sie nie wieder eins davon weg.«

Er wusste nicht, was er sagen sollte. Er schämte sich
und ärgerte sich noch mehr. War wütend, aber diesmal auf
sich selbst.

Er folgte ihr zurück in den Shop, bis sie vor Huffmans
Bildbänden standen. Dann nahm sie von jedem ein Exem-
plar, suchte zwei große Tüten hervor, steckte die Bücher
ein und reichte sie ihm. Niall gab ihr fünfzig Pfund dafür,
mehr hatte er nicht dabei, aber ganz geschenkt wollte er
sie auf keinen Fall haben.

Nachdem er sich verabschiedet hatte, ging er zurück
zum Oxford Circus, wartete auf die U-Bahn und traf noch
am Bahnsteig die Entscheidung, Huffman und seinem Projekt eine Chance zu geben.

12

In Wirklichkeit gab er sich selbst die Chance. Es war genau das, was er machen wollte: einen Film von gesellschaftlicher Relevanz. Ein Statement. Er hatte die beiden Terroristen bereits kennengelernt und war an dem Thema dran. Es war *sein* Thema. Er durfte es sich nicht wegnehmen lassen.

Niall telefonierte mit der Produktionsfirma, für die er die Doku über die unterirdischen Flussläufe machen sollte. Er hoffte darauf, dass sie verschieben könnten, aber der Produzent wollte nicht, obwohl nur ein sehr kleines Team davon betroffen war. Die einzige Möglichkeit für Niall, aus dem Vertrag herauszukommen, war, einen Ersatz zu finden. (»Sieh zu, dass es jemand ist, der die Kamera richtig herum halten kann!«)

Also telefonierte Niall weiter, bis er eine Kollegin erreichte, die gerade ein Kind bekommen hatte und sich deshalb über Aufträge freute, für die sie nicht reisen musste. Der Produzent war unzufrieden, obwohl die Frau einen guten Namen hatte. »Nicht so gut wie deiner«, murrte er. »Sie steht nicht jeden Tag in der Zeitung.«

Spätestens jetzt war Niall sicher, die richtige Entscheidung getroffen zu haben.

Als Nächstes rief er Huffman an, um zuzusagen. Eine halbe Stunde später fuhr er dieselbe Strecke mit der U-Bahn zurück zum Sender.

Huffman holte ihn in der Empfangshalle ab. »Ich bin froh, dass du deine Meinung …«

Niall unterbrach ihn. »Keine Sentimentalitäten, okay?«

Sein Vater nickte. Um seine Mundwinkel zuckte es. Amüsiert, vielleicht. »Und dein anderes Projekt?«

»Eine Kollegin übernimmt. Ich bin sicher, sie wird es sehr viel besser machen als ich.«

Huffman wirkte, als wolle er ihn umarmen, tat es zum Glück aber nicht. »Lass uns raufgehen. Ich habe den zuständigen Redaktionen Bescheid gegeben. Wir sind gerade dabei, ein Team zusammenzustellen.«

Er folgte Huffman in einen Besprechungsraum: riesige Fensterfronten, viel Platz, helles, einladendes Mobiliar. Auf dem Tisch eine Vielzahl an Getränken zur Auswahl: Säfte, Limonaden, Sprudel. Außerdem frisches Obst. Drei Männer in Anzügen und eine dunkelhaarige Frau in Jeans und T-Shirt saßen dort, vor ihnen Smartphones oder Tablets, und erwarteten ihn. Neugierige, gespannte Gesichter. Ein ganz anderes Gefühl als bei New Scotland Yard. Ein ganz anderes Setting. Niall stellte sich vor, wie man diese unterschiedlichen Atmosphären filmisch gegeneinander schneiden würde. Welche Beleuchtung er setzen würde.

Einer der Männer war der verantwortliche Programmleiter des Senders, einer leitete die Redaktion Politik, der dritte war für die nonfiktionalen Programme zuständig. Niall verstand die Aufteilung nicht ganz, aber es schien, dass die drei für ihn zumindest bei der täglichen Arbeit nicht wichtig waren. Huffman würde den Film für den Sender abnehmen. Die Frau, die mit ruhigem, aber etwas finsterem Blick dabeisaß, hieß Beth Sagan und war die zuständige Producerin.

Man sagte ihm, dass ihm noch drei Rechercheassistenten und ein Produktionsassistent zugeteilt wurden. Über

Technik konnte er jederzeit verfügen, die gesamte Postproduktion würde von Spitzenleuten im Sender gemacht werden. Er bekam noch einen Kameraassistenten, der auch den Ton einrichten konnte. Ein kleines, wendiges Team, hieß es. Niall verlangte Laura für die Aufnahmeleitung.

»Laura wer?«, fragte der Programmplaner.

»Vom Frühstücksfernsehen. Da ist sie im Moment die Produktionsassistentin«, sagte Leonard Huffman.

»Ach, die …«

»Sie hat eine Menge drauf«, sagte Niall. »Sie ist zu gut für das, was sie jetzt macht. Ich kenne sie außerdem schon von früher.« Er dehnte die Wahrheit ein wenig, um die Chancen, dass man sie ihm zuteilte, zu erhöhen.

»Dachte mir schon, dass es nicht an ihrem betörenden Äußeren liegt.« Der Mann lachte. Keiner stimmte ein. Die Producerin, eine schöne Frau um die vierzig, machte ein Gesicht, als müsste sie einer Krähe beim Aasfressen zusehen.

»Was hast du vor?«, fragte Leonard. »Hast du schon Gelegenheit gehabt, dir ein paar Gedanken zu machen?«

Niall sagte: »Ich will im Gefängnis filmen. Ich will mit Farooq reden. Und mit Cemal, sobald er ansprechbar ist. Dann Hintergründe: die Familien, die Freunde, wie sind die beiden aufgewachsen, in welcher Moschee waren sie, gibt es dort andere Radikale …«

Beth nickte ihm zu. »Wir arbeiten das gleich noch aus.«

Die kleine Runde löste sich auf. Niall fragte sich, was mit dem frischen Obst und den Getränken geschehen würde. Niemand nahm sich auch nur einen Apfel mit.

Beth brachte ihn in ein Großraumbüro. Drei junge Männer, die aussahen wie Studenten, stellte sie ihm als Rechercheure vor. Neben ihren Computern lagen Bücher zu Themen wie Islam, Salafismus, Palästina, die arabische Welt, der Islamische Staat, al-Qaida ... Sie beschäftigten sich schon länger mit dem Themenkomplex, erklärte sie, seien daher gut eingearbeitet und hätten ihm bereits einiges an Material zusammengestellt.

Beth zeigte ihm das Gebäude: den alten historischen Teil mit Aufnahmestudios, die teilweise unter Denkmalschutz standen, und den neuen, architektonisch gewagteren Teil, in dem er vorwiegend zu tun haben würde. Er sollte sich zu Beth ins Büro setzen. Es war groß genug für zwei, allerdings etwas düster, weil es voll mit Technik war. Fast ein eigenes Postproduktionsstudio. Die Fenster waren schalldicht und gingen nach Norden, wie sie erklärte. Es würde hier drin nicht allzu heiß werden, jedenfalls nicht so heiß wie in den Büros mit Südfenstern. Beth hatte so gut wie keine persönlichen Gegenstände im Büro. Vielleicht in den Schubladen oder einem Schrank, aber offen sichtbar war nichts. Sie wies ihm einen Rechner zu, telefonierte mit der IT-Abteilung, die ihm einen Zugang einrichtete und eine eigene Mailadresse zuteilte. Eine gute Stunde später schwirrte ihm der Kopf. Als Laura das Büro betrat und ihn anstrahlte, war es die reinste Erholung.

Sie wurde wieder ein wenig rot, als sie sagte: »Danke, Niall, ich freu mich sehr, dass ich dabei sein darf!«

Niall nickte ihr zu, sah dann zu Beth: »Ihr kennt euch?«

»Vom Sehen.« Beth begrüßte Laura mit einem Nicken.

»Ohne Laura wäre ich gar nicht hier«, sagte Niall. »Sie hat mich überredet.«

Beth hob eine Augenbraue, fragte aber nicht.

Laura sagte schnell: »Wir haben die Drehgenehmigung für morgen. Im Gefängnis.«

»So schnell?«, fragte Niall.

»Sie haben großes Interesse daran zu zeigen, dass mit den Haftbedingungen alles in Ordnung ist«, sagte Laura.

»Alles in Ordnung? Na, das hab ich ja gemerkt.«

»Und außerdem hat Leonard persönlich dort angerufen.«

Die Macht des Senders. Und die Macht der großen Namen. Niall wusste nicht, ob er beeindruckt sein sollte oder abgestoßen. Er entschied sich, nichts dazu zu sagen, und fragte Laura, wie der Dreh ablaufen würde. Cemal, sagte sie und setzte sich auf einen freien Stuhl, der an der Wand neben der Tür stand, Cemal sei außer Lebensgefahr, aber noch auf der Intensivstation, deshalb würden sie erst mal nur mit Farooq sprechen können. »Unser Dreh im Gefängnis ist an gewisse Auflagen gebunden. Erhöhte Sicherheitskontrollen, aber auch erhöhte Sicherheit für uns. Erst wollten sie, dass wir ihnen ›das Material zur Prüfung überlassen‹, was natürlich nicht geht. Wie auch immer, wir können rein. Morgen früh um acht ist unser Termin.«

»Dann fahren wir um sechs los«, sagte Beth.

»Sechs ist vielleicht etwas spät«, sagte Laura.

»Oh, nein, Laura, nicht wieder alle eine halbe Stunde früher bestellen, damit sie pünktlich sind«, sagte Niall.

»Ich meine es ernst. Ich bestelle nur Studiogäste zu früh. Wir fahren eine gute Stunde, dann müssen wir durch die Sicherheitskontrollen, und man muss immer einplanen, dass etwas dazwischenkommen kann. Halb sechs.«

Beth zuckte die Schultern und zeigte den Anflug eines Lächelns. »Tja, Niall, du hast es nicht anders gewollt: Sie ist jetzt die Chefin.«

Huffman stand vor Nialls Haus und sah aus, als befände er sich in einem Freilichtmuseum. Er hatte die Hände lässig in die Hosentaschen geschoben und den Kopf tief in den Nacken gelegt, um die Fassade ausgiebig studieren zu können. Ein siebenstöckiges Gebäude, verkleidet mit Waschbetonplatten, die ab und zu Platz für sehr kleine Fenster machten. Die ebenfalls siebenstöckigen neueren Mehrfamilienhäuser, die wenige Meter entfernt gebaut worden waren, hatten marginal netter wirkende Fliesen an den Fassaden und deutlich größere Fenster. Auch die Balkone waren großzügiger. Niall wusste nicht, wie die Wohnungen von innen aussahen. Sie konnten allerdings nur besser sein.

»Genug gesehen?«, fragte er Huffman, der sich mit einem Ruck zu ihm umdrehte.

»Oh, da bist du ja. Ich wollte mir dir reden. In Ruhe und ohne die anderen.«

»Warum?« Niall schob sich an ihm vorbei und schloss die Haustür auf. Kalte Luft, die nach Essen, Alkohol, Nikotin und Schweiß roch, schlug ihm entgegen. In diesem Gebäudeflur war es immer kälter als draußen. Und es roch immer gleich.

»Darf ich reinkommen?«, fragte Huffman.

Niall zögerte. Immerhin fragte er und ging nicht davon aus, ein selbstverständliches Recht darauf zu haben, in die Wohnung seines Sohns eindringen zu können. »Würdest du gehen, wenn ich sage: ›nein‹?«

Huffman nickte, die Hände noch immer in den Hosentaschen. »Schade. Dann gehe ich jetzt. Aber lass uns morgen reden. Wenn es geht.« Er drehte sich um und ging zurück zur Straße.

Niall rief ihm hinterher: »Es ist okay. Komm einfach mit rein.«

Sein Vater drehte sich zu ihm um. »Sicher?« Er schien sich zu freuen.

»Jetzt komm. Bevor ich's mir anders überlege.«

Mit schnellen Schritten kam Huffman zurück und folgte Niall in den vierten Stock. Niall nahm selten den Aufzug, auch heute nicht. »Meistens stinkt's dadrin«, sagte er. »Und du willst nicht wissen, wonach.«

Huffman erwiderte nichts, und Niall fühlte sich, als müsse er sich rechtfertigen. »Diese Wohnung kann ich mir auch leisten, wenn es finanziell mal nicht so rosig ist. Außerdem ist Brixton keine schlechte Gegend. Nicht mehr. Und die Anbindung in die City ist gut. Ich wohne gern hier.«

»Ich habe nichts gesagt«, sagte Huffman.

»Aber gedacht.« Niall schloss seine Wohnungstür auf und überlegte, wie er es anstellen könnte, die schlimmste Unordnung zu beseitigen.

»Lass mich erst ein wenig aufräumen«, sagte er.

»Das musst du nicht.«

»Ich will es aber. Es ist mir ... unangenehm.«

»Bei mir sieht es viel schlimmer aus.« Die gesellschaftlich erwartbare Lüge.

»Gib mir zwei Minuten, ja? Setz dich doch einfach da auf den ...« Er unterbrach sich, als er sah, dass die Fotobände, die er aus der Galerie mitgenommen hatte, auf ebendiesem Sessel lagen. Huffman nahm den Stapel hoch, um sich Platz zu schaffen, und legte sie etwas unschlüssig auf seinen Knien ab, nachdem er sich gesetzt hatte.

Niall nahm sie ihm schnell ab und stapelte sie in seinem Bücherregal auf andere Bildbände. Dann sammelte er verstreute Kleidungsstücke ein und stopfte sie in die Waschmaschine im Bad. Das dreckige Geschirr räumte er eilig in die Küche. Anschließend legte er sein Bettzeug zusammen und setzte sich endlich auf die Couch. »Sorry. Ich habe normalerweise nie Besuch.«

»Das ist doch in Ordnung.« Er lächelte seinen Sohn an.

»Also dann«, sagte Niall. »Was kann ich für dich tun?«

Huffman zeigte in Richtung Regal. »Du hast alle meine Bücher.«

Niall hob die Schultern. »Du bist aber nicht hier, um zu kontrollieren, ob ich meine Hausaufgaben gemacht habe.«

»Ich wollte mich bei dir bedanken, dass du diese Doku machst.«

»Du organisierst mir einen Job und bedankst dich noch bei mir dafür? Es sollte wohl eher umgekehrt sein.« Niall schüttelte den Kopf. »Ist es das? Bist du hier, damit ich mich bei dir bedanke?«

Huffman sah verletzt aus. »Es tut mir leid, dass du so über mich denkst. Seit zwei Jahren, seit wir uns kennen, versuche ich dir klarzumachen, dass ich nicht dein Feind bin.«

»Ja, ach, ich weiß doch. ›Mit mir als deinem Vater hättest du lange nicht so eine schöne Kindheit gehabt, dein anderer Vater war ein großes Geschenk, ich bin kein

Mensch, der sich an eine Familie binden kann‹, und so weiter. Das hatten wir doch alles schon.«

»Niall, deine Mutter war auch der Meinung, es sei besser. Sogar dein Vater, dein anderer Vater, wollte es so.«

»Was wäre so schlimm daran gewesen, wenn ich es wenigstens gewusst hätte?«

»Dann hättest du vielleicht etwas vermisst. Was, wenn ich gestorben wäre? Wie hättest du das verkraftet?«

»Ich weiß es nicht. Aus verschiedenen Gründen hatte ich keine Gelegenheit, es zu erfahren.«

Der ältere Mann atmete lange aus. »Drei erwachsene Menschen treffen gemeinsam eine Entscheidung und halten sie für richtig. Am Ende war sie doch nicht so gut, wie sie es sich gedacht haben. Das kann passieren. Nun leben die anderen beiden leider nicht mehr, und ich kann nur versuchen, die Scherben, die wir offenbar hinterlassen haben, zusammenzukehren. Ich versuche es seit zwei Jahren, ich werde es so lange versuchen, wie ich lebe. Ich wünschte mir nur manchmal, du würdest mir wenigstens eine Chance geben.«

Niall schwieg.

»Ich bin hier, um mich wirklich zu bedanken. Eben weil ich weiß, wie schwer es dir gefallen sein muss, diesem Projekt zuzustimmen. Wegen mir. Hätte es dir ein anderer angeboten, wäre es dir sehr viel leichter gefallen.«

»Da ist was dran.«

»Und du hast ein anderes Projekt dafür abgesagt. Was nicht leicht gewesen sein kann, du hattest vertragliche Verpflichtungen.«

»Ja. Aber jetzt ist es geregelt. Also?«

»Ich will dir sagen, dass ich an dich glaube, weil ich sehe, dass du Talent hast. Aber du nutzt es nicht.«

»Und du willst mir jetzt helfen, es zu nutzen. Also bist du doch hier, damit ich mich bei dir bedanke?«

»Nein!« Huffman schien selbst erstaunt über seine heftige Reaktion. Leiser fuhr er fort: »Ich weiß, dass du Angst hast, mit mir verglichen zu werden. Jetzt nimmst du trotzdem etwas von mir an. Ich dachte, du würdest mir die Hand reichen.«

Niall richtete den Blick auf das Fenster, das zu dem Grünstreifen hinausging, den die Hausverwaltung hochtrabend Park nannte. Der Grünstreifen trennte die Wohnanlage von der Hauptstraße. »Es ist nun mal genau das, was ich machen will«, sagte er und klang erschöpft. »Deshalb hab ich Ja gesagt.«

Huffman beugte sich etwas vor und stützte die Unterarme auf die Knie. »Niall, du wirst einen guten Film machen, das weiß ich. Du kannst daraus aber auch etwas ganz Großartiges machen. Ein fertiger Film ist am Ende auch mehr wert als ein ganzes Studium.«

Misstrauisch sah Niall ihn an. »Was meinst du damit?«

»Pete und ich haben manchmal geredet.«

Die Gewissheit, dass Huffman immer an seinem Leben Anteil genommen hatte, machte die Sache nicht besser. Im Gegenteil – sich vorzustellen, dass seine beiden Väter heimlich miteinander über ihn gesprochen hatten, tat weh. Er wandte den Blick ab und schwieg.

Huffman sprach weiter. »Niall, hör zu. Du hast die technische Erfahrung, dazu das Talent, und du willst es. Das wird großartig.«

»Großartig, aha. Und was, wenn nicht? Was, wenn der Film floppt? Schlecht besprochen wird? Keine Preise auf den Dokumentarfilmfestivals dieser Welt bekommt? Was dann?«

»Nichts dann! Außerdem kann ich mir nicht vorstellen, dass du ...«

»Doch. Ich kann es mir sehr gut vorstellen. Man wird sagen: ›Oh, Niall Stuarts Filme reichen lange nicht an die Fotos seines Vaters heran. Leonard Huffman wird kaum stolz auf seinen Sohn sein können.‹ Genau das stelle ich mir gerade vor! Weißt du was, es war eine beschissene Idee. Wir blasen die Sache ab. Sofort.«

»Niall!«

Er zuckte zusammen. Sein Vater hatte ihn angebrüllt, dass ihm die Ohren klingelten. »Wow«, sagte er. »Man könnte meinen, ich sei sechzehn und hätte was ausgefressen.«

»Ja, so benimmst du dich gerade auch! Stur und kindisch und dickköpfig ...«

»Ich glaube, dickköpfig und stur sind Synonyme.«

Huffman starrte ihn mit offenem Mund an, schwieg aber. Er rieb sich das Gesicht, kopfschüttelnd. Dann stand er auf und ging ohne zu fragen in die Küche. Er kam mit einem Glas Wasser wieder. »Ich darf doch«, sagte er und trank es in einem Zug aus. »Diese Gespräche hätten wir wahrscheinlich wirklich besser geführt, als du sechzehn warst.« Er klang wieder sanft und leise, wie es seine Art war.

Niall schwieg.

»Es gibt wohl nichts Schlimmeres als Eltern, die sich ihr Kind ganz anders wünschen, als es ist. Oder die eine kleine

Kopie von sich selbst wollen, von ihrem idealen Selbst. Das interessiert mich nicht. Ich habe im Leben genug erreicht, da brauche ich keine Kinder, von denen ich Fotos herumzeige. Aber ich habe einen Sohn, und ich bin stolz auf ihn, weil er Talent hat und ein toller Mensch ist, soweit ich es beurteilen kann und nach allem, was mir seine Eltern über ihn erzählt haben. Jetzt hat er die Chance, eine wichtige und große Doku zu drehen. Ich kann ihm diese Chance geben. Und ich denke, er sollte an dieser Sache dranbleiben. Niall, tu es. Du bestrafst nur dich selbst, wenn du hinschmeißt.«

Niall schluckte, schämte sich und versuchte, es nicht zu zeigen. »Ich kann das eigentlich nicht«, sagte er.

»Doch.«

»Wie kommst du darauf?«

»Ich bin alt genug, um zu erkennen, wer was draufhat.«

»Aha. Na dann.«

»Du hast bei Laura doch auch sofort gesehen, was sie kann. Oder?«

Niall nickte.

»Also. Glaub es mir. Du kannst es. Du musst entscheiden, was dir wichtig ist und was du erzählen willst. Ich habe Dinge gesehen, die niemand in Worte fassen kann, und selbst wenn es jemand versucht, wären sie nie so stark wie das Bild, das ich machen kann. Du kannst noch mehr tun. Du kannst in deinem Film die eindringlichsten Worte mit den stärksten Bildern verbinden, mit deinen Bildern. Vergiss meine Arbeit. Vergiss alles andere. Mach dein Ding. Zeig allen da draußen, was in diesem Land gerade passiert. Tu es einfach.«

SAMSTAG

13

Am nächsten Morgen waren Beth, Laura und ein schlak-
siger Junge mit blonden, schulterlangen Locken namens
Ken, der den Produktionswagen fuhr und Nialls Kamera-
assistent war, tatsächlich bereits vor ihm am verabredeten
Treffpunkt. Er musste nur noch in den Wagen steigen, und
es konnte losgehen. Laura sollte mit ihrer vorsichtigen
Planung recht behalten: Am Gefängnis mussten sie lange
warten, bis sie abgeholt wurden. Die Sicherheitskontrollen
waren von nervtötender Gründlichkeit, und bis man sie in
den Trakt der Untersuchungshäftlinge geführt hatte, war
es bereits kurz vor acht. Die Kameras waren die gesamte
Zeit über an. Niall wollte den langen Weg durch den Ge-
fängnisapparat in seinem Film haben. Die Gesichter der
Wärter würden sie unkenntlich machen, die Stimmen
verändern müssen. Aber um die Wärter ging es ihm nicht,
sondern um das Gebäude: die bedrückenden Gänge, die
einschüchternde Bürokratie, der sich Besucher unterwer-
fen mussten, die kargen Wände, die Trostlosigkeit der gesamten Einrichtung.

Er hatte in der Nacht fast nicht geschlafen. Das Gespräch mit seinem Vater hatte ihn aufgewühlt, und bis weit
nach Mitternacht hatte er versucht, sich auf den Dreh mit
Farooq vorzubereiten. Die Zusammenfassungen der Rechercheassistenten hatte er irgendwann weggelegt, weil
er sich nicht darauf konzentrieren konnte und weil er das
Gefühl hatte, damit nicht weiterzukommen. Immer wieder sah er Farooq vor sich, das Blut lief ihm an den Hän-

den hinab, und sein Blick war fest auf Nialls Handykamera gerichtet. Frank Holeywell, wie sein früherer Name lautete. Wo war Frank in dem Moment gewesen?

Über seinen Hintergrund erfuhr er: Der Vater war Sanitäter, im Moment arbeitslos, und lebte in Bromley, die Mutter arbeitete für eine gemeinnützige christliche Organisation und wohnte am anderen Ende Londons, in Edgware. Franks Eltern hatten sich scheiden lassen, als er vierzehn war, und das hatte er offenbar nicht verkraftet. Bald darauf hatte er die Schule verlassen, eine Ausbildung als Krankenpfleger angefangen und abgebrochen, eine Ausbildung zum Koch angefangen und abgebrochen, sich eine Weile als Hilfsarbeiter auf dem Bau durchgeschlagen, noch mal die Ausbildung zum Koch angefangen und diesmal durchgezogen. Vor ein paar Monaten hatte er seinen Job aufgegeben, ohne Angabe von Gründen, und was dann mit ihm geschehen war, konnte man nur vermuten. Es war Nialls Aufgabe, das herauszufinden. Über wen er Kontakt zu islamistischen Kreisen bekommen hatte. Wie er überhaupt auf die Idee gekommen war, sich für den Islam zu interessieren. Und so weiter.

Niall fühlte sich elend, wieder im Belmarsh Prison zu sein. Als er das Gesicht des Wärters sah, der ihn zu Boden geworfen und verletzt hatte, wurde ihm flau im Magen. Der Mann ging ohne einen Gruß an ihm vorbei, so als würde er ihn gar nicht kennen. Vielleicht erkannte er ihn tatsächlich nicht. Vielleicht sahen für ihn alle, die keine Gefängniskleidung trugen, gleich aus.

»Alles okay?«, fragte Laura, die über ungeahnte telepathische Fähigkeiten verfügen musste. Oder sie hatte mitbekommen, dass seine Finger zitterten, was wahrscheinlicher war.

»Ich stelle mir gerade vor, wie es jemandem gehen muss, der jahrelang zu Unrecht hier eingesperrt ist. Soll es ja tatsächlich geben.«

»Jeder wäre jetzt nervös«, sagte Laura.

Er sah sie an. Sie winkte ab.

»Gut. Ich versuche, mir die Frühstücksfernsehphrasen abzugewöhnen«, sagte sie.

»Danke.« Er baute mit Ken die Kamera auf, die Farooq später in der Totalen zeigen sollte. Mit der zweiten Kamera würde Niall aus der Hand filmen und Nahaufnahmen machen. Er war froh, dass sie sich beeilen mussten. Die Anspannung zerriss ihn innerlich fast. Was, wenn Farooq kein Wort mit ihm sprechen würde?

Was, wenn er selbst nicht in der Lage sein würde, dem Mann in die Augen zu sehen?

Sie richteten gerade den Ton ein, als Farooq hereingeführt wurde. Laufen lassen, signalisierte Niall dem Assistenten, der stumm nickte. Wie den Einmarsch eines Boxers wollte er Farooq von der ersten Sekunde an im Bild haben. Ihm war klar, dass sich der Mann durch und durch inszenieren würde. Davon durfte er nichts verpassen. Tatsächlich blieb Farooq nach dem Betreten des Raums erst einmal stehen, sah sich mit einem ruhigen, überheblichen Lächeln um und machte durch seine Körperhaltung klar, dass er den Ton angeben würde.

Die beiden Wärter, die ihn gebracht hatten, blieben ebenfalls im Raum, der nun schon überfüllt wirkte. Es gab nichts außer einem Tisch und drei Stühlen. Die einzigen

Farben, die der Raum anbot, waren Grautöne. Statt eines Fensters waren Glasbausteine in die Wand eingelassen, die auch bei schönstem Sonnenschein eine triste Atmosphäre entstehen ließen. Niall sah an die Decke. Im selben Moment schaltete jemand die Neonröhren ein. Alle blinzelten, als sähen sie nach tagelanger Dunkelheit zum ersten Mal Licht.

Ken überprüfte den Ausschnitt der Kamera auf dem Stativ. Die Gesichter der Wärter durften nicht im Bild sein. Farooq setzte sich, legte die gefesselten Hände auf den Tisch und nickte Niall freundlich zu.

Niall stellte alle mit Namen vor und filmte dabei mit der Handkamera Farooqs Hände. Dann sagte er: »Farooq, du weißt, wer ich bin?«

»Natürlich.«

»Ich war auch für eine Nacht hier drin«, sagte Niall.

»Sie haben dich auch mitgenommen?«

»Ja. Aber dann haben sie mich wieder laufen lassen.«

»Das System ist willkürlich«, orakelte Farooq.

»Wie behandelt man dich?«, fragte Niall.

»Ich bin ein Ehrenmann. Ich werde gut behandelt«, sagte er.

»Klar. Das heißt, die Wärter sind okay zu dir?«

»Ich werde dabei sein, wenn wir Palästina befreien. Dann kann ich in meinem Land leben.«

»Du sitzt gerade in U-Haft. Oder wie man das nennt.«

»Nicht mehr lange.« Farooq grinste.

»Nein? Hat man schon Anklage erhoben?«

»Nein.«

»Hast du einen Anwalt?«

»Nein.«

»Hat man dich gefragt, ob du einen willst?« Niall bemerkte, wie die Wärter unruhig wurden.

»Ich brauche keinen.«

»Okay. Aber du glaubst, dass du hier rauskommst?«

»Wir werden kämpfen und gewinnen und unsere Brüder und Schwestern befreien.« Farooq beugte sich vor und
schien nach Niall greifen zu wollen. »Vielen Dank, Bruder,
dass du uns gefilmt hast. Und danke, dass du uns heute
wieder hilfst.«

»Wobei helfe ich dir?«

»Du hilfst uns. Wir müssen das Wort in die Welt tragen.
Unsere Freunde im Islamischen Staat sind dir sehr dankbar. Bald werden wir die Türkei und Palästina und noch
andere Gebiete befreien.«

Niall bemühte sich, ruhig zu bleiben. Interviews waren
für ihn neu. Klar und langsam sagte er: »Ich hab dich dabei
gefilmt, wie du einen Menschen getötet hast. Deshalb bist
du hier. Wie kann ich dir damit geholfen haben?«

Farooq grinste. »Mann, du musst die Sache im Auge behalten. Es geht nicht um mich. Wir müssen der Welt zeigen, was wir tun und dass wir es ernst meinen. Wir müssen
denen zeigen, dass wir überall sind.«

»Ihr habt euch selbst gefilmt«, sagte Niall. »Da habt ihr
mich nicht gebraucht.«

Farooq schüttelte den Kopf, den Mund spöttisch ver-
zogen. »Wir haben dich gesehen. Mit dem Telefon in der
Hand. Wir wussten, dass du uns filmst. Wir wussten, dass
du uns seit der Brücke folgst.«

»Ihr habt mich bemerkt?«

»Klar, Mann.«

»Aber ihr wusstet nicht, dass ich Filmemacher bin.«

»Unwichtig. Du hattest das Telefon dabei und hast uns gefilmt, und du hast den Eindruck gemacht, dass du's nicht versaust. Wie du da auf der Brücke den richtigen Winkel gesucht hast. Da war klar, du hast es drauf. Wir brauchen gute Filme. Cemal hat das auch gesagt. Gute Filme brauchen mehr als eine Perspektive, hat er gesagt. Wenn wir hier raus sind, will er deine und seine Aufnahmen zusammenschneiden. Das wird ein ganz großer Film. Er hat die Nahaufnahmen. Das wird groß. Er weiß auch schon, welche Musik er nehmen will.«

»Ihr hab das alles geplant?«

»Klar.«

»Ihr konntet nicht wissen, dass ich ...«

»Irgendeiner hat immer ein Handy und filmt«, unterbrach ihn Farooq.

Niall brauchte eine Atempause, um wieder ruhiger zu werden. Er tat so, als würde er in den Notizen auf seinem Smartphone nachsehen. Dann fragte er: »Kanntet ihr den Jungen schon? Habt ihr ihn euch ausgesucht?«

»Hey, Mann. Jeder, ich schwör bei Gott, jeder Engländer ist unser Feind.«

»Es gibt aktuell Bestrebungen im Parlament, Palästina als Staat anzuerkennen. Noch ist es nicht so weit, aber ...«

»Ihr seid Feind von Palästina«, sprach Farooq einfach weiter. »Ihr seid Freund von den USA. Ihr wollt den Islam nicht. Ihr bekämpft den Islam. Ihr seid alle unser Feind.«

»Gerade hast du noch gesagt, ich hätte dir geholfen.«

»Du bist aber ein Ungläubiger.« Farooq wurde zornig. »Du bist auf der falschen Seite.«

»Dann lasst ihr euch von Ungläubigen bei eurer Sache helfen?«

Farooq dachte nach, kam aber offenbar nicht weit und kehrte zu seinem eigentlichen Thema zurück. »Wir werden gegen die Ungläubigen kämpfen, eure Strukturen sprengen und euch aus unseren Ländern vertreiben.«

»Du bist Engländer. Genau wie ich.«

»Du beleidigst mich.«

»Warum? Du bist hier geboren und zur Schule gegangen. Deine Eltern sind ...«

»Mein Blut«, fiel er ihm harsch ins Wort und stand auf, »ist das Blut Palästinas. Und du? Du wirst sterben. Wir werden dich töten.« Farooq drehte sich mit hoch erhobenem Kopf um und ging zur Tür. Einer der Wärter machte sich daran, sie zu öffnen.

»Du bist Engländer, wem machst du da was vor? Frank Holeywell, du belügst dich doch nur selbst, weil du sonst keine Perspektive im Leben hast«, rief Niall dem Häftling hinterher, bevor dieser den Raum verlassen hatte.

Farooq blieb stehen. Ein paar Sekunden verstrichen. Dann drehte er sich mit einem Ruck um und wollte auf Niall losgehen. Die Wärter hielten ihn zurück. Farooq schrie auf und wehrte sich. Er rief seinen Gott um Hilfe an und wechselte dann wieder zu Flüchen, mit denen er Niall und die Wärter bedachte. Niall hielt mit der Kamera drauf. Filmte, wie zwei gut trainierte Männer größte Mühe hatten, einen mit Handschellen Gefesselten aufzuhalten. Sie drückten ihn an die Wand, riefen nach Verstärkung. Zwei weitere Kollegen kamen. Nun waren sie zu viert, Farooq tobend in ihrer Mitte. Niall konnte ihn nicht mehr sehen, nur hören. Von den Wärtern sah er nur die breiten Rücken. Unmöglich zu sagen, wessen Bein, wessen Arm gerade was tat, bis aus Farooqs Schreien ein Winseln wurde und sich das Knäuel auflöste. Farooq lag zusammengekrümmt am Boden. Einer der Wärter drehte sich um, ging auf Niall los und riss ihm die Kamera aus der Hand.

»Beschlagnahmt«, sagte er und verschwand schneller durch die Stahltür, als Niall reagieren konnte.

Zwei andere hoben Farooq vom Boden hoch und brachten ihn weg.

Niall rief ihm hinterher: »Farooq? Alles okay? Was ist mit dir?« Er bekam keine Antwort.

Der verbleibende Wärter kassierte die andere Kamera samt Stativ ein.

»Hey!«, beschwerte sich Ken. »Ich brauch ne Quittung!«

Beth sagte: »Ken, lass es gut sein. Wir gehen. Ich kümmere mich um alles.«

Andere Wärter tauchten auf. »Raus hier, los«, sagte einer.

Sie packten zusammen, was übrig war, und ließen sich durch die Gänge hinaustreiben. Raus ging diesmal schneller als rein, dachte Niall. Beim letzten Mal war es genau umgekehrt gewesen.

Im Auto sagte er: »Ich kann das nicht. Ich bin der Falsche dafür. Ich kann drehen, aber ich kann keine Interviews führen.«

»Du musst dich besser vorbereiten«, sagte Beth.

»Ich hab mich vorbereitet. Dass der so austickt, kann ich ja nicht ahnen. Soll ich so tun, als würde ich den Müll glauben, den er da absondert?«

»Grundsätzlich: ja. Du sollst eine Doku drehen, keine Talkshow moderieren. Lass die Leute reden. Wenn sie wahnsinnig sind, und das sind die meisten, lass sie erzählen. Du sollst sie so zeigen, wie sie sind.«

»Aber er hat ...«

»Niall«, unterbrach Beth ihn. »Du hast seine Herkunft beleidigt.«

»Er ist verdammt noch mal Engländer.«

»Farooqs Mutter ist Palästinenserin.«

Niall schüttelte den Kopf. »Nein. Nein. Sie arbeitet bei irgendeiner christlichen Hilfsorganisation, das hab ich gestern Abend gelesen ...«

»Es gibt Christen in Palästina. Nur wenige. Weil die meisten von ihnen im Ausland leben. Seine Mutter ist eine von ihnen.«

»Scheiße.«

»Ja.«

»Scheiße.« Er starrte aus dem Fenster, sah, dass sie in Greenwich waren, erinnerte sich an die letzte Fahrt auf dieser Strecke, er im Gefangenentransporter. »Ich kann das einfach nicht.«

»Klar kannst du das. Ich helf dir«, sagte Laura.

»Wir alle«, sagte Beth.

»Ich hab's total vermasselt«, sagte Niall. »Wir haben nicht mal Aufnahmen von dem, was da gerade los war. Ich steig aus. Das hat keinen Zweck.«

Ken hielt am Straßenrand an. »Du willst aussteigen? Fahr ich zu schnell?«, fragte der Junge besorgt.

»Nein, Ken, aus dem Projekt aussteigen, hab ich gemeint.«

»Oh.« Ken nickte, legte den Gang ein und reihte sich in den Verkehr ein. »Gut. Ich dachte schon.« Nach ein paar Minuten Stille fügte er hinzu: »Es stimmt gar nicht, dass wir kein Material haben.«

Niall sah ihn an. »Wie das?«

»Ich hab die Speicherkarte rausgenommen. Ist alles drauf, bis er dir deine Kamera aus der Hand nimmt. Da dachte ich, besser, wenn ich mal bei mir die Speicherkarte rausnehme. Man weiß doch nie.«

»Wir haben alles? Auch, wie sie ihn zusammenschlagen?«

»Klar.«

Niall hörte, wie Laura und Beth auf dem Rücksitz in die Hände klatschten.

14

Er traf sich mit Carl in Chinatown zum Abendessen.

»Festanstellung?«, fragte ihn sein Onkel.

»Nein, nur projektweise.«

»Dein Vater hat dir das vermittelt?«

»Nenn ihn nicht so.« Dabei nannte er ihn selbst so.

Carl nickte. »Tut mir leid, mein Junge.«

Der Laden, in dem sie sich verabredet hatten, war eine moderne, junge Variante der traditionellen chinesischen Küche und behauptete von sich, die besten Dim Sum des Landes, wenn nicht Europas zu haben. Alle Tische waren besetzt, und immer wieder wurden Menschen am Eingang abgewiesen, weil es keine Plätze mehr gab. Die Akustik war eine Katastrophe, und die Beleuchtung erinnerte eher an einen Schlachthof, aber die Leute schienen den Laden zu lieben.

»Schon okay.« Niall stocherte mit seinen Stäbchen lustlos auf dem Teller herum. »Ich muss mich wohl dran gewöhnen.«

»Ich habe einen Anwalt für dich gefunden«, sagte Carl, kramte eine Visitenkarte aus seiner Brieftasche und schob sie Niall über den Tisch.

»Was sagt er? Lohnt es sich zu klagen?«

Carl nickte. »Schon allein, um die Sache an die Öffentlichkeit zu bringen. Er sagt, Polizeigewalt ist immer ein heißes Thema. Rassismus bei der Polizei auch.«

»Na ja, ich bin nun nicht wirklich ein Rassismusopfer.«

»Indirekt.« Carl drehte sich um und winkte nach der

Bedienung, um sich eine neue Flasche Bier zu bestellen. Er war der Einzige, der einen dunklen Anzug trug, obwohl Wochenende war. Alle anderen Gäste waren leger gekleidet, aber es machte ihm offensichtlich nichts aus. Er bewegte sich, als fühle er sich wie zu Hause.

»Indirekt«, wiederholte er, als er sich Niall wieder zuwandte. »Sie dachten, du gehörst zu einer dschihadistischen Vereinigung, und deshalb haben sie dich misshandelt.«

»Das heißt, ich hätte bei einer Klage gute Chancen?«

»Unbedingt. Worum geht es dir? Geld?«

Niall verdrehte die Augen.

»Oh, hehre Ziele!« Carl lächelte. »Ich gebe das mal an deinen zukünftigen Anwalt weiter. Trefft euch, redet, seht zu, was ihr tun könnt. An deiner Stelle würde ich in jedem Fall auch ein paar Kollegen vom Sender an die Sache dransetzen. So etwas braucht Öffentlichkeit.«

»Ich kann ja verstehen, dass die ...«

»Nein«, er schüttelte heftig den Kopf. »Fang mir nicht so an. Oben in Bradford gab es ständig Ausschreitungen, weil die Polizei auch grundlos auf Unschuldige losgegangen ist vor lauter Terrorparanoia. Und auf der anderen Seite haben sie irgendwo anders in Yorkshire zugeschaut, wie eine gut organisierte Bande Pakistaner englische Mädchen vergewaltigt und zur Prostitution genötigt hat. Sie hatten Angst, man würde ihnen Rassismus vorwerfen, weil alle Spuren, die sie hatten, zu den Pakistanern führten. Also haben sie die Augen ganz fest zugemacht und den Mädchen gesagt: Zieht euch eben was Ordentliches an.«

»Ja, ich hab davon gelesen. Was für ein Dreck.«

»Ja.«

»Aber du sagst es selbst. Pakistaner. Englische Mädchen. Da steckt schon genug Rassismus drin.«

»Findest du? Sie sehen sich selbst als Pakistaner. Jedenfalls die meisten.«

»Sie haben britische Pässe. Jedenfalls die meisten.«

»Hat nichts gebracht. Wir sind seit Jahrhunderten eine Nation, die die gesamte Welt bereist, ferne Länder erobert hat, fremde Kulturen nach Hause geholt hat. Und in all der Zeit hat es der Engländer wohl nicht gelernt, sich anders als überlegen zu fühlen.« Er lächelte. »Wir haben Angst vor dem, was uns fremd ist. Und keiner weiß, wie es richtig ist. Andere Kulturen fördern oder sie zur vollständigen Integration zwingen? Es wird diskutiert, ob es richtig ist, dass es so etwas wie Chinatown gibt. Dass in manchen Stadtteilen die Straßenschilder in der Schriftsprache der jeweiligen Bevölkerungsmehrheit angebracht sind. Die einen sagen: Das hilft den Menschen, sich willkommen zu fühlen und zu orientieren. Die anderen sagen: So gibt es keine Notwendigkeit, je richtig Englisch zu lernen oder englischsprachige Menschen kennenzulernen. Es ist eine Ghettoisierung. Der Grund«, sagte er und bedankte sich für sein Bier, das gerade gebracht wurde, »der Grund dafür ist, dass da auch wieder nicht der Einzelne betrachtet wird, sondern die Gruppe. Ausländer als homogene Gruppe. Das sind sie nicht.«

Niall nickte. »Klingt, als hättest du viel über das Thema nachgedacht.«

Carl winkte ab. »Du glaubst ja nicht, was wir beim Gesundheitsamt alles sehen und hören. Da macht man sich schon so seine Gedanken.«

Niall wollte nicht weiter darüber diskutieren. Er hatte Angst vor dem, was Carl noch alles sagen könnte. Seine konservativen Ansichten kannte er gut genug. »Danke noch mal, dass du dich um einen Anwalt gekümmert hast.«

»Ach was. Ich bin so froh, dass du da heil rausgekommen bist. Ein Unding, dass sie dich nicht mal haben telefonieren lassen!«

»Ich wollte dich anrufen. Ich wusste, du würdest mir helfen können.«

Carl strahlte ihn an. »Ich freu mich, wenn ich für dich da sein kann. Also, wie geht es dir sonst? Sag mir die Wahrheit. Willst du nicht ein paar Tage zu uns kommen? Wir würden uns freuen.«

»Wie geht es deiner Frau?«

»Susan geht es hervorragend, danke, aber das beantwortet nicht meine Frage, wie es dir geht.«

»Gut. Doch, wirklich.«

»Du musst total durchgeschüttelt sein!« Carl winkte wieder der Bedienung, um Dim Sum nachzubestellen.

»Bekommst du zu Hause nichts zu essen?«, fragte Niall und musste grinsen.

»Werd mal nicht frech.« Carl grinste ebenfalls. »Im Ernst, ich liebe diesen Laden. Ich könnte hier einziehen, wenn sie mich ließen. Wo waren wir? Durchgeschüttelt. Fühlst du dich nicht wie nach einer Achterbahnfahrt?«

»Ich weiß nicht. Ich komme gar nicht zum Nachdenken.«

Carl lehnte sich zurück und betrachtete ihn genau. »Weißt du was? Ich finde, du siehst Huffman mit der Zeit immer ähnlicher.«

»Ich kann's nicht ändern.«

»Das ist nicht das Schlechteste. Er galt immer als attraktive Erscheinung. Selbst heute noch mit – wie alt ist er eigentlich? Bestimmt schon siebzig, oder?«

»Einundsiebzig. Genau vierzig Jahre älter als ich.«

»Einundsiebzig, und rührt immer noch in allen Töpfen. Ich werde fünfundfünfzig und fühle mich bereit für die Rente.« Carl lächelte. »Gute Gene, Junge. Beschwer dich nicht.«

»Carl ...«

»Ach komm, ich kenn dich, seit du die Figur deiner Mutter ruiniert hast. Ich darf das sagen.«

Niall musste lachen. »Du bist unmöglich!«

»Und ich bin es gern. Ich habe so einen staubtrockenen Job, kein Wunder, dass ich über die Stränge schlage.«

Nun lachten sie beide.

»Wie kommt ihr voran mit dem Film?«, fragte Carl, als die Suppe gebracht wurde.

»Oh, gut!« Niall sah ihn an und schüttelte dann über sich selbst den Kopf. »Gar nicht gut, ehrlich gesagt. Heute Morgen haben sie unser Equipment konfisziert. Wir haben einen der Attentäter interviewt, er ist ausgerastet, die Wärter haben ihn zusammengeschlagen ...«

»Das habt ihr alles gefilmt?«

»Ja.«

»Kein Wunder, dass sie es euch wegnehmen. Prügelnde Gefängniswärter vor laufender Kamera. Warum grinst du so selbstgefällig?«

»Och, nichts.«

Carl tupfte sich mit der Serviette den Mund ab und

beugte sich verschwörerisch vor. »Ihr habt was rausge-schmuggelt? Hm?« Er zwinkerte ihm zu.

Niall spitzte die Lippen, schwieg aber.

»Heimlich noch mit dem Handy gefilmt? Versteckte Kamera, die in der Sicherheitskontrolle nicht aufgefallen ist?«

Niall hob amüsiert die Schultern. »Wer weiß, wer weiß.«

Carl warf ihm einen bewundernden Blick zu. »Du hast es drauf. Sag ich doch.« Und bevor Niall etwas erwidern konnte: »Wie geht's weiter? Bekommt ihr eure Kameras denn wieder?«

»Laura hat den ganzen Tag rumtelefoniert. Sie ist die Aufnahmeleiterin. Wenn jemand die Kameras wiederbe-kommt, dann sie. Morgen machen wir weiter mit Familien und Umfeld der Attentäter. Der andere, der im Kranken-haus liegt, ist auch bereit, mit uns zu sprechen, mal sehen, was dabei rauskommt. Und dann muss ich schauen, wie tief ich wo graben muss.«

»Aufregend, hm?«

»Was ganz Neues für mich.«

»Freust du dich?«

»Der Anlass ist nicht gerade etwas zum Freuen.«

»Du weißt, was ich meine.«

Niall nickte. »Es macht mir Angst. Aber ich will es durchziehen.«

»Sehr gut. Dann bestell ich uns die Rechnung, und wir erobern die nächste Bar. Deal?«

»Klar.«

Gegen drei Uhr ließ sich Niall auf sein Sofa fallen, schon lange nicht mehr nüchtern, und fingerte an seinem Smartphone herum, um den Wecker einzustellen.

Er fand eine SMS von Beth, die um Rückruf bat. Er schrieb zurück, dass er leider erst jetzt die Nachricht gesehen hatte. Kaum war die SMS raus, rief Beth bei ihm an.

»Schläfst du nie?«, fragte er sie.

»Du klingst betrunken.«

»Oh, das bin ich. Ich war mit meinem Onkel unterwegs. Wir waren in Chinatown, und anschließend sind wir noch ...«

»Niall«, unterbrach sie ihn.

»Was? Sorry, ich quatsch manchmal drauflos, wenn ich betrunken bin.«

Sie schwieg kurz und sagte dann: »Cemal Bayraktar ist tot.«

»Ach, Scheiße. Hat er es doch nicht geschafft.«

»Er war auf dem Weg der Besserung. Er wurde heute Mittag von der Intensivstation verlegt.«

»Die haben ihn ja auch mit Kugeln durchsiebt, wenn ich das richtig gesehen habe. Haben sie ihn wohl zu früh verlegt.«

»Vielleicht«, sagte Beth. »Aber es hieß, es seien keine lebenswichtigen Organe verletzt worden.«

Niall versuchte, sich zu konzentrieren. »Irgendetwas stimmt nicht. Du zweifelst.«

»Ja.«

»Na gut. Reden wir nachher weiter, wenn ich geschlafen habe.«

»Niall, du weißt, was ich da gerade sage, oder?«

Er konzentrierte sich. »Du glaubst, dass jemand nach-geholfen hat?«

»Ich habe kein gutes Gefühl.«

»Oh, Gefühl ist ganz schlecht bei so was. Wie hieß noch mal dieses spröde, scheue Zeugs, auf das immer alle so scharf sind? Ah, ich weiß. Fakten.«

»Ich bin noch nicht fertig.«

»Was noch?«

»Farooq hat sich in seiner Zelle erhängt.«

Das angenehm wohlige Gefühl der Trunkenheit war mit einem Schlag weg. »Erhängt?«

»Ja. Hat er auf dich den Eindruck gemacht, ein Selbst-mordkandidat zu sein?«

»Ich weiß nicht. Ich kapier diese Typen nicht. Aber ich würde mal behaupten, er war kein Selbstmordkandidat. Sonst hätte er sich für ein Selbstmordattentat gemeldet. Oder wie läuft so was?«

»Er hat davon geredet, nach Palästina zu gehen. Klang das für dich nach Selbstmordabsicht?«

»Sie haben ihn zusammengeschlagen. Vielleicht war ihm das eine Nummer zu hart.«

»Niall, du warst selbst in so einer Zelle. Kann man sich darin umbringen?«

Er dachte an die spärliche Einrichtung. An die festge-schraubten Möbel, den fehlenden Türgriff. Es gab kein Fens-tergitter, nicht einmal einen Fenstergriff. Sie überwachten die Zellen, damit man sich nicht umbrachte. Sie schickten ständig jemanden vorbei, um nachzusehen. Niall versuch-te sich vorzustellen, was man tun konnte, wenn man es wirklich nicht mehr aushielt und sich umbringen wollte.

Sie ließen es nicht zu. Man könnte mit dem Kopf gegen die Wand rennen, so oft, bis man tot war. Bei dieser Methode müsste man Glück im Sinne des Todessehnsüchtigen haben. Sehr viel wahrscheinlicher war es, dass man vorher ohnmächtig wurde. Oder jemand mitbekam, was los war. Farooq war zu kurz in der U-Haft gewesen, um sich bereits Waffen besorgt zu haben. Oder war er gut vernetzt gewesen? Aber warum hätte er sich dann erhängen sollen?

»Und es ist sicher, dass er sich erhängt hat?«

»So lautet die offizielle Stellungnahme.«

»Die mitten in der Nacht rausging?«

»Tja.«

»Man kann sich in so einer Zelle nicht erhängen.«

»Ich weiß.«

»Warum sagen sie es dann?«, fragte Niall.

Beth atmete schwer in den Hörer. »Was glaubst du, warum ich dich anrufe?«

15

Karen Wigsley, die Innenministerin der konservativen Regierungspartei, saß für die Aufzeichnung einer politischen Diskussionsrunde im Studio und schaute entschlossen.

»Wir haben die Terroralarmstufe heraufgesetzt, weil natürlich erhöhte Terrorgefahr für unser Land besteht«, sagte sie mit eindringlicher Stimme zu ihrem Gesprächspartner, dem Oppositionsführer Gerald Randall, der ein Gesicht machte, als hätte er in eine Zitrone gebissen. Die Moderatorin machte ein ganz ähnliches Gesicht.

Niall, der am Rand des Studios zwischen den Kulissen stand und die Diskussion über einen Monitor verfolgte, fragte sich, ob die beiden wegen dem, was Karen sagte, so säuerliche Gesichter zogen oder ob es daran lag, dass ihre Stimme manchmal ins Schrille abglitt, wenn sie einer Sache Nachdruck verleihen wollte.

»Sie braucht einen Stimmtrainer«, sagte Beth.

»Ich dachte gerade was Ähnliches. Aber wer sagt es ihr?«

»Jemand, der nicht sehr an seinem Leben hängt. Oder an dessen Leben wir nicht sehr hängen. Irgendwelche Vorschläge?«

Niall versuchte, nicht zu lachen. Er kannte Karen Wigsley schon sein ganzes Leben, wollte aber nichts zu Beth sagen. Nicht, wenn es nicht sein musste.

Nachher würde er zu Rana Ziadeh fahren, der Mutter von Farooq. Sie hatte gestern einem Interview sofort zugestimmt. »Ich habe meine Meinung nicht geändert«, hatte sie am Telefon gesagt, als Laura sie am Morgen angerufen hatte, um ihr ihr Beileid zum Tode ihres Sohns auszudrücken. »Wenn Sie wollen, kommen Sie vorbei. Aber erst nach dem Gottesdienst.«

Als Niall gehört hatte, dass die Innenministerin im Haus war, um über den Terroranschlag zu sprechen, war er mit Beth sofort zum Studio gegangen, in dem die Aufzeichnung stattfand. Er hatte Karen schon sehr lange nicht mehr gesehen, zuletzt bei der Beerdigung seines Vaters. Jetzt fragte er sich, ob er bis zum Ende der Aufzeichnung warten sollte, um Hallo zu sagen.

Randall, der Oppositionsführer, fragte Karen Wigsley gerade, welche Maßnahmen sie vorschlagen würde, und sie antwortete: »Wir müssen schärfer gegen die Heimkehrer aus Syrien und dem Irak vorgehen. Es kommen hochaggressive, extrem radikalisierte junge Männer zurück, die zum Töten ausgebildet wurden. Machen wir uns nichts vor, sie sind alle potenzielle Killer. Ich persönlich bin der Meinung, man sollte ihnen die Pässe abnehmen.«

Randall und die Moderatorin gingen nun wie erwartet in einem Empörungssturm auf die Innenministerin los. Sie ließ alles an sich abprallen.

»Es ist so typisch«, sagte Beth zu Niall. »Sitzen dort und machen Wahlkampf, statt darüber zu reden, wie es sein kann, dass die beiden Terroristen im Gefängnis in derselben Nacht sterben.«

»Niemand interessiert sich für den Tod von Mördern«, sagte Niall.

»Ich sage auch nicht, dass es mir leid um die beiden tut. Ich sage nur, dass es untersucht gehört.«

»Wer sagt, dass es nicht untersucht wird?«

»Offiziell wird es bestimmt untersucht. Inoffiziell steht das Ergebnis aber schon fest. Ist es nicht immer so?«

Er betrachtete sie. Ihr schönes, starkes Gesicht mit den großen, dunklen Augen, die fast immer zornig dreinzublicken schienen, egal, was sie sahen. »Beth, ich hab noch mal nachgedacht. Vielleicht war seine Zelle irgendwie anders als meine, und er hatte wirklich Gelegenheit, sich dort zu erhängen ...«

»Quatsch.« Beth sah ihn böse an, dann wandte sie ihre Aufmerksamkeit wieder den streitenden Politikern zu. Jetzt ging es um die Sperrung von Social-Media-Profilen und eine engmaschigere Onlineüberwachung von Terrorverdächtigen.

Randall lachte fassungslos. »Erst wollen Sie jemandem auf bloßen Verdacht hin den Pass abnehmen ...«

»Nicht auf bloßen Verdacht hin! Wir werden nicht dieselben Fehler machen, die eine gewisse Vorgängerregierung nach den Anschlägen vom 7. 7. gemacht hat«, sagte Karen scharf.

»... und ihnen damit die Identifikation, die Möglichkeit der Identifikation mit unserem Land nehmen, und dann auch noch ein Internetverbot? Das sind ja totalitäre Maßnahmen!«

»Es sind längst nicht solche Schrotflintenaktionen wie vor ein paar Jahren.«

»Aus diesen Fehlern müssen wir lernen«, sagte Randall. »Damals hat die Hysterie nur dafür gesorgt, dass sich immer mehr junge Muslime radikalisiert haben. Hier in unserem Land. Weil sie sich nicht mehr zu Hause gefühlt haben. Das geht nicht! Wir müssen im Gegenteil dafür sorgen, dass die Gründe für die Radikalisierung ...«

»Ja, ja, Sie sollten immer dran denken, wer damals diese Fehler gemacht hat. Sie waren doch selbst Teil dieser Regierung.« Karen klang höhnisch.

»Wahlkampf«, wiederholte sich Beth.

»Ich dachte, die sprechen über den Anschlag«, sagte Niall kopfschüttelnd.

»Das hast du nicht wirklich erwartet, oder?«

Deshalb ist diese Dokumentation so wichtig, dachte Niall, sagte aber nichts. Es hätte eitel geklungen. Oder naiv.

»Die allgemeine Stimmung«, sagte die Moderatorin gerade, »in der Bevölkerung und auch, was man in Blogs und an journalistischen Kommentaren zu lesen bekommt, geht trotz dieses Attentats dahin, dass nicht noch schärfere Sicherheitsmaßnahmen ergriffen werden sollten und dass vor allem ein Kriegseinsatz sowie Waffenlieferungen in den Nahen Osten nicht von Seiten der Bevölkerung befürwortet werden.«

»Wissen Sie, das ist natürlich alles sehr kurz gedacht.« Die Innenministerin lehnte sich vor und faltete die Hände über den Knien. »Wir müssen wachsam bleiben und sehr genau analysieren ...«

Das politische Phrasendreschen ging weiter. Während Beth mit wachsendem Unmut zuhörte, schaltete Niall innerlich ab. Er drehte sich vom Monitor weg und sah sich um. Sah die Menschen, die hinter den Kameras arbeiteten, sich um die Technik kümmerten, das Make-up auffrischten, die Wassergläser der Studiogäste füllten. Niemand von ihnen schien zuzuhören. Niemand vor der Kamera schien sich dafür zu interessieren, was wirklich vor vier Tagen in Vauxhall Gardens geschehen war, warum Paul Ferguson sterben musste. Warum die beiden Attentäter nun ebenfalls tot waren.

Beth packte Niall am Arm und deutete auf den Monitor. »Jetzt kommt was.«

»Aber genau das ist doch der Punkt«, sagte Randall. »Frustrierte junge Menschen wie Farooq und Cemal, ohne Job, ohne Geld, ohne Perspektive. Sie haben keine Ziele im Leben, sind aber voller Energie und wissen nicht, wohin damit. Sie sehnen sich nach Ehre und Anerkennung. Das können wir ihnen nicht bieten. Der IS kann es, der tut zumindest so. Da müssen wir doch ansetzen. Perspektiven schaffen und in den Dialog treten. Diesen Menschen klarmachen, dass hier ihr Zuhause ist, nicht im Islamischen Staat.«

»Der wird doch wohl nicht etwas verstanden haben?«, murmelte Beth. Der Moment, der das Gespräch in die richtige Richtung hätte bringen können, war auch gleich wieder vorbei: Die Moderatorin wandte sich einem Studiogast zu, den Niall noch gar nicht im Bild gesehen hatte.

»Professor Haynes, wie sehen Sie das? Sie haben gerade ein Buch geschrieben, ›Der Weg in den Dschihad‹. Darin beleuchten Sie die Hintergründe für das, was den Dschihad gerade für junge Männer so attraktiv macht.«

Haynes, ein schmaler, dunkelhaariger Mann um die vierzig, der irgendwie bleich und ungesund wirkte, hielt sein Buch umständlich in die Kamera und wiederholte das, was Randall gesagt hatte, nur sehr viel komplizierter. Er sprach vom Mobbing in den Schulen, von der fehlenden Identität und der falschen Integration.

Keine zwanzig Sekunden hatten sie über die Täter gesprochen. Paul Ferguson war gar nicht erwähnt worden. Wahlkampf und Buchwerbung.

Niall zog Beth am Ärmel und deutete auf den Studioausgang. Er hatte keine Lust mehr, auf das Ende der Aufzeichnung zu warten. »Komm, lass uns wieder ins Büro gehen.«

»Sekunde noch.« Sie nahm den Blick nicht vom Monitor.

Ungeduldig irrte sein Blick über die Rückseiten der Kulissen, in die Gänge, über die Türen, um dann wieder an dem bleichen Haynes hängen zu bleiben. »Wer sucht eigentlich die Studiogäste aus?«

»Die zuständige Redaktion.«

»Und was macht dieser Professor da?«

»Er spricht über das große Ganze. Er soll Relevanz vermitteln und einen Ausgleich zur Politik darstellen.«

Das Studiolicht war so gesetzt, dass alle Gäste gleichmäßig und vorteilhaft ausgeleuchtet waren. Frisuren, Kleidung, alles saß so gut wie nur möglich. Die Gesichter lagen unter einer dicken Schicht Make-up und Puder, die Menschen vor den Kameras hatten gesund auszusehen. Bis auf den Professor.

»Es ist die Suche nach etwas Bedeutungsvollem«, sagte dieser gerade. »Lassen Sie uns einen Schritt zurückgehen. Die westliche Welt hat keinen Platz mehr für Abenteuer oder echte Ideale. Wir sind müde geworden. Wir müssen nicht mehr für unsere Freiheit kämpfen. Wir haben alles erreicht. Sogar die Mauer ist gefallen, der Eiserne Vorhang ist Geschichte. Wo kämpfen wir noch, wo können wir noch Helden sein?«

Niall tippte Beth an. »Sag mal, ist der nicht geschminkt?«

»Sieht so aus.«

»Warum ist der nicht geschminkt? Alle werden geschminkt.«

»Hat sich wohl geweigert. Das kommt selten vor, aber es kommt vor.«

Niall schüttelte den Kopf. »Jetzt komm. Wir gehen. Das bringt doch alles nichts.«

»Wir können Material von dieser Sendung für die Doku nehmen«, sagte Beth. »Oder könnten es, wenn die da vorne mal was Interessantes sagen würden.«

Niall nickte und überlegte, wie er die hohlen Statements einbinden könnte.

»Das ist doch etwas ganz Urtümliches, Anarchisches«, hörte er nun Karen Wigsley sagen. Sie klang, als hätte sie über schlechten Sex gesprochen.

Haynes antwortete: »Völlig instinktgetrieben und intellektbefreit, ja.«

»Und wenn solche ... Menschen dann zurück in unser Land kommen, sollen wir erst mal darauf warten, bis sie sich wieder beruhigt haben, Mr Randall?«

Niall hörte nicht mehr, was Randall antwortete. Beth hatte ihn am Arm gepackt und zog ihn weg. Als sie das Studio verlassen hatten und auf dem Flur waren, der sie zur Kantine führte, sagte sie: »Genug gesehen. Ich ertrage diese Frau keine Sekunde länger.«

»Sie ist eben sehr ... zielstrebig. Das war sie schon immer.«

Beth öffnete die Tür zur Kantine und steuerte auf den

Kühlschrank mit den Getränken zu. »Schon immer? Verfolgst du ihre politische Karriere schon länger?«

»Das könnte man so sagen.«

Beth sah ihn fragend an, während sie sich eine Cola nahm, eine Augenbraue hochgezogen. Sie öffnete die Flasche. Weißer Schaum schoss aus dem Flaschenhals. Beth hielt die Cola weit von sich, wartete, bis sie nicht mehr schäumte. Als Niall immer noch nichts erwiderte, sagte sie: »Sie will vor allem Premierministerin werden. Und das klappt prima, indem man Ängste vor Problemen schürt, die es in dem Ausmaß vielleicht gar nicht gibt, und dann behauptet, man wüsste auch gleich eine Lösung für alles.«

SONNTAG

16

Rana Ziadeh bewohnte mit ihrem Ehemann ein Haus in einer Seitenstraße der Deans Lane in Edgware. Nachdem Ken den Produktionswagen vor dem Haus geparkt hatte, ging Niall mit der Kamera erst ein Stück die Straße zurück, um die Umgebung zu filmen. Über den braven Einfamilienhäusern ragte die Spitze einer anglikanischen Kirche auf.

Farooqs Mutter führte Laura, Ken und Niall in ihr Wohnzimmer, das so ordentlich wirkte, als hätte sie extra fürs Fernsehen aufgeräumt. Sogar die Zierkissen lagen in exakt gleichen Abständen auf dem blauen Cordsofa. Niall wusste sofort, wo und wie er sie filmen wollte: genau dort auf diesem Sofa, inmitten der braven Zierkissen und mit den Monet-Drucken an der Wand im Hintergrund.

»Ob Sie es glauben oder nicht, ich habe meinen Sohn fast zehn Jahre lang nicht gesehen.« Rana Ziadehs Augen waren rot, sie hatte geweint. Aber jetzt saß sie aufrecht und gefasst auf dem Sofa, nicht in der Mitte, sondern an die Armlehne gepresst, die deutliche Kratzspuren aufwies, wahrscheinlich von einer Katze. Obwohl die Frau noch keine fünfzig war, hatte sie bereits vollständig graues Haar, das sie sich zum Zopf gebunden hatte. Trotz der Jahreszeit trug sie einen langärmeligen schwarzen Pullover, der ihr an Brüsten und Bauch ein wenig zu eng war, und eine schwarze Stoffhose mit weiten Beinen.

»Ich wollte, dass er bei mir aufwächst, aber Frank hat sich durchgesetzt und wurde seinem Vater zugesprochen. In den ersten ein, zwei Jahren hat er mich noch besucht.

Nicht oft, aber immerhin. Dann brach er die Schule ab, was mir nicht gefiel, und wir hatten einen fürchterlichen Streit. Seitdem wollte er mich nicht mehr sehen. Er war auch nicht auf meiner Hochzeit.« Einen Moment lang sah sie direkt in die Kamera. »Mein Sohn war nicht einmal auf meiner Hochzeit. Er hat mich und mein Leben vollkommen abgelehnt. Ich glaube, er hat mich gehasst.« Rana wandte sich ab und gab Niall ein Zeichen. Sie brauchte eine Pause.

Niall nickte Ken zu, der so tat, als würde er die Kamera stoppen. Niall hatte ihn angewiesen, sie immer weiterlaufen zu lassen. Laura machte sich Notizen.

»Ist Ziadeh der Name Ihres Mannes oder …«

»Nein. Das ist mein Geburtsname. Mein Mann heißt Ransley. Rana Ransley hätten sicherlich einige Leute sehr lustig gefunden.« Sie lächelte, entspannte sich etwas. »Meine erste Ehe war eine Katastrophe. Wir waren viel zu lange verheiratet. Ironischerweise bin ich wegen Frankie so lange geblieben. Ich dachte, der Junge ist noch zu klein, er verkraftet eine Scheidung nicht. Wer weiß, wie alles gekommen wäre, wenn ich früher gegangen wäre. Mein jetziger Mann fand, ich sollte meinen Namen behalten. Bei mir selbst bleiben. Ich weiß nicht, ob Sie das verstehen.«

»Sehr gut sogar«, sagte Niall und biss sich auf die Lippe. Er hatte sich fest vorgenommen, seine persönlichen Befindlichkeiten außen vorzulassen. Dazu fehlte ihm die Übung.

Rana sah ihn neugierig an. »Der eigene Name ist so wichtig, finden Sie nicht?«

Niall nickte, unangenehm berührt. Er fragte: »Wollen wir weitermachen?«

»Oh, ja. Lassen Sie wieder laufen.« Sie rutschte ein wenig auf dem Sofa herum, dann sah sie fest in die Kamera, bis ihr einfiel, dass sie das nicht tun sollte. Schnell sah sie zu Niall. »Mein Sohn, Frank. Ich habe ihn also tatsächlich fast zehn Jahre lang nicht gesehen. Manchmal hat mir sein Vater gesagt, wo ich ihn finden konnte. Dann saß ich im Auto und wartete darauf, dass er irgendwo rauskam und ich ihn kurz sehen konnte.«

»Haben Sie mit ihm geredet?«

»Anfangs schon, da habe ich ihn angesprochen, aber dann ist er jedes Mal weggelaufen. Später bin ich ihm gefolgt, einfach nur, um ihn zu sehen. Er war fast achtzehn, als ich damit aufhörte. Ich ließ mir von seinem Vater sagen, wie es ihm ging. Es war Franks Entscheidung, mich nicht mehr sehen zu wollen. Ich habe ihm an seinen Geburtstagen und zu Weihnachten geschrieben, zu Neujahr, zu Ostern. Ich schickte ihm kleine Päckchen, bis mein Ex-Mann mich bat, damit aufzuhören, weil Frank sowieso alles einfach wegwarf. Ich habe meinen Sohn also schon vor langer Zeit verloren. Und dann habe ich ihn im Fernsehen gesehen.«

Rana sah zu Boden. Niall wartete, dass sie weitersprach. Er wollte nicht mit dummen Fragen kommen: ›Was haben Sie dabei empfunden?‹ oder ›Haben Sie ihn denn gleich wiedererkannt?‹. Er hasste es, wenn solche Fragen gestellt wurden. Außerdem war das Zögern, das Verstummen oft sehr viel stärker als fünf Minuten Gerede.

Die Frau hob den Kopf und wischte sich Tränen weg. Er hatte nicht bemerkt, dass sie angefangen hatte zu weinen. »Dieser Bart ... Das war nicht mein Sohn. Wie hat er sich genannt? Farooq? Es ist so albern. Sein Vater und ich, wir sind Christen. Wir sind beide katholisch und haben ihn auch katholisch taufen lassen. Mein jetziger Mann ist anglikanisch. Ich bin ein gläubiger Mensch und war es schon immer. Ich bin nicht immer einer Meinung mit dem, was aus Rom kommt. Aber ich glaube an Gott, an einen liebenden, verzeihenden Gott. Ich habe versucht, meinen Sohn so zu erziehen. Er war nie sehr daran interessiert, da hielt er es lieber wie sein Vater. Und ihn dann zu sehen, wie er in die Kamera schaut und etwas von Allah erzählt? Wie kommt er nur darauf?« Jetzt weinte sie ganz offen, sie gab sich keine Mühe mehr, die Tränen zurückzuhalten.

»Rana, Frank hat zu mir gesagt, er sei Palästinenser.«

»Ja, ja …«, murmelte sie und tastete ihre Hosentaschen ab. Laura reichte ihr ein Papiertaschentuch. Rana lächelte sie dankbar an und putzte sich die Nase.

»Was sagten Sie gerade? Palästinenser. Davon wollte er früher nie etwas hören. Immer wenn ich ihm etwas erzählen wollte von seinen Großeltern, wann sie nach England gekommen sind und warum, hat er gesagt: Aber ich bin doch Engländer, ich bin doch wie die anderen Kinder.«

»Hatte er Probleme in der Schule?«

Rana nickte. »Manche seiner Schulkameraden dachten, ich sei Muslima. Einmal kam er nach Hause und weinte, weil sie im Unterricht darüber gesprochen hatten, wo ihre Eltern geboren worden waren, und Frank hatte gesagt: Meine Mutter ist in Jerusalem geboren.« Ihr Blick ging zwischen Laura und Niall hin und her. Ken, der hinter der Kamera stand, schien sie vergessen zu haben. »Ich war ein Jahr alt, als meine Eltern das Westjordanland verlassen haben. 1967, kurz vor dem Sechstagekrieg. Mein Vater war der Meinung, mit dieser Situation nichts zu tun zu haben. Er sagte immer: Das sollen die Muslime und die Juden unter sich ausmachen. Während der britischen Mandatszeit war es seiner Familie gut gegangen, deshalb wollte er hierher. Er sprach fließend Englisch. Und meine Mutter wollte, dass ihre Tochter in einem friedlichen Land aufwächst. Sie haben immer nur Englisch mit mir gesprochen. Sie haben mich als Engländerin erzogen. Und dann kommt mein Sohn aus der Schule und weint, weil sie ihn abwechselnd als Juden und als Muslim beschimpfen.«

»Was hat die Schule unternommen?«, fragte Niall.

Rana schüttelte den Kopf, zog die Nase hoch, hustete kurz. »Ich habe seine Klassenlehrerin darum gebeten, dass sie mit der Klasse spricht und den Kindern erklärt, was es mit Jerusalem und Israel und Palästina auf sich hat. Und mit den Religionen. Sie hat gesagt: Dies ist keine konfessionelle Schule. Hier werden die Kinder nicht genötigt, sich mit Religion auseinanderzusetzen, wenn sie es nicht wollen. Und alles andere lernen sie im Geschichtsunterricht noch früh genug.« Sie wandte sich an Laura. »Wie alt sind Sie? Jünger als Frank war, oder? Was haben Sie in der Schule über Israel und Palästina erfahren? Genug, um die heutige Lage beurteilen zu können? Genug, um zu wissen, was da seit Jahrzehnten, Jahrhunderten passiert?«

Laura brauchte einen Moment, um zu antworten. »Wir haben vor allem die neuere Geschichte durchgenommen. Die Gründung Israels im Besonderen.«

»Das reicht nicht, um wirklich zu verstehen, was in dieser Region geschieht.« Sie schwieg, die Augen geschlossen.

Niall ließ ihr Zeit, drängte sie nicht weiterzureden. Mit der Handkamera zoomte er auf ihre Hände, den schlichten, goldenen Ehering. Es war der einzige Schmuck, den sie trug.

Rana öffnete die Augen, sah blinzelnd in seine Richtung und lächelte. »Ich erzähle einfach ein wenig, ja?«

»Bitte.«

»Frank war damals ... Wissen Sie, wir waren ein christlicher Haushalt. Frank ging in eine Schule, die einen hohen Anteil an Kindern aus muslimischen Familien hatte. Er sah aus wie sie. Die dunklen Haare, die schwarzen Augen, er hatte das von mir. Alle hielten ihn deshalb für einen Araber, was er zur Hälfte ja auch war. Aber eben auch ein Christ. Und vor allem Engländer. Die weißen Kinder haben ihn gehänselt, die arabischen Kinder haben ihn gemieden. Er hatte so gut wie keine Freunde. Es war wirklich schwierig. Irgendwann fing er an, mir deshalb Vorwürfe zu machen. Es sei meine Schuld, dass niemand sein Freund sein wolle.« Wieder standen Tränen in ihren Augen, und sie hielt inne, atmete tief durch, um sich zu fangen.

Niall fragte: »Rana, erzählen Sie uns von den schönen Erinnerungen an Frank? Womit hat er als Kind gern gespielt?«

Sie nickte, konnte die Tränen nicht aufhalten, ihre Stimme zitterte aber nur leicht. »Er ist immer so gern schwimmen gegangen, im Urlaub, wir waren oft in Torquay. Wir konnten uns keine tollen Urlaube ins Ausland leisten, aber das konnten die anderen Familien auch nicht.« Rana klang entschuldigend. »Er ist wirklich gern schwimmen gegangen. Er konnte gut schwimmen. Und er mochte Tiere. Eine

Zeit lang ist er am Wochenende immer ins Tierheim gegangen, um mit einem Hund zu spielen.«

»Hatte er einen eigenen?«

Ihr Blick irrte durch das Wohnzimmer, in die Vergangenheit. »Mein damaliger Mann wollte keinen Hund zu Hause haben und hat ihm verboten, ihn mitzubringen. Eines Tages hat der Hund eine Familie gefunden, und Frank wollte nicht mehr ins Tierheim.« Sie hielt inne. »Ich weiß gar nicht mehr, wie der Hund hieß. Ich fürchte, ich war eine schlechte Mutter.«

In einem normalen Gespräch wäre es Nialls Aufgabe gewesen, etwas Beruhigendes zu sagen wie: »Das dürfen Sie nicht denken.« Er verkniff es sich.

Als Rana klar wurde, dass die üblichen Konversationsmuster außer Kraft gesetzt waren, lächelte sie nervös. »Ja, man wartet darauf, gesagt zu bekommen, dass es nicht so war. Ich war wirklich keine gute Mutter, und ich war froh, dass ich nur ein Kind hatte.«

»Wir sind nicht hier, um über Sie zu urteilen. Wir wollen erfahren, was Frank für ein Mensch war«, sagte Niall ruhig.

Sie wischte sich mit den Handrücken die Tränen von den Wangen. »Ich denke immer, ich war vielleicht zu jung, als ich ihn bekommen habe. Zweiundzwanzig war ich, wir hatten das nicht geplant, wir wussten zu dem Zeitpunkt nicht einmal, ob wir zusammenbleiben würden. Wir kannten uns kaum, sein Vater und ich, und schon war ich schwanger. Ich glaube, ein Kind merkt so etwas. Egal, wie viel Mühe man sich gibt. Ich war noch viel zu jung.« Sie starrte leer vor sich hin. Dann gab sie sich einen Ruck, stand auf und verließ mit einer gemurmelten Entschuldigung das Zimmer.

Niall ging zu Kens Kamera, schwenkte sie ein Stück und stellte den Hintergrund scharf: die Schrankwand, in der ein älterer Fernseher stand, in den Fächern darüber Bücher: Romane, ein paar populäre Sachbücher, die Wege zum Glück versprachen, einige christliche Bücher mit ähnlichen Versprechungen.

Rana kam mit einer Schachtel Taschentücher zurück. Sie setzte sich wieder in den Sessel, zog ein Tuch heraus und tupfte sich über die Augen. Die Kamera schwenkte wieder zurück auf Rana.

»Sie arbeiten für eine Hilfsorganisation?«, fragte Niall.

Rana nickte. »Wir kümmern uns um die Menschen hier in der Gegend, die nicht klarkommen. Wir beraten sie rechtlich und psychologisch, sie bekommen auch Kleidung und Essen, Spielsachen für ihre Kinder ... Die meisten arbeiten ehrenamtlich, sonst wäre das gar nicht machbar. Ich bin als Leiterin fest angestellt. Wir finanzieren uns durch Spenden. Sachspenden und Geld, natürlich. Die Kirche unterstützt unsere Arbeit.« Sie schniefte, putzte sich die Nase. »Wir helfen jedem. Egal, woher die Menschen kommen und welche Religion sie haben. Ich dachte, ich hätte Frank auch so erzogen, aber sein Vater ...« Sie schnäuzte sich wieder, dann sah sie Niall an: »Das schneiden Sie doch raus? Wenn ich hier mit dem Taschentuch ...?«

Niall sagte: »Wir werden Sie nicht bloßstellen, Rana. Das ist nicht unsere Absicht.« Wenn es passte, würde man auch eine Nahaufnahme von ihr zeigen, wie sie schluchzend zusammenbrach. So lief es nun mal. Und dann dachte er: Aber es ist mein Film. Ich kann entscheiden, ob ich das will.

»Hatte Frank Kontakt zu Ihren Eltern, seinen Großeltern?«, fragte er.

»Seinen Großvater hat er gar nicht mehr kennengelernt. Er ist kurz vor Franks Geburt gestorben. Deshalb wäre Frank auch fast zu früh gekommen, weil mich sein Tod so schockiert hat. Meine Mutter ist vier Jahre später gestorben. Frank hat sich dann schon sehr bald nicht mehr an sie erinnert. Er hat sich manchmal Bilder von den beiden angesehen.«

»Wollte er nach Jerusalem? Um zu sehen, wo Sie geboren wurden? Wo seine Großeltern gelebt haben?«

»Jericho. Da haben sie viele Jahre gelebt, dann sind sie nach Jerusalem … Es ist eine komplizierte Geschichte. Er wollte sie nie hören, es war ihm zu viel. Nein, er wollte nie dorthin. Palästina hat ihn nicht interessiert.«

»Er hat vor mir gestanden und gesagt, er sei Palästinenser«, erklärte Niall. »Er klang stolz, als er das sagte.«

Rana schüttelte den Kopf, brachte aber kein Wort heraus. Sie weinte still weiter, das Gesicht von der Kamera abgewandt. Ihre Schultern zuckten.

Niall warf Ken einen Blick zu, der nickte: Weiterlaufen lassen. Niall fragte sie leise: »Wollen Sie, dass wir abbrechen?«

Immer noch von ihm abgewandt, schüttelte sie den Kopf und hob eine Hand. »Gleich, gleich«, sagte sie.

Niall zoomte mit der Handkamera auf Familienfotos, die an der Wand direkt neben der Zimmertür hingen: Auf allen waren Rana und ein Mann zu sehen, vielleicht etwas älter als sie, mit rötlichem Haar und blasser Haut. Ihr zweiter Ehemann. Auf dem Hochzeitsfoto hatte er noch deutlich mehr Haare als auf den aktuelleren Aufnahmen. Manchmal waren noch andere Menschen mit auf den Bildern, die alle aussahen, als gehörten sie zu ihm. Mit ihrem dunkleren Teint stach Rana auf jedem Bild heraus.

»Es geht wieder«, sagte sie jetzt.

»Wirklich? Wir haben Zeit.«

»Nein, es geht wieder. Es ist nur ...« Sie bemerkte, dass sich Niall die Fotos angesehen hatte. »Die Familie meines Mannes, ja«, sagte sie, nahm ein neues Taschentuch und putzte sich die Nase. Mit dem nächsten Taschentuch wischte sie sich das Gesicht trocken. Dann richtete sie sich wieder kerzengerade auf, legte den Arm auf die Lehne, sah Niall fest an und sagte: »Frank hat meine Herkunft immer abgelehnt, aber sie erzählen mir, er sei stolz gewesen, Palästinenser zu sein. Was in Gottes Namen hat sein Vater bloß mit ihm gemacht?«

Niall wartete ab. Sie beugte sich nun vor und sah ihm direkt in die Augen.

»Werden Sie mit ihm reden?«

»Das haben wir vor.«

»Dann sagen Sie ihm etwas von mir. Sagen Sie ihm, er wird für das, was er meinem Jungen angetan hat, in der Hölle schmoren. Bis in alle Ewigkeit.«

Als sie die Ausrüstung in den Wagen luden, sagte Laura: »Wir werden nicht mit seinem Vater sprechen.«

»Nein? Warum nicht?«

»Er sagte, er lasse nicht zu, sich von der ›Systempresse manipulieren zu lassen‹. Ich zitiere nur.«

»Systempresse, ja?«

»Jüdische«, erklärte Laura.

»Von den USA diktiert«, ergänzte Ken.

»Von der jüdischen Systempresse, die von den USA diktiert wird, will er nicht manipuliert werden? Hat er das so gesagt?«, fragte Niall.

»Genau so.« Ken klemmte sich hinters Steuer. »Wohin jetzt?«

Laura sah auf ihren Plan. »Wir haben uns erst für drei angekündigt, aber vielleicht können wir jetzt schon kommen. Die Moschee, in der Farooq gebetet hat, bevor er alles hingeschmissen hat und verschwunden ist. Dort haben er und Cemal sich auch kennengelernt.«

»Geben die uns die Adresse vom islamistischen Trainingslager? Würde uns Zeit sparen«, bemerkte Ken und schob dann eilig nach: »Das war ein Witz. Nein? Nicht lustig?«

Lauras Kopf schoss zwischen den Autositzen hervor. »Wenn jemand die Meinung von den billigen Rücksitzplätzen hören will: Wir kommen da jetzt nur weiter, wenn wir sehr sensibel und respektvoll sind. Okay?«

»Fandst du mich eben unsensibel?«

»Niall. Ich meine das anders. Wie gut bist du auf das Gespräch mit dem Imam vorbereitet?«

»Hervorragend, dank der Rechercheassistenten. Ich weiß alles.«

»Ich meine es ernst. Wir betreten ein Gotteshaus. Ganz egal, wie du darüber denkst. Ich jedenfalls *bin* vorbereitet.« Sie zog ein Tuch aus der großen Umhängetasche, die sie immer bei sich trug. »In katholischen Kirchen sehen sie es auch nicht gern, wenn man die Schultern und Beine nicht bedeckt hat. Ich halte mich daran, und ich bin nicht mal getauft. In der Moschee gilt Ähnliches: Schultern und Beine bedecken. Außerdem sollen Frauen auch ihr Haar bedecken.«

Niall sah ihr zu, wie sie sich das Tuch um den Kopf wickelte. Als sie fertig war, sah sie ein bisschen aus, als würde sie eine Cabriofahrt im Nizza der Fünfzigerjahre machen wollen.

»Hübsch«, sagte Niall.

»War nicht meine Absicht«, antwortete sie.

17

»Sie müssen das nicht tragen«, sagte der Imam zu Laura. »Oder sind Sie zum Beten gekommen?« Er lächelte sie an und schüttelte ihr herzlich die Hand. »Zahid Qureshi. Wir hatten telefoniert, richtig?«

Niall sah zu Laura, die dunkelrot angelaufen war und seinem Blick auswich. Ken unterdrückte ein Grinsen, wofür er von Niall einen leichten Stoß mit dem Ellbogen kassierte. Der Imam hatte auf dem Parkplatz des Kulturzentrums auf sie gewartet.

»Leider muss ich Sie noch einen Moment warten lassen«, fuhr Qureshi fort, nachdem er auch Ken und Niall die Hand geschüttelt hatte. Er trug eine helle Leinenhose und ein langes, helles Hemd mit langen Ärmeln. Sein Vollbart war gepflegt gestutzt. Er war vielleicht vierzig Jahre alt, nicht viel älter. »Es wird nicht lange dauern. Nur ein kurzer Termin mit der Presse.« Er zeigte auf das Gebäude, in dem das Kulturzentrum untergebracht war: ein hässliches Nachkriegsgebäude, ein fantasieloser grauen Betonklotz mit lächerlich kleinen Fenstern. Irgendjemand hatte sich mit der Spraydose an den Außenwänden ausgetobt. Sprüche wie »England gehört uns«, »Mörderschweine haut ab«, »Nehmt den nächsten Teppich und fliegt nach Hause« konnte man noch lesen. Junge Männer und Frauen waren bereits damit beschäftigt, sie zu übertünchen und die Fenster, die ebenfalls Farbe abbekommen hatten, zu reinigen.

»Heute Morgen hatten wir einen ausgesprochen unangenehmen Zwischenfall, zu dem ich Stellung nehmen muss.«

»Kaum zu übersehen«, sagte Niall mit Blick auf die Schmierereien.

»Was? Oh, nein«, erwiderte Qureshi und winkte ab. »Das haben wir hier dauernd. Obwohl wir Kameras installiert haben und nachts Lichter brennen. Sie kommen trotzdem. Nein, zwei Männer haben das Morgengebet gestört. Zum Glück ist nichts passiert. Wir konnten sie rechtzeitig überwältigen und der Polizei übergeben. Eigentlich wollten wir es nicht an die große Glocke hängen, aber es hat sich dann doch herumgesprochen, und nun hat wohl jemand herausgefunden, dass es sich um Mitglieder der English Defence League handelt.« Er lächelte entschuldigend. »Gehen Sie bitte schon hinein, ich habe Serhat gebeten, Sie in mein Büro zu bringen. Tut mir leid, dass Sie warten müssen.« Er winkte einen jungen Mann, der an der Wand mitarbeitete, zu sich.

»Oh, ganz und gar nicht. Wir sind doch viel zu früh.«

Der Imam nickte Niall freundlich zu und verschwand im Gebäude, noch bevor der Junge sie erreicht hatte.

»Ich bin Serhat.« Er war vielleicht sechzehn, siebzehn, groß und dünn, und wirkte sehr nervös. »Ich bring Sie rein.«

Sie folgten ihm in den ersten Stock. Graue Linoleumböden, beigefarbene Wände. Niall vermutete, dass hier einmal eine Behörde untergebracht gewesen war. Oder eine Firma, die nicht viel für ihre Mitarbeiter übrighatte. Jetzt wollte hier niemand mehr rein, also war die Miete günstig, und das Kulturzentrum hatte es sich leisten können. Vielleicht war aber auch alles ganz anders. Niall blieb kurz stehen, um den Gang zu filmen, durch den sie gerade gekommen waren.

»Wir sind gerade hier eingezogen«, sagte Serhat unsicher und strich mit der Hand an der Wand entlang, wo die Farbe bereits abblätterte. »Es sieht noch nicht sehr schön aus.«

»Wo war das Zentrum vorher?«, fragte Niall und zoomte auf eine Tür, in die eine Milchglasscheibe eingelassen war. Die Scheibe hatte einen Sprung.

»Ein paar Straßen weiter.«

»Warum sind Sie umgezogen? War es zu klein? Zu teuer?«

Serhat zögerte mit der Antwort und sah ihn nicht an. »Ich glaube, jemand hat geklagt. Wegen irgendwas.« Er öffnete eine Tür. »Hier, setzen Sie sich. Ich bin gleich wieder da.« Der Junge verschwand.

Niall sagte: »Da hab ich wohl einen Nerv getroffen.«

»Ich krieg raus, was da passiert ist«, sagte Laura und fing an, auf ihrem Smartphone herumzutippen.

Langsam schritt Niall das Büro des Imam ab und ließ den Raum auf sich wirken. Auf dem Schreibtisch türmten sich Zeitungen, Bücher und Papiere. Der Laptop und das Telefon fielen in dem ganzen Durcheinander kaum auf. An den Wänden hingen keine Bilder, nur an der Wand gegenüber dem Fenster war ein Regal, das noch darauf wartete, eingeräumt zu werden.

Niall zeigte Ken und Laura, wo er die Kamera haben wollte. Sie bauten sie auf und richteten den Ton ein, während Niall auf dem niedrigen, etwas zu weichen Sofa Platz nahm, das dem Schreibtisch gegenüberstand. Serhat kam zurück, brachte Tee für die drei, den er auf einem niedrigen Tischchen vor dem Sofa abstellte, und verschwand dann wortlos wieder.

»Der Umzug kann noch nicht sehr lange her sein«, sagte Niall.

»Oder der Imam hatte einfach noch keine Zeit«, sagte Laura.

»Oder so. Ken, reicht das Licht?« Er wollte, dass der Imam auf dem Sofa Platz nahm. Am Schreibtisch war es zu dunkel, dazu müssten sie viel zu viel ausleuchten.

Ken baute einen Scheinwerfer auf. Draußen heller Sonnenschein, hier drinnen düstere Stimmung. Die Erbauer dieses Gebäudes hatten offenbar eine depressive Ader. Niall nahm sein Handy und tippte auf die App, die ihm die neuesten Nachrichten lieferte. »Hier steht's. Anschlag auf Moschee ... handelte sich um Mitglieder der rechtsradikalen English Defence League ... niemand verletzt ... Zusammenhang mit Anschlag auf Paul Ferguson am Mittwoch nicht auszuschließen ...«

»Und wir waren nicht da«, sagte Ken traurig.

»Laura, jemand soll prüfen, ob es Handyvideos oder Ähnliches im Netz gibt. Kopieren, sichern, Rechte klären und so weiter.«

Laura nickte und tippte die Nachricht ein. Niall sah noch einmal in die Unterlagen, die man ihm zur Vorbereitung zusammengestellt hatte. Qureshi kam offenbar doch nicht so schnell von seinem Pressetermin weg, wie er geglaubt hatte.

»Sie mussten übrigens umziehen, weil sich die Anwohner gestört fühlten«, sagte Laura. »Die Frauen hätten Angst um ihr Leben gehabt.«

»Die muslimischen Frauen?«, fragte Niall.

»Nein. Die englischen Frauen. Es folgte eine Reihe kleinerer Anzeigen, die Anwohner waren auf Schikane aus. Irgendwann hat die Gemeinde aufgegeben und sich ein neues Gebäude gesucht. Hier ist ein ausführlicher Artikel im *Guardian*.« Sie deutete auf ihr Smartphone.

»Schick mir den Link, bitte.« Niall nahm die Handkamera und machte Aufnahmen von dem dampfenden Tee. Dann ging er ans Fenster und filmte den Ausblick. Das Gebäude gegenüber beherbergte ein traditionelles Pub. Fish and Chips für 5 Pfund, stand auf der Tafel auf dem Bürgersteig. Dienstag war Quiz Night. Vor der Tür ein paar Raucher: Männer im Rentenalter, englische weiße Männer, die ihre Sonntage selbst bei schönem Wetter im Pub verbrachten. Die sich nicht an dem dilettantisch selbst gemalten Schild störten, das im Fenster hing: »Keine Muslime!« Eine Frau mit Kopftuch, ein Mann mit Vollbart, beide durchgestrichen.

»Da müssen wir nachher hin«, sagte Niall und zoomte das Schild näher heran. »Ich will mit denen reden.«

Die Raucher hatten ihn jetzt bemerkt. Sie starrten zu ihm hoch, drehten sich dann um und verschwanden im Pub.

»Nicht unsere besten Freunde«, sagte Qureshi beim Reinkommen. »Entschuldigen Sie. Große Aufregung überall. Dabei ist wirklich nichts passiert.«

»Zwei Mitglieder der English Defence League stören das Morgengebet, und Sie sagen, es sei nichts passiert? Die

Kamera läuft übrigens die ganze Zeit mit, ist das in Ordnung?«

Der Imam lächelte. »Natürlich. So war es abgesprochen. Wohin setze ich mich? Ah, ich sehe, Sie haben schon alles auf das Sofa ausgerichtet. An meinem Schreibtisch ist es tatsächlich etwas dunkel. Ich muss mir dringend eine Lampe besorgen ...«

»Passiert so etwas öfter?«, fragte Niall. »Ich meine, die Schmierereien, die Störung des Gebets, Nachbarn, die feindselige Bilder ins Fenster hängen ...«

Qureshi nahm mitten auf dem Sofa Platz und winkte ab. »Ich bin sehr froh, dass vorhin nichts passiert ist. Es hätte wirklich sehr schlimm ausgehen können. Das ist mir klar. Wir bekommen jeden Tag Briefe und E-Mails und Anrufe, in denen wir beschimpft und bedroht werden. Hier kommen auch immer wieder Menschen vorbei und sagen uns laut und deutlich, was sie von uns halten.«

»Es ist also an der Tagesordnung?«

»Ob man es uns nun schreibt oder sagt oder die Wände beschmiert oder hier auftaucht, es ist immer verstörend und beängstigend. Nach heute Morgen wissen wir, dass wir unsere Sicherheitsvorkehrungen deutlich erhöhen müssen. Ich hatte gehofft, wir könnten ein offenes, freundliches Haus sein, in dem jeder willkommen ist. Ich war naiv. Aber es ist mein Job, an das Gute im Menschen zu glauben, oder nicht?« Für einen Moment lächelte er, dann wurde er wieder ernst. »Lassen Sie uns über Cemal und Farooq sprechen.«

»Die beiden haben sich über Ihre Gemeinde kennengelernt. Ist Cemal schon lange zu Ihnen gekommen?«

Der Imam nickte. »Schon immer, soweit ich weiß. Er und seine Familie. Sie wohnen nicht weit entfernt hier in Streatham. Cemals Schwester besucht die Selbstverteidigungskurse, und sein jüngerer Bruder hat am Wochenende an dem Fußballturnier teilgenommen, bei dem wir Spenden für die Menschen im Gazastreifen gesammelt haben.« Er sah in die Runde. »Nein, ich weiß das nicht auswendig. Ich habe nachgesehen, nachdem Sie sich angekündigt haben.«

»Und Cemal?«

»Kam manchmal zum Beten her, eher unregelmäßig. Ich habe mir sagen lassen, dass sein Vater sehr streng ist und ihn, nun, gezwungen hat, seinen religiösen Pflichten nachzukommen. Ich persönlich halte es für falsch, mit Härte und Zwang vorzugehen. Darüber rede ich auch immer mit den Eltern. Aber mehr kann ich tatsächlich nicht tun.« Er schlug die Beine übereinander und beugte sich etwas vor.

»Wann kam Farooq hierher?«

»Oh, das war vor fast zwei Jahren. Ich kannte ihn etwas besser als Cemal, weil Farooq mit all seinen Fragen persönlich zu mir kam. Er hatte mir eine Mail geschrieben, danach haben wir ein paar Mal telefoniert, und schließlich ist er vorbeigekommen. Er wusste bereits eine Menge über den Islam und sagte, er sei Palästinenser, zur Hälfte, nur leider hätten seine Eltern nicht viel für Religion übrig. Kennen Sie seine Eltern? Ich habe sie nie kennengelernt. Ich würde ihnen gern mein Beileid ausdrücken.«

»Wir waren gerade bei seiner Mutter. Sie lebt in Edgware«, sagte Niall.

»Da ist ein großes islamisches Zentrum. Aber wenn sie nicht religiös ist ...«

»Sie ist sehr religiös.«

»Ach. Aber Farooq sagte ...«

»Sie ist Katholikin.«

Qureshi sank auf dem Sofa zurück. »Konvertiert?«

»Ihre Eltern waren Aramäer und sind noch vor dem Sechstagekrieg aus Jerusalem geflohen.«

Der Imam nickte nachdenklich und schielte kurz in die Kamera. »Ich hatte mich schon gewundert, als sie in der Presse einen englischen Namen genannt hatten. Ich dachte, es sei wegen seines Vaters. Er wollte nie über seine Eltern reden. Da sei einiges schiefgelaufen, meinte er, und jetzt sei er auf der Suche nach seinem eigenen Weg. Farooq besuchte Arabisch- und Korankurse und kam oft zum Beten her. Aber auch zum Reden.«

»Und wie genau hat er Cemal kennengelernt?«

»Er hatte auch Kontakt mit anderen jungen Männern, aber irgendwie vertiefte der sich nicht. Ich weiß nicht, woran es lag. Aber ich habe eine Vermutung.« Wieder streifte sein Blick rasch die Kamera. »Soll ich ...?«

»Natürlich.«

»Es ist wirklich nur eine Vermutung, Mr Stuart. Reine Spekulation. Und möglicherweise stark eingefärbt durch die Ereignisse. Rückblickend ist man ja immer viel schlauer. Ich weiß nicht, ob das für Ihren Film hilfreich ist ...?«

»Wenn Sie sich damit unwohl fühlen ...«

»Oh. Nein, nur ...« Er seufzte. »Was soll's. Ich hatte den Eindruck, und das ist wirklich nur ein ganz subjektiver Eindruck, dass Farooq von Anfang an auf der Suche nach den Grenzen war. Er fragte mich, warum ich meinen Bart schneide. Ich sagte: Weil es besser aussieht, weil es praktischer ist, dafür gibt es viele Gründe. Und er antwortete mir: Aber es ist *ḥarām*. Er nahm alles gleich so ernst. Was ja auch gut ist!« Qureshi sah jetzt direkt in die Kamera. »Es ist gut und wichtig, dass wir respektvoll mit unserer Religion umgehen. Nur ... Farooq suchte das Radikale. Klare Regeln. Exakte Vorschriften.« Qureshi hielt inne und dachte nach. Niall ließ ihn. Er sah zu Laura rüber, die unruhig mit ihren Fingern spielte: Abwarten, signalisierte er ihr.

Endlich sagte der Imam: »Ich fürchte, er hat daraufhin seinen Respekt vor mir verloren. Danach konnte ich nichts mehr für ihn tun. Ich habe es versucht. Wir alle. Wir sind eine starke Gemeinschaft. Wir achten darauf, dass nicht die falschen Leute herkommen.«

»Welche falschen Leute?«, fragte Niall.

»Die, die man Islamisten nennt. Die Erzkonservativen. Die wirklich extremen Sunniten. Es ist auch für uns nicht immer sofort zu erkennen, wann wer bereit ist, in den Dschihad zu ziehen oder zum Selbstmordattentäter zu werden. Es gibt einige, denen wir Hausverbot erteilt haben. Aber ich glaube, Cemal und Farooq haben sich von ihnen ansprechen lassen. Außerhalb unseres Zentrums können wir nichts tun. Wir können nur aufklären. In alle Richtungen.« Wieder der Blick direkt in die Kamera. »In alle Richtungen«, wiederholte er. Dann entspannte er sich etwas und sagte: »Wollen Sie mit Serhat sprechen?«

»Mit Serhat? Der uns reingebracht hat? Warum?«

»Oh, ich dachte, er hätte sich Ihnen vorgestellt. Er ist Cemals Bruder.«

Niall sah Laura an, die den Kopf schüttelte. »Nein, das hat er nicht gesagt.«

»Serhat ist etwas schüchtern. Ich hole ihn.« Der Imam stand auf und ging zur Bürotür. »Serhat?«, rief er, »kommst du mal bitte?«, und kurz darauf waren Schritte auf dem Gang zu hören. Serhat blieb vor der Tür stehen, als traue er sich nicht hinein.

»Unser Beileid«, sagte Laura sofort und ging auf ihn zu. Serhat ließ sich die Hand schütteln, kam aber nicht herein.

»Tut mir leid, das mit deinem Bruder«, sagte Niall und ging ebenfalls zu ihm. »Willst du nicht reinkommen?«

»Sie haben das gefilmt, was da passiert ist, ja?«, fragte Serhat und machte einen kleinen Schritt in das Büro. Offenbar schüchterte ihn die Anwesenheit des Imams ein.

»Wo soll er sich hinsetzen?«, fragte Ken von hinter der Kamera.

»Er kann sich doch hierhin setzen«, sagte Qureshi und bot ihm das Sofa an. »Ich muss sowieso wieder nach unten. Sie kommen zurecht?«

»Ja, vielen Dank«, sagte Laura.

»Komm, Serhat, setz dich ruhig«, sagte Qureshi.

»Nein«, sagte Serhat eilig, als würde es ihn überfordern, auf demselben Platz zu sitzen wie zuvor noch Qureshi. »Ich kann doch stehen. Ich bleib einfach stehen.«

Niall dachte: Er hat noch Respekt vor dem Imam. Anders als Farooq. Er schlug ihm vor, einen anderen Raum zu suchen, aber Serhat beruhigte sich, nachdem Qureshi mit einem freundlichen Nicken den Raum verlassen hatte, und willigte schließlich ein.

»Serhat, wann hast du zuletzt mit deinem Bruder geredet?«, fragte Niall, als der Junge saß.

Serhat rutschte sofort nervös herum. »Ich weiß nicht genau.«

»Wir sind nicht die Polizei. Wir wollen nur mehr über Cemal erfahren. Was er für ein Mensch war. Wenn du auf etwas nicht antworten willst oder kannst, dann ist das okay. Magst du uns ein wenig über ihn erzählen?« Serhat zögerte, und Niall fuhr fort: »Ich habe ihn nur einmal gesehen, wie du ganz richtig sagst, an dem Tag im Park. Ich habe nicht wirklich mit ihm gesprochen. Farooq habe ich im Gefängnis gesprochen, aber nur kurz. Dein Bruder lag da noch auf der Intensivstation.«

Serhat schluckte. »Ich hab ihn schon lange nicht mehr gesehen. Er ist irgendwann einfach weg.« Der Junge verschwand fast in den weichen Sofapolstern.

»Hat er noch bei euch gewohnt?«

»Ja klar.«

»Was hat er gearbeitet?«, fragte Niall. Er kannte Cemals Lebenslauf, aber er wollte Serhat zum Reden bringen.

»Er hat keinen Job bekommen. Er hat es wirklich versucht. Überall hat er sich beworben, das weiß ich. Ehrlich. Er hat so viele Bewerbungen geschrieben. Ich hab's gesehen.«

»Was wollte er arbeiten?«

»Er wollte in die Werbung. Er hat am Croydon College of Art einen Bachelor in Visuellem Kommunikationsdesign gemacht.«

»Er war Grafikdesigner.«

Serhat nickte. »Er hat auch ganz toll fotografiert und kleine Videos gemacht. Richtig toll. Haben Sie seine Homepage gesehen?«

»Nein, ich glaube nicht.« Niall sah zu Laura, die auf ihr Smartphone schaute. »Findet man die unter seinem Namen?«

»Er hatte einen Künstlernamen.« Serhat nannte ihnen die Adresse. Seine Scheu verschwand langsam, vielleicht weil der Imam den Raum verlassen hatte, vielleicht weil die Begeisterung für die Arbeit seines Bruders ihn aufweckte. »Er hat seine Seite natürlich schon länger nicht mehr aktualisiert. Er war ja ... Na, Sie wissen schon. Haben Sie die Seite gefunden? Er ist toll, oder?«

Laura stellte sich neben Niall und hielt ihm ihr Telefon hin. Cemals Seite wurde angezeigt: ein klarer und zugleich dramatischer Stil, unverspielt und voller Wirkung. »Dein Bruder hatte ganz klar Talent.«

»Er hat studiert, Mann! Ich will auch studieren.«

»Wie alt bist du?«

»Achtzehn.«

Er sah jünger aus.

»Schon eine Ahnung, welches Fach? Bist du jetzt mit der Schule fertig?«

»Mein Vater sagt, ich soll mir ein Jahr Zeit lassen. Nicht sofort studieren. Erst was erleben.« Es klang, als hätte er Angst davor.

»Und deine Schwester?«

»Sie ist an der Uni«, sagte er. Ein stolzes Glänzen trat in seine Augen.

»Cemal war der Älteste?«

Er nickte.

»Warum hat er keinen Job bekommen? Mit dem Talent?«

Serhat antwortete unsicher: »Ich weiß es nicht, Mann. Er hat gesagt, es gibt keine Türken in dem Bereich.«

»Das hat er gesagt?«

»Ja, weil … Er hat ein Praktikum bei einer dieser großen internationalen Werbeagenturen gemacht. Das hat ihm richtig gut gefallen. Er war ein halbes Jahr dort und durfte nach Prag und Berlin und Rom mitfahren. Er hat gute Arbeit gemacht, das weiß ich, er hat sie mir gezeigt. Und dann haben sie ihm keinen Job gegeben. Er hat danach einfach keinen Job bekommen.«

»Scheiße«, sagte Niall.

Der Junge schien zu spüren, dass er es ernst meinte, und sah ihn dankbar an. »Sie haben gesehen, dass er was kann, oder?«

»Auf jeden Fall. Ich schau mir nachher seine Seite in Ruhe an, okay?«

»Danke, Mann. Das hat er verdient.«

Niall sah Tränen in Serhats Augen, spürte, wie unangenehm es ihm sein würde, vor Fremden und vor einer laufenden Kamera zu weinen. »Pause, Ken.«

Ken spähte überrascht hinter der Kamera hervor.

»Geh rauchen, dann machen wir weiter.«

Ken verstand den Hinweis. Laura brauchte keine gesonderte Aufforderung. Sie hielt Ken die Tür auf und verschwand zusammen mit ihm. Niall wusste, dass die Kamera weiterlief.

»Okay, Serhat, wir sind jetzt unter uns. Ich hab den Eindruck, du willst mir noch ein bisschen mehr erzählen, aber nicht vor allen Leuten. Richtig?«

Serhat nickte und kämpfte immer noch mit den Tränen.

»Wie geht's deinen Eltern?«, fragte Niall, als Serhat nichts sagte. Er wollte auch wissen, wie es mit der Bestattung sein würde. Ob Cemals Leichnam freigegeben war und wann er beerdigt werden könne. Ob es eine Obduktion gegeben hatte oder noch geben würde. Ob Serhat und seine Familie an den Selbstmord glaubten. Niall wusste, dass er dem Jungen diese Fragen nicht stellen konnte. Nicht jetzt.

»Die sagen, er ist nicht mehr ihr Sohn.«

»Seit er ins Gefängnis gekommen ist?« Er vermied es, den Mord direkt anzusprechen. Oder Cemals Selbstmord.

»Nein, schon vorher. Er war monatelang verschwunden und hat sich nicht gemeldet.«

»Ihr müsst euch große Sorgen gemacht haben.«

»Ich glaube, meine Eltern hatten eine Ahnung, wo er war.«

Niall wartete ab.

»Er war im Trainingslager.«

Niall setzte sich zu ihm aufs Sofa. »Cemal war in einem Trainingslager? Wo?«

Serhat hob die Schultern. »Im Irak. Hören Sie, ich will nicht, dass mein Imam was davon erfährt. Oder meine Schwester. Oder meine Eltern.«

»Ich dachte, sie wussten es? Oder haben es sich zumindest gedacht?«

Jetzt brach es aus dem Jungen heraus. »Ich hab für Cemal den Mund gehalten. Und für Farooq.«

Niall betrachtete den Jungen genau. »Das heißt, sie hatten nur einen Verdacht, aber du hast es gewusst?«

Serhat rieb sich nervös die Handflächen auf den Ober-

184

schenkeln. »Ich hab sie gesehen. Als sie wieder hier waren. Ich hab auch ein Video von den beiden. Da erzählen sie alles.«

»Ein Video?«

»Sie haben gesagt, ich soll es hochladen, wenn ihnen was passiert. Aber ich kann das nicht hochladen. Das ist so krass.« Serhat sah Niall an. Angst, vor allem aber Schmerz lagen in dem Blick des Jungen.

»Darf ich es mir ansehen?«

»Klar. Aber ...« Serhat zögerte, sein Blick wanderte durch den Raum.

»Was ist? Gibt's noch was, das du mir erzählen willst?«

Serhat sah ihn wieder an. »Sie arbeiten für den Sender, ja?«

»Nein, nur bei diesem Projekt. Ich bin Freiberufler.«

»Also Sie arbeiten für sich?«

»Ja.«

»Sie entscheiden für sich?«

»Ja.«

»Niemand sagt Ihnen, was Sie wie zu tun haben? Auch nicht, wenn der Film für den Sender ist?«

Niall musste trotz allem lächeln. »Es ist mein Film. Ich entscheide.«

»Cool.«

»Warum fragst du das alles?«

Der Junge kaute auf seiner Unterlippe herum, dann beugte er sich näher zu Niall und flüsterte: »Sie müssen mir helfen. Die vom Geheimdienst wollten doch, dass mein Bruder für sie arbeitet. Und wenn das rauskommt, bringen die IS-Kämpfer meine Familie um.«

»Wenn ihr das Video seht, sind wir tot«, sagte Cemal und strahlte in die Kamera. »Wir sind gestorben, weil wir für Gott in den Krieg ziehen. Wir kämpfen gegen alle, die nicht des wahren Glaubens sind, denn sie wollen uns unseren Glauben nehmen und unser Land, und sie töten unsere Kinder und vergewaltigen unsere Frauen. Deshalb, Brüder, zieht in den Dschihad, es ist eure Pflicht, so wie es unsere Pflicht ist. Was wir tun, tun wir für Gott. Unsere Wunden schmerzen nicht. Auf uns wartet das Paradies.«

Cemal und Farooq saßen dicht beieinander. Farooq schien die Kamera, mit der sie sich selbst aufnahmen, zu halten. Ihre Bärte waren noch nicht so lang wie am Tag des Mordes. Sie trugen schwarze Mützen und schwarze Halstücher. Hinter ihnen hing die Flagge des Islamischen Staats an der Wand. Von der Umgebung war so gut wie nichts zu erkennen. Das Video könnte überall aufgenommen worden sein, auch in London.

»Das ist alles?«, fragte er Serhat.

»Das ist krasser Scheiß!«, erwiderte Serhat. Sie saßen in Nialls Wohnung in Brixton, tranken Cola, die Niall unterwegs noch schnell gekauft hatte, und benutzten seinen Rechner. Serhat hatte sich nicht getraut, das Video zu Hause abzuspielen, aus Angst, seine Eltern oder die Schwester könnten etwas davon mitbekommen. Vor dem Imam hatte er große Angst, weil er nicht wusste, ob er etwas falsch gemacht hatte, und in den Sender wollte er nicht, weil er glaubte, dass dort alles vom Geheimdienst überwacht wurde. Ein Internetcafé kam schon gar nicht in Frage. Niall blieb nichts anderes übrig, als ihn mit nach Hause zu nehmen, auch wenn ihm das ausgesprochen unangenehm war.

»Ich dachte, er sagt etwas vom Geheimdienst.«

»Nein, da doch nicht.«

»Da noch nicht?« Er sah Serhat prüfend an. »Wo dann? Gibt es noch mehr Videos?«

Serhat nickte. »Wir haben geskypt. Ich hab alles aufgenommen.«

»Du hast die Telefonate mit deinem Bruder aufgenommen? Warum?«

»Weil er abgehauen war, Mann!« Serhat schüttelte den Kopf. »Der war weg! Ich dachte, ich muss das aufnehmen, falls irgendwas ist, und wir müssen ihn suchen, dann müssen wir doch wissen, wo wir ihn suchen.«

»Du hast das also nicht aufgenommen, falls die Polizei ...«

»Nein. Die Polizei ist nicht für uns da.«

»Serhat, ich glaube, das siehst du ein bisschen falsch.« Niall musste daran denken, wie man ihn gefesselt in den Mannschaftswagen geworfen und anschließend mit Fußtritten bedacht hatte. »Es ist ihr Job, für uns alle da zu sein.«

»Ich bin Türke. Sie behandeln mich wie zweite Klasse!«

»Hast du das von deinem Bruder?«

»Nein, ich weiß das.«

»Du bist britischer Staatsbürger.«

»Das ist denen doch egal, glauben Sie, die fragen erst nach meinem Ausweis?«

»Dann glaubst du, dein Bruder hat das Richtige getan?«, fragte er den Jungen.

Der schüttelte den Kopf. »Aber ich weiß nicht, was das Richtige ist. In der Moschee sagen sie, wir sollen beten und mit den Leuten reden, bis sie uns verstehen und so freundlich zu uns sind wie wir zu ihnen. Sie sagen, dass der Islam eine friedliche Religion ist. Aber Cemal sagt was vom Kämpfen. Ich weiß, dass das nicht richtig ist. Ich kann aber verstehen, wenn er sagt, er will nicht nur rumsitzen und beten, er will den Brüdern helfen, die an Allah glauben und deshalb bekämpft werden.« Serhat dachte nach. »So ähnlich jedenfalls.«

Niall sah ihn lange an. »Du mochtest deinen Bruder sehr, was?«

Serhat nickte, den Blick zu Boden gesenkt.

»Er hat richtige Scheiße gebaut. Er war bestimmt ein netter Kerl und ein toller Bruder. Aber dann hat er aus irgendeinem Grund Scheiße gebaut.«

Serhat nickte wieder. »Er war in Mossul im Trainingslager.« Der Junge schob Niall zur Seite und setzte sich an den Rechner, um eine neue Seite aufzurufen. Er gab ein paar Passwörter ein und klickte sich durch Ordner, bis er gefunden hatte, was er ihm zeigen wollte. »Hier erzählt er davon.«

Bevor Serhat das Video startete, fragte Niall: »Wie viele hast du davon?«

Serhat sah in seinem Cloud-Ordner nach. »Wir haben achtmal geskypt, und er hat fünf Videos von sich geschickt.«

Niall sah auf den Bildschirm, auf dem der Inhalt des Ordners in einem neuen Fenster angezeigt wurde. »Da sind noch mehr Videos.«

Serhat klickte das Fenster weg. »Das ist was anderes.«

»Der Ordner heißt ›Cemal‹.«

»Aber das ist was anderes.«

»Serhat. Entweder wir reden hier offen über alles, oder wir lassen es gleich sein.«

Der Junge überlegte, deutlich überfordert mit der Situation. »Mann, ich weiß nicht, das ist mir alles zu krass.« Er stand auf und ging in dem kleinen Zimmer herum. Vor dem Bücherregal blieb er stehen und betrachtete die Titel. »Sie haben viele Fotobücher, aber kaum Romane. Eigentlich gar keine.«

Niall stellte sich neben ihn. »Ich habe zu wenig Platz. Wenn ich lese, dann auf dem Smartphone. Aber du hast recht, ich lese nicht so viele Romane.«

»Sie schauen sich lieber Bilder an.« Er streckte den Arm aus. »Darf ich?«

Niall nickte.

Serhat griff ausgerechnet nach einem von Huffmans Bildbänden und schlug ihn auf. Alte, ärmlich gekleidete Frauen vor ausgebrannten Häusern, die Gräber aushoben. Schnell blätterte er weiter. Ein halb nacktes, vor Dreck strotzendes Mädchen, vielleicht vier, fünf Jahre alt und mit verfilzten langen Haaren, das hinter den Trümmern einer ausgebombten Kirche hervorlugte.

»Was ist das?«, fragte Serhat und schlug das Buch schnell wieder zu.

»Bosnien. Kosovo. Ich müsste nachsehen.«

Der Junge wirkte angewidert. »Warum hast du so was bei dir zu Hause rumstehen? Kriegsbilder?«

Niall nahm ihm das Buch aus der Hand und legte es zurück ins Regal, quer über die anderen Bildbände. So, wie es vorher dort gelegen hatte. »Es sind wichtige Bilder, die dokumentieren, was sich die Menschen gegenseitig mit ihren Kriegen antun. Fotografen, die solche Bilder machen, wollen, dass die Betrachter denken: So etwas darf nicht sein.«

»Das hat er geschafft.«

»Und du hast noch nicht mal Tote oder Verletzte gesehen. Du hast nicht einmal Militär gesehen. Du wusstest aber sofort, dass es um Krieg ging.«

»Ja. Klar. Sieht man doch. Aber das schaut man sich doch nicht gern an.«

»Mein Vater hat diese Bilder gemacht.«

Serhat nahm das Buch wieder aus dem Regal, um sich den Umschlag anzuschauen. Dann sah er auf die Rückseiten der anderen Bildbände. »Er hat ne Menge Bilder gemacht. Sind die alle so?«

»Nein. Aber viele. Das war sein Job.«

»Hässliche Sachen zu fotografieren?«

So hatte Niall es noch gar nicht betrachtet. Aber Serhat hatte irgendwie recht: hässliche Sachen zu fotografieren. So ästhetisch, dass es eine künstlerische Komposition war. Was das Grauen nur noch mehr unterstrich. »Genau«, sagte Niall. »Er war Kriegsfotograf. Er wollte, dass alle Welt die Wahrheit über Kriege erfährt und nicht mehr vergisst.«

»Ach so«, murmelte Serhat, zögerte, legte das Buch aber wieder zurück, ohne es noch einmal zu öffnen. »Lebt er noch?«

»Ja.«

»Aber er macht so etwas nicht mehr?«

Niall schüttelte den Kopf. »Seit ein paar Jahren nicht mehr.« Er ging zurück zu dem kleinen Schreibtisch, an dem sein Rechner stand, und trank von seiner Cola. Dann zeigte er auf den Bildschirm. »Du musst es dir nicht noch mal ansehen.«

Serhat nickte erleichtert, kam näher, blieb dann mitten im Zimmer stehen und fing an zu heulen. »Das ist so krank!«

Niall sah den Jungen an: Mager und übernächtigt wirkte er noch sehr viel jünger, als er war. Die vergangenen Wochen mussten die schlimmste Zeit seines Lebens gewesen sein. Die Sorge um den Bruder, die Geheimnisse, die er für sich behalten hatte, die Sorge um den Rest der Familie. Zu viel für einen Jungen in dem Alter. Für jeden.

»Hör zu, ich schau mir alles an. Dann reden wir wieder.«

»Ich will nicht, dass der Geheimdienst uns was tut. Oder die vom IS.«

»Das wird nicht passieren«, sagte Niall. Nicht weil er davon überzeugt war, sondern weil es das war, was der Junge in diesem Moment hören wollte. »Ich bring dich jetzt nach Hause. Du hast das Richtige getan und mit niemandem darüber geredet. Und es war auch richtig, mir die Videos zu zeigen. Sonst sprichst du auch weiter mit niemandem darüber. Vorerst. Okay? Ich muss mir das erst anschauen.«

Serhat wischte sich die Augen trocken. »Klar. Danke, Mann.«

»Ich will dir helfen, ja?«

Der Junge nickte zögerlich.

Niall rief ein Taxi, und sie fuhren nach Streatham, wo Serhat wohnte. Danach ließ sich Niall zum Sender bringen, die Passwörter für Serhats Cloud-Ordner ordentlich auf der Rückseite eines Kassenzettels notiert. Als er ankam, war es fast sechs. Beth saß in ihrem Büro, Ken war im Schneideraum und bereitete das Material auf, und Laura quälte die Rechercheassistenten, jedenfalls drückte es Beth so aus.

»Sie hat alle Eigenschaften einer perfekten persönlichen Referentin«, sagte sie.

»Aber keine Chefqualitäten, meinst du damit«, sagte Niall.

»Dazu ist sie sich noch zu unsicher.«

»Weil sie sich nicht attraktiv findet, nehme ich an.«

Beth sah ihn aufmerksam an und schien das, was er gerade gesagt hatte, genau zu durchdenken. »Warum ist ihr das so wichtig?«

Niall wusste nicht, ob sie ihn gerade verarschte oder es ernst meinte. Misstrauisch sagte er: »Keine Ahnung, frag sie doch.«

Beth hob abwehrend die Hände. »Oh. Nein. Frauengespräche kann ich nicht gut.«

Er sah sie an. »Das war nicht ernst gemeint. Weil ich auch nicht wusste, ob deine Frage ernst gemeint war.«

»Natürlich war sie ernst gemeint«, sagte Beth. »Was schauen wir uns an?«

Niall starrte sie lange an, aber sie sah ihn nur verwundert an. Sie hatte offenbar keine Ahnung, wie sie manchmal auf Menschen wirkte. Er schüttelte leicht den Kopf, sagte dann: »Serhat Bayraktar hat mehrere Videos von seinem großen Bruder gemailt bekommen und außerdem Skype-Unterhaltungen mitgeschnitten.«

»Er sollte eine Karriere bei einem der Geheimdienste anstreben«, sagte Beth und klang zufrieden.

»Das ist der nächste Punkt. Er behauptet, sein Bruder sei vom Geheimdienst kontaktiert worden und sollte für ihn arbeiten.«

»Das ist interessant. Von welchem?«

»Ich halte das für Spinnerei. Gangsterromantik, in diesem Fall eben Terroristenromantik. Serhat versucht nachträglich, das Tun seines Bruders in einen Sinnzusammenhang zu rücken. Hält ihn für James Bond.«

»Dann hat ihn der MI6 angesprochen?«

»Beth, du hörst mir nicht zu. Ich glaube nicht, dass das stimmt.«

»Sicher?«

»Nein. Keine Ahnung. Was weiß ich.«

Beth kaute auf einem Bleistift herum und sagte dann langsam: »Streichen wir mal James Bond und den Auslandsgeheimdienst. Aber stell dir Folgendes vor: Der MI5 braucht jemanden in der Salafistenszene. Irgendwie sind sie auf Cemal aufmerksam geworden. Sie sprechen ihn an, schleusen ihn in die Szene ein. Cemal tut so, als wäre er voll mit dabei, und liefert dem Geheimdienst Informationen. Perfekt.« Sie wirkte zufrieden.

»Und schlägt einem bereits Toten den Kopf ab?«

»Immerhin hat er ihn nicht selbst getötet.«

»Macht es das besser?«

»Vielleicht hat es das in dem Moment für ihn selbst besser gemacht. Menschen rechtfertigen alles Mögliche vor sich selbst, um in den Spiegel sehen zu können.«

»Und dann wird er aus Versehen erschossen?«

»Tarnung ist Tarnung.« Beth hob die Schultern. »So etwas passiert bei Undercovereinsätzen. Und wer sagt, dass
es ein Versehen war?«

Niall schüttelte den Kopf. Über Beth und ihre Einschät-
zung. Über ihre Bereitwilligkeit, aus dem Hirngespinst eines nervlich überlasteten Jungen eine Verschwörungsthe-
orie zu stricken. »Wir sollten uns erst einmal alle Videos
ansehen.«

19

Serhat war in einem kleinen Fenster oben rechts auf dem Bildschirm zu sehen. Den Großteil des Displays füllte Cemal, von dem man nur Schultern und Gesicht erkennen konnte. Der Hintergrund ließ darauf schließen, dass er sich in einem geschlossenen Raum befand, mehr nicht. Hinter ihm nur eine nackte Wand.

Serhat fragte seinen Bruder, wo er war, und er erzählte bereitwillig von den Stationen seiner Reise: mit dem Flieger nach Istanbul, mit verschiedenen organisierten Mitfahrgelegenheiten quer durchs Land und über die syrische Grenze, von dort aus weiter nach Mossul.

Serhat fragte: »Mann, was machst du da? Da ist Krieg!«

»Deshalb sind wir hier.«

»Scheiße, komm wieder her, die erschießen dich!«

»Das sind meine Brüder. Sie helfen mir.«

»Was denn, die Penner, mit denen du hier seit Monaten rumhängst? Das sind keine Scheißbrüder, das sind Vollidioten!«

»Farooq ist mitgekommen.«

»Scheiße. Der auch noch. Der ist auch ein Spinner.«

Cemal sah sich um, als müsste er sich versichern, dass niemand im Raum war. »Sprich nicht so über meinen Freund. Wir sind hier, um uns ausbilden zu lassen.«

»Mann, ich glaub es nicht, warum hast du dich von denen weichquatschen lassen? Früher hast du nur mit uns gebetet, weil du sonst Ärger mit Vater bekommen hast, und jetzt machst du hier auf Gotteskrieger, du hast sie nicht mehr alle!«

»Du verstehst es eines Tages noch. Du bist zu sehr von den Ungläubigen umgeben. Ich habe auch sehr lange gebraucht, um das zu verstehen. Die reine Lehre, Serhat. Nicht dieses halbherzige Beten von unserem Vater.«

»Red nicht so über ihn!«

»Er weiß nicht, worum es geht. Er tut nur so. Aber er wird es auch noch verstehen. Und dann wird er stolz auf mich sein.«

»Der war immer stolz auf dich.« Serhat fuhr sich mit der Hand immer wieder übers Gesicht. Verzweifelte Gesten eines überforderten Jungen, der nicht wusste, was er tun sollte. »Der war so stolz auf dich, Mann, du hast studiert.«

»Ich war arbeitslos. Keiner wollte mich. Weißt du, warum? Weil diese Engländer, ich schwör bei Gott, diese Scheißengländer mich nicht wollten. Ich war keiner von ihnen. Die wollen keinen Muslim bei sich arbeiten lassen.«

»Du hast sie nicht mehr alle.«

»Jetzt bist du noch in der Schule, aber dann wirst du es auch merken. Sie sind doch jetzt schon scheiße zu dir. Wann haben sie dich zuletzt verprügelt?«

»Ey, das war gar nichts.«

»Sie haben dich verprügelt.«

»Das waren Idioten. Die verprügeln jeden. Wenn die Schule vorbei ist, bin ich die los.«

»Dachte ich auch mal.«

»Cemal, komm wieder her. Da wirst du erschossen oder so was. Die erschießen doch die Leute. Da ist Krieg.«

»Der einzige Krieg, der hier ist, ist der Krieg unserer Brüder gegen die Ungläubigen.«

»Deine Scheiß-Ungläubigen waren dir bis letztens auch echt egal.«

»Sprich nicht so, Serhat.«

»Wieso, stimmt doch!«

Im Hintergrund hörte man bei Cemal Geräusche. Er warf einen Blick über die Schulter, sagte etwas, das arabisch klang, vielleicht eine Begrüßung.

Cemal wechselte nun übergangslos das Thema. Er sprach darüber, was er dort lernen würde. Ausbildung an allen Waffen. Wie man Sprengstoff herstellte. Nahkampfausbildung. Er schwärmte, dass sie Videos davon machen würden.

»Die Besten dürfen allen anderen zeigen, wie es geht. Ich schick dir Links, dann kannst du dir was anschauen. Irgendwann kommst du auch her. Ich weiß es. Serhat, das müssen wir tun. Das ist unsere Bestimmung, Bruder.« Er gab ihm ein Zeichen zu schweigen.

Serhat schien zu verstehen, denn er antwortete nicht, blieb nur kopfschüttelnd sitzen.

»Erzähl von dir«, sagte Cemal und sah wieder kurz über die Schulter.

Serhat berichtete nun ausgiebig von der Schule. Welche Lehrer ihn nervten. Mit wem er Stress hatte. Was mit den Jungs war, die ihn offenbar regelmäßig ärgerten und ihn nur »Şiş Kebap« nannten. Cemal, ganz in der Rolle des älteren Bruders, sprach ihm gut zu. Man erkannte klar das Verhältnis, das die beiden zueinander hatten. Ein enges, respektvolles Verhältnis zwischen Brüdern, die sich liebten. Dann erinnerte sich Cemal wieder an seine neue Rolle und erklärte Serhat, dass es an der Zeit sei, den Ungläubigen zu zeigen, wo ihr Platz war.

»Wir werden zurückkommen und auch London befreien. Viele von uns sind schon auf der Insel, die sich Großbritannien nennt, aber wir werden sie zu einem Teil des Islamischen Staats machen.«

»Was, was, was, viele von euch, was?«, fragte Serhat, Angst lag in seiner Stimme.

»Hunderte waren hier zur Ausbildung und sind zurückgekehrt. Und sie bilden neue Brüder und auch Schwestern aus. Und sie kehren ebenfalls zurück und werden dafür sorgen, dass das Land befreit wird.«

Serhat schüttelte den Kopf. Rieb sich wieder mit der Hand über das Gesicht, wie um wegzuwischen, was er am Bildschirm sah. Er konnte nicht antworten. Er blieb sprachlos. Sein Bruder bemerkte, wie sehr er ihn überforderte. Fragte ihn weiter, was es sonst noch in der Schule gab. Wie es mit dem Fußball lief. Serhat fing sich langsam wieder und antwortete, aber es ging ihm nicht gut. Er stand unter Schock.

Am Ende sagte er: »Cemal, du machst nur Scheiße. Komm zurück, und dann wird alles gut.«

»Ich meld mich wieder, Bruder. Es ist Zeit für unser Gebet.«

Serhat rief: »Tu doch nicht so, als wär dir das wichtig, das war dir noch nie wichtig!«

Cemal fiel ihm schnell ins Wort: »Du solltest auch beten.« Dann brach er die Verbindung ab.

In den folgenden Gesprächen sah man Cemal immer vor demselben Hintergrund: Er saß auf einem einfachen Holzstuhl, von dem ab und zu die Lehne zu erkennen war. Hinter ihm war ein Fenster, durch das mal mehr, mal weniger Licht drang. Der Hintergrund war zu unscharf, um so etwas wie Landschaft oder Gebäude ausmachen zu können. Meist schien die Sonne direkt auf das Fenster, dann war auch Cemal nur noch schwer zu erkennen. Er klang die meiste Zeit euphorisch und ließ Serhat kaum zu Wort kommen. Er sprach davon, seinen Weg, den reinen, wahren Glauben gefunden zu haben. Für den einen Gott zu kämpfen.

Serhats Antwort klang resigniert: »Alter, ich glaub's immer noch nicht.«

»Auch du kannst in den Dschihad ziehen und kämpfen. Du kannst Selbstmordattentäter sein. Sie haben hier Frauen, die sich zu Selbstmordattentäterinnen ausbilden lassen. Das können sie gut. Dazu sind sie gut. Es ist ein guter Weg zu kämpfen.«

»Komm zurück. Du hast hier Familie. Mutter und Vater sind schon ganz krank. Und Dilek …«

»Sie ist eine gute Kämpferin. Das weiß ich. Sie kann auch ihre Bestimmung finden. Sie kann …«

»Cemal, bitte«, fiel Serhat seinem großen Bruder ins Wort, was dem gar nicht passte, wie man an seinem verärgerten Gesicht sehen konnte. »Uns ging es doch allen gut. Du findest irgendwann einen Job, und dann …«

»Das war kein Leben!« Cemal schlug mit der Faust auf den Tisch. Das Bild wackelte kurz. »Das lenkt uns ab von unserer eigentlichen Aufgabe. Es macht uns weich, und wir wollen uns dort ausruhen, statt zu kämpfen. Nur wenn wir kämpfen, sind wir Gott nah. Nur dann sind wir …« Er unterbrach sich. Er schien den Faden verloren zu haben und musste nachdenken.

»Was?«, fragte Serhat.

Cemal schüttelte den Kopf und gab ihm mit einem Handzeichen zu verstehen, dass er schweigen solle. Er stand auf, und man sah, wie er vor dem Bildschirm auf und ab ging. Dann setzte er sich wieder. »Serhat, pass auf. Wenn wir glücklich sind, so wie du denkst, dass man glücklich sein muss, dann sind wir ganz weit von Gott entfernt. Und das ist falsch. Wir dürfen nicht glücklich sein. Wir müssen wütend sein auf unsere Feinde. Weil wir nur so wirklich glücklich werden. Verstehst du das?«

Serhat sagte: »Du redest Scheiße.«

»Bruder, du wirst es noch lernen.« Grußlos beendete Cemal das Gespräch.

Das Bild wurde schwarz.

In einem anderen Videotelefonat, das sie über Skype führten, kam auch Farooq ins Bild. Diesmal saß Cemal im Schneidersitz auf einer Matratze vor einer weißen Wand. Der Zipfel einer grauen Decke war zu sehen. Wahrscheinlich schlief er dort.

Farooq kniete sich neben Cemal und drehte den Bildschirm so, dass die Kamera nur noch ihn anvisierte. Voller Stolz zeigte er Serhat zwei der Waffen, mit denen sie heute geübt hatten. »Wir können sie auseinandernehmen und wieder zusammenbauen. Wir können sie reinigen und laden und damit richtig schießen. Das ist nicht so leicht, wie es immer aussieht, die Dinger haben einen ganz schönen Rückstoß. Wir müssen jetzt jeden Tag trainieren, wie wir richtig zielen. Ich kann die Dinger schon mit verbundenen Augen auseinandernehmen und zusammensetzen.« Er strahlte voller Stolz. »Weißt du, was geil ist? Die hier«, er hielt das Maschinengewehr, ein M60, hoch, »kommt aus Amerika. Und die hier«, jetzt hob er das Sturmgewehr, ein HK G36, ins Bild, »ist aus Deutschland. Wir werden sie mit ihren eigenen Waffen töten. Das ist so geil.« Farooq wirkte manisch. Er erweckte den Eindruck, den Kinder machten, die zum ersten Mal in einem Vergnügungspark waren. Jetzt riss er den Arm mit dem Sturmgewehr in die Luft und jubelte. »Serhat, komm zu uns! Wir erobern die Welt! Dann kann uns keiner mehr was!«

Cemal hörte man ebenfalls jubeln.

Diesmal war es Serhat, der die Verbindung unterbrach. Er sagte noch etwas, ganz leise, aber doch verständlich, bevor das Bild schwarz wurde. Serhat sagte: »Ihr seid so krank.«

20

Cemal hatte seinem Bruder einige Links über den Skype-Chat geschickt. Sie führten zu Propagandavideos des IS auf YouTube. Eine kleine Gruppe junger Männer mit Sturmgewehren saß unter freiem Himmel in einer Landschaft, die überall hätte sein können, wo ein trockenes, heißes Klima herrschte. Im Hintergrund wehte eine Flagge des Islamischen Staats. Sie trugen Kopftücher in Form einer Kūfiya oder eines Shemag um Kopf, Gesicht und Hals gewunden. Nur einer von ihnen sprach. Erst Arabisch, dann Englisch. Er forderte alle Brüder und Schwestern, die den wahren Glauben suchten, auf, sich ihnen anzuschließen. Er richtete eine Nachricht an eine bestimmte Person, ließ diese wissen, dass die Umma, die Gemeinschaft, auf sie baue. Er wiederholte es dreimal. Rief denjenigen auf, stark zu bleiben und sich nicht brechen zu lassen.

Er hatte einen starken arabischen Akzent. Aber das Englisch, das er sprach, zeugte von britischer Herkunft.

In einem anderen Video, das ein ähnliches Setting hatte – ein kleiner Kreis junger, bärtiger Männer mit Kopftüchern und Waffen, im Hintergrund die Flagge des Islamischen Staats –, erklärte ein Mann den Kriegsplan der kommenden Tage und Wochen. Welche Gebiete in Syrien und im Irak als Nächstes erobert werden würden. »Wir kümmern uns nicht um Staatsgrenzen, sie bedeuten uns nichts«, sagte er und klang noch eloquenter als der Mann aus dem ersten Video, das sich Niall und Beth angesehen hatten. Dieser Mann bat alle Brüder, sich den Mudscha-

heddin, denen, die den Heiligen Kampf bestritten, anzu-
schließen. Gefilmt wurde aus verschiedenen Perspektiven.
Die Tonqualität war einwandfrei, der Schnitt ließ einen
Profi oder einen sehr geübten Amateur vermuten. Auch
die Kameraführung, die gesamte Inszenierung war kein
Vergleich zu den verwackelten Videobotschaften, die die
Al-Qaida noch vor zehn Jahren in die Welt gesandt hatte.
Der Mann sprach sehr gutes Englisch. Sein Akzent ließ da-
rauf schließen, dass er in Yorkshire aufgewachsen war.

Das dritte Propagandavideo zeigte die Waffen und die
Begeisterung der Männer. Hunderte hatten sich in der
Dunkelheit versammelt, sie reckten ihre Sturmgewehre
in die Luft und jubelten. Einige von ihnen grinsten in die
Kamera und riefen ihren Gott an. Danach: Panzer, die
Pirouetten auf den Straßen Raqqas drehten. Pick-ups
mit Panzerabwehrraketen auf der Ladefläche, die mitten
durch die Stadt fuhren und von denen aus in den Himmel
geschossen wurde. Berge von Maschinengewehren. Berge
von Handgranaten. Überall strahlende junge Männer mit
Bärten und Kopftüchern. Der Off-Text des Videos war in
englischer Sprache, und Niall erkannte sofort Farooqs
Stimme. Er pries den Dschihad an wie einen Ausflug in
ein exotisches Urlaubsresort. Er sagte, dass die Versor-
gung mit Waffen nicht abbrechen würde. Dass genug für
alle da sei. Männer an ihren Waffen – das Symbolbild des
irdischen Glücks. Danach war Farooq selbst im Bild: längerer Bart, helles Kopftuch, helles Hemd, weite Hosen. Er
sah aus wie ein Schauspieler und hatte die Ausstrahlung
eines Rockstars. Er ging durch ein Krankenhaus, sprach
mit den Verwundeten, schüttelte ihnen die Hand, als sei er

ein Staatspräsident, der für die Kamera den Erdbebenopfern seines Landes die Hand schüttelte, um die Nation für Steuererhöhungen milde zu stimmen. Farooq tat, was seine Aufgabe war: Er lächelte in die Kamera, erklärte, dass die Wunden, egal wie schmerzhaft, vergessen wären, wenn erst die Erlösung im Paradies auf einen wartete. Helden nannte er die Männer, die mit verstümmelten Gliedmaßen in den Betten lagen und sehr viel weniger entspannt, dafür deutlich gezwungen grinsten. Der dritte Akt des Videos zeigte Einblicke in ein Trainingslager. Im Gleichschritt marschierten die Männer mit ihren Gewehren an der Kamera vorbei. Jemand, der nicht im Bild war, rief Befehle. Pathetische Musik lag unter allem. Farooqs Stimme sprach von dem Gefühl der Gemeinschaft, der Umma, und betonte, dass nur diejenigen den Weg ins Paradies fänden, die sich für den Kampf opferten.

Am Ende des Videos erwartete Niall einen Abspann, in dem Regie, Drehbuchautor, Ton, Licht, Kamera und so weiter, in dem also alle Beteiligten bis hin zum kabeltragenden Praktikanten aufgeführt wurden. Natürlich kam dieser Abspann nicht. Weil das Video zwar professionell produziert worden, aber keine Fiktion war. Und weil es hier nicht um Credits und Urheberschaft ging, sondern allein um den Kampf und ums Sterben. Wer weiß, dachte Niall. Vielleicht sind die meisten, die daran mitgearbeitet haben, schon tot.

Ein viertes Video: Wieder Männer, die im Halbkreis vor der Kamera saßen. Diesmal war ein Gebäude im Hintergrund, von dem allerdings kaum etwas zu erkennen war. Die Flagge hing an der Außenmauer. Alle hatten Waffen in den Händen.

Der Mann in der Mitte des Halbkreises war vom ersten Eindruck her der Jüngste. Er wirkte viel kleiner und schmächtiger als die anderen. Er sagte: »Allah braucht euch nicht, um für ihn zu kämpfen. Aber ihr braucht Allah. Also kämpft für ihn, und er wird euch das, was ihr ihm gebt, siebenhunderttausend Mal zurückgeben. Ich weiß, wie ihr euch fühlt, meine Brüder im Westen.« Er deutete auf seine Brust. »Ihr seid deprimiert, tief in euren Herzen, und ihr glaubt, ihr habt keine Ehre. Ich aber sage euch: Die Ehre ist mit dem, der glaubt und der dafür kämpft, und die Ehre findet er in der Umma und im Dschihad. Brüder, folgt uns in den Dschihad. Hier findet ihr eure Ehre wieder, wie wir sie gefunden haben. Hier werdet ihr glücklich sein, wie wir glücklich sind. Kommt zu uns, Brüder.« Er griff in die Innentasche seiner Jacke, zog ein kleines schwarzes Buch heraus und zeigte darauf. »Ihr wisst, was euch erwartet. Wenn ihr sterbt und Allah die Wunden zeigt, die ihr für ihn in Kauf genommen habt, wird er euch belohnen. Wenn ihr Angst vor dem Dschihad habt, weil ihr denkt, ihr werdet sterben, dann sage ich euch: Ihr werdet sowieso sterben. Wir werden alle sterben. Und dann entscheidet Allah, wie er uns nach unserem Tod belohnt, und die von uns, die ihm ihre Wunden zeigen können, die sie im Kampf für ihn erhalten haben, werden ungleich mehr belohnt. Habt keine Angst. Es lohnt sich, für Allah zu sterben.« Die Kameraperspektive wechselte nun, zeigte jubelnde, strahlende junge Männer, die ihre Gewehre in die Höhe reckten und schwarze Fahnen schwenkten. Darunter lag heroische Musik mit arabischem Gesang. »Denkt an unsere Schwestern, die sie vergewaltigen und die dann entstellte Kinder bekommen.

Denkt an unsere Kinder, denen sie die Köpfe abschlagen. Das machen sie mit unseren Schwestern und unseren Kindern, und das wollen wir nicht. Wir müssen kämpfen, und wenn wir sterben und unser nackter Körper in den Himmel kommt und wir vor Allah stehen, dann wird er uns fragen, was wir für ihn getan haben, und wir können nicht sprechen, wir können ihm nicht erzählen, was wir gearbeitet haben oder in der Schule gelernt haben oder welche Abschlüsse wir haben, weil wir stumm sind, aber unsere Körper können sprechen und die Wunden zeigen. Und Allah wird uns belohnen, wenn er diese Wunden sieht. Der Dschihad ist alles, was zählt.« Umschnitt wieder auf ihn und die Männer, die ihn schweigend umgaben: »Wir brauchen nichts von dieser Welt. Alles hier hält uns nur davon ab, unseren Herrn und Gott zu treffen. Und wenn wir ihn treffen, wollen wir ihm zeigen können, was wir für ihn getan haben. Unsere Körper sind nur eine Brücke zu Allah.«

Diesmal kam wirklich eine Art Abspann: Die Musik wurde lauter, die Stimmen derer, die im Bild waren, waren nicht zu hören. Sie lachten und scherzten, sprachen miteinander, sahen aus wie Freunde, die bestens gelaunt um ein Lagerfeuer herumsaßen. Die Waffen waren ihre Instrumente. Das Lagerfeuer, das zum Erzählen von Geschichten einlud, waren die beiden Kameras, mit denen sie gefilmt wurden.

Als es zu Ende war, hatte Niall das Gefühl, seit Wochen ohne Pause in einem dunklen Keller zu sitzen. Er stand auf, dehnte und streckte sich, öffnete die Tür und kippte das Fenster. Beth zog eine Schublade ihres Schreibtischs auf und holte eine Tüte Chips raus.

»Für die Nerven«, sagte sie und hielt ihm die Tüte hin.

Niall schüttelte den Kopf, sagte: »Der Typ gerade, der spricht wie ein Waliser.«

»Und er hat von allen am wenigsten einen arabischen Akzent.«

Der junge Mann hatte an einigen Stellen gestottert, aber insgesamt einen weit intelligenteren Eindruck gemacht als alle anderen, die Niall in den Videos gesehen hatte. »Das waren jetzt alles Briten, oder?«

»Ein Ire, wahrscheinlich aber Nordirland. Also ja. Und alle mit Migrationshintergrund. Vermutlich alles Muslime«, ergänzte Beth, aß eine Handvoll Chips und legte die Tüte wieder weg.

»Mit Ausnahme von Farooq. Oder Frank.«

Beth klappte die Schublade ganz langsam zu, fast ohne ein Geräusch dabei zu machen.

Niall sagte: »Was ich mich die ganze Zeit frage: Warum nicht die Hamas? Warum nicht irgendeine Pro-Palästina-Organisation?«

»Vielleicht noch zu harmlos? Weißt du, wie viele Palästinenser das Vertrauen zur Hamas verloren haben? Wie vielen die Maßnahmen nicht radikal genug sind? Da schwenken sie längst schon die Flagge des IS.« Beth stand auf und ging zur Tür. »Ich muss raus. Ich brauche Bewegung.« Dann hielt sie inne. »Warum hat Cemal eigentlich genau diese Videolinks an seinen Bruder geschickt? Es gibt doch bestimmt Hunderte von der Sorte. Weil in allen Briten vorkommen?«

»Ich bin mir nicht sicher«, antwortete Niall, »aber ich vermute, dass Cemal alle diese Videos gemacht hat. Gedreht, Regie geführt, geschnitten. Sie tragen alle dieselbe Handschrift, und es muss jemand gewesen sein, der sich mit Schnittachsen und Kameraführung und Bildästhetik auskennt. Cemal hat das im Studium gelernt.«

»Er hat sich also nicht nur an den Waffen ausbilden lassen, sondern auch noch gleich die PR für die gemacht?«

»Sieht ganz so aus. Mit dieser Ästhetik bekommst du eine weitere Verbreitung der Videos. Vor ein paar Jahren hat man noch gesagt: Die verwackelten, selbst gedrehten Videos sind der Hit, das klicken die Jugendlichen an, weil sie sich damit identifizieren, weil es so echt wirkt. Jetzt ist das Netz damit überschwemmt, und die professionellen Videos sind wieder gefragt. Wer eine Idee hat, muss damit auffallen. Es darf aber nicht überproduziert wirken, man muss sehen, dass jemand mit Sachverstand dran gearbeitet hat, obwohl das Budget klein war.«

»Perfekt umgesetzt.«

»Schau dir die Klickzahlen an. Alle diese Videos wurden bereits über fünfzigtausend Mal angesehen.«

»Ist das viel? Im Vergleich?«

»Die anderen Propagandavideos haben … Moment …« Niall klickte Videos an, die ihm zum Vergleich angezeigt wurden. »Die sind im niedrigen vierstelligen Bereich.«

»O scheiße.«

»Ja.«

Beth verließ den Raum, und als sie schon auf dem Korridor war, sagte sie so laut, dass er es noch hören konnte: »Cemal hätte ein verdammter YouTube-Star werden können!«

21

Niall öffnete die nächste Datei in Serhats Ordner. Es war eine Videodatei, die Cemal seinem Bruder direkt geschickt hatte. Er hatte die Datei »Kill Your Enemy« genannt. Nach zehn Sekunden wusste Niall, warum sie so hieß: Sie begann mit einer Großaufnahme des Gesichts von Ted Stein, einem amerikanischen Journalisten, der vor drei Wochen vom IS geköpft worden war. Das Video seiner Hinrichtung hatte sich millionenfach im Internet verbreitet, auch wenn westliche Medien die Bilder nicht gezeigt hatten und die Betreiber einiger Social-Media-Plattformen jeden sperrten, der das Video verbreitete.

Cemals Aufnahmen begannen sehr viel früher: mit der Auswahl des Orts und der Waffen, als ginge es um ein altertümliches Duell. Drei Männer – mit Kopftüchern und weiter Kleidung – berieten darüber. Niall konnte sie nicht verstehen, weil sie Arabisch sprachen. Das Material war unbearbeitet und nicht geschnitten, es gab deshalb keine Untertitel wie sonst bei den Propagandavideos. Cemal, der Journalist und die drei Männer befanden sich in einem großen, hellen Raum, einem privaten, fast luxuriösen Wohnzimmer mit einladenden cremefarbenen Sofas, Sesseln und Hockern. Der Boden war mit Mosaikfliesen belegt. Im Hintergrund sah man einen Treppenaufgang.

Einer der drei Männer hielt Ted Stein eine Waffe an den Kopf und gab ihm Anweisungen auf Englisch, sich auszuziehen. Stein wusste, dass er hingerichtet werden sollte, und trotzdem tat er, was man ihm sagte. Als er nackt war, traten die Männer ihn, bis er umfiel. Sie traten weiter auf ihn ein und lachten. Den Bewegungen der Kamera nach zu urteilen, trat auch Cemal zu.

Der Mann am Boden rührte sich nicht mehr. Er seufzte nur noch, statt zu schreien. Sie hörten auf. Zwei der Männer packten ihn und stellten ihn auf die Beine. Sie mussten ihn festhalten, damit er nicht wieder umfiel. Sie banden ihm einen orangefarbenen Kittel um, eine Art OP-Hemd, das in einem der Sessel bereitgelegt worden war, fesselten ihn an Händen und Füßen, stülpten ihm eine Kapuze über den Kopf und führten ihn nach draußen.

Der Gefangene wurde auf die Ladefläche eines weißen Pick-ups geworfen, neben eine Panzerabwehrwaffe, die dort installiert war. Einer der Männer setzte sich zu ihm. Cemal stieg mit zwei anderen vorne ein. Er filmte die Gegend, durch die sie fuhren. Niall hätte erwartet, zerstörte Häuser und verlassene Straßen zu sehen. Aber sie fuhren durch eine intakte Wohngegend, Autos kamen ihnen entgegen, Menschen befanden sich auf den Gehwegen, telefonierten, unterhielten sich. Kaum jemand drehte sich nach Cemal und dem Wagen um, in dem er mitfuhr. Pick-ups mit Panzerabwehrwaffen schienen zum Straßenbild zu gehören. Offenbar befand sich der IS schon seit Wochen, wenn nicht Monaten dort.

Sie verließen die Stadt und kamen fast direkt in unbesiedeltes, karges Gebiet. Sand, Staub, Sonne, Niall konnte kaum die Konturen der Landschaft ausmachen. Die Männer unterhielten sich, Musik lief, ab und zu sagte Cemal etwas. Er war als Einziger halbwegs zu verstehen, weil er dem Mikrofon am nächsten war. Was er sagte, klang arabisch, aber er schien sich in der Sprache nicht sicher zu fühlen. Unvermittelt endete die Aufnahme, dann setzte sie wieder ein. Der Gefangene wurde von der Ladefläche gestoßen und landete im Staub. Der Mann, der ihn heruntergestoßen hatte, sprang ihm nach und trat wieder auf ihn ein. Er lachte dabei. Dann half er ihm auf die Beine und führte ihn ein Stück von dem Wagen weg. Cemal sprach nun, gab Anweisungen, halb auf Englisch, halb auf Arabisch: Er dirigierte die Männer an einen Ort, an dem es sich möglichst eindrucksvoll filmen ließ. Niall wusste bereits, wie dieser Ort aussehen würde, er hatte die Bilder von der Enthauptung noch klar vor Augen. Sie würden eine leichte Anhöhe nutzen und dann von unten filmen, damit es aussah, als stünden Ted Stein und sein Scharfrichter auf einer Bergkuppe, hinter ihnen nichts als Himmel. Eine einfache, aber effektive Inszenierung.

Während Stein sich von seinem Bewacher Meter für Meter voranstoßen lassen musste, drehte er immer wieder den Oberkörper nach hinten in Cemals Richtung. Da er noch die Kapuze auf dem Kopf hatte, konnte er ihn nicht sehen, orientierte sich aber wohl an seiner Stimme. Stein sprach ihn an. »Hey, du kommst aus England, ja? Du gehörst doch nicht zu denen. Du sprichst viel zu gut Englisch und viel zu schlecht Arabisch. Du bist keiner von denen. Kannst du mir nicht helfen? Das ist nicht richtig, was die hier tun.«

Der Mann, der hinter ihm ging, schlug auf ihn ein und rief etwas. Die beiden, die vorangingen, drehten sich kurz um und lachten. Cemal blieb still.

Der Journalist nicht. Er sagte: »Tu doch was! Die bringen mich um! Das kannst du nicht wollen. Ich hab nichts getan. Ich bin hergekommen, um über die Lage im Nahen Osten zu berichten. Ich gehöre zu den Guten. Bitte!«

Cemal blieb stehen und sagte stockend etwas auf Arabisch, lotste die anderen ein Stück weiter nach rechts. Sie hatten die richtige Position gefunden. Er probierte herum, suchte den perfekten Winkel. Ging in die Knie, dann ein Stück vor, ein Stück zurück, wieder in die Knie. Erneut sagte er etwas, das Niall nicht verstand, dann ging die Kamera aus.

Die nächste Einstellung war das, was Niall schon kannte: Nun würde die Exekution kommen.

Niall hielt das Bild an, stand auf, ging im Büro auf und ab, unschlüssig, ob er sich die Szene ansehen wollte. Er öffnete die Tür, um nachzusehen, ob Beth zurückgekommen war, und ging den Korridor hinunter in die Richtung, in der sie verschwunden war.

Beth war nirgendwo zu sehen. Eine Frau kam ihm entgegen, er kannte sie nicht, aber sie nickte ihm zu. »Niall?«, fragte sie.

»Ja, und Sie sind …?«

»Nicole. Hi. Du suchst bestimmt Beth. Sie ist auf der Toilette. Es geht ihr nicht gut.«

»Oh, was hat sie?«

»Geh ruhig rein. Sie ist vorn an den Waschbecken.« Die Frau ging weiter.

Niall suchte die Damentoilette, klopfte vorsichtig an und bekam keine Antwort. »Ich bin's, Niall«, rief er, bekam aber immer noch keine Antwort. »Beth, bist du da? Eine Nicole hat gesagt, ich soll nach dir sehen?«

Die Tür ging auf. Beth sah ihn so kühl und gelassen an wie immer. Trotzdem war etwas anders. Ihre Augen waren gerötet, und sie atmete schwerer als sonst.

»Was ist passiert?«, fragte er und blieb auf dem Gang stehen.

Beth kam zu ihm raus. »Machen wir weiter.« Sie ging an ihm vorbei, in Richtung ihres Büros. Er lief ihr hinterher.

»Ich hab schon mit dem nächsten Video angefangen. Da wird es richtig krass.«

»Erzähl.«

»Cemal war dabei, als sie Ted Stein geköpft haben.«

»Aha?«

»Er hat es gefilmt. Also, ich bin noch nicht so weit, aber sie haben ihn gerade dahin gebracht, wo er sterben wird.«

»Wo ist der Junge da nur reingeraten«, sagte sie und betrat ihr Büro.

Das Bild war noch eingefroren: Ted Stein auf Knien, die Hände hinter dem Rücken gefesselt, in dem orangefarbenen Kittel. Neben ihm ein Mann in schwarzer Kleidung und mit schwarzem Kopftuch, das sein Gesicht fast vollständig verdeckte. Sein kurzer Schatten fiel in Steins Richtung. Niall setzte sich vor den Bildschirm und ging in dem Video zwei Minuten zurück, um den Schattenwurf zu vergleichen: Die Schatten in den Bildern zuvor waren ähnlich lang. Es war kurz vor oder kurz nach Mittag. Er konnte die Himmelsrichtung nicht abschätzen.

»Wer ist das?«, fragte Beth.

»Ted Stein.« Niall war verwundert.

»Quatsch. Der andere.«

»Keine Ahnung. Einer von diesen Typen halt.«

Beth schüttelte den Kopf.

Der schwarz vermummte Mann hielt ein Schwert in der Hand. Er riss Ted Stein die Kapuze vom Kopf. Dann stellte er sich neben den Amerikaner, breitbeinig, ging etwas in die Knie, federte nach.

»Stopp«, sagte Beth.

Niall hielt das Bild an. »Was ist los?«

»Sekunde«, murmelte sie, das Smartphone in der Hand, auf dem sie herumtippte.

»Checkst du jetzt deine Mails oder was?«

»Warte.« Nach ein paar Sekunden hielt sie ihm das Display hin. Es zeigte ein Standfoto aus dem Hinrichtungsvideo, das um die Welt gegangen war.

»Ja. Und?«

»Sieh genau hin.«

Er brauchte einen Moment, aber dann verstand er, warum Beth den Kopf geschüttelt hatte. Nicht aus Fassungslosigkeit, sondern schlicht, weil Ted Steins Scharfrichter hier ganz anders aussah: keine schwarze Kleidung, sondern ein schwarz-weißes Kopftuch, beige-braune Kleidung. Er hatte auch eine ganz andere Statur als der Mann in Schwarz, den sie gerade im Video gesehen hatten. Irritiert sah Niall zurück auf den großen Bildschirm.

»Ist das Cemal?« Niall fragte das mehr sich als Beth.

»Scheiße, das ist Cemal. Ich dachte, er filmt nur. Und jetzt steht er da …«

»Aber ein anderer hat Stein umgebracht.«

»Zieht der sich noch mal um, oder was? Was soll das?«

»Keine Ahnung. Geh noch mal zurück. War einer von denen ganz in Schwarz?«

Niall ging wieder ein paar Minuten auf dem Video zurück. Keiner trug ausschließlich Schwarz.

»Okay«, sagte Beth. »Das muss Cemal sein. Lass weiterlaufen.«

Aber Niall konnte sich nicht überwinden. Er zögerte. Er ertrug es nicht, sehen zu müssen, wie dieser Mann dort auf seinen sicheren Tod wartete. Zu wissen, dass Ted Stein in wenigen Filmminuten tot sein würde. Weil er in Wirklichkeit schon längst tot war. Und nichts konnte daran etwas ändern.

»Scheiße, ich kann das nicht.«

Beth sah ihn an, sagte aber nichts.

Er hatte trotzdem das Gefühl, sich rechtfertigen zu müssen. »Ich bin das nicht gewohnt! Ich seh mir so was nicht jeden Tag an, so wie ihr. Ich meine, mein Job war es jahrelang, tolle Landschaften zu filmen. Und schöne Tiere. Hochglanzscheiß. Kino. Discovery Channel und so. Ich kann nicht hinsehen, wenn ein Mensch ermordet wird!«

Beth sah ihn immer noch an. »Glaubst du, ich steck das so einfach weg?«, fragte sie leise.

Er verstand sofort, dass er einen Fehler gemacht hatte. Dass sie nicht ohne Grund so lange auf der Toilette gewesen war. Sie wollte nur einfach nicht darüber reden, aber es ging ihr ähnlich schlecht wie ihm. Und er unterstellte ihr, die Brutalität und den Wahnsinn einfach so wegzustecken. »Tut mir leid«, sagte er. »Wirklich. Ich dachte nur – keine Ahnung, vielleicht entwickelt man irgendwelche Strategien, damit es mit der Zeit einfach wird, oder wenigstens ...«

»Ja, die entwickelt man. Weil man es sonst nicht aushält. Aber das heißt nicht, dass man es leichtnimmt. Im Gegenteil, diese Bilder machen einen kaputt. Je mehr man davon sieht, desto kaputter wird man. Ich möchte nicht wissen, wie es in jemandem wie Leonard Huffman aussieht. Ein Kriegsfotograf, mit dem ich befreundet war, hat sich umgebracht, nachdem er den Pulitzerpreis bekommen hat. Weil er es nicht ertragen hat, für diese furchtbaren Bilder auch noch gefeiert zu werden. Er fühlte sich, als würde er sich am Elend der Menschen, die er fotografiert hatte, bereichern. Ich persönlich versuche die Panzerstrategie. Die macht zynisch und hart und ungerecht. Ich kann sie nicht empfehlen.« Sie drehte ihm mit ihrem Bürosessel den Rücken zu, legte die Füße auf den Schreibtisch und checkte nun offenbar wirklich ihre Mails auf dem Handy. »Du sagst, wenn wir weitermachen können.«

Niall ärgerte sich. Über sich selbst. Wie hatte er so dumm sein können zu denken, dass Beths Art mehr war als nur ein Schutzmechanismus? Wie kam er dazu, ihr so etwas zu unterstellen – und dann auch noch Empathie dafür zu erwarten, dass er Angst davor hatte weiterzuschauen? Wenn hier jemand kein Gefühl für den Umgang mit anderen Menschen hat, dann wohl er, nicht Beth. Er überlegte, was es war, das ihm solche Angst davor machte, weiterzuschauen. Der Gewaltakt an sich war es nicht allein, denn die Fakten waren ihm völlig klar. Aber das menschliche Gehirn ließ sich immer noch zu leicht davon verwirren, wenn es Bilder in Echtzeit sah: Selbst wenn man wusste, dass es keine Liveaufnahme war, blieb doch die Hoffnung, man könnte den Verlauf ändern. Obwohl man wusste, dass das Geschehen ganz woanders stattfand, gab es den Impuls, eingreifen zu wollen. So wie Kinder bei einem Film den Schauspielern zuriefen, um sie bei drohender Gefahr zu warnen.

Es war die Ohnmacht, die ihn lähmte. So nah an dem Verbrechen dran zu sein und nichts dagegen tun zu können. Der Wunsch, aufzuwachen und eine ganz andere Welt um sich herum zu haben. Dabei hatte er schon danebengestanden, als Cemal und Farooq ein ähnliches Verbrechen begangen hatten.

»Wir machen weiter«, sagte er und ließ das Video laufen.

Der schwarz vermummte Mann, der mit hoher Wahrscheinlichkeit Cemal war, hielt das Schwert in beiden Händen und schwang es probehalber durch die Luft. Die Stimmen der anderen waren zu hören. Cemal hielt inne, nickte, stellte sich wieder in Position. Auf Englisch sagte er zu Ted Stein: »Los. Du bist dran.« Niall hatte jetzt keine Zweifel mehr, dass er es war. Er erkannte ihn an der Stimme.

Ted Stein schwieg.

»Mach schon.«

Stein rührte sich nicht.

»Jetzt sag schon!« Cemal versetzte ihm einen Tritt. Stein fiel nach vorn, mit dem Gesicht in den Dreck.

Cemal blieb mit dem Schwert in der Hand stehen und rief: »Ich hab nicht fest getreten! Er hat sich absichtlich fallen lassen! Ich schwör's!«

Zwei Männer liefen ins Bild und richteten Ted Stein auf. Der eine schlug ihm ins Gesicht und schrie ihn auf Arabisch an. Stein schien ihn zu verstehen. Er schüttelte den Kopf. Der Mann schrie ihn weiter an, gab ihm noch eine Ohrfeige. Der andere stieß ihn zur Seite und baute sich vor

Stein auf. Er sagte etwas zu ihm, so leise, dass es das Mikrofon nicht aufnahm. Stein schloss die Augen. Der Mann packte seinen Mitstreiter am Arm und zog ihn weg. Cemal sah zur Kamera. »Können wir jetzt?«

»Ja«, sagte eine fremde Stimme.

Cemal brachte sich in Position, breitbeinig neben Stein, hielt das Schwert vor sich.

Ted Stein sah zu ihm hoch, dann in die Kamera. Er sagte: »Mein Name ist Ted Stein. Ich bin US-amerikanischer Staatsbürger und wurde vor einem halben Jahr in Syrien entführt. Der Präsident der Vereinigten Staaten von Amerika trägt die Schuld daran, dass ich hier bin und hingerichtet werde. Seiner Politik ist es zu verdanken, was heute geschieht. Seiner Politik ist es zu verdanken, dass sich die Brüder des Islamischen Staats bitter rächen und in den Kampf ziehen müssen. Ich habe zum wahren Glauben gefunden und sterbe als Muslim.« Er klang so überzeugend wie ein Laiendarsteller bei der ersten Leseprobe.

Cemal sagte: »Die US-amerikanische Regierung hätte ihren Staatsbürger freikaufen können gegen ein Lösegeld von hundert Millionen Dollar. Sie hat es nicht getan. Dieser Mann stirbt für seinen Gott und als Warnung an all die Ungläubigen in dem Land, aus dem er kommt. Wir verlangen von dem Präsidenten der Vereinigten Staaten von Amerika, dass er und alle seine Verbündeten uns nicht angreifen und keine Versuche unternehmen werden, uns aufzuhalten. Wenn er sich nicht daran hält, wird der Nächste sterben.«

Ted Stein schloss die Augen.

Cemal holte zum Schlag aus.

Das Schwert blieb in der Luft stehen. Dann fiel es zu Boden. Stein duckte sich und zog den Kopf ein. Cemal verbarg sein Gesicht in den Händen. Dann rief er: »Scheiße! Scheiße! Scheiße!« Er fiel auf die Knie neben Stein und weinte laut.

Das Bild wurde schwarz.

Zwei Sekunden später: Ted Stein kniete gefesselt im Staub. Neben ihm sein Henker, diesmal der echte. Er hielt eine Machete in der Hand. Beide warfen lange Schatten. Es war viel Zeit vergangen. Der Journalist sagte, was er zuvor schon gesagt hatte. Er sagte es mit ebenso wenig Überzeugung. Sein Gesichtsausdruck war starr. Als er fertig war, schloss er die Augen. Sein Henker sagte, was zuvor Cemal gesagt hatte. Man hörte seinem Englisch an, dass Arabisch die Muttersprache war. Aber der Singsang und die Vokale ließen darauf schließen, dass er in Australien gelebt und dort die Sprache gelernt hatte. Als er fertig war, stellte er sich direkt hinter Stein. Die Machete hatte er in der rechten Hand. Mit der Linken packte er den Mann am Kinn und riss ihm den Kopf zurück, sodass sein Hals ganz frei lag. Er setzte das Messer an und schnitt ihm die Kehle durch. Ein Gurgellaut war zu hören, wie der eines Ertrinkenden. Blut spritzte. Er zog die Klinge ein weiteres Mal durch den Hals des Mannes. Dann ließ er den leblosen Körper zu Boden sinken. Die zwei anderen liefen zu ihm. Sie standen um Steins Körper herum und diskutierten. Einer entfernte sich aus dem Bild, kam dann mit dem Schwert, das zuvor Cemal in der Hand gehalten hatte, und einem Beil zurück. Sie diskutierten weiter. Der, der das Beil geholt hatte, nahm es schließlich und hackte Steins Kopf ab. Er brauchte dazu mehrere Schläge. Jemand, der nicht im Bild war, war dabei zu hören, wie er sich übergab. Vermutlich Cemal.

Der Mann mit der Machete hob den abgeschlagenen Kopf auf. Er gab den anderen beiden Anweisungen. Sie legten Steins Körper auf dem Bauch der Länge nach hin. Der Mann, der den Kopf trug, sah zur Kamera und fragte etwas. Cemal antwortete ihm auf Englisch. Seine Stimme klang erschöpft und gedrückt, und er hustete zwischendurch immer wieder. »Weiter nach oben, ein Stück nach links, ja genau.« Der Henker legte den Kopf ab, wartete wieder auf Anweisungen von Cemal. Endlich lag alles so, wie es liegen sollte. Der Henker stellte sich mit der blutigen Machete neben den Leichnam. Die Machete hielt er stolz hoch. Cemal hielt ein paar Sekunden drauf, dann sagte er ihm, dass alles im Kasten sei. Die Kamera fuhr nun näher an Stein heran, schwenkte über die Leiche, über den Kopf, ging wieder zurück.

Cemals Stimme: »Wir haben alles.«

Der Australier fragte: »Kannst du daraus einen geilen Film machen?«

»Klar. Klar«, sagte Cemal.

Das Bild wurde schwarz.

22

»Pause«, sagte Beth.

»O ja.«

»Noch nie im Leben hatte ich so sehr das Bedürfnis, mir stundenlang Videos von niedlichen, flauschigen Kätzchen im Netz anzusehen.«

Irritiert sah er sie an und hoffte, einen Spaß zu machen, als er sagte: »Eine echte Katze zu kraulen, würde dir wohl zu weit gehen, was?«

»Man muss es ja nicht gleich übertreiben.« Sie griff nach ihrer Umhängetasche und ging zur Tür. »Also dann.«

»Klar. Schönen Abend noch. Mit den Katzenvideos.«

»Ich sagte, ich brauche eine Pause. Ich sagte nicht, dass ich gehe.«

»Wann kommst du denn wieder?«

»Keine Ahnung.« Sie verschwand auf dem Korridor.

Kopfschüttelnd sah Niall ihr nach. Panzerstrategie, hatte sie es genannt. Nicht zu empfehlen, hatte sie gesagt. Hart, zynisch und ungerecht. Und sie hatte diesen Gedanken bei ihm ausgelöst: Wie ertrug sein Vater all das? Niall wusste, warum er tat, was er tat. Aber nicht, wie er es aushielt. Er mochte sich diese Frage vorher schon gestellt haben, aber eher theoretisch. Jetzt erschien ihm die Antwort darauf existenziell.

Niall fühlte sich wie eine große, offene Wunde, die schmerzte und brannte und Übelkeit in ihm auslöste. Womit beschäftigte er sich hier eigentlich? Warum wollte er die Geschichte von zwei Menschen erzählen, die anderen die Köpfe abhackten? Wenn es einen Zeitpunkt gab, an dem er sich unbedingt mit Leonard Huffman unterhalten sollte, dann jetzt. Niall stand auf, schloss die Bürotür hinter sich ab und betrat den Flur. Huffman kam ihm gerade entgegen.

»Hallo Niall, du siehst aus, als könntest du einen Drink vertragen.«

»Oder zwei. Ich wollte gerade zu dir.«

»Wie schön. Du kommst sicher auch mit zu Carl und Susan?«

»Oh, Scheiße. Das hab ich total vergessen. Ich hab nicht mal ein Geschenk«, sagte er und versuchte nicht darüber nachzudenken, wie seltsam es war, neuerdings mit Leonard Huffman zu Familienfeiern eingeladen zu sein. »Und eigentlich hatte ich mit dir reden wollen.«

»Ja? Worüber?«

Niall sah ihn an. Wie er vor ihm stand und lächelte, auf eine fast entrückte Art. Panzerstrategie, hatte Beth gesagt. Welche war Huffmans Strategie? Einsperren und weglächeln? Einfach nicht drüber reden? Niall sagte: »Das holen wir nach. Später. Jetzt brauche ich erst mal ein Geschenk.«

»Wir besorgen unterwegs etwas.«

»Hast du eine Idee?«

Huffman dachte kurz nach. »Sie hat sich von mir mein neues Buch gewünscht, mit einer Widmung. Es wäre vielleicht etwas einseitig, wenn du ihr auch ein Buch mitbringen würdest. Abgesehen davon, dass sie mir nicht den Eindruck macht, als würde sie sich tatsächlich für Bücher interessieren. Aber ich kenne sie natürlich nicht so gut wie du.«

»Deine Bücher haben viele Bilder.« Niall grinste. »Allerdings keine, die sie sich gern anschauen wird. Bist du sicher, dass sie ein Buch von dir möchte?«

»Sie hat es gesagt.«

»Sie war höflich.«

»Das fürchte ich auch. Hm, hat Susan irgendwelche Hobbys? Heimliche Leidenschaften?«

»Porzellan.«

»Porzellan? Im Sinne von Essgeschirr?«

Niall schüttelte den Kopf. »Können wir vorher noch schnell bei Harrods vorbei?«

»Das ist natürlich ein Umweg.«

»Glaub mir, du wirst in neue Dimensionen der Porzellankunst eintauchen. Und für mich ist eine Runde Harrods-Shopping nach dem, was ich mir gerade ansehen musste, genau das Richtige.«

»Gehirn abschalten?«

Niall nickte.

Huffman sah ihn ernst an. Dann legte er die Hand auf Nialls Schulter und sagte: »Darüber hattest du reden wollen?«

»Was? Nein, nicht so wichtig, ehrlich.«

»Niall?«

»Hm?«

»Ich weiß, wie es dir jetzt geht. Also auf zu Harrods.«

Carl und Susan wohnten in einem Haus in West Harrow, einem Stadtteil weit im Nordwesten Londons. Das Haus lag in einer Straße, in der nicht die üblichen Reihenhäuser gebaut worden waren, sondern freistehende Häuser, umgeben von ein paar Quadratmetern Rasenfläche. Die ruhige Wohnstraße war an diesem Abend von den Gästen des Ehepaars zugeparkt. Niall fiel sofort die schwarze Limousine direkt vor der Haustür auf: ein ganz besonderer Gast war hier. Carls Exfrau, die Innenministerin. Vor fast dreißig Jahren hatte Niall »Tante Karen« zu ihr gesagt. Carl und sie hatten sich getrennt, als Niall zehn und seine Mutter noch am Leben gewesen war. »Warum lassen sich die beiden scheiden?«, hatte er seine Mutter gefragt.

»Karen hat andere Interessen. Sie ist sehr ehrgeizig und möchte es im Leben weit bringen. Carl fühlt sich damit nicht wohl. Er sagt, er möchte eine Ehefrau, die ihm den Rücken frei hält, sich um das Haus kümmert und für ihn da ist.«

Niall hatte nicht verstanden, was sie mit »den Rücken frei halten« meinte, und seine Mutter hatte es ihm mühsam erklärt. Das, und warum manche Männer dachten, es gäbe für verheiratete Frauen keinen Grund, erfolgreich im Job zu sein.

»Bist du erfolgreich im Job?«, hatte er seine Mutter gefragt.

»Schatz, ich habe mich für genau dieses Leben entschieden und bin sehr glücklich. Und Karen hat sich für ein anderes Leben als das entschieden, was Carl sich für die beiden vorstellt. Okay?«

Wenige Jahre später sah man Karen häufig in der Zeitung und im Fernsehen, während Carl vom Militär ins Gesundheitsamt wechselte und Susan heiratete, die das genaue Gegenteil von Karen war. Naiv, schüchtern, nicht besonders intelligent und häuslich. Sie sah nett aus, fast hübsch, war ein paar Jahre jünger als Carl und fand sich problemlos damit ab, dass er keine Kinder wollte. Stattdessen durfte sie sich Hunde anschaffen. Der Pudel, der Niall und Leonard nun an der Haustür begrüßte, war noch ganz jung: Susans ganzer Stolz, ihr dritter mittlerweile. Karens Bodyguards, die jeden Besucher durchsuchten, waren wenig begeistert von dem Tier.

Dafür freute sich die Gastgeberin umso mehr über Nialls Geschenk.

»Ein Elefant«, rief sie begeistert und stellte die kleine weiße Porzellanfigur zu einer absurd geschmacklosen Sammlung Porzellanelefanten auf einem antiken Beistelltisch. Niall vermied es, Huffman anzusehen. Er hatte Angst, sonst lachen zu müssen.

Das Wohnzimmer war voll. Carl hatte einen Cateringservice kommen lassen, der sich um alles kümmerte. Schwarz-weiß gekleidetes Servicepersonal bewegte sich gekonnt mit vollen Tabletts durch die Menge. Wenn es so war wie an allen ihren Geburtstagen, würden die Gäste entweder mit Carl oder miteinander reden, aber fast niemand mit Susan. Der einzige Unterschied zu den Jahren zuvor war, dass diesmal mehr Leute eingeladen waren. Leonard Huffman gehörte zu denen, die sonst nicht auf der Liste standen, und wunderte sich über die Zusammensetzung aus Anwälten, Politikern, Geschäftsleuten. Niall glaubte, den Herausgeber einer großen Tageszeitung zu erkennen, außerdem einen etwas bekannteren Bühnenautor. Ein paar der Männer hatten ihre Ehefrauen dabei: Zurechtgemacht wie für eine Gala trugen sie teure Abendkleider und übertriebenen Schmuck. Aber selbst die hielten es kaum für nötig, mit Susan zu reden.

»Das sind doch nicht Susans Freunde, oder?«, fragte er Niall leise.

»Wir sollten mit ihr reden. Es tut sonst niemand«, antwortete Niall.

»Warum sind ihre Freunde nicht hier?«

»Sie hat keine. Sie hat Carl.«

Huffman schüttelte leicht den Kopf, hakte sich bei der Gastgeberin unter und bat sie, ihm Haus und Garten zu zeigen. In dem Moment entdeckte Carl die Neuankömmlinge.

»Oh, Leonard, ich hoffe, meine Frau nimmt Sie nicht zu sehr in Beschlag!«

Susan kicherte.

»Ich bitte Sie, so eine charmante junge Dame«, sagte Huffman und klang todernst. »Ich bestehe darauf, endlich dieses wunderbare Haus gezeigt zu bekommen.« Er wandte sich nun ganz Susan zu. »Niall hat mir erzählt, Sie sammeln Porzellanfiguren? Das finde ich hochinteressant. Bitte, erzählen Sie mir alles darüber.« Die kichernde Susan ließ sich von ihm bereitwillig entführen.

»Was war das?«, fragte Carl ehrlich erstaunt.

»Er will ihr einen Gefallen tun. Sie hat Geburtstag.«

»Ich tu ihr einen Gefallen. Ich habe lauter interessante Menschen eingeladen. Ist das denn keine schöne Feier?«

Niall verdrehte die Augen. »Tu nicht so, als wüsstest du nicht, was ich meine.«

»Ich weiß es aber nicht.«

»Dann lass uns das Thema wechseln.«

Carl wirkte verschnupft. »Na gut, aber glaub nicht, dass ich da nicht noch einmal drauf zurückkomme.« Er sah sich um. »Wo sind die beiden hin?«

»Sie zeigt ihm das Haus. Hat sie doch gesagt.«

»Was gibt's denn da zu sehen?«

»Carl, sie hat gerade Spaß. Lass es gut sein.«

»Muss ich mir jetzt Sorgen machen, dass der alte …«

»Er ist nicht so unglaublich viel älter als du.«

»Er ist älter als ich!«

»Können wir jetzt über was anderes reden? Wenn es dich stört, wie Susan ist, hättest du ja mit Karen verheiratet bleiben können.«

»Ich habe meinen Namen gehört.« Eine schneidende, harte Frauenstimme: Karen Wigsley, die Innenministerin des Vereinigten Königreichs. Groß, schlank, dunkelhaarig – selbstverständlich gefärbt, sie war Mitte fünfzig, und kein einziges graues Haar war zu erkennen. Sie trug eine dunkel gerahmte Brille, ein dunkelblaues, perfekt sitzendes Kostüm, dazu die passenden Pumps und dezenten Schmuck. Als würde sie jeden Moment erwarten, vor eine Kamera treten zu müssen.

»Tante Karen«, sagte Niall und grinste. Er wusste, dass es sie ärgerte. »Ich habe dich heute Morgen bei den Aufnahmen im Studio gesehen.«

»Niall, mein Junge, wenn du Windeln anhast, darfst du auch ›Tante‹ zu mir sagen.« Karen küsste ihn flüchtig auf beide Wangen. »Warum hast du mir nicht Hallo gesagt? Wir haben uns schon ewig nicht mehr gesehen.«

»Hätte ich in die Aufnahme reinplatzen sollen?«

»Du hättest warten können, bis ich fertig bin.«

»Ich hatte eine Kollegin dabei.«

»Oh, war ich dir peinlich?«

»Nur das, was du gesagt hast.«

Sie lachte. »Dann hab ich das Richtige gesagt. Niall, ich hörte, dein Vater und du, ihr seid jetzt ein Team und arbeitet zusammen?«

Er nickte und wollte erzählen, aber sie sprach schon weiter.

»Eine Doku über diese Dschihadisten, richtig?«

Wieder konnte er nicht mehr als nicken, vielleicht noch den Mund öffnen und Luft holen.

»So, wie ich deinen Vater und diesen Sender kenne, handelt es sich doch wieder um den Versuch, die Täter zu Opfern zu machen. Hab ich recht? Junge, ich hätte dir mehr Verstand zugetraut. Ich sehe ein, dass du deinen Vater beeindrucken willst, aber meinst du nicht, es gäbe sinnvollere Projekte, mit denen du dir einen Namen machst?«

»Karen, ich glaube nicht, dass hier ...«

Sie hörte ihm gar nicht zu. »Schau mal, diese beiden Verbrecher – und wie gut, dass sie tot sind, wer weiß, am Ende hätte man sie noch vorzeitig entlassen, weil sie eine schwere Kindheit hatten – diese beiden Verbrecher haben sich zu Mördern ausbilden lassen und sind zurück in unser Land gekommen, um uns allen zu schaden. Ich will gar nicht wissen, wie es den armen Eltern des jungen Air Cadets geht. Das ist schrecklich. Aber diese beiden Mörder, die hatten nur ein einziges Ziel, nämlich, uns im Mark zu treffen. Den Jungen zu töten, stellvertretend für jeden von uns. Das ist eine Kriegserklärung auf unserem Boden.«

»Karen, die Kameras sind aus.«

»Und du willst die beiden auch noch entschuldigen«, fuhr sie unbeirrt fort. »Also ich weiß nicht, warum das sein muss, Niall. Wirklich.«

»Heute Morgen hast du nicht nach den Eltern von Paul Ferguson gefragt. Da hast du Wahlkampf gemacht.«

»Hab ich das? Ach, es ist immer zu wenig Zeit in diesen Sendungen. Pauls Eltern haben selbstverständlich eine Karte von mir bekommen. Und Blumen. Glaube ich.« Sie sah kurz über ihre Schulter, als erwartete sie, dort einen ihrer Referenten zu sehen, um sich versichern zu können, dass tatsächlich Blumen geschickt worden waren.

»Wie schön. Sagst du das bitte noch mal genau so, wenn ich es filme?«

Sie winkte ab. »Ich weiß doch jetzt schon, wie das mit deinem Film laufen wird. Dieses ganze linke Getue. Ohne Sinn und Verstand.« Sie nahm sich ein Glas Champagner von einem der sich vorbeidrängenden Tabletts. »Wie viel hast du dir heute Morgen angesehen?«

»Nur einen Teil. Wir mussten dann weiter zu ...«

»Dieser Philosophieprofessor, Haynes oder so, ein entsetzlicher Mensch.«

»Der mit der Buchwerbung?«

»Der ohne Schminke. Warst du in letzter Zeit mal in der Nähe der israelischen Botschaft? Da solltest du hingehen. Da musst du drehen für deine Doku.« Sie betonte das letzte Wort, als sei es ein Schimpfwort, und doch sah sie aus, als mache sie lediglich Smalltalk. Sie lächelte sogar. »Sich hinstellen und Anti-Israel-Parolen rufen. Das ganze Pro-Gaza-Getue ist mir vollkommen unverständlich. Hat denn niemand von denen auch nur einen Funken Geschichtsbewusstsein?«

»Ich glaube, jetzt wirfst du etwas durcheinander. Das hat nichts mit ...«

»Natürlich werfe ich nichts durcheinander. Einer dieser schrecklichen Attentäter hat doch gesagt, er sei Palästinenser. Dem ist noch die Hamas zu milde. Die Hamas! Zu milde! Und dann stehen vor der israelischen Botschaft diese ganzen Demonstranten und …«

»Das sind Anti-Kriegs-Demos. Keine Anti-Israel-Demos.«

Sie ließ sich nicht beirren. Sie war Zwischenrufe gewohnt, und noch mehr, sie zu ignorieren. »… diese ganzen Demonstranten und fordern, dass die Hamas ungeschoren davonkommt. Das kann man doch nicht gutheißen.«

»Karen, es ist Susans Geburtstag. Können wir nicht über etwas anderes reden?« Niall ergatterte auch ein Glas Champagner, obwohl er keinen mochte. Die Geste zählte: mit dem gleichen Getränk anstoßen, die Nerven beruhigen … »Auf Susan, hm?«

»Von mir aus.« Karen nippte gelangweilt an ihrem Glas. Ihr Blick glitt mit der gleichmäßigen Ruhe einer Überwachungskamera durch den Raum. Um sie herum surrten die Stimmen von etwa fünfzig Menschen. In teuren Privatschulen ausgebildete Stimmen, die alle in etwa so klangen wie die von Carl und Karen, keinesfalls aber so wie die von Susan. »Was hast du ihr geschenkt?«

»Einen Porzellanelefanten.«

»Nett.«

»Und du?«

»Carl hat mich angerufen und gesagt, sie wünscht sich eine Porzellanfigur von diesem … na … dieses deutsche Zeug? Hutchin…irgendwas?«

»Hutschenreuther.«

»Genau. Woher weißt du das?«

Niall hob die Schultern. »Ich habe zwar nicht studiert, aber ein bisschen Allgemeinbildung ist trotzdem hängen geblieben.«

Karen winkte ab. »Allgemeinbildung? Das ist wohl schon eher Fachwissen. Jedenfalls, sie wünschte sich von diesem Hutschendings eine Figur, die sich ›Sonnenkind‹ nennt. Ein tanzender Frauenakt auf einer goldenen Kugel.«

»Klingt besser als ein Porzellanelefant, wenn ich ehrlich bin.«

Sie lachte. »Ja, das war natürlich nicht Susan, die morgens aufgewacht war und mit einem Mal Geschmack hatte. Er hat sich das für sie ausgedacht. Er hat mir sogar gesagt, wie der Modelleur hieß. Als ob ich mir das merken würde. Die Figur ist von 1933, das hab ich mir allerdings gemerkt. Hat hoffentlich nichts mit den Nazis zu tun, aber bei den Deutschen weiß man ja nie. Wie komm ich jetzt darauf? Wegen Israel? Na, egal. Da willst du ja nicht drüber reden. Ich sollte also dieses ›Sonnenkind‹ besorgen. Weißt du, was das kostet? Mein Assistent hat gesagt, man muss mit zweihundertfünfzig Pfund rechnen.«

Niall nickte. »Klingt nach einem Sammlerstück. Der Elefant hat keine zweihundertfünfzig Pfund gekostet.«

»Ja, eben! Und hat sie sich gefreut? Natürlich hat sie sich gefreut!« Karen trank ihr Glas aus, als sie jemanden mit einem Tablett auf sie zukommen sah. Ohne zu fragen, stellte sie das leere Glas auf das Tablett und nahm sich ein neues herunter.

»Irgendetwas sagt mir, dass du ihr keinen tanzenden Frauenakt auf einer Goldkugel geschenkt hast.«

»Natürlich nicht. Ich bitte dich. Ich bin Carls Exfrau. Man könnte sagen, er hat mich ihretwegen verlassen. Und dann soll ich ihr Geschenke für zweihundertfünfzig Pfund machen? Das sieht ja aus, als wäre ich immer noch in meiner Eitelkeit verletzt.«

Jetzt musste Niall wider Willen lachen. »Karen, du bist unmöglich.«

Sie verdrehte die Augen. »Junge, ich versuche, das mal als Kompliment zu werten.«

»Wieso sagst du, er hat dich ihretwegen verlassen? Ich kenne die Geschichte ganz anders.«

»Wer hat dir denn was erzählt?«

»Nur meine Mutter. Sie meinte damals, ihr hättet einfach unterschiedliche Interessen. Klang einvernehmlich.«

»War es auch.« Sie beugte sich ein wenig vor, um leiser reden zu können. »Aber da hatte er schon was mit Susan am Laufen. Was nicht schlimm war, ich hatte mich auch schon längst woanders umgeschaut.« Sie lächelte vielsagend und schob noch ein »mehrfach« hinterher.

Niall hob seine freie Hand: »Danke, keine Details.«

Jetzt lachte sie laut. »Du kommst auch noch in mein Alter, und dann sieht das mit der Diskretion und der Scham ganz anders aus.« Wieder beugte sie sich zu ihm vor. »Weißt du was? Menschen in meinem hohen Alter haben immer noch Sex. Sogar, wie man hört, Menschen im Alter deines Vaters.«

»Ich brauche mehr Champagner«, stöhnte Niall.

»Gut so. Als Innenministerin dieses Landes verordne ich allen Briten, weniger verklemmt zu sein.« Sie hob das Champagnerglas in die Luft und rief laut: »Auf alle Liebenden, die schon über fünfzig sind!«

Einige im Raum stießen kleine Jauchzer aus, die meisten murmelten dezent zustimmend. Susan und Leonard waren gerade von ihrem kleinen Rundgang zurückgekommen. Die Gastgeberin strahlte, ihr Gesicht war gerötet, und ihr Blick war dankbar und voller Bewunderung auf Karen gerichtet.

»Sie mag dich«, flüsterte Niall.

»Natürlich mag sie mich. Sie mag jeden, der nett zu ihr ist. Sie ist wie ein kleines Hündchen im Tierheim. Dankbar für jeden noch so kleinen Fetzen Aufmerksamkeit. Wo ist eigentlich dieser schreckliche Köter?«

»Bei deinen Bodyguards.«

»Hoffentlich stinken sie nachher nicht nach Hund.«

Susan gesellte sich zu ihnen. »Redet ihr über Hunde?«

Niall antwortete schnell: »Karen wollte mir gerade erzählen, was sie dir Tolles geschenkt hat.«

Wieder strahlte Susan, und Niall hatte den flüchtigen Eindruck, dass sie feuchte Augen bekam. »Warte, ich hole es. Ich muss es dir zeigen.« Sie drängte sich fort und verschwand zwischen ihren fremden Gästen.

»Warne mich vor, damit ich weiß, wie sehr ich meine Mimik im Griff haben muss«, sagte Niall zu Karen.

Sie stöhnte kurz auf. »Es ist nur eine Vase. Ich weiß nicht, warum sie jetzt so ein Theater macht.«

»Eine Vase? Du schenkst ihr eine verdammte Blumenvase zum fünfzigsten Geburtstag?«

Karen sah ihn beleidigt an. »Sie hat sich gefreut!«

Susan kam mit einer über einen Meter hohen, weißen, bauchigen Porzellanvase zurück, in der ein Strauß mit hundert langstieligen Rosen verloren wirken würde. »Ist sie nicht wunderbar? So eine Vase kauft man sich selbst natürlich nie. Man denkt immer nur: Oh, wie wunderschön diese Vase doch ist, aber was soll ich damit anfangen?« Das artifizielle Hüsteln von Karen bemerkte sie überhaupt nicht. »Und dann kauft man sie sich nicht. Aber sie hat sie mir geschenkt! Karen muss einen Tipp von Carl bekommen haben.« Sie hielt die riesige Vase etwas höher, als hätte sie Sorge, Niall könnte irgendein Detail verpassen, und verschwand fast vollständig dahinter. »Das Schönste daran ist nämlich, dass mir Carl versprochen hat, ab sofort immer Blumen mitzubringen, die dort hineinpassen.« Sie strahlte Niall und Karen in Erwartung lobender Äußerungen an.

Karen wandte sich zu Niall: »Ich finde, du solltest dir grundsätzlich überlegen, ob du den richtigen Ansatz bei deinem Film hast. Weißt du was, komm bei mir im Ministerium vorbei. Oder nein, wir treffen uns woanders. Zwangloser. Aber mit deinem Team. Es ist keine ausgewogene Dokumentation, wenn ich nicht zu Wort komme. Dieser fürchterliche Anschlag fällt schließlich in meinen Zuständigkeitsbereich.« Sie hob ihr Glas und stieß es gegen Nialls, dann ließ sie es gegen die Vase klingen. »Viel Spaß noch, Susan. Ich muss gehen. Danke für den Champagner.« Mit diesen Worten verschwand sie zwischen den Gästen.

»Hab ich was Falsches gesagt?«, fragte Susan nervös und stellte die Vase auf den Boden.

»Überhaupt nicht. Ich war das.«

»Oh, du hast sie verärgert?«

Niall hob die Schultern. So amüsant er Karens scharfe Zunge und bissigen Bemerkungen bisweilen fand, so sehr er selbst Susans Einfalt und ihren schlechten Geschmack auch belächeln mochte: Es gab Grenzen. Er hatte das Gefühl, Karens unhöfliches Verhalten wiedergutmachen zu müssen. »Ignorier sie einfach. Du weißt doch, wie sie sein kann. Noch mal alles Gute zum Geburtstag, und auf die nächsten fünfzig Jahre!« Er beugte sich vor und küsste sie auf die Wange. »Und die Vase ist toll. Ich kaufe dir auch Blumen dafür, wenn ich das nächste Mal zu Besuch komme.«

Als er sich umdrehte, stand Carl hinter ihm, der ihn dankbar und voller Wärme anlächelte.

23

Eigentlich hatte er nach einer höflichen Stunde gehen wollen. Aber Niall wurde nahezu ununterbrochen in Gespräche mit ihm völlig fremden Menschen verwickelt. Manche kannten ihn aus der Presse und erkundigten sich mit einer Mischung aus Neugier und Bestürzung nach seinem Erlebnis mit den islamistischen Attentätern. Manche hatten ihn im Frühstücksfernsehen gesehen und sprachen ihn auf die Mutter des getöteten Air Cadet an. Irgendwann floh er erschöpft nach draußen in den kleinen Garten hinter dem Haus, froh über den Sauerstoff und erstaunt darüber, wie mild die Nacht war. Er sah auf die Uhr: bereits halb eins. Er hatte gehofft, es sei erst elf.

»Auch auf der Flucht?«, fragte ihn Carl, der ihm gefolgt war.

»Oh, ja.«

Carl lächelte ihn an. »Danke, dass du so lieb zu ihr bist.«

»Klar. Karen ist einfach ...« Ihm fiel das richtige Wort nicht ein.

»Ich weiß.«

»Dass ihr immer noch so viel Kontakt habt, ist erstaunlich.«

Jetzt lachte Carl. »Findest du? Ich glaube, es liegt vielmehr daran, dass Karen schlicht keine Zeit hat, sich neue Freunde zu suchen.«

»Seit zwanzig Jahren nicht?«

»Eine viel beschäftigte Frau. Man wird nicht über Nacht Innenministerin.«

»Wahrscheinlich hast du recht.« Nialls Blick fiel auf das Buch, das Carl in der Hand hielt. »Hat sich Susan über Leonards Geschenk gefreut?«

»O ja. Das war ganz wundervoll für sie. Eine signierte Ausgabe mit persönlicher Widmung. Sie liebt es.«

»Hat sie schon reingeschaut?«

Carl schüttelte den Kopf.

»Weiß sie, was sie erwartet?«

»Natürlich. Bitte fang du nicht auch noch an.«

Niall schämte sich ein wenig. »So war das nicht gemeint.«

Carl ging ein paar Schritte über den Rasen, blieb dann stehen und sah in den Nachthimmel. »Heute ist eine wunderbare Nacht mit einem wahren Sternschnuppenregen. Das haben sie im Radio angekündigt.«

Niall stellte sich zu ihm und sah ebenfalls in den Himmel. Er musste etwas warten, aber dann sah er gleich zwei Sternschnuppen nacheinander.

»Ist Leonard eigentlich noch da?«, fragte Niall.

»Ja, ich hab ihn vorhin noch gesehen. Er schien sich gut zu unterhalten.« Carl drehte sich um, er hatte die Hintertür gehört. »Ach, da bist du ja.«

»Ich habe euch gesucht.«

»Und wir haben gerade über dich gesprochen.«

»Muss ich mir Sorgen machen?«, fragte Huffman und klopfte Carl freundschaftlich auf den Rücken.

Carl hielt das Buch hoch. »Danke noch mal.«

»Mit dem größten Vergnügen. Susan ist eine sehr nette Frau.«

»Das ist sie, ja.«

Nun sah auch Huffman in den Himmel. »Ist heute Nacht nicht der große Kometenschauer?«

»Wir haben schon Sternschnuppen gesehen«, sagte Niall.

Huffman starrte weiter nach oben. »Herrlich ruhig hier. Ganz anders als bei mir, in Notting Hill ist Tag und Nacht ein Surren und Summen, selbst wenn man alle Fenster und Türen schließt ... Aber das finde ich schön. Dann weiß ich, dass um mich herum Leben ist.« Seine Hand schoss nach oben. »Da, jetzt hab ich auch eine gesehen.« Er wandte sich wieder den beiden zu. »Ich glaube mich zu erinnern, die letzten Sternschnuppen vor über zwanzig Jahren gesehen zu haben.«

»Vor über zwanzig Jahren? Hast du seitdem nicht mehr in den Himmel geschaut?« Niall lachte.

»Das liegt wohl daran, dass ich ständig nach dem nächsten Motiv gesucht habe. Und der Sternenhimmel war nie so richtig mein Gebiet.«

»Warum erinnerst du dich daran?«, fragte Niall. »Ist damals ein Wunsch in Erfüllung gegangen?«

»Nein, aber es war eine ganz besondere Zeit, damals, 1991. Ich war einer der wenigen Kriegsfotografen, die über den Golfkrieg berichten durften.« Leonard Huffman machte eine kleine Pause, um wieder in den Himmel zu sehen. »Schön, so eine klare Nacht. Auf dem Land muss es großartig sein. Da sieht man noch viel mehr Sterne.« Er legte seinem Sohn eine Hand auf die Schulter. »Der Himmel über dem Irak ... Na ja. Es ist lange her.«

»Herrschte da nicht gnadenlose Zensur über das, was berichtet werden durfte?«

Huffman nickte. »Die Amerikaner hatten eine Art Medienpool, und es durfte nur berichtet werden, was von ihnen abgesegnet worden war.«

»*Embedded journalism*«, sagte Niall.

»Ja, aber der Begriff hat sich erst später eingebürgert.«

»Was hat das mit den Sternschnuppen zu tun?«, fragte Carl und klang gelangweilt. Er trat ein paar Schritte zur Seite, wo eine Steinbank unter einer Weide stand, und setzte sich mit einem müden Seufzer.

»Das letzte Mal habe ich Sternschnuppen bewusst in Kuwait gesehen«, erzählte Huffman. »Ich wusste erst nicht, ob es Raketen waren, aber es waren Sternschnuppen, es mussten Sternschnuppen gewesen sein, weil in dieser Nacht keine Raketen flogen. Der Krieg war zu dieser Zeit vorbei. Deshalb erinnere ich mich so gut daran. Es war die Nacht, in der ich darüber nachgedacht habe, alles hinzuschmeißen.«

Niall war erstaunt. Davon, dass Huffman einmal an einem solchen Punkt gewesen war, hatte er noch nie gehört. In keinem Interview hatte er darüber gesprochen. Er sah seinen Vater an, aber der hatte wieder den Kopf in den Nacken gelegt und betrachtete den Himmel. Niall überlegte, ob er ihn fragen sollte, was damals passiert war. Überlegte, welche Bilder er von ihm aus der Zeit kannte. Schließlich fragte er: »Wie lange warst du da?«

»Zwei Monate.«

»Dafür gibt es ziemlich wenige Fotos, die du in der Zeit gemacht hast. Lag das an der Zensur?«

Huffman ließ sich Zeit mit der Antwort, machte ein paar Schritte auf Carl zu, der sich zurückgelehnt hatte und aussah, als würde er jeden Moment einschlafen.

»Als *embedded journalist* bist du Tag und Nacht mit den Soldaten zusammen. Du fängst an, dich mit ihnen zu identifizieren. Du verlierst den Abstand, die professionelle Distanz. Als Fotograf musst du nicht nur nüchtern dokumentieren, du musst auch darauf achten, dass deine Bilder eindeutig sind. Ein Bild von einem sterbenden Kind, dem beim Granateneinschlag ein Bein abgerissen wurde? Dasselbe Bild kann ganz unterschiedliche Geschichten erzählen, je nachdem, wer es verwendet. Das ist die Gefahr. Viele Fotos sind wertlos, wenn die Bezüge nicht klar sind.«

»Deshalb hast du viele Bilder erst gar nicht veröffentlicht?«

»Sie waren wertlos. Bedeutungslos. Ich habe mich sehr über mich geärgert und mir nach meiner Rückkehr geschworen, mich nie wieder so instrumentalisieren zu lassen. Weder von irgendeinem Militär oder einer Regierung noch von Terroristen oder Aufständischen.«

»Wir brauchen Kriegsberichterstattung.«

»Natürlich. Ich sage auch nur, dass es eine sehr schwierige Position ist und man höllisch aufpassen muss, was mit einem geschieht. Die Kolleginnen und Kollegen, die das heute machen, sind viel besser darauf vorbereitet. Ich war es nicht.«

Niall sagte: »Du hast so wichtige Bilder gemacht, zu jeder Zeit in deinem Leben.«

Jetzt lachte Huffman. »Danke. Aber wenn ich dir einen väterlichen Rat geben darf, und ich hoffe, du verzeihst mir meine Sentimentalität: Was auch passiert, das einzig Wichtige ist, dass du dir selbst treu bleibst.«

Niall nickte, ein wenig peinlich berührt. »Kriegspropaganda und Manipulation über die Medien gab es doch schon immer«, sagte er, um wieder ein sachliches Gespräch zu führen.

»Die Amerikaner haben damals zur Rechtfertigung ihrer Einmischung, bei der es um nichts anderes als Öl und Macht ging, Videos gedreht, die die angeblichen Verbrechen der Iraker an den Kuwaitern zeigen sollten. Ich sage nicht, dass sie sich alles ausgedacht haben, aber einiges war erfunden. Da gab es gekaufte Augenzeugenberichte und bemerkenswertes schauspielerisches Talent. Zum Beispiel hieß es, die Iraker würden in einem kuwaitischen Krankenhaus die Frühchen aus den Brutkästen nehmen und sterben lassen. Die angebliche Krankenschwester, die unter Tränen davon berichtete, war in Wirklichkeit die Tochter des damaligen kuwaitischen Botschafters in den USA. Gedreht hat den Film eine New Yorker PR-Agentur im Auftrag einer kuwaitischen Organisation, die sich dadurch mehr Zustimmung bei den Amerikanern für eine Kriegsbeteiligung versprach.«

Niall nickte. »Ich kenne die Geschichte.«

»Die berühmte Brutkastenlüge«, hörte er Carl von seiner Bank aus sagen. »Was für ein Desaster.«

Huffman sah auf seine Armbanduhr. Um etwas zu erkennen, musste er ein paar Schritte auf das Haus zugehen. »So spät schon. Ihr werdet verstehen, wenn ich mich jetzt auf den Heimweg mache. Carl, ich danke dir für die Einladung.«

Carl stand auf und schüttelte ihm die Hand zum Abschied. »Ich danke dir noch mal. Für alles.«

Huffman lächelte. »Susan werde ich drin sicherlich noch finden. Niall, wir sehen uns morgen. Gute Nacht.«

Als er im Haus verschwunden war, sagte Carl zu Niall: »Hätte nie gedacht, dass der mal sesshaft wird. Wie lange ist er jetzt schon beim Sender und reist nicht mehr von einem Krisengebiet ins nächste?«

»Tja, er wird nicht jünger, er muss es wohl langsam mal ruhiger angehen lassen.« Niall dachte darüber nach, wie viel Huffmans Rückzug von der Kriegsfotografie damit zu tun hatte, dass er nicht mehr ertragen konnte, was er jahrzehntelang hatte sehen müssen.

»Es ist wohl auch eine Typfrage, weniger eine Altersfrage.«

Niall lachte. »Du meinst damit dich selbst, was? In Harrow-On-The-Hill zur Schule gegangen, in London studiert, und seit Jahrzehnten dieses Haus hier.«

»Nein, ich ziehe tatsächlich nicht gern um.«

»Ich bin froh, dass ich nicht jeden Tag an meiner alten Schule vorbeikomme. Wie hältst du das aus?«

»Ich hatte eine angenehme Schulzeit. Mir hat es gefallen.« Er lächelte. »Aber ich weiß, was du meinst. Nur, sieh mal, ich bin viel unterwegs. Hier Sitzungen, dort Meetings, und selbst wenn ich dafür nicht mal die Stadt verlassen muss, finde ich es anstrengend. Ich brauche mein Zuhause.«

Und eine Frau, die ihm den Rücken frei hielt, dachte Niall, sagte aber nur: »Du hast wirklich ein schönes Haus. Ich hab dich immer darum beneidet.«

»Ach, Junge, Neid ist nichts Gutes. Du sollst dich hier wohlfühlen und bist jederzeit willkommen.«

»Danke.«

Carl sah wieder in den Himmel und fragte beiläufig: »Kommst du gut voran mit deinem Film? Deine, wie soll ich es nennen, Hauptakteure sind ja nun leider verstorben. Kannst du überhaupt weiterdrehen?«

»Gerade jetzt. Hintergründe aufdecken, ihre Motivation rekonstruieren, mit ihren Freunden und Verwandten sprechen ...« Niall rieb sich den Nacken und unterließ es, wieder nach Sternschnuppen zu schauen. »Ich will auch versuchen, in Syrien oder im Irak zu drehen. Ich habe heute Material gesichtet, das ...« Er hielt inne. Er wollte nicht zu viel verraten. »... das sehr eindrücklich war«, beendete er den Satz.

Carl sah ihn an und grinste. »Aberglaube oder sensible Informationen?«

»Beides. Keine Sorge, du wirst als Erster etwas zu sehen bekommen, wenn wir so weit sind.«

»Sag mal«, begann Carl zögerlich. »Hast du mit Karen eigentlich über deine Festnahme und die Vorfälle im Gefängnis gesprochen?«

»Nein.«

»Warum nicht?«

»Weil ich erst noch mit dem Anwalt reden will, von dem du gesprochen hast. Ich hatte allerdings noch keine Zeit, ihn anzurufen.«

»Du kannst doch trotzdem mit Karen darüber reden.«

»Wenn man mit Karen über etwas wirklich Wichtiges redet, sollte man vermutlich immer einen Anwalt dabeihaben. Sonst steht man auf sehr verlorenem Posten.«

»Hm. Wie du meinst. Aber mal abgesehen davon, könnte sie dir denn nicht auch sonst helfen, mit deinem Film? Ich meine ...«

»Oh. Vergiss es. Sie hat mir vorhin mehr oder weniger deutlich zu verstehen gegeben, dass ich das Projekt sein lassen sollte.«

»Das hat sie gesagt?«

»Sie meinte, es würde bestimmt ein linkes Rührstück dabei herauskommen, über die armen Täter, die in Wirklichkeit Opfer der Gesellschaft seien, und die Sache sei nicht rund, wenn sie nicht auch etwas in die Kamera sagen dürfe.«

»Dann lass sie etwas sagen«, entgegnete Carl. »Was spricht dagegen?«

»Nichts. Nur dass ich manchmal einfach keinen Wert auf ihre Meinung lege. Besonders in dem Zusammenhang nicht.«

»Interessant, dass sie so über deinen Film denkt. Ich hätte da ganz andere Bedenken.«

»Welche?«

»Dass dir irgendwelche wahnsinnigen Islamisten etwas antun.« Carl unterbrach sich. Er musste sich von ein paar Gästen verabschieden, die in den Garten gekommen waren. Als er fertig war, sagte er zu Niall: »Ich mache mir wirklich Sorgen um dich.«

»Mir passiert schon nichts.«

»Fahrt nicht in den Irak. Sie lassen euch nicht mehr weg. Ihr wärt perfekte Geiseln.«

»Carl, wir überlegen noch. Ich pass auf mich auf, versprochen.«

Sein Onkel sah ihn skeptisch an. »Komm bloß nicht auf

die Idee, den Helden spielen zu müssen, nur um deinem Vater etwas zu beweisen. Oder jemand anderem. Du bist nicht Leonard, und die Situationen, in denen er war, sind nicht vergleichbar mit dem, was der IS gerade treibt. Wirklich, Niall. Pass auf dich auf.«

»Klar.« Aber da war er, der wunde Punkt. Er wollte die Dokumentation ernsthaft durchziehen, und dazu müsste er nach Syrien und in den Irak, um die Spuren von Cemal und Farooq zu verfolgen. Und auch, um der Welt zu zeigen, dass er der Sohn seines Vaters war. Wo er in Wirklichkeit ein Feigling war und sich jetzt schon vor Angst in die Hose machte, weil er wusste, dass Carl recht hatte: Die Wahrscheinlichkeit, in Gefangenschaft zu geraten, war extrem hoch. Und was seine Überlebenschancen betraf: Entweder er überlebte, weil man ihn freikaufte (was höchst unwahrscheinlich war), oder man würde ihn früher oder später töten.

MONTAG

24

»Ich bin gleich frei«, sagte der Taxifahrer. Hinten saß noch ein Gast.

»Ich hab eins bestellt«, sagte Niall. »Das kommt sicher gleich.« Es war schon nach zwei, aber er ging nicht als letzter Gast.

»Ja, mich, ich war sowieso auf dem Weg hierher.«

»Ich bleibe sitzen«, sagte Beth aus dem Taxi.

»Wieso bleiben Sie sitzen? Sie wollten hierher, ich hab jetzt eine Anschlussfahrt«, sagte der Fahrer, ein dünner, kleiner Mann um die sechzig mit einem Akzent wie ein alter Hafenarbeiter und einer Stimme, die man nur von vielen Zigaretten und noch mehr Whisky bekam.

»Das geht in Ordnung«, sagte Niall und stieg zu Beth auf den Rücksitz. »Was machst du hier?«

»Leonard hat gesagt, dass du hier bist. Du bist nicht ans Handy gegangen.«

»Was ist jetzt?«, fragte der Taxifahrer. »Wohin? Und soll die Frau mit?«

»Brixton. Ja.«

»Ach, das ist Ihre Frau?«

»Nein. Könnten wir uns …«

»Aber die Fahrt hierher wird trotzdem bezahlt. Nur, dass das klar ist.«

»Ja. Machen wir. Aber könnten wir uns … Wir würden uns gern in Ruhe unterhalten, ginge das?« Niall hoffte, freundlicher zu klingen, als er es gemeint hatte.

»Klar. Klar.« Der Mann drehte sich nach vorn und fuhr los.

Sie schwiegen einen Moment, dann sagte Beth: »Ich hab jetzt alle Filme angeschaut.«

»Du bist doch noch mal zurückgekommen?«

»Und du warst weg. Ja. Es wurde noch richtig krass.«

»Ich höre.«

»Cemal steigert sich in den paar Wochen so richtig in seine Rolle als Filmemacher rein. Die Off-Texte werden abwechselnd von ihm oder Farooq gesprochen. Wenn er spricht, versucht er sogar, arabischer zu klingen.«

»Er täuscht einen Akzent vor?«

»Und er wird brutaler und abgebrühter. Er filmt sich selbst, wie er mit Tieren übt. Köpft sie, schlachtet sie, er ist da wie besessen. Einmal hackt er jemandem die Hand ab. Sah aus wie eine europäische Geisel, war aber nicht rauszufinden, um wen es sich genau handelte. Und ich bin mir fast sicher, dass er derjenige ist, der auf dem letzten Enthauptungsvideo, das um die Welt ging, der Henker ist.«

»Der Ire von der Hilfsorganisation, der vor über einem Jahr entführt wurde?«

Beth nickte und verschränkte die Arme. Sie trug ein T-Shirt, es war immer noch sehr mild, aber Niall hatte den Eindruck, dass sie fror.

»Serhat hat sich das wahrscheinlich alles angesehen«, sagte er.

»Sie haben sogar darüber geredet.«

Niall rieb sich die Augen. Mit einem Mal war er so müde, dass er sich am liebsten hingelegt hätte. Er bat den Fahrer, ein Fenster zu öffnen. Er brauchte Luft. »Vielleicht hat sich Serhat die Geschichte mit dem Geheimdienst ausgedacht, um besser mit dem klarzukommen, was sein Bruder getan hat.«

»Das ist nichts, was sich überprüfen lässt«, sagte Beth. »Niemand von dem verdammten Geheimdienst würde mit uns reden. Oder so etwas zugeben.«

Niall dachte nach. Wenn Cemal vom MI5 angeheuert worden war, damit man über ihn Informationen über geplante Attentate auf britischem Boden bekommen würde, und es war schiefgegangen? Was dann?

»Gibt es Möglichkeiten, diese Idee einzubauen?«, fragte Niall.

»Wir können seinen Bruder dazu vor die Kamera holen, wir können uns umhören, ob noch jemand aus seinem Umfeld irgendetwas davon mitbekommen hat. Dann tun wir das Übliche: Die Behörden anschreiben und deren Antworten sezieren, wobei man normalerweise in diesen Fällen auf Granit beißt. Es ist auch nicht lange genug her, um ehemalige Mitarbeiter als Whistleblower zu bekommen. Möglicherweise finden wir Experten, die unsere Theorien bestätigen und von vergleichbaren Fällen aus der jüngeren Vergangenheit als Untermauerung erzählen.«

»Klingt alles sehr vage.«

»Du riskierst damit, den Film mit Verschwörungstheorien zu ruinieren. Jedenfalls werden das Kritik und Zuschauer so sehen. Wir bräuchten wirklich mehr.«

Niall schwieg und dachte nach. Beth beschäftigte sich ausnahmsweise nicht mit ihrem Handy, sondern sah aus dem Fenster, als wären sie auf einer Stadtrundfahrt.

»Karen Wigsley will unbedingt vor die Kamera«, sagte er schließlich.

Beth drehte sich zu ihm um und wirkte fast amüsiert. »Sie will immer unbedingt vor jede Kamera. Karen Fucking Wigsley hat nur ein Ziel. Sie will Premierministerin werden und in die Geschichte eingehen. Und zwar so, dass niemand mehr von Maggie Thatcher spricht, wenn es darum geht, wer diesem Land den größten Schaden zugefügt hat.«

»Das würde sie vermutlich ein klein wenig anders formulieren.«

»Du weißt, was ich meine. Ihr Pressesprecher hatte doch letztens erst wieder einen Scheißstress, um eine ihrer Äußerungen zu entschärfen.«

Niall sah sie an. »Diese etwas unglücklichen Aussagen über künstliche Befruchtung bei lesbischen Frauen?«

»›Etwas unglücklich‹ ist aber auch nett formuliert. Außerdem leugnet sie den Klimawandel. Zur Krönung findet man ab und an noch mal ›etwas unglückliche‹ Zitate über ausländische Mitbürger oder Menschen mit Migrationshintergrund. Wenn sie ins offene Messer laufen will, soll sie es tun. Ich stehe daneben und applaudiere.«

Niall bemerkte, wie der Fahrer heftig mit dem Kopf nickte. Natürlich hörte er genau zu, jedes Wort, das die beiden sprachen.

»Früher habe ich immer ›Tante Karen‹ zu ihr gesagt.«

Beth sah ihn irritiert an. »Wie meinst du das? Wenn du ein Bild von ihr in der Zeitung gesehen hast, oder was?«

»Quatsch. Als sie noch mit Carl verheiratet war.«

»Dein Onkel Carl, bei dem du gerade warst?«

»Karen war seine erste Frau. Und weil er ein Cousin meiner verstorbenen Mutter war, habe ich ihn Onkel und seine Frau Tante genannt.« Niall lächelte. »Nicht gut genug recherchiert?«

»Society-Themen sind nicht mein Gebiet.«

»Karen Wigsley fällt ins Politikressort.«

»Seit sie das tut, ist sie nicht verheiratet.«

»Es ist ja auch schon lange her.«

»Muss ich mich jetzt entschuldigen?«, fragte Beth.

»Schon gut.«

Beth sah aus dem Fenster, aber diesmal nicht, um sich die vorbeiziehenden Häuser anzusehen. Mit einem Ruck drehte sie sich wieder zu ihm. »Ich werde meine Meinung über diese Frau nämlich nicht ändern, damit du das weißt.«

»Sie findet es nicht gut, dass wir diese Doku drehen.«

»Hat sie das gesagt? Auf der Party?«

»Und sie hat gesagt, dass sie vor die Kamera will.«

»Okay. Verstanden.« Sie überlegte kurz, änderte dabei ihre Haltung. Jetzt saß sie aufrecht auf der Kante des Rücksitzes, die Hände neben sich aufgestützt, als wäre sie zum Aufspringen bereit. »Niall, es gibt kaum ein besseres Argument, um mich voll zu motivieren. Diesem Geheimdiensthinweis sollten wir dringend nachgehen. Serhat hat sich das nicht ausgedacht, Cemal hat immer wieder Andeutungen gemacht. Die Innenministerin ist für den Inlandsgeheimdienst zuständig. Ich würde sagen, wir machen gleich mal einen Termin. Was meinst du?«

»Änderst du immer so schnell deine Meinung? Ich finde, ich sollte das wissen, wo wir doch zusammenarbeiten.«

Sie sah ihn kühl an. »Machst du bitte einen Termin mit ihr?«

Niall seufzte und zog sein Handy aus der Tasche. »Ich maile ihr.« Er fing an zu tippen und sprach gleichzeitig mit.

»»Liebe Karen, es war schön, dich heute bei Carl und Susan zu treffen. Danke für dein Angebot, dass du für meine Doku als Interviewpartnerin zur Verfügung stehen willst. Wann passt es dir in den nächsten Tagen? Alles Liebe von deinem Niall.‹« Er las alles noch einmal durch, dann schickte er die Nachricht ab.

»›Von deinem Niall‹ – wie süß«, sagte Beth.

»Was? Ich bin nur höflich.«

»Solange du nicht ihre politischen Ansichten teilst, kannst du bei ihr auch mit ›Schnurzelchen‹ unterschreiben.«

»Das wird nicht passieren. Weder das mit den Ansichten noch das ›Schnurzelchen‹.«

»Ich weiß gerade nicht, was mich mehr beruhigt«, sagte Beth, und der Taxifahrer kicherte hörbar.

Niall fühlte sich von der unausgesprochenen Allianz der beiden herausgefordert. Er sagte: »Karen ist nicht sehr differenziert in ihren Aussagen, keine Frage. Vermutlich mögen das die Leute an ihr. Klare Linie, deutliche Ansagen. Es ist nicht meine Linie. Aber man weiß, woran man ist. Und sie kann auf ihre arrogante Art auch irgendwie charmant sein.«

Sein Smartphone, das er noch in der Hand hielt, surrte. Er sah kurz auf das Display. »Sie hat schon geantwortet.«

»Was sagt sie?«

»Moment.« Er klickte sich zur Nachricht. »Wir können morgen mit ihr rechnen. Genaue Uhrzeit und Ort gibt sie noch durch.«

»Schläft diese Frau eigentlich auch mal, oder warum schreibt sie dir um diese Zeit zurück? Es ist gleich halb drei.«

Niall hob die Schultern. »Vielleicht ist sie wirklich wie Maggie Thatcher und schläft nur vier Stunden.«

»Ich traue ihr zu, dass sie einen Weg gefunden hat, gar nicht mehr zu schlafen.« Beth sagte es so kühl und distanziert, wie es ihre Art war, aber Niall spürte die Abneigung, den Hass auf Karen. Er wechselte das Thema.

»Ich würde mich gern noch weiter in der Moschee umhören, ob noch andere etwas über Cemal und Farooq sagen können. Ich will mit Cemals Familie reden. Ich will Farooqs Vater vor die Kamera bekommen, und wenn er uns beschimpft, umso besser. Dann brauchen wir noch Statements von der Gefängnisleitung.«

»Das ist wie beim Geheimdienst: Keiner wird offiziell etwas sagen. Lass mich noch mal darüber nachdenken. Wir kriegen das schon irgendwie hin …«

Das Taxi wurde langsamer.

»Was ist jetzt?« Verwirrt sah sie sich um.

»Wir sind in Brixton. Ich steige jetzt aus.«

»Jetzt schon? Warum habt ihr mich nicht vorher rausgelassen? Ich muss wieder zurück. Ich hab gar nicht so viel Geld dabei.«

»Ich weiß nicht mal, wo du wohnst.«

Beth verdrehte die Augen. »Zwei Stationen von deinem Onkel Carl entfernt.«

Am anderen Ende der Stadt.

»Tut mir leid«, sagte Niall, aber Beth winkte ab.

»Ich nehm den Nachtbus zum Sender und schlaf im Büro.«

Er überlegte, ob er ihr anbieten sollte, mit in seine Wohnung zu kommen. Er könnte auf dem Boden schlafen, sie auf der Couch. Oder so. Er entschied sich dagegen. Dafür zahlte er die gesamte Taxifahrt, auch Beths Anteil, und bat den Fahrer, sie an der Bushaltestelle rauszulassen.

»Ich freu mich jetzt wirklich auf unseren Film«, sagte Beth, als sie draußen waren.

»Ah, jetzt erst?«

Sie machte eine unbestimmte Geste, fast ein Wedeln. »Jetzt besonders.«

»Was ist passiert?«

Beth studierte die Anzeigentafel. Niall sah ihr über die Schulter. Zwanzig Minuten, bis der nächste Bus kam. Nur dass man sich nicht immer darauf verlassen sollte.

»Wenn wir etwas an die Hand bekommen, mit dem wir Karen Wigsley schaden können, tun wir ein sehr gutes Werk«, sagte Beth gelassen. »Mit diesem Geheimdienstgerücht könnte es klappen. Der Gedanke macht mich sehr glücklich.« Sie sah ihn an.

Niall deutete das Zucken um ihre Mundwinkel als Lächeln. »Gute Nacht, Beth«, sagte er und drehte sich um.

»Ja, schlaf gut«, rief sie ihm nach.

Er war müde und Beth alt genug, um allein klarzukommen. Vor allem aber war er sich gar nicht mehr sicher, was er eigentlich tat. Eine Doku drehen, um zu zeigen, was misslungene Integration anrichten konnte? Oder am Sturz der britischen Innenministerin mitarbeiten?

Langsam ging er die Straße hinunter, vorbei an dem endlos lang erscheinenden Gebäude, in dem das Sozialamt war, und dachte über diesen Tag nach, diesen und die Tage davor. Wie wollte er damit klarkommen? Beth war keine geeignete Gesprächspartnerin. Sie hatte nicht einmal den

Hauch von Skrupel, wenn es darum ging, seine langjähri-
gen, fast verwandtschaftlichen Beziehungen zu einer Frau
zu nutzen, um dieser zu schaden. Und sein Vater? Während Beth die Panzerstrategie fuhr, wie sie es nannte, und
alles Schreckliche möglichst abschmetterte – was tat Leonard? Mit ihm zu Harrods gehen, Porzellanfiguren kaufen.
In den Himmel schauen und Sternschnuppen zählen. War
das Verdrängung? Eine Übersprungshandlung? Der Versuch, einfach weiterzumachen? Sich trotz allem noch am
Alltäglichen festzuhalten?

Niall ärgerte sich, dass er das Thema nicht einfach angesprochen hatte. Dass er nicht einfach gesagt hatte: Okay,
ich weiß, der Zeitpunkt ist nicht gerade günstig, wir sind
auf eine Party eingeladen, aber es geht mir nun mal jetzt
und hier schlecht, und wir müssen reden. Ja, das hätte er
tun sollen. Bei Pete, dem Mann, der ihn großgezogen hatte
und den er immer Vater genannt hatte, wäre das kein Problem gewesen. Bei Leonard Huffman fand Niall noch nicht
die richtigen Worte.

Aber Niall hatte gespürt, dass es eines Tages möglich
sein würde. Als er über die Straße zu seiner Wohnung ging,
klingelte sein Handy. Es war eine SMS von Beth. »Alles
okay. Bus kam etwas früher. Oder zu spät? Je nachdem. Bis
gleich.«

Er überlegte, ob sie wirklich keine Ahnung hatte, wie er
sich fühlte.

25

»Es hat sich nun mal so ergeben«, sagte Laura geduldig, als Niall immer noch kopfschüttelnd mit den Händen in den Hosentaschen am Produktionswagen lehnte.

»Nur fragen. Einfach vorher fragen. Das wäre doch was.« Ihm brummte der Kopf. Er hatte keine vier Stunden geschlafen. Die Sonne schien ihm eindeutig zu hell.

»Beth hat gestern Abend gesagt, es sei okay.«

»Ach so. Beth hat gesagt. Dann muss man mir ja nichts mehr erzählen.«

»Sie ist die Producerin«, sagte Laura und hob die Hände in einer Abwehrgeste. »Und sie meinte, sie spricht noch mit dir und sagt dir Bescheid. Macht das unter euch aus.«

Sie parkten vor den Vauxhall Pleasure Gardens, dem Ort, an dem alles begonnen hatte, und warteten auf Mrs Ferguson, die Mutter des ermordeten Jungen. Niall wäre gar nicht auf die Idee gekommen, in dieser frühen Drehphase schon mit ihr zu sprechen, und schon gar nicht hier, wo ihr Sohn seinen Tod gefunden hatte.

»Ich halte das für keine gute Idee und möchte das ehrlich gesagt auch so nicht filmen.« Niall sah Ken an sich vorbeihuschen. »Ken, bring das Equipment wieder hierher. Leg es zurück in den Wagen.«

Ken reagierte nicht, sondern trabte weiter, quer durch den Park, von wo Beth gerade zurückkam.

»Geht es um Eitelkeiten?«, fragte sie, nachdem Laura kurz mit ihr getuschelt hatte.

»Laura, ich dachte, du bist auf meiner Seite«, sagte Niall

und schüttelte wieder den Kopf. »Was ist denn zwischen gestern und heute passiert? Beth, hätte ich mit dir auf den Bus warten sollen? Entschuldige, dass ich nicht mit dir auf den Bus gewartet habe. Es tut mir leid. Aber was ich Laura getan habe, weiß ich wirklich nicht.«

»Bus? Quatsch. Wir machen nur unsere Arbeit«, sagte Beth ungerührt. »Was ist denn dein Problem? Laura hat mit mir diesen Drehtermin klargemacht.«

»Das hättest du mir gestern ruhig sagen können.«

»Da gab es Wichtigeres.« Sie hielt sich die Hand über die Augen und sah in Richtung Park. Niall folgte ihrem Blick: Jogger, Kinderwagen, Eltern, Spaziergänger. Es war sehr viel mehr los als an dem Tag, an dem Paul Ferguson ermordet worden war. Niall fragte sich, wie viele dieser Leute gerade zum ersten Mal hier waren, nur um zu sehen, wo das alles passiert war.

Er sagte zu Beth: »Ihr könnt doch von dieser armen Frau nicht verlangen, dass sie ... hier ...« Ihm fehlten die Worte, und er gestikulierte nur unnütz herum.

»Ach so«, sagte Beth. »Ich dachte schon, es wäre eine Egosache. Ferguson wollte hier drehen. Ich fürchte, sie hat eine PR-Beraterin. Ich hab gehört, dass sie ihre Geschichte an die *Daily Mail* verkauft hat. Morgen kommt ein Rührstück auf der Titelseite, mit Kinderfotos von Paulie.«

Niall sah sie kopfschüttelnd an. »Und wir machen da mit? Wir lassen uns da reinziehen? Ist das euer Ernst?«

»Ja. Wir machen mit. Und haben die Möglichkeit, es genau so zu kommentieren, wie du es kommentieren möchtest. Nämlich als das, was es ist.«

»Riesenscheiße?«

»Auch das.«

Er nickte stumm und ließ den Blick über das Gelände streifen. »Ich will vor allem Bilder von der PR-Beraterin. Ich will nicht das, was sich die beiden für die Kamera ausgedacht haben, sondern alles andere, was drum herum passiert.« Dann wischte er sich mit der Hand übers Gesicht und sah zu der Stelle rüber, an der Paul Ferguson getötet worden war. Er ging den Fußweg entlang, dann ein Stück über den Rasen und stellte sich an die Stelle, von der aus er alles gefilmt hatte. Er sah die vielen Blumen und Kränze, die Stofftiere und Pappschilder, die Fotos von Paul, manche hinter Glas gerahmt, andere in durchsichtiger Plastikfolie. Ein Holzkreuz ragte aus der Mitte des bunten Haufens, und einige Kerzen brannten, im morgendlichen Sonnenlicht kaum zu erkennen.

Kerzen, wie man sie auf christlichen Friedhöfen sah. Grablichter und ein Kreuz. Eine deutliche Aussage. Niall drehte sich um und rief nach Ken und der Kamera. Er selbst bewegte sich keinen Zentimeter von der Stelle, nahm sein Handy und filmte damit die Gedenkstätte.

Ken wies er an, mit der Kamera nah dranzugehen, Details einzufangen. Vor allem aber: Niall zu filmen, wie er die Stelle filmte.

Wenig später tauchte eine schwarz gekleidete Mrs Ferguson auf. Eine Frau im dunkelblauen Businesskostüm bemühte sich, mit ihren hohen Absätzen halbwegs würdevoll über den Rasen zu gehen. Als die beiden näher kamen, sah Niall, dass die andere Frau noch ganz jung war, vielleicht in Lauras Alter. »Draufhalten«, sagte er zu Ken.

»Wie immer?« Er meinte: Auch laufen lassen, wenn es hieß, die Kamera solle aus sein.

Niall nickte. Er ging zur Kamera, sah durch, besprach einige Einstellungen mit ihm. Dann begrüßte er die beiden Frauen. Die jüngere hieß Holly oder Molly, er gab Laura ein Zeichen, sich eine Visitenkarte zu sichern.

Mrs Ferguson war heute stark geschminkt, so wie es sonst nur Schauspielerinnen oder Moderatorinnen waren. Ihr Haar war so sorgfältig zusammengesteckt, dass Niall auf einen nur sehr kurze Zeit zurückliegenden Friseurbesuch tippte. Vermutlich heute Morgen. Sie sah nicht aus wie die Mrs Ferguson, die ihn aus Verzweiflung über den Tod ihres Sohnes geschlagen hatte. Eher wie eine Soap-Variante von sich selbst.

»Ich muss mich entschuldigen«, sagte sie zu Niall.

»Müssen Sie nicht. Wie geht es Ihnen?«

»Ich reiß mich zusammen.«

Er betrachtete sie genau: Unter dem dicken Make-up lagen Augenringe, die Lider waren geschwollen und gerötet. Sie bemerkte seinen eindringlichen Blick und fügte hinzu: »Na gut, der Arzt hilft mir beim Zusammenreißen.«

»Sie bekommen was zur Beruhigung?«

Sie nickte. »Anders geht's gerade nicht.«

»Und Ihr Mann? Ist er noch im Krankenhaus?«

Sie nickte wieder.

»Sie sollten sich ein paar Tage Ruhe gönnen.« Er sagte nicht: Sie sollten jetzt bei Ihrem Mann sein, aber sie verstand ihn auch so.

»Ich muss jetzt das Geld verdienen. Ich hoffe, Sie verstehen das.«

»Es ist nicht meine Aufgabe, über Sie zu urteilen«, sagte Niall.

»Aber Sie denken sich Ihren Teil.«

»Mrs Ferguson, es tut mir aufrichtig leid, was mit Paul geschehen ist. Ich hätte nicht damit gerechnet, dass Sie mit uns reden. Das ist alles.«

»Ich muss«, sagte sie und sah sich kurz um. »Da, vor dem Kreuz, filmen Sie mich da.« Sie ging zu dem Kreuz und stellte sich daneben. »Ist es so gut?«

»Es ist gut so, wie Sie es wollen, Mrs Ferguson«, sagte Niall. Er ließ die Handkamera laufen. Kens Kamera lief längst. »Haben Sie das Kreuz aufgestellt?«

Sie nickte und deutete auf die PR-Beraterin. »Es war ihre Idee. Mein Mann weiß noch gar nichts davon.« Sie betrachtete das Kreuz. »Na, wird ihm schon gefallen.«

»Sie haben mir gerade gesagt, dass Sie jetzt das Geld verdienen müssen. Hat Paul Ihnen von seinem Lohn etwas abgegeben?«

Sie nickte, sagte aber nichts.

»Und Ihr Mann?«

»Arbeitslos. Wir beide.« Sie sprach sehr leise und sah weder zu Niall noch zur Kamera. Niall sah Ken an, aber der hob den Daumen. Der Ton war okay.

»Hatte er Geschwister?«

Sie schüttelte den Kopf und betrachtete das Kreuz. Niall ließ ihr Zeit. Sie streckte die Hand nach dem Kreuz aus, berührte es aber nicht. Mit der Schuhspitze tippte sie ein paar der Teddybären an, die um das Kreuz herumlagen.

Dann sagte sie, ohne sich umzudrehen: »Er wollte studieren. Was mit Ingenieur. Technik oder so. Das war sein Wunsch. Deshalb war er bei der Air Force, um darüber das Studium finanzieren zu können. Er wollte das.«

»Sie waren sicherlich stolz auf ihn?«

»Ja, natürlich.«

Niall verstand, dass sie ihm den Rücken zudrehte, weil sie Angst hatte, vor der Kamera zu weinen.

»Brauchen Sie eine Pause?«, fragte er.

Kopfschütteln.

Er beschloss, sie etwas über sich zu fragen, damit sie sich fangen konnte. »Was sind Sie von Beruf? Wo haben Sie gearbeitet?«

»Ich hab nicht studiert.« Jetzt hob sie den Kopf, sah kurz über die Schulter, wusste aber nicht genau, wo sie hinsehen sollte. Sie drehte sich wieder zu dem Kreuz. »Ich hab mal im Supermarkt gearbeitet. Aber das ist schon lange her. Paul war das ja immer ein bisschen peinlich.«

Ihre PR-Beraterin kam über die Wiese gestöckelt. Sie klatschte in die Hände und rief: »Kleine Pause? Vielleicht kann mal jemand Kaffee besorgen?« Sie kämpfte sich über einen Maulwurfshügel zu Mrs Ferguson und flüsterte ihr etwas zu. Die trauernde Mutter kniete sich daraufhin etwas wackelig zwischen die Blumen, Schilder und Plüschtiere, nahm eine der Grabkerzen in die Hand und sah nervös von einer Kamera zur anderen.

»Ist das so richtig?«, fragte sie.

Die PR-Frau nickte. Niall sagte nichts. Er sah Mrs Ferguson nur an, wie sie da kniete, weil ihr jemand gesagt hatte, es sei gut so für die Presse. Eine schlechte PR-Beraterin, die offensichtlich nicht verstanden hatte, was es bedeutete, für einen Dokumentarfilm vor der Kamera zu stehen. Dass dies nichts mit Maskerade und fertigen Statements zu tun hatte.

Dass die Kamera einfach weiterlief.

Es war nicht immer ganz fair, aber es stand in den Verträgen, die unterschrieben wurden. Nicht alle lasen die Verträge auch durch. Eine gute PR-Beraterin müsste so etwas wissen. Diese hier hatte keine Ahnung.

Niall empfand Mitleid. Er sagte: »Mrs Ferguson, was tun Sie da?«

Sie sah ihn mit großen Augen an und hob die Schultern.

»Tun Sie bitte nichts, was Sie nicht wollen.«

Sie blieb in der knienden Position und sah scheu zu der Frau im Kostüm. »Ich will gar nicht hier sein«, sagte sie leise.

»Warum sind Sie es dann?«

Schulterzucken.

»Hat sie Ihnen gesagt, Sie müssten das tun? Wegen des Geldes?«

Wieder nur Schulterzucken. Die PR-Frau schnappte nach Luft, sagte: »Lassen Sie sich von dem nicht …«

»Mrs Ferguson«, wurde sie von Niall unterbrochen, »diese Frau will Geld mit Ihnen verdienen. Gehen Sie nach Hause. Oder besuchen Sie Ihren Mann im Krankenhaus. Und feuern Sie sie. Das ist mein Ernst.«

Die PR-Frau fing an zu protestieren. Niall sah aus dem Augenwinkel, dass Ken sie im Bild hatte. Seine Handkamera blieb auf Pauls Mutter gerichtet, die langsam aufstand und ohne weitere Worte mit gesenktem Kopf über den Rasen ging, weg von ihnen. Als die Beraterin ihr nachgehen wollte, sagte Niall: »Lassen Sie sie in Ruhe.«

Er hätte nicht damit gerechnet, dass sie tatsächlich stehen bleiben würde, aber sie tat es. Verschränkte die Arme und fluchte leise vor sich hin, nahm dann ihr Telefon und rief sich ein Taxi.

»Ich werde Mrs Ferguson sagen, dass sie Ihnen nichts zahlen soll«, sagte Niall zur ihr.

»Ich habe einen Vertrag mit ihr.« Die junge Frau sah ihn mit kleinen blauen Augen böse an.

»Und wir mit Ihnen. Wir haben alles gefilmt.«

Jetzt stemmte sie die Hände in die Hüften. »Erpressen Sie mich?«

»Nein.«

Sie spähte zur Straße, ob ihr Taxi kam. »Klingt aber so.«

»Wer von uns die zweifelhafteren Methoden hat, sollten wir besser nicht diskutieren, unter diesen Umständen, oder?«

Noch ein bitterer Blick, dann ließ sie ihn stehen und verließ den Park.

Niall merkte, dass Beth hinter ihm stand. Vielleicht war die Frau deshalb gegangen.

»Schöne Bilder waren das«, sagte sie.

»Beschämend.«

»So läuft es, wenn die Leute auf die Titelseiten wollen.«

»Das will sie nicht.«

Beth hob die Schultern und wandte sich zum Gehen. »Wer weiß, wie sie es morgen sieht.«

Niall sah ihr nach, wie sie zum Produktionswagen ging. »Wir bauen ab«, rief er so, dass alle ihn hören konnten.

Dann bemerkte er ein kleines Grüppchen junger Mädchen, die vor dem Kreuz Plüschtiere und Karten ablegten. Er wartete, bis sie gegangen waren, dann ging er mit der Handkamera hin und filmte ihre Gaben.

Auf einer Karte stand: »Du bist jetzt im Himmel. Deine Mörder sind in der Hölle.« Dazu ein gemaltes Herz und ein Engel. Auf der nächsten Karte: »Du bist ein Held!« Ganz viele gemalte Herzen. Niall glaubte nicht, dass die Mädchen Paul Ferguson gekannt hatten. Er fragte sich, wie viele der Stofftiere und Blumen von Menschen kamen, die wirklich etwas mit ihm zu tun gehabt hatten.

Dann entdeckte er ein Pappschild, auf dem in großen, schwarzen Buchstaben etwas geschrieben stand. Ein bunter Wiesenstrauß verdeckte den Text. Er schob ihn beiseite und las: »Wir werden dich rächen. Tod den Muslimen!«

Niall rief nach Beth und zeigte ihr das Schild, als sie neben ihm stand.

»War zu erwarten«, sagte sie.

»War zu erwarten? Aha? Und jetzt? Sollen wir das einfach so liegen lassen?«

Beth ging um die improvisierte Gedenkstätte herum, beugte sich über einige der Karten, schob hier und da Blumen oder Teddys zur Seite. »Nimm die Karte weg. Es werden neue in der Art kommen«, sagte sie währenddessen.

»Wir können doch nicht einfach ...« Niall unterbrach sich. Wozu mit Beth diskutieren. Er schaltete die Kamera aus, nahm das Pappschild und riss es in kleine Stücke.

Beth richtete sich auf. Sie hielt ein rosafarbenes Einhorn in der Hand. Mit dem Zeigefinger tippte sie auf das Plüschhorn und sah ihm zu, wie er auf den Schnipseln herumtrampelte.

»Fühlst du dich jetzt besser?«, fragte sie.

»Nein.«

»Ich habe es geahnt.« Sie setzte das Einhorn vor das

Kreuz. Es sah aus, als würde es die Gedenkstätte bewachen. »Wenn das alles doch nur ganz einfach wäre. Schwarz oder weiß. Dunkel oder hell.« Ohne auf ihn zu warten, ging sie zurück zum Produktionswagen.

Widerstrebend folgte er ihr. Sie hatte recht. Cemal und Farooq hatten Menschen getötet, weil sie einem irren Glauben nachliefen. Und nun stand er hier und ärgerte sich über diejenigen, die Gleiches mit Gleichem vergelten wollten und dabei alle Muslime über einen Kamm scherten. Während der IS wiederum alle aus seiner Sicht Ungläubigen über einen Kamm scherte. Er kam sich vor, als würde er Cemal und Farooq verteidigen, allein dadurch, dass er versuchte, sie zu verstehen. Dabei wollte er nur nicht zulassen, dass friedliche Menschen, die ihre Religion auch friedlich verstanden, zu Opfern wurden.

Wenn doch alles nur ganz einfach wäre.

Am Produktionswagen fragte er: »Wohin jetzt? In die Moschee?«

»Zu Tante Karen«, sagte Beth.

»Tante Karen?« Laura nahm auf dem Rücksitz Platz und spitzte die Lippen. »Du nennst Karen Wigsley Tante Karen?«

»Nicht ich«, sagte Beth und zeigte mit dem Daumen auf Niall. »Er. Sie war mal mit einem Onkel oder so von ihm verheiratet.«

»Wieso fahren wir jetzt zu Karen? Sie hat sich noch gar nicht bei mir gemeldet.« Niall öffnete die Beifahrertür und stieg ein. Ken setzte sich ans Steuer und startete den Motor.

»Aber bei mir«, sagte Beth vom Rücksitz aus. »Sie hat

sich direkt im Sender wegen eines Termins gemeldet. Natürlich nicht sie persönlich, sondern ihr Büro. Wir treffen sie in einer Stunde, haben also noch Zeit.«

»Wo?«, fragte Niall.

»Keine Sorge. Wir müssen gar nicht weit fahren.«

»Wo?«

Beth zeigte in nördliche Richtung. »Eine Brücke weiter und auf der anderen Seite der Themse.«

»Da ist der MI5.«

»Richtig.«

Auf der kurzen Fahrt zur Lambeth Bridge dachte Niall über Serhats Behauptung nach, sein Bruder sei vom MI5 angesprochen worden. Wenn es tatsächlich stimmte, dann war die Sache mächtig schiefgelaufen. Dann hatten die Agenten des Geheimdiensts den Falschen angesprochen, oder er war außer Kontrolle geraten.

Und jetzt bestand die Innenministerin darauf, sich in seiner Dokumentation äußern zu dürfen. Sie stand in ihrer Funktion dem MI5 vor. An sie berichtete der Inlandsgeheimdienst.

»Es gibt wirklich keine Möglichkeit herauszufinden, ob Cemal vom MI5 angesprochen wurde, oder?«, fragte Niall, als sie die Brücke erreicht hatten und Ken links blinkte.

Beth antwortete: »Ich habe recherchiert. Es ist so, dass sich der Geheimdienst auch immer im Umfeld der Leute umhört, die er anspricht. Das heißt, wir könnten uns nun wiederum umhören, ob Freunde und Verwandte von Cemal in der letzten Zeit merkwürdige Begegnungen hatten. Das ist natürlich eine relativ unsichere Methode, bringt uns aber vielleicht weiter.«

»Das tun wir«, sagte Niall entschieden. »Laura, koordinierst du die Vorrecherche?«

Laura schrieb bereits etwas in ihr Notizbuch. »Läuft«, sagte sie knapp, nahm ihr Smartphone aus der Umhängetasche und fing an zu tippen.

Sie nahmen die erste Ausfahrt im Kreisverkehr hinter der Brücke und mussten am Thames House, in dem der MI5 untergebracht war, vorbeifahren, bis eine Haltebucht für Busse am Straßenrand kam. Ken hielt an und ließ die anderen aussteigen, wartete, bis sie das Equipment aus dem Kofferraum geholt hatten, und fuhr weiter, um einen Parkplatz zu suchen.

Der MI6 war nur wenige Schritte vom Tatort entfernt. Der MI5 gerade mal eine Brücke weiter. Niall wusste nicht, ob das alles etwas zu bedeuten hatte. Ironie oder Absicht? Es machte ihn nervös.

Sie gingen ein Stück zurück in den schmalen Park, der zwischen Straße und Themseufer lag. Dort standen bereits Uniformierte, die ein Stück für die Dreharbeiten absperrten. Niall, Beth und Laura mussten sich ausweisen und wurden abgetastet, auch ihre Taschen wurden kontrolliert.

Ken folgte wenige Minuten später und musste dasselbe über sich ergehen lassen. Als Karen schließlich eintraf, bedachte sie Niall mit zwei Luftküssen und schüttelte den anderen freundlich die Hand. Ihre Leibwächter blieben im Hintergrund.

Karens Assistentin hatte die Stelle gewählt, an dem die Kamera zu stehen hatte. Nialls Hinweis, dass er solche Dinge doch lieber selbst entschied, wurde ignoriert. Als sich Karen zu der für sie vorgesehenen Stelle begab, verstand

Niall die Wahl: Im Hintergrund hatten sie nun die Houses of Parliament mit Big Ben, auf der anderen Uferseite war das London Eye klar zu erkennen. Mit nur einem kleinen Schwenker nach links wäre das Gebäude des MI5 im Bild. Karen Wigsley hatte an alles gedacht. Sie oder ihre Berater.

Die Assistentin sagte Niall, dass er keine Fragen stellen dürfe. Die Innenministerin habe bereits etwas vorbereitet und würde dies in die laufende Kamera sprechen. Mehr nicht. Sie hätten eine Viertelstunde.

Karen Wigsley puderte sich noch einmal kurz ab, warf einen kritischen Blick in einen kleinen Handspiegel, zupfte sich ein paar Strähnen zurecht, dann sah sie mit festem Profiblick in die Kamera. »Können wir?«

Niall gab ihr ein Zeichen. Die Kamera lief. Diesmal war es Ken, der mit der Handkamera das filmte, was um sie herum geschah.

Karen sagte ihren Text auf. Sie sprach von einer Tragödie, die sich auf britischem Boden ereignet habe. Dass diese sich nicht wiederholen dürfe. Dass die Terroralarmstufe heraufgesetzt worden sei und weitere Maßnahmen folgen würden. Dass so etwas einfach nicht sein dürfe, zwei britische Staatsbürger, die in einem demokratischen Staat aufgewachsen waren, die dürften so etwas einfach nicht tun. Sie machte noch zwei, drei Minuten Wahlkampf. Niall dachte jetzt schon darüber nach, wo er schneiden würde, wie viel, wie wenig eigentlich von Karens Auftritt zu verwenden war. Sie kam zum Ende: »Unsere Gedanken und Herzen sind bei der Familie von Air Cadet Paul Ferguson, der zufällig zum Opfer zweier Terroristen wurde. Terror trifft immer die Unschuldigen. Terror ist noch sehr viel ungerechter und gefährlicher als Krieg. Wir werden alles tun, damit die Bürger des Vereinigten Königreichs sich sicher fühlen können. Vielen Dank.«

Karen blieb noch eine Weile wie eingefroren. Dann löste sie ihre starre Haltung, nickte zu Niall in die Kamera und winkte ihren Leibwächtern. Die Assistentin bedankte sich bei Laura, Beth und Niall, und eine schwarze Limousine fuhr wie auf Bestellung vor, um Karen und ihre kleine Entourage einzusammeln. Sitzung im Unterhaus, hieß es. Die Polizisten hoben die Absperrung des Parks auf. Niall dachte darüber nach, was sie zum Schluss gesagt hatte. Über Terror und Krieg. Es klang nach dem, was es war: Karen befürwortete den Krieg. Egal welchen. Wenn er ihr nur half, Premierministerin zu werden.

»Das ging schnell«, sagte Beth.

Niall winkte Ken zu sich. »Wir machen noch ein paar Bilder vom Thames House, okay?«

»Niall«, unterbrach ihn Laura, das Smartphone in der Hand.

»Moment. Und dann noch über den Fluss auf das MI6-Gebäude, das kennen sowieso alle aus James Bond, aber egal. Mir geht's um die Entfernungen. Wie nah alles beieinander ist.«

Ken nickte und nahm die Kamera vom Stativ.

»Niall, es ist wichtig«, sagte Laura.

»Ja, klar, schieß los.« Er sah Laura an und zuckte zusammen. Vorhin hatte sie noch völlig normal ausgesehen, aber jetzt war ihr Gesicht wie verzerrt, ihr Blick unruhig. »Ist was passiert? Geht's dir nicht gut?«

»Dein Vater«, sagte sie.

»Was?«

»Er hat eine SMS geschickt. Ans Produktionshandy.« Sie hielt das Gerät so, dass Niall auf das Display schauen konnte. Er nahm es ihr trotzdem aus der Hand.

»›Ich bin entführt worden. Instruktionen folgen‹«, las Niall vor. »Was soll das? Ist das eine Art Code?«

Laura schüttelte stumm den Kopf.

»Ich ruf ihn an.«

»Das hab ich schon. Er meldet sich nicht.«

Niall nahm sein eigenes Telefon und wählte Huffmans Mobilnummer. Er landete direkt auf der Mailbox. Dann rief er ihn im Büro an. Niemand antwortete.

»Hast du ihn heute Morgen im Sender gesehen?«, fragte er sie.

»Was ist los?«, erkundigte sich Beth und stellte sich zu ihnen.

»Leonard.« Niall gab ihr das Produktionshandy. Laura unterdrückte ein Schluchzen.

Beth las die SMS und gab Laura das Handy. »Ich hab ihn im Sender gesehen. Wir sind uns auf dem Gang begegnet.« Sie klang nur minimal angespannter als sonst.

»War er da komisch?«, fragte Niall.

Sie schüttelte den Kopf. »Alles wie immer.«

»Ich ruf die Pforte an.« Laura weinte jetzt.

»Nein.« Niall hielt sie zurück. »Bestimmt ist es ein Missverständnis. Wir sehen erst mal selbst nach.«

26

Niall folgte Beth zu Huffmans Büro. Es war ein großer, heller, spartanisch eingerichteter Raum, lange nicht so voller Technik wie der von Beth. Dafür hing ein riesiger Bildschirm an der Wand. Huffmans Schreibtisch war groß, schwarz, elegant geschwungen wie aus einem Stück. Keine Schubladen, keine Fächer, nichts. Darauf standen ein Laptop und ein Telefon. Eine schlichte Sitzgruppe befand sich am anderen Ende des Raums. Keine Bilder an den Wänden. Der einzige Schrank war ein schmales Bücherregal hinter dem Schreibtisch.

Sämtliche Bücher lagen auf dem Boden verstreut. Der Schreibtischstuhl war umgestoßen worden.

Niall betrat das Büro und ging zum Schreibtisch. Er musste sich sehr konzentrieren, um zusammenhängende Sätze herauszubringen. »Wenn jemand etwas hätte stehlen wollen ... Der Rechner ist noch da. Vielleicht hat Leonard etwas gesucht?«

»Und dabei diese Unordnung gemacht? Nein. Ich rufe die Security an. Die Korridore sind kameraüberwacht.« Beth wählte eine Nummer auf ihrem Handy, ging kurz hinaus. Er konnte ihre gedämpfte Stimme hören, aber nicht genau verstehen, was sie sagte. Niall sah sich weiter um: Sogar die Sessel waren verrückt worden, und als er genauer hinsah, erkannte er, dass auch der große Fernsehbildschirm nicht mehr ganz gerade hing.

»Die Korridore sind kameraüberwacht?«, fragte Niall, als Beth zurückkam.

»Es ist zu unserer eigenen Sicherheit. Ich zitiere nur«, sagte Beth.

»Ah ja.«

»Es könnte uns jetzt helfen. Sie spielen uns die Aufnahmen auf meinen Rechner. Wann genau ist die SMS gekommen?«

»Müssen wir Laura fragen.«

»Die spricht gerade mit dem Pförtner. Lass uns hier raus, wir haben genug gesehen.«

Niall schaffte es nicht, sich zu bewegen. Er blieb einfach mitten im Raum stehen.

»Was ist mit dir?«, fragte Beth.

Er sah sie hilflos an. »Kannst du mich einen Moment allein lassen?«

»Klar.« Sie ging raus und machte die Tür hinter sich zu.

Er stützte sich mit einer Hand auf dem Schreibtisch ab und betrachtete das Chaos. Hier hatte jemand nach etwas gesucht. Jemand, der nicht viel Zeit hatte, der aggressiv vorging ... Der jetzt vielleicht Leonard in seiner Gewalt hatte.

War der Film der Auslöser gewesen? Hatten sie jetzt schon zu viel Dreck aufgewirbelt? Dabei hatten sie noch nicht einmal richtig angefangen. Steckte der IS dahinter? Hatten sie wieder die Gelegenheit genutzt, einen britischen Journalisten zu entführen?

Ich hätte nein sagen müssen, dachte Niall. Ich bin schuld. Ich hätte einfach nein sagen müssen. Mit einem anderen hätten sie die Doku vielleicht nicht gemacht, oder doch? Vielleicht später. Dann wäre das alles nicht passiert. Ich hätte nein sagen müssen. Für ihn. Obwohl er wollte, dass ich ja sage. Ich habe alles falsch gemacht.

Zitternd schleppte er sich zur Tür und weiter zu Beths Büro. Dort war auch Laura. Als sie ihn sah, sprang sie auf und umarmte ihn.

»Es wird bestimmt alles gut«, sagte sie und weinte wieder.

Niall ließ die Umarmung zu, ohne die Kraft zu finden, sie zu erwidern. Laura ließ ihn schließlich los, und Beth sagte: »Setz dich hin.«

Sie öffnete die Mail, die sie von der Security bekommen hatte.

»Laura, wann kam die SMS?«

»Elf Uhr zweiundfünfzig.«

»Wir fangen mit halb sieben an. Er kommt immer früh.« Sie startete das Video. Es war das starre Bild einer Überwachungskamera, die fast direkt auf Leonard Huffmans Bürotür gerichtet war. Beth ging in den Schnellvorlauf. Niall setzte sich neben sie und umklammerte die Armlehnen seines Bürostuhls.

»Sieben Uhr, da ist nichts ... Nichts ...« Sie erhöhte das Vorlauftempo. Hin und wieder sah man jemanden den Korridor entlanggehen, aber niemand blieb stehen, niemand betrat Huffmans Büro, niemand legte ihm etwas vor die Tür. »Ah, hier kommt Leonard, jetzt ist es zwanzig vor acht ...« Sie hielt das Bild an, ging ein Stück in der Aufzeichnung zurück. Auf dem Bildschirm kam Leonard Huffman mit bedächtigen Schritten den Flur entlang. Er hatte keine Tasche oder Ähnliches dabei. Er verschwand in seinem Büro. Danach passierte nichts. Beth erhöhte wieder das Tempo. Gegen acht Uhr ging noch mal jemand an der Tür vorbei. Anschließend zwei Frauen. Wenig später wieder zwei Frauen. Um Viertel vor neun verließ Huffman sein Büro und kam nach zehn Minuten mit einem Besucher zurück. Sie unterhielten sich, gingen hinein, blieben dort achtzehn Minuten lang. Als sie herauskamen, war alles anders. Der Besucher stieß Huffman aus der Tür, schob ihn den Gang entlang, nicht in die Richtung, aus der die beiden gekommen waren und die zum Aufzug führte, sondern in die entgegengesetzte.

»Wer ist das?«, fragte Niall.

»Keine Ahnung. Laura?«

»Nicht zu erkennen.« Sie sah auf ihrem Smartphone nach. »Ungefähr zu dieser Zeit hat jemand namens Paul Ferguson einen Besucherausweis bekommen.« Sie sah auf. »Das ist die Liste von der Pforte.«

»Paul Ferguson? Das ist ein Witz«, sagte Niall.

»Ein schlechter, ja.«

»Wohin gehen die beiden?«

»Jedenfalls nicht auf direktem Weg zur Pforte«, sagte Beth. »Ich ruf die Polizei an.«

»Nein!« Niall stand langsam auf. »Nicht die Polizei. Wir können uns doch noch gar nicht sicher sein. Und ... die werden nichts unternehmen. Auf dem Video hier ist nichts zu sehen. Leonard ist vorübergehend nicht erreichbar. Das wird die nicht interessieren.«

»Die SMS«, sagte Laura.

»Kann alles bedeuten.«

»›Ich wurde entführt. Instruktionen folgen‹ kann also alles bedeuten, ja?« Sie sah ihn aufmerksam an. »Du hast Angst um ihn, oder?«

Er nickte.

»Wir müssen die Polizei informieren.«

»Vielleicht ist doch alles nur ein Missverständnis, und er sitzt zu Hause und ...« Ihm fiel nichts mehr ein.

»Niall«, sagte Beth. »Wir sollten jetzt keine Zeit verlieren.«

Er sah sie an, Tränen in den Augen. »Gib mir noch ein bisschen Zeit. Ich fahre zu seiner Wohnung.« Niall war schon zur Tür hinaus, als ihm noch etwas einfiel. »Hat jemand seine Adresse?«

Laura kämpfte sich durch die entgegenkommende Menschenmenge am Bahnsteig der Central Line, ergatterte zwei Sitzplätze und wartete, bis sich Niall gesetzt hatte. »Du warst noch nie bei ihm zu Hause?«, fragte sie.

»Nein.« Er sah aus dem Fenster, den Menschen auf dem Bahnsteig hinterher, auf das Schild der Station: Oxford Circus.

»Warum nicht?«

Niall schwieg und sah weiter aus dem Fenster, obwohl dort nichts zu sehen war außer der Tunnelwand.

»Ich hab Angst um ihn. Ich habe Angst, dass ihm wirklich etwas zugestoßen ist«, sagte Laura.

»Sein Büro war vollkommen verwüstet.«

»Beth hat es mir erzählt.«

Niall schloss die Augen. »Ich wollte ihn nicht besuchen. Das war mir zu viel. Seine Wohnung, sein Revier. Wollte ich nicht. Klingt komisch, was?«

»Hat er dich mal besucht?«

»Vor ein paar Tagen, ja.«

»Zum ersten Mal?«

Er nickte.

Laura rückte etwas zur Seite, als an der nächsten Station ein paar junge Männer mit riesigen Rucksäcken einstiegen. Sie rochen nach Schweiß und Bier, lachten und sprachen Spanisch.

»Wo habt ihr euch sonst getroffen?«, fragte sie.

»Cafés, Restaurants ... Neutraler Boden.«

»Und jetzt?«

Niall ließ sich Zeit mit der Antwort. Er betrachtete die lauten Spanier, sah dann zu den anderen im Abteil. Manche lasen auf ihren E-Readern, manche beschäftigten sich mit ihren Smartphones, ein paar hatten Zeitungen oder Bücher dabei. Zwei schwarze junge Frauen, die ihre Kinder auf dem Schoß hatten, schnatterten laut und fröhlich miteinander.

»Jetzt denke ich, dass ich ein Idiot war«, sagte er endlich.

»Warum willst du nicht die Polizei rufen?«

»Weil ich Angst davor habe.«

»Weil es das real macht?«

Er schwieg. Er dachte die ganze Zeit darüber nach, was er falsch gemacht hatte. Was er richtig machen könnte. Wahrscheinlich hatte Laura recht, er leugnete vor sich selbst, dass etwas Schreckliches passiert sein könnte.

Er wollte nicht schon wieder seinen Vater verlieren.

Sie stiegen an der Station Notting Hill Gate aus und gingen die Portobello Road hinauf. Niall betrachtete die bunten Häuser mit den Vintage-Shops, die Marktstände, an denen sich Touristen in Gruppen vorbeischoben. Eine bunte Kakophonie, die Lebensfreude versprühte. Er hätte nie vermutet, dass Huffman hier wohnte. Notting Hill, hatte Huffman auf Susans Geburtstag gesagt. Laut und lebendig. Aber Niall hatte sich trotzdem eine ruhige alte Villa in einer Seitenstraße vorgestellt, wenn schon Notting Hill. Eigentlich hatte er ihn immer in Belgravia gesehen, zwischen all den teuren Geschäften und Botschaften. Oder in einem modernen Apartment hoch über der Stadt in einem der neuen Megatower an der Themse.

»Hat er schon immer hier gelebt?«, fragte Niall.

»Ich glaube, die Wohnung hat er schon immer. Jedenfalls sehr, sehr lange. Er meinte mal, heutzutage könne er sie sich nicht mehr leisten.«

»Ich dachte, er ist reich.«

»Ich habe keine Ahnung.«

Vor einem blau gestrichenen Haus, in dem sich unten ein Secondhandladen für Frauenmode aus den Sechzigern und Siebzigern befand, blieb Laura stehen. Sie zeigte auf die Haustür neben dem Schaufenster des Ladens.

»Willst du?«

Sie klingelte. Wartete. »Er macht nicht auf.«

»Nachbarn?«

Laura ging an dem Schaufenster vorbei und betrat den Laden. Durch die Scheibe sah Niall, dass sie mit der Verkäuferin sprach, einer Frau etwa in Nialls Alter mit schwarzer Mähne, blass geschminktem Gesicht und dramatisch umrandeten Augen. Sie sprachen lange. Laura zeigte ihr etwas auf ihrem Handy. Niall drehte sich weg. Er brachte es nicht über sich, den Laden zu betreten – vielleicht aus Angst vor dem, was er erfahren würde.

Der Mann war in den schlimmsten Krisengebieten dieser Welt gewesen, hatte sich freiwillig in lebensgefährliche Situationen gebracht. Er hatte immer alles überstanden. Verwundungen, Krankheiten. Nie war er Rebellen in die Hände gefallen, nie gekidnappt worden. Und dann geschah so etwas hier, mitten in London, nachdem er sich zur Ruhe gesetzt hatte?

Laura kam heraus und hielt einen Schlüssel in der Hand. »Sie hat einen Zweitschlüssel. Für Notfälle. Sie hat gesagt, sie hätte ihn heute Morgen gesehen. Er sei mit jemandem gekommen, dann hätte es oben ziemlich gepoltert, wie beim Möbelrücken. Und gegen Mittag seien die beiden wieder weg.«

Niall sah auf die Uhr. Es war kurz nach eins. »Also noch nicht lange her?«

Laura schüttelte den Kopf. »Sie sagte, ihr sei das alles sehr komisch vorgekommen. Normalerweise würde Leonard ihr immer zuwinken. Und er hätte so gut wie nie Besuch. Sie sagte, sie hätte ihn jedenfalls noch nie mit Besuch gesehen. Der andere Mann sei auch merkwürdig gewesen, er hätte Leonard am Arm festgehalten und richtig vor sich hergeschoben.«

Niall ging an ihr vorbei in den Laden. »Sie haben ihn gesehen? Mit einem anderen Mann? Haben Sie mit ihm gesprochen?«

Die Verkäuferin sah zu Laura, die Niall hinterhergelaufen war. »Wer ist das?«

»Sein Sohn«, sagte Laura.

Der Blick der Verkäuferin veränderte sich sofort. »Du bist das«, sagte sie freundlich.

»Was bin ich?«

»Er hat manchmal von dir erzählt.« Sie lächelte. »Niall, richtig?«

»Äh ...«

»Ich bin Katie. Hi.« Sie reichte ihm die Hand. »Aber ehrlich gesagt sah das vorhin nicht besonders gut aus. Ich wollte zur Tür und fragen, ob alles okay ist. Leonard hat mich nur angeschaut und den Kopf geschüttelt, ganz leicht. Ich hatte das Gefühl, er wollte nicht, dass der andere Typ mitkriegt, dass ich da bin. Und dann sind die beiden reingegangen, und es wurde laut.«

»Wie sah der andere aus?«, fragte Niall.

Sie hob die Schultern. »Anzug. Nichts Teures. Die Sorte, wie Bodyguards und Securitytypen von schicken Läden sie tragen. Überhaupt sah er aus wie einer von denen. Araber, glaub ich.«

»Araber?«

»Ja, ich glaube schon, aber ich weiß es nicht. Wirklich, keine Ahnung. Das war halt so ein dunkler Typ. Vielleicht auch ein Italiener.« Sie überlegte. »Nee, exotischer. Östliches Mittelmeer?«

»Und dann sind die beiden gegangen? War da irgendwas Auffälliges?«

Katie schnaubte. »Kann man wohl sagen. Er hat deinen Vater mehr rausgetragen als sonst was. Also, irgendwie ... gestützt. Aber Leonard hat wieder zu mir rübergeschaut und so die Hand gehoben, als würde er sagen: Halt, nicht einmischen.« Sie hob die rechte Hand, die Handfläche nach außen: Stopp.

»Und du hast nichts unternommen?«

»Was sollte ich denn tun? Er wollte doch nicht.«

»Vielleicht war er verletzt?«

»Vielleicht war ihm nur schwindelig!« Sie verschränkte die Arme. »Dein intensives Interesse an ihm ist aber auch neu, was?«

Niall drehte sich um und ging raus. Laura kam eilig hinterher.

»Gehen wir in die Wohnung?«, fragte sie.

Er nickte und nahm ihr den Schlüssel ab.

»Was fällt dieser Frau eigentlich ein? So mit mir zu reden.«

»Sie ist eine Freundin von Leonard.«

»Behauptet sie.«

»Sie hat seinen Schlüssel.«

»Aber sie kann doch nicht einfach ...« Er hielt inne, blieb stehen.

Laura legte eine Hand auf seinen Unterarm. »Es war wohl auch nicht leicht für ihn, einen Sohn zu haben, ohne ihm ein Vater sein zu können.«

»Er wollte nicht.«

»Er dachte, es sei besser so.«

Niall schüttelte sie ab und ging zur Haustür. Sie ließ sich leicht öffnen, das Schloss war neu. Die beiden gingen die schmale, steile Treppe hinauf in den ersten Stock. Niall schloss die Wohnungstür auf und betrat direkt ein Wohnzimmer, das hell, luftig, freundlich wirken könnte, hätte es nicht ausgesehen, als hätte hier ein betrunkener Mob Pogo getanzt.

Er rief nach seinem Vater, aber es kam keine Antwort. Hinter dem Wohnzimmer befanden sich eine kleine altmodische Küche und eine Gästetoilette. Eine Wendeltreppe führte in das Stockwerk darüber. Niall sah auch dort nach. Ein schlicht und klar eingerichtetes Schlafzimmer mit einem breiten Bett, ein modernes, helles Bad, ein Arbeitszimmer, das auch ein Gästezimmer sein konnte. Eine ganz normale Wohnung. Die systematisch durchsucht worden war, Quadratzentimeter für Quadratzentimeter. Alle Schränke und Schubladen standen offen, was darin gewesen war, lag nun auf dem Boden. Die Betten waren sogar abgezogen worden, die Matratzen aufgeschlitzt. Im Bad waren Kacheln zertrümmert. Der Toilettenkasten stand offen. Sofa und Sessel im Wohnzimmer waren umgestoßen, Unterseite und Polster aufgeschlitzt worden.

Es gab keinen Zweifel mehr. Leonard war entführt worden. Warum hatte er nicht gleich zugelassen, dass Beth die Polizei rief? Warum hatte er sich eingeredet, er würde ihn finden, wenn er nur nach ihm suchte? Wertvolle Zeit war dadurch verloren gegangen.

Es war alles seine Schuld.

»Polizei?«, fragte Laura, und ihre Stimme zitterte.

Niall nickte.

27

Bis zum Abend hatten sich die Entführer immer noch nicht gemeldet. Es gab keine Lösegeldforderung, kein Bekennervideo, kein Lebenszeichen. Die Polizei wertete CCTV-Aufnahmen aus, befragte potentielle Zeugen, tat, was die Polizei eben so tat. Es gab eine strikte Nachrichtensperre, was Leonard Huffmans Verschwinden betraf.

Niall kam kurz vor Mitternacht nach Hause. Er legte sich auf sein Bett und konzentrierte sich auf Huffman. Vielleicht hatte das alles gar nichts mit dem IS und der Dokumentation zu tun. War sein Vater doch freiwillig mit diesem Mann mitgegangen? Er hätte leicht Katie aus dem Vintage-Shop um Hilfe bitten können, aber er hatte es nicht getan. Um sie aus der Sache rauszuhalten? Oder weil die Gefahr für ihn gar nicht so groß war? Warum meldete er sich dann nicht?

Welche Gründe gab es für eine Entführung? In erster Linie Geld. Aber es war keine Forderung eingegangen. War das ein gutes oder ein schlechtes Zeichen? Vielleicht hatte er irgendwo Schulden und konnte sie nicht zurückzahlen. Aber dann hätte sich längst jemand gemeldet. Vielleicht hatte er Fotos gemacht, die jemandem nicht gefielen. Vielleicht hatte er die falsche Frau angemacht, und der Ehemann drehte durch. Warum verdammt noch mal entführte jemand, der kein Geld wollte, einen Menschen?

Nichts ergab Sinn. Aber alles endete bei der Gewissheit, dass Leonard tatsächlich in großer Gefahr war.

Niall spürte heute noch sehr viel schmerzlicher als

sonst, wie wenig er seinen Vater kannte. Alles, was er über ihn wusste, waren die öffentlichen Fakten, die jeder kannte, der sich für Leonard Huffman interessierte. Jahrgang fünfundvierzig, seine jüdischen Eltern waren beide bereits in den Dreißigerjahren aus den damaligen deutschen Reichsgebieten nach London geflohen, hatten sich hier kennengelernt, geheiratet, Leonard war ihr einziger Sohn geblieben. Man sagte ihm nach, es sei sein jüdisches Erbe, das ihn sensibilisiert habe für das Unrecht der Welt, aber Huffman hatte dann immer geantwortet: »Wenn das auf alle Juden zuträfe, und auf alle Menschen, deren Vorfahren Leid und Elend und Verfolgung und Hass ertragen mussten, hätten wir eine andere Welt. Daran kann es nicht liegen.« Er kritisierte die Hamas genauso wie die Dimensionen der Angriffe Israels auf den Gazastreifen, und wenn er seine Haltung zum Krieg, egal welchem, äußerte, dann immer, indem er beide Seiten aufrief, endlich für Frieden zu sorgen. Er sagte stets, dass es nicht seine Aufgabe war zu entscheiden, wer schuld woran war oder wer womit angefangen hatte. »Krieg darf nicht sein«, war seine Maxime. »Es gibt keinen einzigen guten Grund für Krieg.«

Nicht einmal, um sich zu verteidigen?, wurde er dann häufig gefragt.

»Es gibt keinen Verteidigungskrieg«, war die Antwort. »Nur Krieg. Krieg entsteht, wenn einer den anderen angreift. Mit Worten, mit Taten. Hört auf, euch gegenseitig fertigmachen zu wollen.«

Diese Aussagen stammten aus den Achtzigerjahren, und irgendwann war er es müde geworden, sie immer zu wiederholen. Danach hatte er in Interviews, so er welche gegeben hatte, gesagt: »Ich wiederhole mich nur. Ich habe zum Thema schon alles gesagt, was ich in Worte fassen kann. Den Rest sehen Sie in meinen Bildern.«

Wer würde einen solchen Mann entführen wollen?

»Können Sie sich vorstellen, dass er jemanden erpresst hat?«, wurde Niall irgendwann gefragt, als klar war, dass der Tag ohne eine Lösegeldforderung enden würde.

»Er soll jemanden erpresst haben? Wie kommen Sie darauf?«, hatte Niall gefragt.

Detective Inspector De Verell machte sich nicht die Mühe, darauf zu antworten. »Oder er ist auf der Flucht vor jemandem«, bot er an.

Niall hatte De Verell gebeten, mit den Leuten vom Sender zu reden. Mit seinen Freunden. Irgendjemandem, der ihn besser kannte. Der Detective Inspector hatte ihn daraufhin misstrauisch betrachtet.

Die Anti-Terror-Einheit war eingeschaltet worden. Ein arabisch aussehender Mann, der sich mit Huffman im Sender verabredete und Paul Ferguson nannte. Der ihn dann durch die Stadt begleitete – oder zwang – und möglicherweise Büro und Wohnung verwüstete. Der ihn anschließend mitnahm.

Die Polizei hatte ihm gesagt: »Es ist das Beste für Sie, wenn Sie ganz normal Ihrer Arbeit nachgehen. Sie können im Moment überhaupt nichts tun.«

Aber wie sollte er ganz normal seiner Arbeit nachgehen? Angenommen, er könnte sich so weit zusammenreißen und auf die Dreharbeiten konzentrieren – die Polizei hatte das gesamte Material, das sie bisher gedreht hatten, mitgenommen. Die Anwälte des Senders hatten es nicht verhindern können. Unter Berufung auf die Anti-Terror-Gesetze und die bestehende höchste Alarmstufe im gesamten Land hatten sie am Nachmittag Berge von Unterlagen, Festplatten, Speicherkarten und anderem Material eingesammelt und aus dem Gebäude getragen und zugleich ein Verbot ausgesprochen, über diese Maßnahme zu berichten.

»Wir sollen über Blümchen und Bienchen berichten, während ihr hier die Pressefreiheit verletzt, Journalisten einschüchtert und eure Macht missbraucht?«, hatte der Direktor des Senders den Einsatzleiter angebrüllt. »Und alles im Namen der Terrorbekämpfung? Wie scheiße seid ihr eigentlich?«

Er hatte nur die kühle Antwort bekommen, dass er gern ebenfalls mitkommen könne, wenn ihm etwas nicht passe. Da war Niall klargeworden, wie weit die Terrorparanoia ging. Dass sie alle unter Verdacht standen.

Alle.

Sie konnten jetzt nicht mehr weiterdrehen. Wenn sie es täten, würde die Polizei sofort alles Weitere beschlagnahmen. War es das, was die Entführer hatten erreichen wollen? Kein Geld, sondern dass die Dreharbeiten eingestellt wurden, das Material nicht veröffentlicht werden konnte? Gab es etwas, das er noch nicht entdeckt hatte? Oder hatte er bereits etwas so Brisantes gefilmt, dass irgendjemand alles tat, um das Material verschwinden zu lassen?

Musste derjenige denn nicht Angst haben, dass die Polizei beim Sichten der Aufnahmen darauf stieß? War es also etwas, das Niall noch nicht gefunden hatte, auf das er aber zwangsläufig bald stoßen würde?

Deshalb musste er weitermachen. Inoffiziell. Ohne dass die Polizei etwas davon erfuhr. Er musste herausfinden, woran er gekratzt hatte. Dann würde er wissen, warum Leonard entführt worden war. Es war der einzige Weg, ihm zu helfen.

Und dann dachte Niall: Sie würden ihn nicht umbringen. Wenn sie ihn umbrachten, würden die Recherchen weitergehen. Was auch immer es war, das sie verstecken wollten, würde dann ans Licht kommen.

Oder nicht?

Vielleicht ging es nicht um das Ende der Dreharbeiten. Sondern eben doch einfach nur um Geld und Aufmerksamkeit. Wenn der IS Leonard Huffman entführt hatte, würde die Welt zuschauen. Vielleicht war es tatsächlich so einfach.

Niall stand auf und schaltete seinen Laptop ein. Er suchte einen Moment lang im Netz, dann fand er das Video, an das er gerade hatte denken müssen. Auch diesen Link hatte Cemal seinem Bruder geschickt, aber Niall hatte es sich noch nicht angesehen, nur darüber gelesen. Es war vor zwei Wochen durchs Netz gegangen, alle Medien hatten darüber berichtet.

Er startete das Video. Es zeigte einen Gefangenen der IS-Terrorgruppe in einem orangefarbenen Hemd, wie es die anderen getragen hatten, bevor sie hingerichtet worden waren. Diesmal war aber alles anders: Das Video war nicht außen, sondern innen gedreht worden. Die Beleuchtung wirkte durchdacht, die verschiedenen Kamerawinkel ließen auf ein geschultes Auge, vielleicht auf einen Profi schließen. Es war ordentlich zusammengeschnitten, es gab arabische Untertitel. Der Mann in dem Video sah hager und erschöpft aus, seine Augenlider waren rot, wie bei einer leichten Entzündung, die Haut auf den Lippen brüchig, die Zähne fleckig braun. Aber sein Blick war fest auf die Kamera gerichtet. Es war Oliver Chisholm, ein britischer Journalist, der, wie erst jetzt bekannt geworden war, bereits vor fast anderthalb Jahren entführt worden war.

»Mein Name ist Oliver Chisholm. Ich spreche freiwillig und ohne Androhung von Gewalt oder Strafe. Dies ist die erste von mehreren Nachrichten an meine Familie, meine Freunde, meine Kollegen, an die gesamte westliche Welt, vor allem aber an die Menschen in Großbritannien und den USA und an ihre Regierungen. Ich bin Journalist, Fotograf, ich bin seit siebzehn Monaten hier. Meine Regierung war darüber informiert, aber sie hat nichts getan, um mich nach Hause zu holen. Meiner Regierung ist es, genau wie der Regierung der USA, vollkommen egal, was mit ihren Bürgern geschieht. Andere Regierungen kümmern sich um ihre Leute. Sie verhandeln mit dem Islamischen Staat und holen sie nach Hause. Nicht so die USA und Großbritannien. Sie hätten nur die geforderte Summe zahlen müssen, dann wäre ich wieder bei meiner Familie. Das hat man nicht getan. Man wird es auch nie tun. In den nächsten Wochen werde ich erklären, warum das so ist. Es steckt ein Plan dahinter. Meine Familie und meine Freunde durften nicht darüber reden, dass ich hier bin. Es sollte geheim bleiben, damit niemand erfährt, dass meine Regierung mich hier sterben lassen will. Das wird nicht geschehen, noch nicht, weil ich erst die Wahrheit über den geheimen Plan Großbritanniens und der USA enthüllen werde. Nach zwei höchst unpopulären und letztlich verlorenen Kriegen im Irak und in Afghanistan brauchen diese beiden Regierungen Material, das sie fälschen und verdrehen können, um die Medien zu instrumentalisieren und die Menschen zu täuschen. Ich bin zum islamischen Glauben konvertiert und unterstütze mit ganzer Kraft den Islamischen Staat. Meine Botschaften sollen in der ganzen Welt, bei allen Ungläubigen, gehört und verstanden werden. Ich melde mich bald wieder.«

Chisholm sprach mit einem weichen schottischen Akzent. Er zögerte nicht, sein Blick flackerte niemals unsicher, er blinzelte kaum, machte keine nervösen Bewegungen. Wenn es ein Lehrbuchbeispiel für Stockholm-Syndrom gab, dann ihn. Er sprach nicht von Befreiung, er nannte es »nach Hause holen«. Er sprach nicht von Geiseln, Lösegeld, Erpressung. Nicht einmal von Entführung. Dafür von einem geheimen Plan, den die beiden Regierungen verfolgten.

Weder Großbritannien noch die USA verhandelten mit Terroristen. Sie waren nicht die einzigen Regierungen, die dies ablehnten. Fing man einmal an zu zahlen, hatten die Entführer ein lukratives Geschäftsmodell, und nicht nur das: Ab diesem Tag wären alle Menschen mit dieser Staatsangehörigkeit in Gefahr, ebenfalls entführt zu werden. Auch die Geheimhaltung solcher Entführungen war Standard. Keine Panikmache in der Bevölkerung. Keine öffentlichen Diskussionen darüber, ob die Regierung sich nicht doch erpressen lassen sollte. Keine falsch zu verstehenden Zeichen an die Entführer.

Niall setzte sich wieder auf sein Bett. Britische und amerikanische Journalisten. Natürlich. Wie viele hatten sie bereits entführt? Außer den Geheimdiensten und der Regierung wusste dies wohl niemand mit Sicherheit. Und jetzt glaubten sie, mit Leonard Huffman denjenigen zu haben, für den gezahlt wurde. Sie wollten die Regierung erpressen. Sich gleichzeitig einen Profi für ihre Propagandavideos und Fotos holen. Sie waren zynisch und gerissen.

Sein erster Gedanke war richtig gewesen.

Niall wurde schwindelig. Er schaffte es gerade noch so, aufzustehen und ins Bad zu laufen, wo er sich übergab.

Er träumte, wie er zusammen mit seinem Vater die Golanhöhen bereiste. Sie filmten gemeinsam, wie sich Soldaten gegenseitig die Köpfe abschlugen, und Leonard Huffman rief immer wieder: »Noch mal, noch mal, das Licht war nicht gut!«

Nach zwei Stunden Schlaf wachte er auf, noch vollständig angezogen. Er fror, weil er sich nicht zugedeckt, aber geschwitzt hatte. Er fragte sich, warum er wach geworden war. Eine traumartige Erinnerung schwebte noch durch sein Bewusstsein. Etwas, das Huffman einmal zu ihm gesagt hatte.

»Du hast Talent. Und du beherrschst die Technik. Es ist alles da. Was dir noch fehlt, ist die Inspiration, der innere Funke. Die Hingabe.«

Niall hatte geantwortet: »Den inneren Funken hatte ich mal. Und dann bist du aufgetaucht.«

So hatten sie damals miteinander geredet, und jetzt quälte ihn das schlechte Gewissen über die harsche Abfuhr, die er

Huffman immer wieder erteilt hatte. Der Mann, der Interviews verweigerte, aber mit ihm so viel hatte reden wollen, wie um all die Jahre nachzuholen, wie um jetzt, da er alt geworden war, doch noch mehr an Niall weiterzugeben als seine Gene. Warum sonst hätte er dieses Projekt mit ihm machen wollen?

Niall sah auf die Uhr. Es war halb sechs. Er wollte weiterschlafen, sah aber dann, dass sein Handy blinkte. Eine SMS.

Er hoffte, sie wäre von seinem Vater.

Die Nummer war ihm unbekannt. Die Nachricht war bereits um kurz nach zwei Uhr nachts geschickt worden. Im Textfeld stand:

»Mein Bruder Serhat wurde verhaftet. Er soll Ihren Vater entführt haben. Bitte rufen Sie mich an, wenn Sie das lesen. Dilek Bayraktar.«

DIENSTAG

28

Niall klammerte sich an seinen Kaffee und sah Beth dabei zu, wie sie der Frau hinter der Theke erklärte, dass sie wirklich nur heißes Wasser ohne alles wolle und dafür, wenn es sein musste, so viel bezahlen würde wie für einen Kaffee.

»Warum will sie sich hier mit uns treffen?«, fragte Beth, als sie zu ihm an den Tisch kam. »Ist Starbucks ein geeigneter Ort, um den Typen anzuschreien, den man für die Verhaftung seines Bruders verantwortlich macht?«

»Starbucks ist zumindest ein geeigneter Ort, um etwas fürs Wachwerden zu tun.« Er trank seinen Kaffee aus. »Guten Morgen übrigens.«

Sie nickte nur. »Noch nichts von Leonard?«

»Hätte ich dir gesagt.«

»Scheiße.« Sie holte einen Teebeutel aus ihrer Handtasche und warf ihn in das heiße Wasser. Dann sah sie Niall an. »Frag nicht.«

»Ich wollte gar nicht fragen.« Er sah auf die Straße. Auf dem Bürgersteig gegenüber stand eine Gruppe, die nicht nach Touristen aussah. Die Gruppe wurde langsam immer größer.

Dilek Bayraktar hatte ihn, nachdem er ihr um halb sechs eine SMS zurückgeschickt hatte, sofort angerufen.

»Das mit Ihrem Vater tut mir leid«, sagte sie. »Aber mein Bruder war das nicht.«

»Danke. Das glaube ich auch nicht. Ich habe ihn kennengelernt.«

»Gut. Wir treffen uns um neun im Starbucks auf der Kensington High Street.«

»Wann, heute?«

»Ja. In gut drei Stunden. Bis dann.« Dilek Bayraktar hatte einfach aufgelegt, ohne seine Antwort abzuwarten.

Sein erster Impuls war gewesen, Laura zu bitten, ihn zu begleiten, aber dann dachte er, es sei die bessere Idee, Beth mitzunehmen. Vielleicht, weil er Laura ein wenig schonen wollte. Leonards Verschwinden ging ihr sehr nah. Außerdem hatte er keine Ahnung, was nun auf ihn zukam. Beth war - abgebrühter. Und vor allem war sie sofort ans Telefon gegangen, als er angerufen hatte. Er hatte wieder im Ohr, wie sie ihm das mit der Panzerstrategie erzählt hatte. Auch wenn er genau wusste, was sie gemeint hatte, hatte er seitdem hin und wieder das Bild von einer Panzer fahrenden Beth vor Augen. Eine Panzer fahrende Beth, die ans Telefon ging und sich ohne viel nachzufragen bereit erklärte, ihn morgens um kurz vor neun in diesem Starbucks zu treffen.

»Da drüben ist die israelische Botschaft«, sagte Beth, und es klang wie eine Erklärung. Fragend sah er sie an, und sie zeigte durch das Schaufenster auf die immer weiter anwachsende Gruppe. Die ersten hielten ihre Schilder hoch: »Schluss mit den Bomben! Für ein freies Gaza!«, »Gaza soll frei sein!«, »Beendet die Belagerung!«, »Stoppt das Töten!«, »Nieder mit der Apartheid der Israelis!«.

»Ich hab doch nur einen Moment weggeschaut«, sagte Niall. »Wo kommen die alle her? Sind das immer so viele, oder ist heute ein besonderes Datum?«

»Es sind im Moment täglich Demos. Aber heute ist mal

wieder ein Marsch von der Botschaft zur Downing Street angesagt. Beim letzten waren es nach Angaben der Veranstalter hunderttausend Demonstranten. Das wollen sie jetzt jeden Monat oder so machen, bis Frieden in der Region herrscht.«

Auf der gegenüberliegenden Straßenseite wurden palästinensische Flaggen geschwenkt. Die Menge schwappte langsam auf die Straße über und behinderte den Verkehr. Niall betrachtete die einzelnen Menschen: Frauen und Männer, viele, aber längst nicht alle, mit arabischen Wurzeln. Einige Frauen trugen Kopftücher. Viele junge Leute waren dabei, aber nicht nur. Niall konnte auf die Schnelle keine klaren Tendenzen ausmachen, was Alter, Geschlecht oder Herkunft der Demonstranten anging. Nach und nach kamen welche mit unangenehmeren Parolen. »Zionistische Kriegstreiber! Stoppt den Holocaust in Gaza!«, stand auf einem schwarzen Plakat mit weißer Farbe geschrieben. Einer trug ein Pappschild mit einem Hakenkreuz und der israelischen Flagge, die Symbole mit einem Gleichzeichen verbunden. Ein paar der Demonstranten kamen in den Kaffeeladen und holten sich etwas zum Mitnehmen. Es war ein ständiges Kommen und Gehen.

»Sie hat sich einen ziemlich blöden Treffpunkt ausgesucht«, sagte Niall.

»Sie will wohl auch zur Demo.«

»Meinst du? Oh, ich glaube, das ist sie.«

Dilek Bayraktar hatte ihm ein Bild von sich geschickt, damit er sie erkannte.

Sie trug ein Palästinensertuch um den Hals, aber nicht um den Kopf. Dilek hatte langes, fast schwarzes glattes

Haar, das sie offen trug. Ein rundes Gesicht mit großen, wachen Augen. Sie war bekleidet mit Shorts und einem weißen T-Shirt, auf das sie »Freiheit für Gaza!« geschrieben hatte.

Natürlich wollte sie zur Demo.

»Da sind Sie ja«, sagte sie zur Begrüßung und streckte als Erstes Beth die Hand hin. »Dilek, hi.«

»Beth«, sagte Beth. »Das da ist Niall, aber den kennen Sie schon. Irgendwie.«

Der kleine Stehtisch war mit zwei Personen schon überfordert. Zu dritt hatte man fast keine Möglichkeit mehr, sich zu bewegen. Dilek schien das nicht zu stören. »Wo ist die Kamera?«, fragte sie.

»Die Kamera? Ich dachte, wir wollten uns unterhalten. Über Serhat. Und meinen Vater.«

»Genau das. Ich will, dass Sie unser Gespräch filmen. Sie drehen doch diese Doku?«

»Sie sind wegen Cemal hier?«

Irritiert sah sie ihn an. »Nein. Vielleicht auch irgendwie, aber erst einmal geht es um meinen kleinen Bruder.«

Niall wurde ungeduldig. »Und warum soll ich Sie filmen?«

»Damit mir niemand das Wort im Mund herumdrehen kann. Kapieren Sie es nicht? Mein Bruder ist im Knast. Ich werde nicht riskieren, dass man mir auch noch irgendwas unterschiebt.«

Er sah zu Beth. Sie betrachtete Dilek mit offenkundigem Wohlwollen. »Gut. Wie Sie wollen.«

Dilek legte ihr Smartphone auf den Tisch. »Ich möchte zunächst ein Statement abgeben. Ich werde es auch aufnehmen, zumindest Audio.« Sie sah Beth an. »Von mir aus filmen Sie mit dem Handy. Ich rede erst, wenn es dokumentiert wird.«

Ohne ihren Tee loszulassen, nahm Beth mit der linken Hand ihr eigenes Smartphone, hielt es hoch, tippte mit dem Daumen auf das Display und sagte: »Kamera läuft.«

Dilek sah auf das kleine Gerät, und für einen Moment wurde sie unsicher. Sie fasste in ihre Hosentasche und zog einen zerknüllten Zettel hervor, strich ihn glatt und legte ihn vor sich auf den Tisch. Niall sah, dass darauf in klarer, entschlossener Schrift Stichworte notiert waren. Dilek holte Luft, atmete lange aus, brachte sich breitbeinig in Position. Mit Blick in Beths Handykamera sagte sie: »Gestern Nacht kam die Polizei in unser Haus und hat es durchsucht. Sie sagten, sie seien dazu befugt, so wie vor ein paar Tagen, nachdem Cemal ins Gefängnis gekommen war. Nun hieß es, ein Mann sei entführt worden, und weil Cemal während seiner Zeit im Trainingslager Kontakt zu unserem kleinen Bruder Serhat hatte, stünde dieser unter dringendem Tatverdacht. Der Mann, den man entführt hatte, sei der Initiator einer Dokumentation über unseren Bruder Cemal, und offensichtlich wolle Serhat diese Dokumentation verhindern.« Sie machte eine Pause und richtete den Blick auf Niall. »Da die Anti-Terror-Gesetze in Kraft sind, hat er kein Recht auf einen Anwalt, kein Recht darauf, einem Haftrichter vorgeführt zu werden, überhaupt hat er gar keine Rechte mehr. Mein kleiner Bruder Serhat, der noch nie im Leben jemandem etwas getan hat, ist seit gestern Nacht offiziell kein Mensch mehr, denn sonst würden für ihn noch die Menschenrechte gelten. Serhat ist achtzehn Jahre alt und sitzt jetzt vermutlich in einem der schlimmsten Gefängnisse Englands.« Dilek machte wieder eine kurze Pause. Sie sah auf ihren Zettel, drehte ihn um, die Rückseite war leer. Sie wirkte zufrieden. Dann hob sie den Blick wieder zu Niall. »Mr Stuart, ich möchte, dass Sie mit der Polizei reden und denen sagen, dass mein Bruder nichts mit der Entführung Ihres Vaters zu tun hat. Ich weiß, dass die Situation gerade sehr schwer für Sie sein muss. Aber ich weiß auch, dass Sie mich verstehen können. Sie haben Serhat kennengelernt. Er denkt ganz anders als Cemal. Bitte, Mr Stuart. Helfen Sie ihm. Vielen Dank.« Zum Abschluss nickte sie in die Handykamera.

»Wollen Sie, dass ich weiterfilme?«, fragte Beth.

»Unbedingt«, antwortete Dilek. »Also, Mr Stuart?«

»Natürlich rede ich mit der Polizei«, sagte Niall. »Ich glaube auch nicht, dass Ihr Bruder etwas damit zu tun hat. Wirklich nicht. Im Gegenteil. Und … es tut mir wirklich sehr leid. Ich bin sicher, dass sich alles bald regelt und sie ihn rauslassen.« Er musste an seinen kurzen Gefängnisaufenthalt denken. Als er sich vorstellte, sie könnten Serhat das antun, was sie mit ihm gemacht hatten, wurde ihm übel.

Dilek schüttelte den Kopf. »Sie können ihn achtundzwanzig Tage ohne Anklage dadrin behalten.«

»Ich verspreche es Ihnen. Ich werde tun, was ich kann.«

Zweifelnd sah sie ihn an. »Was können Sie tun? Was kann ich tun?« Sie sackte in sich zusammen, ihr Kampfgeist schien sie zu verlassen, jedenfalls für den Moment. »Heute Nacht hielt ich es noch für eine gute Idee, die einzig richtige, mit Ihnen zu sprechen. Jetzt denke ich: Die machen doch, was sie wollen. Wir können überhaupt nichts tun. Gar nichts.«

Niall hätte am liebsten ihre Hand genommen, um sie zu trösten. Er hielt sich zurück. »Hören Sie, wir müssen jetzt beide tun, was wir können.« Ihm fiel etwas ein. »Ich weiß einen Anwalt, der vielleicht helfen kann. Er wurde mir empfohlen, falls ich gegen die Polizei und die Gefängnisleitung klagen will wegen unangemessener Gewaltanwendung.«

Dilek sah ihn aufmerksam an. Da war wieder die Spannung, die aufrechte Haltung. »Haben Sie seinen Namen? Das wäre toll.«

Niall kramte in seinem Portemonnaie. Sein Onkel hatte ihm die Visitenkarte des Mannes gegeben. Seitdem hatte Niall aber weder Zeit noch die nötige Ruhe gehabt, sich bei dem Mann zu melden. Er fand die Karte zwischen ein paar Supermarktquittungen und reichte ihn der jungen Frau.

Sie sah drauf, dann sagte sie: »Kennen Sie ihn?«

»Nein, er wurde mir nur empfohlen.«

»Von wem?«

Beth beugte sich zu ihr. »Darf ich mal?« Sie nahm die Karte, legte sie gleich wieder weg und sah ebenfalls irritiert zu Niall. »Ja, das würde mich auch interessieren.«

»Was stimmt nicht mit ihm?«, fragte Niall.

Die beiden Frauen begannen gleichzeitig, etwas zu sagen. Dilek hob schnell die Hände, gab Beth ein Zeichen, dass sie ihr den Vortritt ließ.

Beth sagte: »Er ist ein Anwalt für weiße Mittelschichtsmänner. Gern auch weiße Oberschichtsmänner. Er ist ganz sicher nichts für Dileks Bruder. Er würde nicht mal mit Dilek reden.«

»Wenn Sie ihn als Anwalt hätten, würde seine Strategie darauf bauen«, ergänzte Dilek, »dass Sie ein weißer Mann ohne Vorstrafen aus der Mittelschicht sind. Engländer in der zwanzigsten Generation, mindestens. Wie heißt es so schön, ein unbescholtener Bürger, ein ehrenwertes Mitglied der Gesellschaft. Es geht ihm nicht darum aufzuzeigen, was mit dem System nicht stimmt.«

Nialls Verwunderung wuchs. »Woher wisst ihr das?«

»Mitglied der konservativen Partei. Guter Freund von dei...« Beth unterbrach sich. »Guter Freund von unser aller Innenministerin.«

»Nie von ihm gehört.«

»Die beiden gehen auch nicht unbedingt zusammen auf Partys. Aber was man so munkelt, sind sie zumindest politisch sehr auf einer Linie.«

Dilek sagte: »Eine seiner spektakulärsten Verteidigungen war der Fall des Bankiers, der Gelder unterschlagen und damit die British National Party mitfinanziert haben soll. Ist schon ein paar Jahre her.«

»Der ist das? Sicher?«

Beth nickte, und Dilek fuhr fort:

»Mir fällt da noch der Vergewaltigungsprozess gegen den einen Radiomoderator ein, wie hieß er gleich. Sie wissen, wen ich meine. Der flog sogar bei dem konservativsten aller Privatsender raus, weil er denen zu rechts war. Wurde von einer schwarzen Prostituierten angezeigt, weil er sie vergewaltigt hat. Für irgendwas bezahlt hat er sie auch nicht. Der saubere Herr Anwalt hat ihn da locker rausgeboxt.«

Niall erinnerte sich an den Fall. Er lag drei Jahre zurück.

Der Radiomoderator war freigesprochen worden, weil man ihm nichts hatte nachweisen können. Der Anwalt hatte die junge Frau in Stücke gerissen: Was zählte das Wort einer Prostituierten? Was zählten die Befindlichkeiten einer Frau, die sich für Sex gegen Bezahlung hergab? Wie glaubwürdig war eine, die noch nicht mal einen britischen Pass hatte? Niall fragte sich, wie Onkel Carl auf die Idee gekommen war, ihm diesen Mann zu empfehlen. Wegen seiner Erfolgsquote? Weil er mit Karen befreundet war?

»Sie sollten mal mit demjenigen reden, der Ihnen diese Empfehlung gegeben hat«, sagte Dilek.

Niall sah sie an, dann Beth. »Es tut mir leid. Ich wusste das nicht. Mir hat der Name nichts gesagt, und ich hatte keine Zeit, mich über ihn zu informieren. Es tut mir sehr leid.«

Dilek nickte stumm. Ihr Blick wanderte nach draußen zu den Demonstranten vor der israelischen Botschaft. Sie schien tief in Gedanken versunken.

»Gehen Sie jetzt zur Demo?«, fragte Beth.

»Ja. Zu Hause sitzen und mit meinen Eltern weinen hilft Serhat auch nicht.«

»Politische oder religiöse Gründe?«

Dilek sah Beth böse an. »Politische, wenn Sie so wollen. Ich demonstriere für den Frieden. Ich bin gegen den Krieg. Ich sage nicht, dass die Hamas aus Unschuldsengeln besteht, aber Israel hat größere Macht, und wer die stärkeren Waffen hat, bestimmt den Krieg, aber auch den Frieden.«

»Sie würden also auch zur Hamas gehen und sagen: Hört auf mit dem Scheiß?«

»Natürlich!«

Beth zeigte nach draußen. »Ein paar von Ihren Mitstreitern würden wohl gern zur Hamas gehen und denen sagen: Ihr seid uns nicht hart genug, ihr tötet zu wenige Israelis.«

Dilek und Niall sahen zur Straße. Eine schwarze Flagge des IS hatte sich unter die Rufe nach Frieden gemischt.

»O scheiße«, murmelte Dilek.

»Das ist also nicht in Ihrem Interesse?«

»Überhaupt nicht. Scheiße. Die machen alles kaputt.«

»Ich finde ja auch, dass die mit den Hakenkreuzen einiges kaputtmachen«, sagte Niall.

»Das ist nicht toll, aber manchmal muss man eben krass sein, um gehört zu werden«, sagte Dilek. »Die IS-Flagge geht aber gar nicht.« Sie schien sich ehrlich zu ärgern.

»Und jetzt?«, fragte Beth.

»Sehen Sie selbst.« Nun zeigte Dilek durch die Fensterscheibe. Eine Schlägerei bahnte sich an. Der Träger der IS-Flagge wurde von ein paar Demonstranten angerempelt und beschimpft. Allerdings schlugen sich auch einige auf seine Seite. Was anfangs noch nach harmlosem Schubsen aussah, weitete sich zu einer Massenschlägerei aus. Die Demonstranten, die bei Starbucks anstanden, um sich Kaffee zu holen, rannten nach draußen. Polizisten waren bereits zur Stelle. Die Menge wurde auseinandergetrieben. Aber die Leute fanden ein paar Meter weiter wieder zueinander und prügelten erneut aufeinander los. Mittlerweile war die Straße mit Menschen überfüllt. Es kamen keine Autos mehr durch. Polizei strömte aus allen Richtungen. Niall vermutete, dass sie Straßensperren errichtet hatten. Er hatte noch nie gesehen, wie schnell es in einer Menschenmenge zur Eskalation von Panik und Gewalt kommen konnte. Die Bedienung war zur Tür gelaufen und schloss von innen ab. Dann ging sie zurück hinter ihre Theke, starrte aber weiter durch die Glasfront nach draußen.

Direkt neben Niall klatschte ein Demonstrant gegen die Fensterscheibe. Erschrocken starrte er in ein schmerzverzerrtes Gesicht, das grotesk plattgedrückt war. Hinter dem Mann, er mochte in Nialls Alter sein, standen vier Polizisten. Zwei hielten ihn an die Scheibe gedrückt, zwei schlugen mit Knüppeln auf ihn ein. Die Polizisten trugen Schutzwesten und Helme.

Dilek fluchte leise vor sich hin. Jetzt waren sie mit der Bedienung allein in dem kleinen Laden.

»Lassen Sie uns raus?«, fragte Dilek.

»Erst wenn die weg sind. Ich riskiere nicht, dass die mir den Laden auseinandernehmen.«

»Gibt es einen Hinterausgang?«, fragte sie.

Die Bedienung sagte: »Der führt in den Hinterhof.«

»Super. Nehmen wir.«

»Der Hinterhof ist meistens abgeschlossen. Außerdem weiß ich nicht, wie es mit der Versicherung aussieht, falls ...«

»Sie schließen uns auf«, sagte Dilek sachlich, bevor die Frau hinter der Theke ausgeredet hatte. Die Bedienung spürte offensichtlich die natürliche Autorität und die Entschlossenheit der jungen Frau und fragte nicht lange nach. Niall war sicher, dass es zu einer komplizierten Diskussion gekommen wäre, wenn er darum gebeten hätte, den Hinterausgang zu benutzen.

Zwei Minuten später standen sie in einer schmalen

Gasse, die von der Kensington High Street abging. Demonstranten und Polizisten rannten an ihnen vorbei. Die Straßenschlacht ging weiter. Verängstigte Passanten, die es nicht rechtzeitig aus der Gefahrenzone geschafft hatten, drückten sich an Häuserwände.

»Wir müssen ganz außenrum gehen«, sagte Dilek. »Ich kenne mich hier aus. Folgen Sie mir einfach. Sie wollen zur nächsten U-Bahn? Ich auch. Auf den Scheiß da hab ich keine Lust.«

»Dilek, hatten Sie wirklich gar keine Ahnung davon, was mit Ihrem Bruder los war?«, fragte Niall im Gehen.

»Mit Cemal?« Sie winkte ab. »Der war frustriert. Er hat immer die ›Ich bin ein Mobbingopfer und alle hassen die Türken‹-Karte gespielt. Und zwar schon bevor irgendjemand etwas gegen ihn sagen konnte. Hat allen proaktiv Rassismus unterstellt. Er war eigentlich immer völlig unpolitisch, nur wehleidig. Er hatte überhaupt keine Ahnung. Bei so einer Demo«, sie zeigte mit dem Daumen über ihre Schulter, »hätte er nicht mal gewusst, wofür oder wogegen man auf die Straße geht. Religion hat ihn auch einen Scheiß interessiert.« Sie blieb stehen. »Und dann fing er an, fünfmal am Tag zu beten und sich einen Bart wachsen zu lassen.«

»Fanden Sie das nicht verdächtig?«

»Doch. Aber unsere Eltern hat das sehr glücklich gemacht. Sie sagten: Der Junge entdeckt endlich unsere Religion. Ich dachte, ihm sei langweilig, weil er arbeitslos war. Ich dachte, er macht einfach irgendeine Mode mit. Dann ist er verschwunden. Wir wussten nicht, wo er war. Wir wussten es wirklich nicht. Damit haben wir nicht gerechnet.«

»Was haben Ihre Eltern dazu gesagt?«

Sie ging weiter. »Nach Cemals Tod? Vater hat gesagt: ›Wir haben die Zeiten hinter uns, in denen wir in den Krieg ziehen. Das waren andere Zeiten, die niemand zurückhaben will.‹ Das hat er gesagt.« Sie blieb wieder stehen und sah Niall an. »So wurden wir erzogen. Nur weil meine Eltern Muslime sind, heißt das nicht, dass sie Dschihadisten aus einem Bergdorf sind, die nicht richtig lesen und schreiben können.«

»Dilek, das hat niemand behauptet. Sie sprechen jetzt aus, was Cemal mit sich herumgetragen hat, hab ich recht?«

Sie schnaufte. »Ja. Wahrscheinlich. Es ist nur so, dass ich ... ach, vergessen Sie's.« Sie drehte sich von ihm weg und ging rasch voran. Erst als sie wieder auf der Kensington High Street waren – vor der Straßensperre und damit auf der halbwegs ruhigen Seite des Tumults – sagte sie: »Seit er tot ist, denke ich manchmal: Vielleicht hatte Cemal recht. Vielleicht haben die Leute ihn wirklich gemobbt. Vielleicht mobben sie mich auch, nur merke ich es nicht, weil ich sehr viel stärker und selbstbewusster bin als er. Ich musste mich schon viel früher als er behaupten. Man muss sich als Frau immer mehr behaupten, wenn man durchkommen will.« Sie warf Beth einen Blick zu. »Ihre Kollegin weiß, was ich meine. Sie ist auch keine, die sich hochschlafen oder von einem Mann aushalten lassen würde.«

Beth hob die Augenbrauen. »Im Leben nicht.«

Dilek lächelte, dann fuhr sie fort: »Ich sage Ihnen was. Ich will nicht, dass mein Bruder umsonst gestorben ist. Ich weiß jetzt, dass es meine Aufgabe ist, noch mehr als vorher, dafür zu sorgen, dass die Menschen in diesem Land aufwachen und kapieren, was alles schiefläuft.«

»Und das bei einer Anti-Israel-Demo?«

»Das hätte eine Friedensdemo sein sollen. Aber ...« Etwas zog ihre Aufmerksamkeit ab. Sie hielt einen Moment inne und folgte mit dem Blick einer kleineren Gruppe, die gemächlich die Straße entlangzuschlendern schien. Beth folgte ihrem Blick, und auch Niall versuchte zu erkennen, was Dilek dort sah. Dann sprach Dilek aber schnell weiter: »Kein Antisemitismus. Aber Anti-Krieg. Für den Frieden. Das bin ich meinem armen, verirrten Bruder schuldig. Und was Serhat betrifft, vielleicht könnten Sie darüber was im Fernsehen bringen?«

»Ich wünschte, ich könnte es«, sagte Niall.

»Dann tun Sie's, verdammt!« Dilek sah aus, als wollte sie mit dem Fuß aufstampfen.

»Dilek, ich werde tun, was ich kann. Ich rede gleich mit der Polizei. Okay?«

Sie sah ihn an, jetzt sehr viel weicher und mit so etwas wie Dankbarkeit im Blick. »Ehrlich?«

»Ehrenwort.«

»Das bedeutet bei uns etwas, das Ehrenwort«, sagte sie. »Bei euch?«

Sie lachte kurz auf. »Jetzt fang ich auch schon an. Bei uns Türken. Sie wissen, was ich meine.«

»Mir bedeutet es auch etwas«, sagte Niall. »Sobald ich was weiß ...«

Sie nickte. »Alles Gute für Ihren Vater«, sagte sie leise. Dann drehte sie sich um und ging in Richtung der Straßensperre.

Niall sah sich nach Beth um, konnte sie aber nirgendwo entdecken. Er rief sie an.

»Kensington Church Street«, sagte sie statt einer Begrüßung. »Warte, ich lass mich gerade ein wenig zurückfallen ... So. Jetzt. Die Typen, denen Dilek so verwundert nachgeschaut hat. Ich bin ihnen hinterher.«

»Warum das denn?«

»Weil die was vorhaben.«

»Was?«

»Sie haben zwar keine Macheten, aber ich rieche Benzin, wenn ich näher komme. Und sie haben in ihre Navis als Ziel die New West End Synagoge eingegeben.«

»Woher weißt du das?«

»Ich hab's gehört. Spracherkennung.«

»Sie wollen dort vermutlich nicht beten, oder?« Niall ging mit schnellen Schritten in die Richtung, in der er Beth vermutete.

»Sie tragen Anti-Israel-Shirts.«

»Scheiße. Polizei rufen?«

»Mach das. Ich sehe zu, dass ich die Typen nicht verliere.«

»Wie weit ist die Synagoge?«

»Viertelstunde. Ach, und sag der Polizei, heute ist Tisch'a beAv.«

»Wer?«

»Sag ihnen, heute ist ein jüdischer Feiertag, und der Morgengottesdienst wird voll sein.« Er hörte, wie sie nach Luft rang. »Ein guter Tag für ein Attentat.«

29

Niall holte Beth ein, bevor sie in die Straße abbog, in der die Synagoge war. Sie zeigte auf die kleine Gruppe von vier jungen Männern in bunten Hemden und einer hochschwangeren Frau, die vor ihr hergingen: gemütliches Tempo, scheinbar keine Eile, kein spezielles Ziel.

Cemal und Farooq hatten auch so gewirkt.

Die Synagoge hatte Niall von Weitem für eine christliche Kirche gehalten: ein rotes Backsteingebäude mit neogotischen Elementen, doch dann erschloss sich ihm die maurische Architektur. Die fünf verlangsamten ihr Tempo und blieben stehen.

Beth zog Niall in die Seitenstraße neben der Synagoge. Sie standen so, dass sie noch sehen konnten, was sich vor dem Gebäude abspielte.

»Hast du die Polizei gerufen?«, fragte Beth.

»Ja. Sind unterwegs. Die brauchen wohl etwas länger, weil sie wegen der Demo unterbesetzt sind.«

»Als hätten sie es exakt so geplant«, sagte Beth mehr zu sich selbst. »Die gesamte Londoner Polizei ist anderswo im Einsatz.«

»Beth, warte, diese Leute tragen weder Anti-Israel-T-Shirts, noch sehen sie so aus, als wären sie gerade auf einer Demo mit lauter gewaltbereiten Demonstranten gewesen. Die Frau ist schwanger.«

»Sie haben sich unterwegs umgezogen.«

»Aber die Frau ist schwanger! Vielleicht verwechselst du sie? Du hast sie doch nur kurz im Vorbeigehen bemerkt.«

»Dilek ist nervös geworden.«

»Sie kann wegen sonst was nervös geworden sein. Ihr Bruder ist im Knast, der andere tot, also wirklich. Vielleicht sind das Touristen? Schau, sie machen Fotos.«

Die fünf betrachteten das Gebäude, zwei von ihnen machten Selfies mit der Kirche im Hintergrund.

»Nein. Das sind keine Touristen.«

»Oder sie wollen zum Gottesdienst?«

»Ich habe sie essen und trinken sehen.«

Niall stutzte. »Versteh ich nicht. Was hat das mit dem Gottesdienst zu tun?«

»Heute ist ein Fastentag.«

Ihm gingen die Argumente aus. »Hat der Gottesdienst schon angefangen?«, fragte Niall.

Beth nickte.

»Ich ruf noch mal bei der Polizei an.« Er wählte den Notruf und ging noch ein Stück die Seitenstraße hinunter, um sicher außer Hörweite zu sein. Die Frau, die seinen Anruf entgegennahm, versicherte ihm mit ruhiger Stimme, dass sie sein Anliegen ernst nahmen und jemanden vorbeischicken würden. So schnell wie möglich. Er solle sich nicht in Gefahr begeben, Ruhe bewahren und warten.

Beth winkte ihn zu sich rüber. »Niall, sie haben Brandbeschleuniger dabei. Ich habe gerade eine der Flaschen sehen können. In den Rucksäcken. Glaub mir.«

Er machte eine beruhigende Geste. »Die Polizei kommt gleich. Wir sollen warten und uns vor allem nicht in Gefahr begeben.« Er hatte gehofft, sein Alles-wird-gut-Tonfall hätte Wirkung auf sie, aber Beth wischte sich mit dem Handrücken über die Augen. Niall sah, dass sie tränten. Beths Lippen zitterten. Sie weinte.

»Was ist los, Beth?«, fragte er leise.

Sie atmete tief durch. »Ihre Gesichter. Der Blick.«

Niall sah zu den fünf jungen Leuten, die immer noch vor der Synagoge standen und sich unterhielten. Die Frau trank einen Schluck aus einer Saftflasche.

»Beth, ich weiß nicht, was du gesehen hast, ich sehe da nur eine Saftflasche. Außerdem, die Frau ist schwanger. Welche Frau würde denn das Leben ihres Kindes …«

»Das ist einer der üblichen Tricks«, unterbrach Beth ihn und räusperte sich. »Darunter ist der Sprengstoffgürtel. Die Männer tragen viel zu enge Kleidung dafür.« Sie packte Niall am Arm. »Wahrscheinlich hat Dilek deshalb so erstaunt geschaut, als sie an ihr vorbeigegangen sind. Weil sie die Frau vor Kurzem noch gesehen hat und sie da noch keinen riesigen Schwangerschaftsbauch hatte. Dilek hat sofort kapiert, dass sie was vorhaben. Verstehst du es nicht? Die Frau ist die Bombe. Die Männer vergießen das Benzin, damit noch mehr Schaden entsteht.«

»Wie kommst du darauf? Das klingt alles …«

»Niall! Ich kenne den Blick eines Selbstmordattentäters. Ich kenne ihn.«

In die Gruppe kam Bewegung: Sie gingen die drei Stufen zum Eingang hinauf.

»Los.« Beth rannte über die Straße.

»Beth, lass uns warten, bis die Polizei da ist!«

Aber sie hatte die schwere Holztür schon in der Hand, bevor sie hinter den anderen zugefallen war. Niall fluchte und lief ihr nach.

Sie war im Vorraum stehen geblieben und sah in die Synagoge. Als sie ihn bemerkte, hielt sie ihn auf und gab ihm zu verstehen, dass er still sein sollte. Er sah nun ebenfalls hinein: ein riesiger, heller Raum mit bunten Mosaikböden, glänzenden Hölzern, viel Gold, hebräischer Schrift an den weißen Wänden. Die schwangere Frau stand in der Mitte des Raums und reckte den rechten Arm hoch. Ein Kabel führte von der Hand zu ihrem Körper. Um sie herum ein Meer aus Köpfen. Nur Männer, alle mit Kippa. Stimmengewirr, einige schrien. Einige waren aufgesprungen und wollte fliehen.

»Nicht bewegen! Ruhe!«, ordnete die Frau an. »Wenn einer von Ihnen die Synagoge verlässt, fliegt hier alles in die Luft. Setzen Sie sich wieder hin.«

Es wurde stiller. Das Platschen einer Flüssigkeit war zu hören. Das Scharren von Füßen. Wer versucht hatte wegzulaufen, kam langsam wieder zurück. Leises Wimmern ertönte aus verschiedenen Richtungen, schwoll an, ging in Getuschel unter.

»Ruhe!«, wiederholte die Frau.

Niall hatte sich fest gegen die Wand gepresst, aus Angst, sie könne ihn entdecken. Beth kauerte neben ihm. Sie hatte die Augen geschlossen, wirkte aber hochkonzentriert.

Er warf einen vorsichtigen Blick auf der Galerie. Dort erkannte er zwei der anderen. Der eine verspritzte etwas aus zwei Flaschen, der andere hatte einen Kanister, den er nach und nach leerte. Die Frauen, die dort saßen, zogen die Köpfe ein, legten schützend die Hände vors Gesicht.

Beth hatte recht gehabt: Der Gottesdienst war voll. Jeder Platz war besetzt. Wie viele Menschen waren hier drin? Fünfhundert? Siebenhundert?

Einige, die von dem Benzin oder Spiritus getroffen wurden, stießen ängstliche, spitze Schreie aus.

Die Frau mit dem Schwangerschaftsbauch umrundete langsam das Lesepult. »Ruhig bleiben. Sonst machen wir ernst.«

»Sie machen so oder so ernst«, flüsterte Beth, ohne die Augen zu öffnen. »Sie will nur Zeit gewinnen, damit überall Brandbeschleuniger verteilt werden kann. Es soll in der gesamten Synagoge brennen. Auch auf der Frauengalerie. Keiner soll lebend rauskommen.«

»Wann kommt denn diese Scheißpolizei?«

»Zu spät.«

»Wir können gar nichts tun, oder?«

»Doch.«

»Doch?«

»Die Frau töten, bevor sie die Bombe zünden kann.«

Sie hatte recht. Nur dass es unmöglich war. Die Frau war jetzt am entgegengesetzten Ende auf Höhe des Thoraschreins. Von den Männern konnte Niall nichts sehen. Er wandte sich zu Beth, die immer noch die Augen geschlossen hatte. Aber etwas an ihr war anders. Jeder ihrer Muskeln schien angespannt, wie bei einer Löwin vor dem Sprung. Er sah wieder hinein. Die Frau tauchte auf der anderen Seite des Lesepults wieder auf.

»Was macht sie?«, fragte Beth leise.

»Sie dreht eine Runde.«

»Eine Ehrenrunde, zum Abschied.«

»Beth, was hast du vor?«, flüsterte Niall. »Lass uns hier abhauen, da ist Sache der Polizei.«

»Dadrin sind gut achthundert Menschen. Wenn du willst, dann geh.« Beth schob sich an ihm vorbei und ging in die Hocke. Sie sah mit weiten, wachen Augen nach drinnen. Die Frau hatte ihre Runde um das Lesepult fast beendet. Gleich würde sie keine zwei Meter von ihnen entfernt sein.

Niall sah das Klappmesser in Beths Hand. Bevor er sie aufhalten konnte, sprang sie ins Innere der Synagoge, direkt auf die Frau zu, riss sie zu Boden. Schreie waren zu hören, Gurgeln. Beth rief: »Raus hier, alle! Sofort raus!«

Niall schaffte es noch hineinzukommen, bevor die Ersten die Flucht ergriffen. Beth stand vor der Frau. Der Schwangerschaftsbauch war zur Seite gerutscht. An ihrem Hals klaffte eine tiefe, blutige Wunde. Ihre Augen waren weit aufgerissen, ebenso der Mund. Sie bewegte sich nicht mehr. Beth hielt ein blutiges Messer in der Hand und hatte einen Fuß auf ihr Handgelenk gestellt, auf die Hand, mit der sie den Auslöser gehalten hatte. Der Auslöser lag neben ihrer Hand, das Kabel führte über den Arm zum Sprengstoffgürtel unter der Bauchattrappe.

»Beth«, sagte er nur, sah sie an. Tränen liefen über ihr Gesicht.

»Wir müssen hier raus«, sagte sie, bewegte sich aber nicht.

Auf der Frauengalerie brach an vier Stellen fast gleichzeitig Feuer aus. Die Männer mussten es angezündet haben. Es fraß sich sofort an der Benzinspur entlang, bewegte sich in alle Richtungen. Längst waren noch nicht alle Menschen in Sicherheit. Gerade die, die von der Galerie kamen, blieben auf den engen Treppen stecken, stolperten übereinander, gerieten in Panik.

Niall sah auf die verrutschte Bauchattrappe der Toten. Was würde geschehen, wenn der Sprengstoffgürtel Feuer fing? Er packte Beth am Arm und riss sie mit sich. Ohne Widerstand ließ sie es geschehen. Sie blieben in der Menge stecken, die versuchte, durch den Durchgang zu gelangen. Niall legte den Arm um Beth und drückte sie fest an sich. Um ihn herum Menschen, die schrien und um sich schlugen. Auf der Galerie prasselnde Flammen. Noch mehr Schreie. Die ersten Menschen brannten.

Niall brauchte einen Moment, um zu begreifen, warum es nicht weiterging. Im Vorraum vor dem Ausgang staute es sich, weil die Frauen von der Galerie herunterkamen. Dann platzte der Knoten, und Niall wurde mit Beth und den anderen nach draußen gespült. Er merkte, dass er über etwas stolperte, über jemanden, der gestürzt war. Auf den Stufen an der Luft, im Tageslicht, glitt ihm Beth fast aus den Armen. Er zerrte sie wieder hoch, schleppte sie noch ein paar Meter weiter.

Rechts und links hatte die Polizei versucht, abzusperren. Die Flüchtenden hatten die Absperrung längst überrannt. Uniformierte liefen zwischen den schreienden Menschen herum. Feuerwehrwagen, Rettungswagen, Einsatzwagen auf der Straße. Vor der Synagoge brachen einige Menschen zusammen, andere verschwanden in Seitenstraßen. Rettungshelfer bahnten sich ihren Weg in das Gebäude.

Beth schien keine Kraft mehr zu haben. Er brachte sie auf die gegenüberliegende Straßenseite, wo sie sich an die Hauswand lehnte. Er hielt sie schützend im Arm.

Dann kamen die ersten brennenden Frauen aus der Synagoge. Sie warfen sich auf den Boden. Feuerwehrleute liefen zu ihnen, schlugen mit Decken die Flammen aus. Es kamen weitere Feuerwehrwagen, weitere Rettungswagen, noch mehr Rettungshelfer, die in der Synagoge verschwanden. Schläuche wurden ausgerollt. Der Lärm der Sirenen schwoll immer weiter an.

Dann hörten sie die Explosion. Ein dumpfer Knall, und sie war vorbei. Das Gebäude stürzte nicht ein. Es gab keine Erschütterung der Nachbarschaft. Nur dieser dumpfe Knall. Auf der Straße war es still geworden, fast gespenstisch. Die Menschen hielten inne, alle Blicke waren auf die Synagoge gerichtet. Für ein paar Sekunden fror die Zeit ein.

Bis ein neuer Schwall durch die Tür kam. Sanitäter, Feuerwehrleute, Verletzte.

Jetzt bemerkte Niall, dass sich Beth fester an ihn geklammert hatte. Er sah sie an, strich ihr über den Arm.

»Wir sind in Sicherheit. Es ist alles gut.« Natürlich war gar nichts gut. Aber sie lebten.

Ein Sanitäter blieb vor ihnen stehen. »Brauchen Sie Hilfe?«

»Nein. Alles in Ordnung.«

»Ihre Frau blutet.« Er zeigte auf Beths Hände.

Beth reagierte nicht. Niall sagte: »Ich kümmere mich drum. Wir kommen klar. Andere sind schwerer verletzt.«

Der Sanitäter ging eilig weiter.

Niall zog sein Shirt aus und wischte damit Beths Hände sauber. Sie hatte immer noch Blut an ihrer Kleidung.

»Ich muss hier weg«, sagte Beth.

»Brauchst du doch einen Arzt? Soll ich …«

»Nein, ich muss hier weg. Sofort.«

»Warum? Ich verstehe nicht, hier ist doch …«

»Polizei. Ich muss weg. Bitte.«

»Wohin?«

»Weg.«

»Beth, ich besorg dir was zu trinken, und …«

»Ich habe eine Frau umgebracht.«

»Ja, und du hast Hunderten Menschen das Leben gerettet. Du bist eine Heldin! Wie hast du das gemacht?«

»Ich geh jetzt.« Beth löste sich von ihm und drängte sich durch die Menschen, die Straße hinauf, weg von der Synagoge, entgegen der Richtung, aus der sie vor nicht einmal einer Stunde gekommen waren. Beth schien mit jedem Schritt schneller und entschlossener zu werden. Er hatte Mühe, ihr zu folgen. Er versuchte, mit ihr zu reden, aber sie ignorierte ihn. Winkte einmal auch energisch ab, um ihm mitzuteilen: Sei still. Sie sah ihn dabei nicht an, ging nur eilig weiter.

An einer Kreuzung bog sie links ab. Vor einem kleinen Laden blieb sie stehen.

»Kannst du mir Wasser kaufen, bitte? Und Taschentücher. Und ein Duschgel oder Seife.«

Er ging hinein und tat es, während sie draußen in der prallen Sonne wartete. Nachdem er ihr die gewünschten Einkäufe gegeben hatte, ging sie weiter, suchte sich eine ruhige Seitenstraße und wusch sich dort Hände und Gesicht. Was von dem Wasser übrig war, trank sie aus. Dann lehnte sie sich an die Hauswand und sah Niall an.

»Danke.«

»Wofür?«

Sie schwenkte die leere Flasche.

»Quatsch. Danke dir. Für diese unglaublich mutige …«

»Ich brauch neue Klamotten«, unterbrach sie ihn.

»Was ist los? Wovor laufen wir weg? Du hast …«

»Hier ist irgendwo die Portobello Road. An der nächsten Kreuzung links, glaube ich.« Sie ging los, sah ihn dabei nicht an.

Kopfschüttelnd folgte er ihr. Er verstand nicht, was in ihr vorging. Aber wie sollte er das auch. Sie hatte das Mutigste und Unglaublichste getan, was er je gesehen hatte. Sie hatte eine menschliche Bombe entschärft. Hunderte Leben gerettet.

Einen Menschen getötet.

Mit einem kleinen Messer. Sie war hingegangen und hatte die Frau einfach getötet. Es hatte ausgesehen wie in einem Film.

Beth ging jetzt wieder sehr schnell. An der Kreuzung bog sie ab. Eine Wohngegend, keine Geschäfte, aber dann kreuzte die Straße die Portobello Road, und sie waren nur wenige Schritte von Leonards Wohnung entfernt.

»Du musst dich auch umziehen«, sagte sie zu Niall.

»Beth, ich mache alles, was du willst, aber du musst jetzt mit mir reden und mir sagen, was los ist.«

»Wir brauchen neue Klamotten.« Sie blieb stehen, sah ihn an. Ihr Blick: müde, flehend.

Niall sagte: »Müssen es neue sein oder gehen auch alte?«

»Alte?«

Er zeigte auf die gegenüberliegende Straßenseite. Sie standen vor einem Secondhandshop.

30

Katie vom Secondhandshop hatte ihnen den Schlüssel zu Leonards Wohnung gegeben und etwas zum Anziehen verkauft. Sie stellte keine Fragen. Wahrscheinlich dachte sie, die beiden hätten ein Verhältnis.

In Leonards Wohnung waren noch überall die Reste des Pulvers, das die Kriminaltechnik benutzte, um Fingerabdrücke sichtbar zu machen. Beth sah sich zögerlich um. Er hatte ihr zwar beschrieben, was hier geschehen war, aber sie sah es gerade zum ersten Mal.

»Was haben die nur gesucht?«, fragte sie leise.

»Beth, wie wäre es, wenn du raufgehst und in Ruhe duschst? Danach geht es dir bestimmt etwas besser. Ich mache hier in der Zeit etwas Ordnung. Oder so.«

Sie nickte und verschwand nach oben. Niall machte sich daran, die umgestoßenen Stühle und Sessel an ihren Platz zu stellen, Schubladen und Schranktüren zu schließen. Dann ging er in die Küche und suchte nach etwas zu trinken. Er fand nur Säfte und Milch, Kaffeepulver und Teebeutel. Er hatte auf etwas Hochprozentiges gehofft. Er suchte im Rest der Wohnung weiter und räumte dabei noch ein wenig auf.

Als Beth aus dem Bad kam und die frischen Sachen angezogen hatte, war seine Suche nach Alkohol noch immer nicht erfolgreich gewesen.

»Mir reicht Wasser«, sagte sie und ging in die Küche, um sich ein Glas zu holen.

Es war absurd, in dieser Situation in der Wohnung seines Vaters zu sein. Niall schrieb eine SMS an De Verell und fragte, ob es immer noch nichts Neues gebe. Er bekam fast sofort Antwort: »Nein, bei Ihnen? Warum sind Sie in seiner Wohnung?«

Erst sah er sich erschrocken um, ob irgendwo eine Kamera stand oder sich noch jemand außer ihnen beiden hier befand. Dann verstand er: Das Gebäude wurde überwacht. Für den Fall, dass die Entführer zurückkehrten.

»War gerade in der Nähe. Nichts Neues bei mir, keine Anweisungen bekommen.«

De Verell antwortete darauf nicht mehr.

»Was machen wir hier?«, fragte er Beth, die aus der Küche zurückkam und sich einen Platz zwischen den aufgeschlitzten Polstern auf dem Sofa suchte.

»Ich musste da weg.«

»Das Krankenhaus wäre vielleicht der sinnvollere Ort für uns gewesen. Ich mache mir Sorgen um dich.«

»Alles in Ordnung«, sagte sie und trank das Glas aus.

»Du hast gerade etwas ganz Unglaubliches getan.«

Sie schüttelte den Kopf.

»Wäre es da denn keine gute Idee, sich was zur Beruhigung geben zu lassen und … mit jemandem zu reden?«

Wieder nur ein Kopfschütteln.

»Beth, warum hattest du ein Messer dabei?«

Sie hob die Schultern. »Hab ich immer.«

»Warum?«

Sie antwortete ihm nicht.

Er sah sie lange an, überlegte, wie er das formulieren sollte, was sich seit dem Anschlag auf die Synagoge Stück für Stück in seinem Kopf zu einem vollständigen Bild zusammengefügt hatte. »Du bist Jüdin?«

Sie nickte.

»In Israel aufgewachsen?«

»Geboren, aufgewachsen, zur Schule gegangen.«

»Wehrdienst gemacht?«

Beth nickte wieder.

»Wie man hört, ist es der härteste Wehrdienst der Welt. Drei Jahre dauert er, oder?«

»Ja.«

»Viele gehen danach nach Goa und knipsen sich mit Drogen den Verstand aus, so gut es geht.«

»Dann bist du ja bestens informiert.«

»Du warst in Goa?«

»Nein, ich bin nach London und habe studiert.«

»Du hast keinen Akzent.«

»Ich war auf der internationalen Schule. Meine Eltern sprechen Englisch. Ich lerne schnell und gut Sprachen.«

»Lernt man das beim Wehrdienst?«, fragte Niall.

»Sprachen?«

»Menschen mit einem Taschenmesser zu töten.«

»Jeder kann einen anderen Menschen mit einem Taschenmesser töten.«

»Die wenigsten tun es.«

»Die wenigsten müssen sich entscheiden, ob sie zusehen, wie achthundert Menschen sterben, oder ob sie etwas dagegen unternehmen.«

Er wusste nicht, was er darauf sagen sollte. Sie schwiegen beide eine Weile. Niall vermied es, sie anzusehen. Er schloss die Augen, sah dann aber brennende Menschen aus der Synagoge kommen. Sah die Frau mit dem aufgeschlitzten Hals, Beths Fuß auf ihrer Hand. Er machte die

Augen wieder auf und starrte auf den schwarzen Fernseh-bildschirm.

»Ich dachte, ich müsste mich verstecken. Deshalb sind wir hier«, sagte Beth.

»Die Polizei weiß längst Bescheid.«

»Dass ich …«

»Nein. Dass wir hier sind. Sie überwachen natürlich die Wohnung.« Er sah zu ihr rüber. Sie hatte die Beine ange-winkelt und den Kopf auf die Knie gelegt. »Beth, ich hab vor dem Anschlag den Notruf gewählt. Sie haben uns so oder so auf dem Schirm. Und ich wüsste nicht, warum du dich verstecken müsstest. Du hast Hunderte Menschen gerettet. Das war Nothilfe. Oder Notwehr. Je nachdem, wie man es sieht. Beides, vermutlich.«

Beth lehnte sich zurück, legte den Kopf auf die Rücken-lehne des Sofas, als wäre er zentnerschwer und ihr Hals könnte das Gewicht nicht allein tragen. »Niall, tu mir ei-nen Gefallen. Sag der Polizei nichts.«

»Wie stellst du dir das vor? Hast du mir nicht zugehört? Ich habe den verdammten Notruf gewählt!«

»Und ich hab's dir auch noch aufgetragen. Ach, Schei-ße.«

»Du hast doch alles richtig gemacht.«

»Während meines Wehrdiensts habe ich immer ge-hofft, ich müsste niemanden töten. Ich bin aus Israel weg, weil ich Angst hatte, ich müsste eines Tages jemanden tö-ten. Vor genau dieser Situation hatte ich immer Angst. Ein Selbstmordattentäter, und ich muss etwas tun, um ihn auf-zuhalten. Wir haben solche Szenarien durchgespielt. Das ist jetzt alles fast zwanzig Jahre her. Ich dachte wirklich, das alles sei gar kein Thema mehr.« Sie stand auf und ging die Treppe hinauf. Er hörte, wie sie ins Bad ging. Mit ihrem Smartphone in der Hand kam sie wieder runter.

»Es gibt einen Hashtag auf Twitter für den Anschlag. #newterror.« Sie klickte sich durch die Tweets. »Die Leute haben sogar währenddessen aus der Synagoge heraus getwittert. Um Hilfe gebeten.«

»Deshalb waren so viele Einsatzkräfte vor Ort. Steht da was über dich?«

Sie nickte. »Und es ist auch schon in den anderen Medien. ›Polizei sucht nach unbekannter Retterin.‹« Sie sah Niall nicht an. »Ich will das nicht.«

»Andere würden sich der Presse vor die Füße werfen, um auf die Titelseite zu kommen«, sagte Niall.

»Du verstehst mich. Das weiß ich.«

»Klar«, antwortete er, obwohl er sich nicht sicher war, ob er sie wirklich verstand. Ihn hatten sie als Helden feiern wollen, obwohl er keiner war. Er hatte nichts getan, außer mit dem Handy einen Mord zu filmen, den er nicht hatte verhindern können. Er hatte allen Grund, nicht auf die Titelseite zu wollen.

»Es ist ein Bekennervideo online.« Beth setzte sich auf die Armlehne des Sessels, in dem er Platz genommen hatte, und hielt das Display so, dass er etwas sehen konnte.

Zwei bärtige Männer saßen vor einer Flagge des IS. Sie sprachen direkt in die Kamera. »Wir glauben nicht länger daran, dass es eine politische Lösung für Palästina mit Israel geben kann. Die Hamas hat versagt. Die PLO hat versagt. Wir glauben an die Befreiung Palästinas durch die Truppen des Islamischen Staats. Wir werden den Islamischen Staat unterstützen und Israel bekämpfen. Überall auf der Welt. Wenn ihr dieses Video seht, sind wir tot. Wir haben Hunderte Juden mit in den Tod genommen, so wie die israelische Regierung jeden Tag Hunderte von uns tötet. Wir bereuen es nicht.« Dann murmelten beide noch etwas auf Arabisch.

»Ja, die beiden waren mit dabei«, sagte Beth.

Niall hatte keine Ahnung, ob er die Männer schon einmal gesehen hatte oder nicht. Er würde es bald aus den Nachrichten erfahren, ob die aus dem Bekennervideo wirklich auch unter den Attentätern in der Synagoge waren.

»Was ist mit der Frau?«, fragte er.

»Männer werden ernster genommen. Vermutlich ist sie deshalb nicht im Video.«

Niall rieb sich das Gesicht. »Meinst du, sie haben etwas mit Cemal und Farooq zu tun? Zwei Attentate. In so kurzer Zeit. In derselben Stadt. Beide mit Bezug zum IS.«

Sie hob die Schultern. »Vielleicht. Vielleicht wollten sie aber auch nur die Aufmerksamkeit der Medien nutzen.«

»Wer eine voll besetzte Synagoge mitten in London anzündet, bekommt immer Aufmerksamkeit.«

Beth steckte ihr Handy ein. Die Kleidung, die sie in Katies Laden gekauft hatte, war eigentlich für Männer gedacht. Eine weite Stoffhose, ein schlichtes Hemd. Es stand ihr ausgezeichnet.

Er fragte sich, wie sie die Ereignisse wegsteckte. Noch vor einer Stunde war sie fast zusammengebrochen. Jetzt hatte sie sich das Blut abgewaschen, geduscht und sich umgezogen und war wieder die alte Beth. Sie sagte: »Die

Angst bei den Menschen ist sehr viel größer, wenn es noch andere Anschläge gab. Sie denken dann nicht mehr, dass es etwas Singuläres war, sondern dass es jederzeit und überall so weitergehen kann. Ab sofort werden sich die Menschen kaum noch aus dem Haus trauen.«

MITTWOCH

31

Gegen vier Uhr morgens gab Niall die Versuche, Schlaf zu finden, endgültig auf. Draußen wurde es hell. Er beschloss, in den Sender zu fahren.

Er kam dort um halb sechs an, und Beth saß schon vor den Monitoren in ihrem Büro und begrüßte ihn wie jeden Morgen. So, als sei gestern nichts geschehen.

»Was Neues?«, fragte sie ihn.

Er nickte. »Ich habe abends noch viel telefoniert. Und De Verell war bei mir. Er wusste, dass wir in der Synagoge waren. Er wollte wissen, was ich gesehen habe. Ich habe ihm die fünf Attentäter so gut ich konnte beschrieben.«

Beth sah ihn an. »Und sonst?«

»Nichts sonst.«

»Damit war er zufrieden?«

Er erzählte von dem Gespräch, das DI De Verell und DI Gilpin mit ihm in seiner Wohnung geführt hatten. Sie fragten: *Wie kamen Sie darauf, dass diese Leute etwas vorhaben könnten?*

»Wahrscheinlich war ich übersensibilisiert. Jemand sagte, die Frau sei letzte Woche noch nicht hochschwanger gewesen, das hat mich sofort misstrauisch gemacht.«

Jemand?

»Ich habe das nur aufgeschnappt. Und dann haben sie sich andere Oberteile angezogen und es roch irgendwie in ihrer Nähe nach Benzin. Und dann sagten sie noch etwas von der Synagoge, dass sie da hingehen würden, und haben die Adresse ins Smartphone eingegeben.«

Sie standen so nah bei denen?

»Ja, ich habe sie verfolgt, bis zur Synagoge. Dort habe ich auf die Polizei gewartet, ich hatte ja schon den Notruf abgesetzt, und als keine Polizei kam, bin ich reingegangen. Aber da herrschte bereits Chaos, und alle stürmten raus.«

Aber Sie waren doch nicht allein. Es war doch noch jemand bei Ihnen.

»Ach so. Ja. Meine Kollegin. Die war ganz schön erschrocken. Wir waren fassungslos. Erst haben wir unsere Hilfe angeboten, aber die Rettungshelfer meinten, es wäre besser, wenn wir aus dem Weg gehen. Dann sind wir ein bisschen rumgelaufen. Das muss man ja erst mal verarbeiten.«

Und sind in der Wohnung von Ihrem Vater gelandet.

»Und sind in der Wohnung von meinem Vater gelandet. Ja.«

Niall sagte Beth, dass er den Eindruck hatte, man hätte ihm geglaubt. Gilpin hätte sich sogar noch bei ihm bedankt. Er musste ihnen Beths Namen und Telefonnummer geben, aber wenn sie sich noch nicht gemeldet hatten, würde vielleicht nicht mehr viel passieren. Oder erst in ein paar Tagen.

»Oder in fünf Minuten. Wir werden sehen«, sagte Beth. Und dann: »Danke.«

»Klar.«

»Nein, wirklich. Danke.«

»Nennen wir es: Quellenschutz.«

Sie deutete ein Lächeln an. »Das ist eine sehr kreative Interpretation. Sie werden es Falschaussage nennen.«

»Wir werden sehen.«

»Jetzt bist du gerade sehr mutig.«

»Wir werden sehen.«

Er konnte sich nicht erinnern, Beth jemals wirklich lächeln gesehen zu haben, sodass es ihr ganzes Gesicht erhellte. Jetzt tat sie es, wenn auch nur kurz.

»Ich habe Twitter und Facebook durchforstet. Da ist ...«

»Du hast die ganze Nacht nicht geschlafen, richtig?«, unterbrach er sie.

»Ich habe etwas geschlafen, doch. Auf Twitter und Facebook habe ich zwar einige Einträge gefunden, aber niemand hat Fotos gemacht.«

»Es wundert mich, dass überhaupt jemand den Nerv hatte, das Telefon in die Hand zu nehmen und was zu tippen.«

»Da sind wir wieder beim Thema: mutige Menschen«, sagte Beth. Sie deutete auf einen Bildschirm. »Der Premierminister hat schon alle Telefongesellschaften und Anbieter von Social-Media-Seiten aufgefordert, enger mit den Geheimdiensten zusammenzuarbeiten.«

Niall setzte sich auf seinen Stuhl. Er sah von einem Bildschirm zum nächsten, sah auf die Rechner, die Keyboards, den Laptop, auf die Lautsprecherboxen, die neben den Monitoren standen. Durch das Nordfenster drang kaum Licht. Vorhin war er durch die Morgensonne gelaufen und hatte für einen kurzen Moment geglaubt, alles würde doch noch gut werden, irgendwie. Jetzt saß er in diesem dämmerigen, künstlich beleuchteten Raum und wusste, dass gar nichts gut werden würde. Er dachte daran, wie gern er es hätte, dass die Geheimdienste alles wussten und immer über alles informiert wurden. Dann wüssten sie jetzt auch, wo sein Vater war und wer ihn entführt hatte. Die totale Überwachung. Die totale Aufhebung der Privatsphäre. Wie schnell er bereit war, seine Grundsätze über Bord zu werfen und zu akzeptieren, dass Menschenrechte von der Regierung eines demokratischen Staats missachtet wurden. Nur um einen Menschen zu retten. Seinen Vater.

Er stand auf. »Ich hol mir einen Kaffee.«

»Bring mir einen mit.«

»Ich geh eine Runde raus und hole mir dann einen Kaffee. Ich muss ein bisschen allein sein.«

»Verstanden.« Sie nickte, konzentrierte sich wieder auf ihre Arbeit am Rechner: Berichte über den Anschlag auf die Synagoge zu lesen. Von Bloggern, von Journalisten. »Wir könnten das in die Doku einbauen, wenn es damit endlich weitergeht«, murmelte sie.

Niall reagierte nicht darauf. Er verließ ihr Büro.

Nichts Neues von seinem Vater. Darüber hatte er mit Gilpin und De Verell gestern Abend auch gesprochen. Dass er immer noch keine Anweisungen bekommen hatte. Dass er nicht verstand, was los war. Dass er sich die größten Sorgen machte. Tat die Polizei überhaupt etwas? Oder konzentrierte sich gerade jeder Polizist in England auf die Terrorattentate?

»Es gibt eine Task Force, die nichts anderes tut, als nach Ihrem Vater zu suchen. Allerdings glauben wir tatsächlich, dass es eine Verbindung zu den Terrorattentaten gibt. Das liegt auf der Hand«, hatte Gilpin gesagt. »Es ist aber nicht die einzige Richtung, in die wir ermitteln.«

Viele Worte darum, dass sie immer noch keinen Schritt weiter waren.

Niall ging an den Aufnahmestudios vorbei. Ein großer, breit gebauter Mann im Anzug stand im Flur und unterhielt sich mit seinem Headset. Niall erkannte ihn, es war einer von Karen Wigsleys Leibwächtern.

Niall blieb stehen und zeigte auf die Studiotür. »Hi, ist die Innenministerin gerade dadrin?«

Der Mann musterte ihn, schien ihn zu erkennen, nickte knapp. Niall öffnete die Tür und schlich sich rein.

Vor der Kulisse der Nachrichtensendung saßen Karen und eine Moderatorin. Die Moderatorin sprach gerade von möglichen Waffenlieferungen an Israel. »Zum jetzigen Zeitpunkt ist das keine populäre Entscheidung.«

Karen reagierte darauf, indem sie einen Moment schwieg. Etwas, das man von ihr nicht kannte. Gerade wollte die Moderatorin eingreifen, als Karen sagte: »Ich habe das, was ich jetzt sagen werde, nicht mit dem Premierminister abgesprochen. Es kann, ach, was sage ich da, es wird mich meinen Job kosten, aber das ist mir die Sache wert. Also. Leonard Huffman wurde von Mitgliedern des IS verschleppt.«

»Der Leonard Huffman? Der Fotograf?«, fragte die Moderatorin.

Karen nickte knapp, fuhr fort: »Wir warten noch auf eine Lösegeldforderung. Wir sind auch in diesem Fall nicht bereit zu zahlen. Aber ich möchte, dass diesmal die Bevölkerung von Anfang an darüber informiert ist. Leonard Huffman hat uns wie kein anderer gezeigt, was in den Kriegsgebieten dieser Welt wirklich geschieht. Seine Bilder erinnern uns immer wieder daran, dass Krieg das Furchtbarste ist, was Menschen anderen Menschen antun. Aber manchmal hat man keine Wahl. Manchmal muss man das Leben weniger Menschen riskieren, um viele zu retten. Manchmal muss man angreifen, um sich zu verteidigen. Der Islamische Staat fordert uns heraus. Wir müssen handeln.«

»Wie meinen Sie das? Wir sprachen von den Waffenlieferungen an Israel. Wie passt Huffman da rein?«

Karen verzog säuerlich das Gesicht. »Drei Verbrechen in nicht mal einer Woche durch den IS. Zwei Attentate, eine Entführung. Insgesamt sind fast hundert Menschen gestorben, sehr viel mehr wurden verletzt. Die Attentate richteten sich gegen die britische Regierung, aber auch gegen den Staat Israel. Huffman ist Jude, er arbeitet gerade an einer Dokumentation über die Attentäter, die Paul Ferguson getötet haben. Das ist doch eine deutliche Botschaft.« Sie sah auf ihre Armbanduhr, dann zur Moderatorin. »Ich fürchte, ich muss jetzt zurück. Danke für Ihre Zeit. Ich gehe mal nachsehen, ob ich noch Mitglied dieser Regierung bin.« Karen Wigsley lächelte grimmig und verließ das Studio.

Niall starrte auf den leeren Platz, den sie hinterließ.

»Wir haben noch keine Lösegeldforderungen bekommen«, hatte sie gesagt. Niall musste an das Video von dem entführten Oliver Chisholm denken. Jetzt war ihm alles so klar, dass er nicht verstehen konnte, wieso er nicht längst darauf gekommen war. Wer sagte eigentlich, dass Niall derjenige sein würde, der Instruktionen von den Entführern erhielt? Warum sollten sie ihn, seinen Sohn, kontaktieren, wenn sie gleich die gesamte britische Regierung erpressen konnten?

Niall rannte aus dem Studio, raus auf den Flur, wo der Bodyguard gestanden hatte, aber der war jetzt weg. Er rannte zum Ausgang, und da stand sie, vor dem Sendergebäude, mit ihren Bodyguards und Beratern und Assistenten. Niall drängte sich zu ihr vor und packte sie an den Schultern.

»Du hast von ihm gehört? Du weißt, wie es ihm geht?«

Er wurde zurückgerissen. Jemand packte ihn an beiden Armen, dann legte sich etwas um seinen Hals. Ihm wurde schwarz vor Augen, das Letzte, was er sah, war Karen, die auf ihn einbrüllte, nur dass er sie nicht hören konnte, denn er verlor das Bewusstsein.

32

Carl kam am frühen Abend bei Niall vorbei.

»Und du kannst gar nicht rausgehen? Bei dem schönen Wetter?«

»Ich kann schon. Ich will nur nicht.« Niall hatte sich, seit er zu Hause angekommen war, kaum vom Sofa wegbewegt. Der Kreislauf, hatte man ihm gesagt, zu wenig Schlaf, zu viel Aufregung, das kann auch bei einem erwachsenen Mann schon mal passieren. Niall war tatsächlich einfach ohnmächtig geworden, nachdem sich einer von Karens Bodyguards auf ihn gestürzt hatte. Er war nicht verletzt worden. Möglicherweise hatte ihn der Mann etwas unglücklich mit der Armbeuge am Hals erwischt, und Niall hatte zu wenig Luft bekommen. Der Notarzt war jedenfalls überzeugt, dass mit ihm alles in Ordnung war und er nur etwas Ruhe brauchte.

Beth und Laura hatten ihn daraufhin in die U-Bahn gesetzt und aufgepasst, dass er auch wirklich davonfuhr.

Niall hatte Carl um ein Gespräch gebeten, weil er wissen wollte, was mit Karen los war. Wie er an sie herankommen könnte. Er glaubte ihr nicht, dass sie nichts über Leonards Verbleib wisse. Er wollte außerdem von Carl eine Antwort auf die Frage, warum er ihm diesen scheußlichen Anwalt empfohlen hatte. Auch wenn sich Niall schon denken konnte, was der Grund war.

»Er ist ein Freund von Karen. Und er gewinnt eigentlich immer vor Gericht«, sagte Carl. »Ich wollte dir doch nur etwas Gutes tun. Soll ich mich noch mal umhören?«

»Danke. Ich kümmere mich lieber selbst drum, sobald ich Zeit dazu habe. Ich bin mir auch ehrlich gesagt gar nicht sicher, was ich mir von so einer Klage erhoffe. Und ob das der richtige Weg ist.« Er sah Carl an, der bedrückt im Sessel versank. »Sag mir lieber, was in Karen gefahren ist.«

Carl räusperte sich, beugte sich vor, nahm die Teetasse in beide Hände und sprach über Karen. Karen und ihren politischen Ehrgeiz, Karen und ihr unmögliches Verhalten, Karen und ihre unfassbare Arroganz. Möge ihr der Premierminister den Posten abnehmen. Der Außenminister würde bestimmt vor Wut schäumen. Das gesamte Land stünde Kopf, nachdem sie ihre unglaubliche Rede gehalten hatte. Und doch wurden langsam Stimmen laut und immer lauter, die sagten: Hat sie etwa recht? Müssen wir uns denn nicht wehren? Sollten wir nicht die unterstützen, die sich ebenfalls gegen diese Schlächter, die sich Islamischer Staat nennen, wehren mussten?

Er sprach darüber, was mit Israel gerade geschah. Die Bedrohung, die von der Hamas ausging. Die schwindende Unterstützung von internationaler Seite.

Nun gab es einen weiteren Feind: den Islamischen Staat. Der kämpfte angeblich für den Glauben, dem waren nationalistische Ansprüche egal, Palästina sollte Teil des Islamischen Staats sein, Israel und alle Juden vernichtet werden. Die Hamas war aus ihrer Sicht schwach und trat nicht für den wahren Glauben ein.

Während Carl sprach, lag Niall mit geschlossenen Augen da und wünschte sich, er wäre allein.

»Du hörst mir gar nicht mehr zu, nicht wahr?«, fragte

Carl. »Entschuldige, wenn ich einmal in Fahrt komme ... Ich gehe am besten gleich nach Hause.«

»Oh, nein, Unsinn. Ich musste nur gerade an Leonard denken.«

»Ich wollte dich ein wenig ablenken.«

»Ich weiß. Danke.«

»Woran hast du gedacht? Willst du darüber reden?«

»Erst dachte ich, Karen sei von den Entführern kontaktiert und erpresst worden.«

»Nein!«

»Ich dachte, sie hätten sie vielleicht gezwungen zu sagen, dass sie Leonard entführt haben.«

»Und das denkst du jetzt nicht mehr?«

»Nein. Also, ich weiß es natürlich nicht. Aber ich denke gerade, sie schicken dauernd Videobotschaften. Suchen die Öffentlichkeit. Würden sie dann auf solchen Umwegen kommunizieren? Das passt doch alles nicht.«

Carl schwieg nachdenklich, trommelte mit den Fingern auf sein Knie.

Niall fuhr fort: »Warum melden sie sich nicht? Was könnten sie denn wollen? Ich versteh es einfach nicht.«

Zögerlich sagte Carl: »Niall, ich will dich nicht beunruhigen, also nicht noch mehr, aber vielleicht melden sie sich nicht, weil sie noch unterwegs sind.«

Niall sah ihn an und verstand. »Scheiße. Du hast recht. Daran habe ich gar nicht gedacht. Sie sind unterwegs. Natürlich.« Unerkannt mit einer Geisel von der Insel zu kommen, war dieser Tage nahezu unmöglich. Alle Häfen und Flughäfen wurden streng überwacht, die Kontrollen waren verschärft worden. Sie würden niemals einen Auslandsflug bekommen, und auch die Ausreise per Schiff war unwahrscheinlich, also mussten sie den Landweg nehmen. Die einzige Möglichkeit war der Channel-Tunnel zwischen Dover und Calais. Dort wurden die Fahrzeuge auf einen Zug verladen. Bestimmt hatten sie ein gutes Versteck für ihre Geisel. Irgendwie würden sie es hinbekommen. Und dann würden sie weiter auf dem Landweg reisen ... Es würde einige Tage dauern, bis sie in Syrien oder im Irak angekommen waren. Wie lange? Niall richtete sich auf, nahm sein Smartphone vom Couchtisch und rief eine App zur Routenplanung auf. Zweitausendsiebenhundert Meilen, grob geschätzt, von London bis zur syrischen Grenze. Reine Fahrtzeit: achtundvierzig Stunden, wenn man keine Pausen machte, keine Staus hatte, nicht kontrolliert wurde. Vermutlich wechselten sie sich mit dem Fahren ab, sicher war es mehr als nur ein Entführer. Vielleicht fuhren sie durch, vielleicht machten sie Pausen. Sie würden auf diese Weise mindestens drei Tage brauchen, wenn sie Umwege fuhren und sich Zeit ließen, auch eine Woche. Der direkte Weg ginge über Frankreich, Belgien, Deutschland, Österreich, Slowenien, Kroatien, Serbien, Bulgarien und die Türkei. Frühestens an der Grenze zu Kroatien würde man sie kontrollieren, wenn sie erst auf dem Kontinent waren. Vorher galt das Schengener Abkommen.

Natürlich nahmen sie den Landweg. Und natürlich hatten sie sich deshalb noch nicht gemeldet. Weil sie noch unterwegs waren. Sie würden durch die gesamte Türkei fahren, um nach Syrien zu gelangen. Und dann? Wie sicherte der Islamische Staat seine Grenzen? Kontrollen, und wer keine Berechtigung hatte, ihre Gebiete zu betreten, wurde an Ort und Stelle hingerichtet?

Carl unternahm noch ein paar hilflose Versuche, Niall auf andere Gedanken zu bringen, gab schließlich auf und ging.

Als Niall allein war, wünschte er sich Gesellschaft und ärgerte sich, dass er Carl hatte gehen lassen. Er lag immer noch auf dem Sofa, starrte an die Decke und wusste nichts mit sich anzufangen. Er stand auf, ging herum, öffnete und schloss Küchenschränke, öffnete und schloss Badezimmerschränke, wusste immer noch nichts mit sich anzufangen. Dann saß er wieder auf seinem Sofa und blätterte die Bildbände seines Vaters durch, sah sich zum hundertsten oder zweihundertsten Mal seine Aufnahmen an.

Leichen von jungen Männern, die von der Ladefläche eines LKWs in ein bosnisches Massengrab gekippt wurden.

Falkländische Mädchen in bunten Kleidern, die sich vor Angst die Augen zuhielten, als schwer bewaffnete britische Soldaten an ihnen vorbeiliefen.

Ausgemergelte somalische Flüchtlinge, gerade noch am Leben, aber die Fliegen saßen schon auf ihnen, die Aasfresser warteten im Hintergrund.

Kindersoldaten der ugandischen Lord's Resistance Army, die mit Gewehren größer als sie selbst stolz auf ihren toten Opfern saßen.

Niall legte die Bildbände zur Seite und dachte an die vielen Fotos, die nicht ihren Weg in diese Bücher oder in Zeitschriften gefunden hatten, so wie das des anderen Niall, der für Leonard gestorben war.

Es war gegen vier Uhr morgens, als Niall aus dem Schlaf hochschreckte, weil sich sein Smartphone gemeldet hatte.

Er hatte eine SMS bekommen. Absender: Leonard. Inhalt: Check deine Mails.

Er sah nach. Sie hatten ihm einen Link zu einem Video geschickt, von Leonards Mailadresse aus. Die Inszenierung war nicht ganz so ausgefeilt wie in den Filmen, die Cemal gemacht hatte. Nur eine Kamera, Leonard sprach direkt hinein. Er trug allerdings ebenfalls einen orangefarbenen Umhang oder Overall, es war nicht genau zu erkennen, da die Kamera nah an seinem Gesicht war. Auch vom Hintergrund war wenig zu sehen.

Leonard sagte: »Niall, mein Sohn, es geht mir gut, bitte mach dir keine Sorgen um mich. Ich sage dir jetzt genau, was zu tun ist. Halte dich exakt an meine Instruktionen. Geh zu Jacobsons. Du wirst dich dort identifizieren müssen, und es geht auch nur, wenn du persönlich dorthin gehst. Ich habe dich als Bevollmächtigten eintragen lassen, schon vor längerer Zeit. Sie werden dir Zugang zu einem Schließfach gewähren. Den gesamten Inhalt musst du fotografieren und an meine Adresse mailen. Dann gehst du nach Hause und erhältst weitere Instruktionen. Bitte, tu einfach, was ich dir gesagt habe. Ich ...«

Hier kam ein harter Schnitt. Das Bild wurde schwarz. Es folgte nichts mehr, die Aufnahme war zu Ende. Jacobsons, eine Privatbank. Niall wollte sich das Video ein zweites Mal ansehen. Als er den Link erneut anklickte, kam nur eine Fehlermeldung. Sie wollten nicht, dass das Video analysiert wurde. Er verfluchte sich, nicht besser aufgepasst zu haben.

Niall überlegte, ob er jemanden informieren sollte. Die Polizei? Beth und Laura? Carl? Er sah nach, wann die Bank öffnete: nicht vor neun, wie befürchtet. Aber dann fand er eine Telefonnummer, die rund um die Uhr besetzt zu sein schien. »Für unsere Kunden sind wir selbstverständlich Tag und Nacht erreichbar«, hieß es da. Er sah auf die Uhr: Viertel nach vier. Dann rief er die Nummer an.

DONNERSTAG

33

Morgens um sechs waren die Straßen im Finanzdistrikt der Stadt wie ausgestorben. Niall musste sich zunächst orientieren, vielleicht hatte er auch den falschen Ausgang aus der monströsen U-Bahn-Station genommen. Aber dann sah er das Gebäude der Bank of England. Jacobsons war ebenfalls in der Threadneedle Street. Niall folgte der Straße, bis er vor der Bank stand. Ein Neubau zwischen den klassizistischen Gebäuden, aber keine aggressive Deutung der Gegenwart, sondern ein Aufnehmen der Umgebung in die Planung, ein harmonisches Einbinden des Hauses in die ehrwürdigen Fassaden. Die Sonne warf noch lange Schatten, die Luft war herrlich kühl, roch aber bereits sommerlich.

So kann es bleiben, dachte Niall, wenn jetzt jemand die Zeit anhielte, ich würde mich nicht beschweren. Die Stadt würde weiterschlafen, das Chaos in seinem Kopf wäre eingefroren. Kein Lärm, keine Hektik, keine Menschen.

Fast keine Menschen. Die blonde, schlanke Frau im Hosenanzug lächelte ihn an und streckte ihm zur Begrüßung die Hand entgegen. Sie war um die vierzig, so alt wie Beth vielleicht, aber ganz anders in Aussehen und Auftreten. Haare und Make-up perfekt wie für ein Fotoshooting, die Kleidung makellos, das Benehmen verbindlich. Die Frau sprach mit heller, gut ausgebildeter Privatschulstimme und versprühte professionellen Charme, ohne anbiedernd zu sein oder gar Grenzen zu überschreiten. Niall fühlte sich nicht wohl, er hatte zwar immerhin geduscht, sich aber nicht rasiert, und vielleicht wäre frische Kleidung eine bessere Idee gewesen, statt anzuziehen, was gerade auf dem Boden gelegen hatte.

Sie hieß Rachel, den Nachnamen hatte er entweder vergessen oder sie hatte ihn nicht genannt. Er hatte zwar nicht mit ihr telefoniert, aber sie war genau informiert. Und ausgesprochen diskret: kein Wort über die Entführung seines Vaters, auch sonst kein privates Wort, weil es nichts mit den Geschäften zu tun hatte. Als sie die Empfangshalle betraten, sah er, dass es hinter dem marmornen Portal nicht nur elektronische Sicherheitskontrollen, sondern auch eine stattliche Anzahl an lebendigem Wachpersonal gab, und als er genauer hinsah, erkannte er, dass die schwarz gekleideten Männer bewaffnet waren. Es beruhigte ihn ein wenig, dass sie nach Nikotin und Kaffee rochen und ein wenig müde aussahen. Menschlich, dachte er, nicht wie diese Rachel, die etwas Übermenschliches hatte in ihrer Perfektion.

Rachel ließ seinen Ausweis an einer Sicherheitssperre prüfen, die denen am Flughafen in nichts nachstand. Er wurde abgetastet, durchleuchtet, fotografiert, musste alle möglichen Dinge unterschreiben, und dann durfte er endlich die Bank betreten.

Das Erdgeschoss glich eher einem exklusiven Club als der Schalterhalle einer Bank, wie er sie kannte. Aber er hatte auch nur ein gewöhnliches Konto bei einer gewöhnlichen Bank. Kein Grund, ihm Kaffee und eine Zeitung anzubieten. Rachel erklärte ihm, dass sich die Büros in den oberen Stockwerken befanden, die Schließfächer unten im Tresorraum. Sie hatte bereits alles vorbereitet, entschuldigte sich formvollendet für die umfangreichen Sicherheitsmaßnahmen, die leider besonders streng beim ersten Besuch waren, dann bot sie ihm einen Kaffee an, den er ablehnte, und führte ihn in Begleitung zweier Sicherheitsleute zu dem Schließfach.

Niall wurde allein gelassen, bevor er das Fach öffnete. Er schloss auf, sah hinein und dachte im ersten Moment, es sei leer. Den braunen Umschlag entdeckte er eine Sekunde später. »Niall« stand darauf. Er nahm ihn heraus und stellte sich so hin, dass er mit dem Körper den Umschlag vor der Sicherheitskamera verbarg.

Die Rückseite war mit einem speziellen Aufkleber versiegelt. Er riss Siegel und Umschlag auf, erwartete Unterlagen, einen Brief, irgendwas, aber nicht ein Foto von Niall. Dem anderen Niall. Wie er dalag, getroffen von der Kugel, die Huffman hätte treffen sollen, blutüberströmt, tot.

Niall legte das Foto zurück in das Schließfach und sah noch einmal genauer in den Umschlag. Er war leer. Er schüttelte ihn, hielt ihn gegen das Licht, er blieb leer. Er nahm das Foto, klemmte es sich zusammen mit dem Umschlag unter den Arm und tastete das Innere des Schließfachs ab, Zentimeter für Zentimeter. Er leuchtete mit dem Taschenlampenstrahl seines Telefons hinein. Leer. Schloss das Fach ab und ging hinaus, um Rachel zu fragen, ob es noch ein weiteres Schließfach gäbe. Ob jemand etwas herausgenommen haben könnte. Sie verneinte beides, fragte, ob sie sonst noch etwas für ihn tun könne. Seine Zeit hier war erkennbar vorüber, sie hatte nun Besseres zu tun, Niall verstand die leise Andeutung sofort und sagte, er müsse nur noch eine Mail verschicken, dann sei er fertig. Rachel führte ihn in den Club-Bereich, der immer noch gespenstisch leer dalag, wie eine verwaiste Hotelbar. Er ließ sich in einen der schweren, dunklen Ledersessel fallen, fotografierte Umschlag und Foto ab und mailte die Bilder an die Adresse seines Vaters. Als er das Foto in den Umschlag zurückstecken wollte, sah er, dass auf der Rückseite etwas stand. Eine Archivnummer vielleicht. Er fotografierte nun auch die Rückseite und schickte auch dieses Bild weg. Jetzt war hier nichts mehr zu tun. Er verabschiedete sich von Rachel, nickte den Sicherheitsleuten zu, trat auf die Straße, wo das Sonnenlicht immer noch lange Schatten warf, nicht mehr ganz so lange allerdings, und wo es sehr viel wärmer war als in der Bank, die ihm jetzt vorkam wie eine kalte, öde Gruft. Tief atmete er die Luft der Londoner City ein, gerade als ein Taxi an ihm vorbeifuhr, freute sich über den Gestank, über den Dreck, das Leben, das ihn umgab, ging zurück zur U-Bahn, durch das Drehkreuz, die endlosen Rolltreppen hinunter, tief unter die Erde, und er wusste: Jetzt konnte er wieder nur warten.

Die einzige Nachricht, die ihn während seiner Rückfahrt erreichte, war von Laura. Beth hatte gestern offenbar lange mit dem Senderchef gesprochen. Es gab grünes Licht dafür, mit der Doku fortzufahren. »Wir bekommen unser Material wieder«, hatte er grimmig verkündet.

Daraufhin hatte Beth Laura und die Rechercheassistenten angewiesen, sich an der Moschee, an Cemals Uni und in der Werbeagentur umzuhören, in der er Praktikant gewesen war. Sie hatten zwei junge Männer ausfindig gemacht, mit denen er etwas engeren Kontakt gehabt hatte, bevor Farooq sein bester und einziger Freund wurde. Außerdem hatte sich Laura erkundigt, wie es Serhat ging. Niemand durfte ihn derzeit besuchen, nicht einmal seine Familie oder ein Anwalt. Die Familie wusste nur, was die Polizei ihr freiwillig mitteilte, und da hieß es: Dem Jungen ginge es gut, man müsse aber zunächst alle Verdachtsmomente gegen ihn prüfen. Serhats Schwester, so schrieb Laura, laufe derzeit von einer Nachrichtenredaktion zur nächsten, um die Ungerechtigkeit, die ihrem Bruder widerfuhr, auf die Titelseite zu bringen, aber alle interessierten sich nur für den anderen Bruder, für Cemal, über den sie nicht reden wollte. Dass Niall bei Gilpin und De Verell ein gutes Wort für den Jungen eingelegt hatte, schien absolut nichts gebracht zu haben.

Niall entschied, nicht nach Hause, sondern direkt zum Sender zu fahren. Er antwortete Laura, dass er die beiden gern treffen wollte, so schnell wie möglich.

Es würde ihm wenigstens etwas zu tun geben, solange sein Vater verschwunden war.

Bevor er am Oxford Circus ankam, erhielt er eine SMS von Carl, der ihn fragte, ob es Neuigkeiten gäbe. Niall schrieb nur ein »Nein« zurück. Sollte er ihm von seinem Ausflug zur Bank erzählen? Was würde das bringen? Das Video der Entführer war längst nicht mehr online. Andererseits wollte er mit jemandem reden, der ihn verstand und ihm vielleicht weiterhelfen konnte.

Er traf Beth in der Eingangshalle. Sie war auch gerade angekommen, hatte ihr Schlüsselbund noch in der Hand, die Umhängetasche über der Schulter. Sie wirkte weder übernächtigt noch gestresst. Er hatte keine Ahnung, wie sie das hinbekam.

»So früh«, sagte sie. »Du siehst scheiße aus.«

»Interessantes Date mit einer charmanten Blondine. War eine kurze Nacht.«

Sie musterte ihn, entschied offenbar, dass er sie anlog, rollte kurz mit den Augen und fragte, während sie den Knopf für den Aufzug drückte: »Warum bleibst du nicht im Bett und schläfst?«

»Ich arbeite lieber.«

»Der oberste Chef kümmert sich darum, dass wir unser Material zurückkriegen. Irgendwann jedenfalls.«

»Ich weiß. Laura hat mir geschrieben. Und auch irgendwas mit neuen Leuten, die wir interviewen könnten. Du hättest sie beauftragt.«

Der Aufzug kam, sie stiegen ein. Innen warf Beth einen prüfenden Blick auf ihr Spiegelbild. Sie wirkte unzufrieden, obwohl sie aussah wie immer.

»Was passiert eigentlich, wenn der schlimmste Fall eintritt und wir unser Material nicht wiederbekommen?«

»Es kann sein, dass du dann kein Geld bekommst.«

»Was ist mit den anderen?«

»Alle fest angestellt.«

»Du auch?«

»Aber ja.«

»Nun denn. Klingt für mich nach einem überschaubaren Risiko.«

Sie zog einen Mundwinkel hoch. »Sehr gut.«

Der Aufzug hielt, und sie gingen den Flur entlang zu ihrem Büro. »Gestern Nacht noch flauschige Katzenvideos geschaut?«, fragte er.

»Bis zum Morgengrauen.« Beth öffnete die Tür zum Büro und blieb abrupt im Türrahmen stehen.

Er stieß gegen sie. »Was ...«

Sie hob die Hand, damit er still war.

Niall sah ihr über die Schulter.

»Jemand war hier drin«, sagte sie.

»Die Putzkolonne vermutlich.«

Sie schüttelte den Kopf. »Die gehen nicht an die Rechner.«

»Zum Abstauben?«

»Die Rechner sind aus. Ich mache sie nie aus. Ruhezustand ja, aber nicht aus.«

»Manchmal fahren sie sich selbst runter. Für Updates oder so. Kann das nicht sein?«

»Dann starten sie sich auch selbst wieder neu. Nein.«

»Vielleicht ist das gesamte Rechnernetzwerk betroffen? Irgendwelche Wartungsarbeiten?«

Sie schüttelte langsam den Kopf, nahm ihr Smartphone und rief bei der Pforte an, fragte, ob sie die Überwachungsbänder von ihrem Korridor für die vergangene Nacht bekommen könnte. Schweigend hörte sie einen Moment zu, dann steckte sie das Telefon wieder ein.

»Was?«, fragte Niall.

»Die Überwachungskameras sind letzte Nacht für ungefähr eine Stunde ausgefallen.«

»Das muss ja nicht heißen, dass ...«

»Doch, Niall.«

»Unsinn.« Er versuchte, sich an ihr vorbei in den Raum zu drängen. »Schau dir trotzdem die Aufnahmen an, und ...«

Sie hielt ihn zurück. »Niall. Jemand war letzte Nacht in meinem Büro, an meinen Rechnern.«

»Wer soll das gewesen sein? Polizei?«

»Die haben von uns, was sie wollten.«

»Die Entführer von Leonard? Jemand aus dem Umfeld der Attentäter?«

»Solche Leute randalieren.«

»Wer dann?«

Beth antwortete nicht, sah nur weiter prüfend in ihr Büro.

»Langsam wird mir das zu albern. Jetzt lass uns reingehen und ...«

Beth zog ihn von der Tür weg. »Wir gehen woandershin. Irgendein Café.«

Zehn Minuten später saßen sie als die ersten und einzigen Gäste in einem kleinen Café in einer Seitenstraße der Oxford Street. »Zeig mir dein Telefon«, sagte sie.

Er legte es auf den Tisch.

»Schalte es aus.«

»Nein, Beth. Das geht nicht. Ich muss warten, ob sich die Entführer melden. Ich ...«

»Schalte es aus. Du kannst es sofort wieder anmachen.«

Misstrauisch sah er sie an, tat es dann aber. Während sie auf den Neustart warteten, fragte Beth: »Musstest du in letzter Zeit häufiger laden als sonst?«

»Ja, klar, ich bin ja auch seit ein paar Tagen mehr unterwegs als sonst.«

Sie zeigte auf das Gerät. »Braucht es immer so lange, bis es sich ausschaltet?«

»Keine Ahnung, ich schalte es nie aus. Warum fragst du das alles?«

Sie legte die Hand auf das Gerät und sagte leise: »Ich

vermute, jemand liest dein Handy aus. Wenn du es wieder einschaltest, mach das GPS und die Datenverbindung aus.«

»Ich habe dir doch gerade gesagt, dass ich ...«

»Und gib es mir, dann schau ich mir an, was du alles drauf hast. Vielleicht finde ich was.«

Er sah sie düster an. »Beth, ich glaube, du bist ein wenig durcheinander, um das böse Wort ›Paranoia‹ nicht zu benutzen.«

»Tu's einfach.«

Er schüttelte genervt den Kopf, gab seine PIN ein und reichte ihr das Gerät. Sie klickte sich durch die Apps und Einstellungen, stellte ein paar Fragen, wirkte unzufrieden. »Ich bin nicht auf dem neuesten Stand. Ich kann jetzt einfach so nichts feststellen. Ich habe es mal auf die Werkseinstellungen zurückgesetzt und bei einigen Apps, die mir seltsam vorkamen, die Berechtigungen beschränkt.« Sie reichte ihm sein Telefon. »Sei trotzdem vorsichtig.«

»Na prima. Auch irgendwelche Passwörter geändert? Komm ich jetzt überhaupt noch in meine Mails und so weiter?«

»Stell dich nicht so an.«

»Und was ist mit deinem?«

»Ich habe es ausgeschaltet. Ich kaufe mir gleich ein neues.«

»Wow. Dir ist es echt ernst damit. Fixe Idee nennt man das, oder? Wer sollte denn unsere Handys ausspionieren?«

»Geheimdienst«, sagte sie.

»Warum?«

»Weil wir beide im Zusammenhang mit drei vermeintlichen Terrorattentaten auftauchen. Du besonders. Mindestens einer unserer Geheimdienste wird sich für uns interessieren.«

»Und du glaubst auch, dass es Geheimagenten waren, die heute Nacht das Büro durchsucht haben?«

Beth nickte.

»Ich glaube, du brauchst wirklich mal mehr Schlaf«, sagte er. Es klang gehässig. Er hatte es fürsorglich gemeint. Nialls Handy piepte, und er zuckte erschrocken zusammen. »Jetzt hast du mich schon angesteckt mit deiner Paranoia.« Es war eine Mail von Laura: Der ehemalige Arbeitskollege von Cemal hatte erst übermorgen Zeit, er befand sich wegen einer Präsentation in Prag. Ein früherer Freund aus der Moschee hatte jetzt Zeit und wollte wissen, wo er hinkommen sollte, er sei gerade an der Victoria Station.

»Hierher«, ordnete Beth an.

»Hierher? Nicht in den Sender?«

»Auf keinen Fall. Da könnten sie uns abhören.«

»Und hier nicht?«

»Sie wissen nicht, dass wir hier sind, oder?«

»Das ist ein öffentlicher Raum. Mehr oder weniger.« Er sah sich um. Sie waren immer noch die einzigen Gäste, und die Bedienung stand die meiste Zeit draußen und rauchte.

»Hier fühl ich mich sicherer«, sagte Beth.

»Meine Güte. Such dir bitte jemanden, mit dem du reden kannst. Professionell. Du klingst nach posttraumatischer Belastungsstörung. Ich meine, du hast einen Men...«

»Pscht!«

Niall verstummte.

»Sag Laura, sie soll mit Ken und Equipment kommen.« Beth sah auf die Uhr. »Vermutlich sind alle in einer Viertelstunde hier.«

Er nickte, tippte, schickte die Mail ab, sah Beth wieder an. »Du musst wirklich ein bisschen besser auf dich aufpassen«, sagte er.

»Hast du Neuigkeiten? Wegen Leonard?«

»Nein. Doch. Ich ...« Und in diesem Moment war es, als hätte Beths Paranoia vollständig von ihm Besitz ergriffen. Er dachte daran, was wäre, wenn ihn jemand abhörte, während er Beth von dem Inhalt des Bankschließfachs erzählte. Er dachte daran, dass Beth vielleicht doch nicht die war, für die sie sich ausgab. Er musste an den Mossad denken.

»Schieß los«, sagte sie, als er immer noch nicht fortfuhr.

Er schüttelte den Kopf. »Ich fühl mich scheiße. Ich denke immer, ich bin an allem schuld.«

»Das sind die Neuigkeiten?«

»Es gibt keine Neuigkeiten. Ich wollte nur ein bisschen jammern.«

»Warum glaub ich dir kein Wort?«

»Weil du heute extrem seltsam drauf bist.«

»Vertraust du mir nicht?«

Genervt rutschte er auf seinem Stuhl herum. »Beth, bitte. Es gibt keine Neuigkeiten, okay?«

Sie zeigte auf den Umschlag, den er immer noch mit sich herumtrug. »Was ist das?«

»Das? Ach, den muss ich noch einwerfen«, murmelte er.

»Da steht dein Name drauf.«

»Ja.«

Sie sah ihn an, wartete.

Er trank seinen Kaffee, sah aus dem Fenster, als hielte er Ausschau nach Laura und Ken, und ignorierte ihren bohrenden Blick.

34

Beth erhob sich, offensichtlich verstimmt, weil er ihr nichts über den Umschlag sagen wollte (und was ging sie das überhaupt an, dachte Niall), und fragte am Tresen nach, ob sie hier Filmaufnahmen machen durften. Ken und Laura trafen ein und bauten auf, und auch der Freund von Cemal fand sich währenddessen ein, leicht verschwitzt, obwohl es gerade erst halb zehn war, und sichtlich vom Lampenfieber ergriffen beim Anblick der Kameras. Niall begrüßte ihn, erklärte ihm das Projekt, beruhigte ihn. Laura klärte mit ihm die üblichen rechtlichen Fragen, beruhigte ihn weiter, kaufte ihm etwas zu trinken, und dann konnte es losgehen.

Niall war nur schlecht auf den jungen Mann vorbereitet, er überflog den Zettel, den Laura ihm geschrieben hatte. »Yassir, du kennst Cemal noch aus der Schulzeit?«

»Ja.« Er warf einen prüfenden Blick in die Kamera und kämmte sich mit den Fingern durchs Haar. »War das richtig? Oder soll ich was anders machen?«

»Nicht in die Kamera schauen, wenn es geht, und ansonsten ganz normal bleiben. Ihr unterhaltet euch einfach«, sagte Laura. »Es ist kein Spielfilm.«

»Okay«, sagte Yassir und klang fast enttäuscht. »Geschminkt werde ich auch nicht, oder?«

»Nein.«

Wieder wirkte er enttäuscht. »Na. Vielleicht besser ohne«, sagte er.

Niall versuchte es zum Auflockern etwas anders. »Was machst du beruflich, Yassir?«

»Oh, ich bin Türsteher. Mal hier, mal da.« Er nickte nachdrücklich, dann fiel ihm noch etwas ein. »Ach so, nicht in Clubs oder Bars. Türsteher für Hotels und feine Boutiquen und so was. Ich arbeite für eine Firma, die diese Objekte betreut und schützt.« Der letzte Satz klang auswendig gelernt.

»Und wo wohnst du?«

»Clapham. Ich hab eine eigene Wohnung«, sagte er stolz.

»Gehst du noch oft in die Moschee?«

»Nicht mehr so oft wie früher. Die meisten Kumpels sind nicht mehr dabei. Irgendwie ist alles anders, seit ... Na, seit ein paar Jahren schon. Die Leute finden es komisch, wenn man in die Moschee geht. Unser Imam, der ist okay. Aber wenn man anderen Leuten sagt, ich geh in die Moschee, sind die kurz davor, die Polizei zu rufen.«

»Ist das so?«

»Aber hallo.«

»Nicht schön, hm?«

»Überhaupt nicht. Ich will ja nur ... Also. Ich will was lernen. Und im Kulturzentrum wird was geboten. Für den Kopf. Ich war langsam in der Schule, und jetzt will ich mehr machen, und der Imam sagt, es ist nicht zu spät.«

»Ist es auch nicht.«

»Klar. Logisch. Aber ich geh nicht mehr so oft hin wie früher.«

»Wie lange kennst du Cemal schon?«

»Seit der Schule. Schon immer.«

»Wart ihr eng befreundet?«

Er hob die Schultern. »Kumpels eben. Aber Cemal war

immer schlauer als ich. Viel schlauer. Das nervt dann irgendwann.«

»Ihr habt euch aber in der Moschee gesehen.«

»Klar, und geredet, logisch. Bis irgendwann, da kam er seltsam drauf, alles war scheiße, und die Welt war gegen ihn. Ich hab gesagt: Was ist los mit dir? Und er hat gesagt: Das ist ein Scheißland, ich bekomme keinen Job, weil ich Türke bin. Ich hab gesagt: Du redest Scheiße, Alter, ich hab einen Job, meine Eltern sind aus Ägypten, wo ist der Unterschied? Dann dürfte ich auch keinen Job haben. Weißt du, was er da gesagt hat?« Er beugte sich zu Niall vor und tippte mit dem Zeigefinger auf die Tischplatte. »Er hat gesagt: Für Billigarbeit brauchen sie so welche wie uns, aber dafür bin ich überqualifiziert.« Yassir tippte weiter mit dem Finger. »Macht auf feiner Herr und sagt, er ist überqualifiziert. Und ich? Ich bin der Richtige für die Drecksarbeit. Ich mach keine Drecksarbeit, okay? Ich geh im Anzug zur Arbeit. Schwarzer Anzug, weißes Hemd, Krawatte. Und immer saubere Schuhe. Sagt er Drecksarbeit dazu. Hey, danach wollt ich nix mehr mit ihm zu tun haben, klar?«

»Unbedingt.«

Er schien die Kamera nun ganz vergessen zu haben. »Pass auf, ich sag dir was. Wir sind von da an getrennte Wege gegangen. Wir waren aus und vorbei. Dann kam irgendwann Farooq, so hat er sich genannt, und wollte zum Islam konvertieren. Der machte einen netten Eindruck am Anfang. Bisschen ernst und so, aber irgendwie okay. Hab mich gut mit ihm verstanden. Bis er und Cemal immer mehr miteinander zu tun hatten und dann voll durchgeknallt sind. Die haben sich verrückt machen lassen von einem von denen, die auf der Straße manchmal warten und Zettel verteilen. Heiliger Krieg, wahrer Glaube, du weißt schon. Das war mir zu krass.«

»Hast du mit jemandem darüber gesprochen? Mit eurem Imam, mit Serhat, irgendwem?«

Yassir hob die Schultern. »Wieso, wusste doch jeder. Muss man nicht auch noch drüber reden, was jeder schon weiß.«

Niall sah auf das Vorbereitungsblatt von Laura und überlegte, welche Fragen er noch stellen sollte. Im Grunde hatte er genug. Nichts, was ihn inhaltlich weiterbrachte, aber solche Stimmen waren wichtig. Sie waren authentisch.

»Darf ich auch was fragen?«, hörte er Beth von hinten. Irritiert drehte sich Niall um. »Yassir, ist irgendwann mal jemand zu Ihnen gekommen und hat Sie nach Cemal befragt? Jemand, den Sie vorher nicht gekannt haben? Kam Ihnen im Zusammenhang mit Cemal irgendetwas komisch vor?«

Er schüttelte den Kopf, dachte aber erkennbar darüber nach. Seine Augen wanderten hin und her, ohne etwas zu fixieren. »Komisch war nur Cemal. Überqualifiziert, was für ein Scheiß. Soll sich ficken gehen. Tschuldigung. Nee, nach Cemal hat keiner gefragt. Nur nach Farooq.«

Niall und Beth sahen sich an. »Wer?«

»Weiß ich nicht. Standen auf einmal vor mir, waren freundlich und so, haben nach der Moschee gefragt und so, und dann auch, ob ich Farooq kenne und wie der so drauf wäre. Ich hab gesagt, Leute, ich kenne den nicht so supergut, und selbst wenn, dann würde ich doch nicht irgendwem auf der Straße was erzählen, und wer seid ihr überhaupt. Und dann sind sie wieder gegangen. Waren aber ganz höflich und haben sich entschuldigt. Echt.«

»Nach Farooq haben sie gefragt?«, wiederholte Niall.

»Ja Mann, sag ich doch. Ich glaube, du bist nicht überqualifiziert, was?« Yassir lachte über seinen eigenen Scherz. »Aber die Lady am Telefon hat gesagt, wir sprechen über Cemal. Von Farooq weiß ich echt nicht viel. Dann sitze ich vor der Kamera und sage nur: Das weiß ich nicht, das kann ich nicht sagen. Und das wäre scheiße. Also, lasst uns über Cemal reden. Was wollt ihr noch wissen?«

»Kennst du seinen Bruder Serhat?«, fragte Niall.

»Krass, ja! Was macht der im Gefängnis? Seine Schwester, also Dilek hat gesagt, er ist im Gefängnis. Warum? Der Junge ist ein Guter. Seine Schwester, klar, Politik und alles, aber Serhat doch nicht, der macht keinen Ärger. Was denken die sich da?« Dann stutzte Yassir und deutete auf Niall. »Jetzt kapier ich, das ist dein Vater, um den es geht, richtig? Die sagen, Serhat soll deinen Vater entführt haben. Was ist das für eine Scheiße?«

»Serhat hat nichts damit zu tun, da bin ich mir sicher«, sagte Niall.

»Dann sag das der Polizei!«

»Das habe ich.«

»Warum lassen sie ihn nicht laufen?«

»Ich weiß es nicht.«

»Dilek hat gesagt, sie holt ihn da raus.«

»Hoffentlich stellt sie nichts Unüberlegtes an.«

»Dilek denkt immer ganz viel nach. Die ist immer überqualifiziert. Die ist noch über ihrem Bruder qualifiziert.«

Yassir nickte, zufrieden mit sich. »Die macht krasse Sachen.«

»Sie bewundern sie?«, fragte Beth.

»Klar!«

»Ist es nicht gegen Ihre religiöse Überzeugung, wie Dilek sich anzieht und wie sie lebt?«

Yassir legte die Hände auf den Tisch und schob sich mit seinem Stuhl ein Stück zurück. »Nein. Wir sind in London, und wir sind doch heute, nicht irgendwo auf einem Dorf und vor hundert Jahren. Wer denkt, dass das anders sein muss, hat was nicht verstanden.« Er zeigte jetzt auf sich selbst. »Ich verstehe das. Cemal ist zu überqualifiziert, um das zu verstehen. Der Imam sagt, das ist rückständig und dumm und gefährlich und kann Gott gar nicht gefallen, was Cemal da gemacht hat. Ja.«

»Kluger Mann, euer Imam«, sagte Niall.

»Ja. Aber Farooq hat dann angefangen zu sagen, er lehre nicht den echten Islam, und dann war Cemal gleich auf seiner Seite und fand ihn auch scheiße.«

Sie sprachen noch ein wenig über die Moschee, über den Umzug, den Ärger, den es mit den Anwohnern gegeben hatte. Yassir hatte nichts Neues mehr zu erzählen, und sie kamen bald zum Schluss. Sie bedankten sich bei ihm, packten zusammen, und Niall checkte seine Mails. Nichts war geschehen.

Ihm fiel ein, was sein Vater gesagt hatte: dass er nach Hause gehen sollte. Niall hatte gedacht, es sei so dahingesagt. Nach Hause gehen im Sinne von: irgendwohin gehen. Nicht mehr in der Bank bleiben. Aber was, wenn es wörtlich gemeint war? Als eindeutige Anweisung? Dann hatte er einen Fehler gemacht, hatte stundenlang eine wichtige Instruktion nicht befolgt – und seinen Vater gefährdet? Was, wenn dort etwas für ihn hinterlegt war? Oder – Leonard auf ihn wartete?

»Leute, ich muss nach Hause«, sagte er.

»Für wie lange?«, fragte Laura. »Ich habe noch eine ziemlich lange Liste mit Dingen, die wir besprechen sollten. Ich meine, wir machen doch jetzt weiter, oder doch nicht?« Sie sah Beth an, um sich Bestätigung zu holen.

»Wir können uns auch bei mir besprechen«, sagte Niall und ärgerte sich sofort darüber. Seine Wohnung war, wie üblich, nicht aufgeräumt, und er wusste auch gar nicht, ob er wollte, dass die anderen sahen, wie er lebte. »Also, wenn es euch nichts ausmacht? Oder einfach später?«

»Lieber heute«, sagte Laura und sah auf ihren Notizblock.

»Wir müssen wirklich reden«, sagte Beth, als die beiden anderen vorgegangen waren und sie im Laden noch die Rechnung beglichen und ein dickes Trinkgeld gaben. »Unsere Theorie war falsch. Nicht Cemal sollte vom Geheimdienst angesprochen werden, sondern Farooq.«

»Was ändert das? Ob nun über Cemal oder über Farooq, ist das nicht egal? Und: Wir haben noch gar keine Belege dafür. Nur die sehr vage Aussage von Yassir. Ohne andere, ähnliche Vorkommnisse könnte das nun alles bedeuten.«

Beth sagte: »Ich dachte erst, Cemal sei der Henker in den späteren Videos. Aber ich habe sie mir oft genug angesehen, ich glaube, es war Farooq.«

»Und wenn Farooq vom Geheimdienst angesprochen worden ist ...«

»Dann hat der Geheimdienst einen Henker losgeschickt, um für dieses schöne Land zu spionieren.«

35

Als sie in Brixton aus dem U-Bahnhof traten und sich durch die Menschenmengen auf dem Bürgersteig drängten, wünschte sich Niall die morgendliche Kühle der City zurück. Auch den anderen schien es viel zu heiß zu sein, sie sprachen kaum ein Wort. Es waren keine zehn Minuten bis zu dem hässlichen Wohnblock, in dem er lebte, aber Kens Körper schien sich bereits komplett zu verflüssigen. Laura wischte sich immer wieder verstohlen den Schweiß von der Stirn, und Niall fächelte sich mit dem Umschlag aus dem Schließfach Luft zu. Nur Beth machte die Hitze nichts aus.

Trotzdem ließ sie sich etwas zurückfallen, bis Niall den anderen beiden sagte, sie sollten schon vorgehen, und sich zu ihr gesellte. Sie waren auf Höhe des Kinos, und Beth blieb stehen.

»Was soll das eigentlich hier?«, fragte sie. »Warum müssen wir jetzt alle zu dir?«

»Müsst ihr nicht. Nur ich muss nach Hause. Ich hab ein paar Dinge zu erledigen. Ich …« In der U-Bahn hatte er noch ein paar überzeugende Ausreden parat gehabt. Sie mussten in der Hitze verdampft sein.

»Was ist los?«

»Nichts, ich hab nur was vergessen, und …«

»Es geht um deinen Vater, richtig?«

Er schüttelte den Kopf und tat entrüstet.

»Und dieser Umschlag? Ist er von ihm? Ich erkenne seine Schrift. Hat er ihn dir heute geschickt?«

Niall tat so, als würde ihm erst jetzt auffallen, dass es sich um Huffmans Schrift handelte. »Den hier? Oh. Nein. Das ist nur ein alter Umschlag. Zweitverwertung. Ich habe gar nicht drauf geachtet.« Er war ein schrecklicher Lügner. Er blieb stehen und sah Beth hilflos an. Sie stemmte die Hände in die Hüften.

»Sag es mir.«

Er erzählte ihr alles. Das Video, der Ausflug zur Bank, der Umschlag. Und dass er jetzt glaubte, nach Hause zu müssen, weil Leonard gesagt hatte: Geh nach Hause. Kopfschüttelnd hörte sie zu. »Und das alles, ohne jemandem Bescheid zu geben. Großartige Idee.«

»Wem denn? Ich weiß doch selbst nicht mehr, wem ich trauen soll! Hätte ich die Polizei rufen sollen? Oder dich?«

»Du hättest wenigstens ...«

»Und dann hast du mich noch ganz verrückt gemacht mit deiner Paranoia«, fuhr er aufgebracht fort.

Beleidigt drehte sich Beth um und ging wieder los. »Ach so. Lag also an mir.«

Niall ärgerte sich über seinen Ausbruch. »Beth, bitte. Ich wusste nicht, was ich tun sollte. Ich dachte, es ist besser, wenn ich niemanden mit reinziehe.«

Sie ging wortlos weiter.

»Jedenfalls hoffe ich jetzt, dass zu Hause eine Nachricht für mich ist.«

Beth rieb sich die Stirn. »Warum sollten sie so eine komplizierte Schnitzeljagd machen?«, fragte sie skeptisch. »Die kommunizieren mit ihren Videos übers Internet, die legen dir doch keine Sachen vor die Haustür.«

Sie waren an dem Wohnhaus angekommen. Laura und Ken standen schon vor der Tür und warteten auf sie.

»Zeig mir das Foto«, sagte Beth.

»Ja. Wenn wir oben sind.«

»Vor den anderen? Zeig es mir jetzt.«

»Ich muss aufs Klo«, rief Ken.

Niall seufzte und warf ihm den Schlüssel zu. »Vierter Stock. Nimm nicht den Aufzug, der stinkt. Wir kommen gleich. Ich muss nur kurz ...« Hilflos deutete er auf Beth.

Laura verstand den Wink und folgte Ken.

Als die beiden verschwunden waren, setzte sich Niall auf die niedrige Mauer, die das Rasenstück umgab, und zog das Foto aus dem Umschlag.

Beth nahm es nicht in die Hand. »Wer ist das?«

»Ein amerikanischer Journalist, der meinem Vater das Leben gerettet hat. 1981, Panzerschlacht von Susangerd. Leonard wurde nur verwundet, der andere starb nach einem Kopfschuss. Daher das viele Blut. Er hieß Niall. Seinetwegen heiße ich auch so.«

Beth sah ihn an. Keine Wärme, kein Mitgefühl in ihrem Blick, nur kühles, analytisches Abwägen.

»Was hat das mit seiner Entführung zu tun? Ein Hinweis? Geht es um 1981? Um den Irak oder Iran? Lag noch ein Brief dabei?«

»Kein Brief, kein Hinweis. Es ist ein bisher unveröffentlichtes Foto. Wahrscheinlich hat es eine Bedeutung, die ich noch nicht kenne. Deshalb warte ich ja schon den ganzen Tag, und deshalb würde ich jetzt wirklich gern ...« Er kam nicht weiter. Es gab einen lauten Knall, wie von einer Explosion.

Er sah sich um, unsicher, aus welcher Richtung der Knall gekommen war, sah dann, dass Leute aus seinem Haus gerannt kamen und nach der Feuerwehr riefen.

Beth rannte los, auf die Eingangstür zu. Etwas langsamer und verunsichert kam Niall ihr nach.

»Nicht rein, da brennt's!«, rief ihnen jemand entgegen.

»Welcher Stock?«, rief Beth zurück.

»Vierter.«

Beth rannte ins Treppenhaus, gefolgt von Niall. Er überholte sie auf den Stufen, obwohl er so viel unsportlicher war als sie, aber die Angst um Laura und Ken trieb ihn an. Drei junge Frauen kamen ihnen zwischen dem zweiten und dritten Stockwerk entgegen und rannten schreiend nach unten.

Im vierten Stock blieb Niall einen Moment keuchend vor der Brandschutztür stehen, die das Treppenhaus von dem Korridor trennte, der zu den Wohnungen führte. Durch das Glas sah er das Inferno. Auf dem Gang lagen zwei Menschen. Niall riss die Tür auf, prallte gegen die Hitze, den giftigen Rauch, merkte zu spät, dass er mit dem Öffnen der Tür dem Feuer noch Futter gegeben hatte und es sich ein Stück in seine Richtung ausbreitete. Es war aber noch weit genug weg. Er packte den Mann, der direkt vor ihm lag, unter den Schultern. Beth nahm seine Beine und half Niall, ihn ins Treppenhaus zu tragen.

Niall lief zurück, packte die zweite Gestalt. Es war Laura. Er schleifte sie allein nach draußen, Beth hielt ihm – schwer atmend und heftig hustend – die Tür auf, nahm Laura entgegen, legte sie zu dem geretteten Mann, der sich stöhnend und ebenfalls heftig hustend bewegte. Beth überprüfte Lauras Pulsschlag und Atmung, schrie Niall an: »Wo ist Ken?« Niall konnte nicht wieder rein, dort drinnen war keine Luft mehr, nur noch sengende Hitze, und Ken war auch nicht dort, sonst hätte er ihn gesehen. Trotzdem streckte er die Hand nach der Brandschutztür aus, brach aber keuchend und hustend zusammen, ließ sich auf den Treppenabsatz sinken, als er von draußen endlich Sirenen hörte.

Er sah, wie Beth versuchte, Laura zu beatmen, wie sie sie schüttelte und anschrie und sich rhythmisch auf ihren Brustkorb warf. Er hörte Lauras Rippen brechen. Er hörte die Schritte und Stimmen von Männern und Frauen, die aus den Stockwerken über ihm flohen und Taschen und Tüten mitnahmen, retteten, was ihnen wichtig war. Endlich auch Schritte und Stimmen von unten, von Feuerwehr und Notarzt, während er auf allen vieren zu Beth und Laura kroch, die nur zwei Meter von ihm entfernt waren, aber er schaffte es nicht, die Distanz zu überbrücken, er sah nur, wie Beth schrie und kämpfte und weinte, er dachte sogar, wie seltsam es war, Beth wieder weinen zu sehen, wieder mit einer toten Frau im Arm zu sehen, und als ihn jemand an den Schultern packte und aufrichtete, auf ihn einredete, machte er erst die Verbindung von dieser Toten zu Laura, begriff, dass das Mädchen tot war, schrie nun auch, weinte auch und wollte wieder reingehen, zu seiner Wohnung, die wie ein Höllenfeuer brannte und in der irgendwo Ken sein musste. Den wollte er suchen und retten, wenigstens ihn, das sagte er auch dem Menschen, der ihn festhielt, aber dann bekam er eine Maske aufs Gesicht gedrückt und sah nicht mehr, was mit Laura und Beth war. Er atmete, was man ihm zu atmen gab, wünschte sich, tot zu sein, und weinte einfach weiter.

Sie brachten ihn raus, er erinnerte sich kaum daran, wie er die Treppe hinunterkam. Hatten sie ihn gestützt, war er allein gelaufen? Irgendwann saß er neben Beth in einem offenen Rettungswagen, einem von vielen.

Als er anfing, sich Vorwürfe wegen Laura zu machen, dass er erst sie hätte retten sollen, dass er zu spät gekommen war, sagte ihm Beth, dass Laura nicht mehr zu retten gewesen wäre. Er wusste nicht, ob er ihr das glauben sollte, sagte etwas von Sekunden, die über Leben und Tod entschieden, und Beth legte ihm die Hand auf die Schulter und redete ihm weiter gut zu.

Er fragte nach Ken, die Sanitäter sagten ihm, dass das gesamte Gebäude evakuiert worden sei, niemand sei mehr drin, und garantiert niemand mehr, der noch lebte. Sie sagten nicht, dass Ken tot sein musste, weil sein Leichnam inmitten der Flammen lag. Man würde ihn erst bergen können, wenn alles gelöscht war. Für einen Toten riskierte niemand etwas. Als dem Einsatzleiter der Feuerwehr klar wurde, dass es sich um Nialls Wohnung handelte, die in die Luft geflogen war, fragte er die üblichen Dinge ab, Gasflaschen vielleicht, brennbares oder explosives Material in der Wohnung, irgendwas, worauf sie jetzt noch achten mussten, und Beth antwortete für ihn, sagte, es handele sich wohl eher um einen Brandanschlag. Der Einsatzleiter glaubte, Niall zu beruhigen, als er sagte, die Polizei sei schon unterwegs und alles würde sich dann aufklären. Niall fing an zu lachen und konnte erst aufhören, als Beth ihn ganz fest in den Arm nahm.

Das also war die Nachricht gewesen. Deshalb hatte er nach Hause gehen sollen. Das hatte auf ihn gewartet. Und sein Vater hatte ihn dorthin geschickt.

»Beth, du musst mir einen Gefallen tun«, sagte Niall, als sie allein waren. Er konnte wieder freier atmen und hatte sich einigermaßen beruhigt.

»Was?«

»Wenn die Polizei kommt, sag, du willst mit De Verell sprechen. Sie sollen so tun, als sei ich tot. Nur für diesen einen Tag. Nur für die Presse. Dann denken die Entführer, sie haben erreicht, was sie wollten.«

Sie sah ihn mit ihrem eigentümlichen Blick an, dann nickte sie. »Okay.«

»Ich verschwinde von hier.«

»Wo gehst du hin?«

»Ich habe eine Idee.«

»Die du mir nicht verraten willst.«

»Ich bin mir nicht sicher.«

»Du hast keine gute Erfahrung damit gemacht, keinem zu sagen, was du so treibst.«

Er schüttelte den Kopf. »Ich melde mich nachher. Kann ich deine U-Bahn-Karte haben?«

Sie nahm das Ticket aus ihrem Geldbeutel und reichte es ihm.

Er nickte, stand auf. Als er sie nun ansah, wirkte sie zerbrechlich und einsam. Genauso, wie er sich gerade fühlte. Er umarmte sie kurz, wie einen guten Kumpel, der eine lange Reise antreten würde. Dann verschwand er zwischen den Einsatzwagen.

36

London war unerträglich, wenn es heiß war. Die Stadt war auch unerträglich, wenn es kalt war, oder neblig, oder regnerisch. Bei Wind war sie nicht zum Aushalten. Aber wirklich unerträglich war sie, wenn es heiß war. Dann stank sie nach fauligem Fluss, nach warmen Abwässern, nach altem Müll. Oder es stank nach schwitzenden Menschen, billigem Parfum, fettigem Essen, Bier.

Heute war so ein Tag. Mitten im August, über dreißig Grad. Der Asphalt kochte, darüber waberten Fata Morganen. Bevor er den U-Bahnhof betrat, ging Niall in ein Pub, das auf dem Weg lag. Er bestellte sich ein Wasser, ging aufs Klo, wusch sich Hände und Gesicht, trank das Wasser aus, bestellte ein neues. Als die Meldung online ging, dass er »vermutlich unter den Todesopfern des Bombenanschlags in Brixton« war, stand er auf und fuhr zum Oxford Circus.

Annie saß im Café ihrer Galerie und war über Abzüge knalliger Fotos gebeugt, die sie aufmerksam studierte. Sie trug eine große Brille mit auffälligem schwarzem Rand, ihr schwarzes Haar war zum Zopf gebunden. Ohne zu fragen, nahm sich Niall einen Stuhl und setzte sich zu ihr an den Tisch. Erstaunt sah sie auf. Sie lächelte, als sie ihn erkannte.

»Niall«, sagte sie und wurde sofort ernst. »Wie geht es Ihrem Vater? Gibt es etwas Neues?«

Niall schüttelte den Kopf.

Sie nahm die Brille ab. »Das tut mir so leid. Hat die Polizei ...«

»Annie, ich brauche Ihre Hilfe.«

»Was kann ich tun?«

Er sah sie an, sah dann schnell wieder weg. Auf dem Weg hierher war ihm alles noch so klar, so logisch erschienen. Dass Annie ihm helfen würde. Weil sie diejenige war, die ihm dieses Foto gezeigt hatte. Jetzt wusste er nicht, wo er anfangen sollte.

»Ich hab gerade gelogen. Es gibt etwas Neues.«

»Was sagt die Polizei?«

»Die wissen nichts davon.«

Sie schwieg, wartete ab.

»Die Entführer haben mir ein Video geschickt. Darin sagte Leonard, ich solle zu einem Bankschließfach gehen und den Inhalt herausholen, abfotografieren und die Fotos an seine E-Mail-Adresse schicken. Dann würden weitere Instruktionen folgen. In dem Schließfach war das Bild von dem anderen Niall. Von dem toten Niall.« Er beobachtete, wie sie darauf reagierte, aber sie wirkte ebenso ratlos wie er.

»Was hat das mit seiner Entführung zu tun?«

»Ich weiß es nicht.«

»War kein Brief dabei? Irgendeine Notiz?«

»Nein.«

»Gar nichts?«

»Nein.«

»Und dann?«

»Dann habe ich gewartet, und es ist nichts passiert. Bis ich dachte, vielleicht hat er es wörtlich gemeint, als er sagte, ich solle nach Hause gehen und auf Instruktionen warten. Ich bin nicht nach Hause gegangen, sondern in den Sender gefahren. Ich bin erst sehr viel später nach Hause.«

»Und dort ...?«

»Wartete die Nachricht auf mich. Aber sie hat nicht mich erreicht, sondern zwei meiner Mitarbeiter. In Form einer Bombe. Meine Wohnung ist in die Luft geflogen, als sie sie betreten wollten.«

Annie schlug die Hände vors Gesicht.

Er sah auf die Uhr. »Vor zweieinhalb Stunden.«

»Was tun Sie jetzt hier?«

»Jemand will mich tot sehen. Ich bin nicht tot. Also bin ich gegangen.«

Sie nickte langsam. »Und jetzt?«

»Wer auch immer vorhatte, mich zu töten, wird vorerst glauben, dass es mich erwischt hat. Bis dahin will ich herausgefunden haben, wer es ist.«

»Wie kann ich Ihnen dabei helfen?«

»Was ist mit dem Foto?«, fragte er. »Irgendetwas muss doch mit diesem Foto sein.«

»Ich habe Ihnen alles darüber gesagt.«

»Kann jemand ein Interesse daran haben, dass dieses Foto verschwindet?«

Sie dachte nach. »Seine Frau lebt nicht mehr. Leonard hat es mir erzählt. Das muss schon vier oder fünf Jahre her sein.«

»Kinder?«

»Über die weiß ich nichts. Tut mir leid.« Geistesabwesend schob sie die Abzüge, die vor ihr lagen, zu einem ordentlichen Stapel zusammen und steckte sie dann in eine Mappe.

»Warten Sie«, sagte Niall.

Sie hielt inne.

»Darf ich mal sehen?« Er nahm vorsichtig einen der Abzüge und drehte ihn um. Auf der Rückseite stand eine Ziffernfolge, ähnlich der, die er auf dem Foto des toten Niall gesehen hatte. »Das sind Ihre Archivnummern, richtig?«

Annie nickte.

»Macht das jede Galerie?«

»Alle haben da so ihr eigenes System. Aber ja, natürlich ist es sinnvoll, nicht nur die Ausstellungsstücke ...« Sie verstummte. »Was ist?«

Niall suchte etwas auf seinem Smartphone. Den Umschlag mit dem Foto hatte er verloren. Es musste passiert sein, als er die Treppe hinaufgerannt war. »Ich habe die Rückseite fotografiert. Hier. Sehen Sie? Das ist die Rückseite des Abzugs.«

Annie sah auf das Display und kniff die Augen zusammen. Sie setzte sich wieder ihre Brille auf, sah noch einmal genau hin. »Das ist mein Archivierungssystem. Aber nicht meine Schrift.«

»Nicht Ihre Schrift?«

»Nein, sieht nach Leonards Handschrift aus.«

»Sicher?«

»Natürlich. Also, ich bin sicher, dass es nicht meine ist.«

»Warum schreibt Leonard oder wer auch immer dann die Archivnummer ...«

»Nein, das ist nicht die Nummer des Fotos.«

»Sie kennen doch wohl nicht alle Nummern auswendig.«

»Ich kenne mein System. Ein Foto von Leonard aus den 80ern müsste eine viel niedrigere Laufnummer haben.«

»Verstehe ich nicht. Warum sollte er eine falsche ... Oh.«

Er sah Annie an, und beide hatten dieselbe Idee. Ohne ein weiteres Wort standen sie auf und gingen durch den Shop zur Hintertür, die Treppe hinauf in Annies Büro. Diesmal nahm sie ihn mit in den Archivraum. Sie musste nicht lange suchen, bis sie gefunden hatte, was unter der Nummer abgelegt war.

»Ihr Vater hat offenbar eine kleine Schnitzeljagd veranstaltet. Auf Ihrem Abzug steht die Nummer für diesen Umschlag. Er ist versiegelt, er trägt Ihren Namen. Machen Sie ihn auf.« Sie wandte sich zur Tür. »Ich warte draußen.«

Er zögerte, nickte dann. Sie schloss die Tür behutsam hinter sich, so als könnte ein lautes Geräusch das gesamte Archiv zum Einsturz bringen. Niall sah sich um, suchte nach einem geeigneten Ort. Er musste sitzen. Sich wenigstens anlehnen. Er spürte die Anstrengung der letzten Stunden, den fehlenden Schlaf, die Trauer, die Aufregung. Seine Knie waren weich, sein Herz schlug zu schnell, wann immer er den Kopf drehte, wurde ihm schwindelig. Schließlich setzte er sich auf das Fensterbrett, weil es in dem Archivraum keinen Stuhl gab, nur Schränke und noch mehr Schränke und Regale in engen, dunklen Reihen. Das Fenster war abgedunkelt, damit kein Sonnenlicht hereinkam, und die Raumtemperatur war genau geregelt. Fotopapier war empfindlich.

Niall sah sich den Umschlag an. Dasselbe Siegel, dieselbe Aufschrift auf der Vorderseite. Erst dachte er: Was, wenn Leonard die Umschläge verwechselt hatte? Aber dann würde das mit der falschen Archivnummer auf dem Abzug keinen Sinn ergeben. Er riss Siegel und Umschlag auf, wie schon am Morgen, griff hinein, wie schon am Morgen, doch diesmal war es ein Foto, das er noch nie gesehen hatte, und er war sich fast sicher, dass es außer ihm und seinem Vater nur einen einzigen Menschen auf dieser Welt gab, der wusste, was darauf zu sehen war.

Lange studierte er das Bild, jedes noch so kleine Detail, um sicherzugehen, dass er sich nicht täuschte, dass es echt war und keine Fälschung, keine Montage. Wie schon am Morgen sah er in den Umschlag, ob sich darin noch mehr befand, und diesmal fand er etwas: Negative. Da es keinen Kontaktbogen dazu gab, hielt er sie gegen das Licht, prüfte sie kurz, steckte sie wieder in den Umschlag. Nicht aber das Foto. Er drehte es um und las: 19910301. Keine Archivnummer, sondern ein Datum. Der 1. März 1991.

Er sah es sich noch einmal an, hoffte, jetzt einen eindeutigen Hinweis darauf zu finden, dass er eine Fälschung in der Hand hielt. Obwohl er die Negative gesehen hatte. Auf dem Bild: ein nackter, knieender Mann. Er hatte die Hände auf den Rücken gefesselt und sich so weit vorgebeugt, dass sein Gesicht den dreckigen Boden berührte. Der Mund war weit aufgerissen, als würde der Mann vor Schmerz schreien. Hinter ihm stand ein anderer Mann in Uniform, einer britischen Uniform. Er hielt ein Gewehr in den Händen. Der Lauf des Gewehrs steckte im Anus des Mannes, der nackt und gefesselt auf dem Boden kauerte. Der Mann in Uniform grinste, nicht in die Kamera, sondern einfach so. Er hatte Spaß an dem, was er tat.

Bilder können täuschen, dachte Niall. Sie können einen Moment verzerrt darstellen. Dann ist er festgehalten für die Ewigkeit und zeigt das Falsche. Doch dieses Bild ließ wenig Raum für Zweifel. Der Mann in Uniform hatte gerade seinem Opfer den Gewehrlauf in den Körper gerammt. Es war egal, ob er im nächsten Moment abdrücken würde oder nicht. Allein diese Form der Demütigung, diese Beleidigung, diese Einschüchterung war unglaublich, auch wenn das Datum einen Krieg beschrieb, der zu dieser Zeit kaum vorbei gewesen war. Selbst wenn dies das einzige Vergehen dieses Mannes in Uniform gewesen war, so war es doch etwas, das ihn zu einem Kriegsverbrecher machte, einem, der Gefangene schändete. Mindestens einen Gefangenen.

Niall versuchte sich zu erinnern, wie Carls Militärlaufbahn geendet hatte. Niall selbst war zur Zeit des Golfkriegs noch zu jung gewesen. Hatten seine Eltern darüber gesprochen? Oder hatte es einfach geheißen, Carl mache nun beruflich etwas anderes? Es konnte niemand von diesem Foto gewusst haben – außer Carl und Leonard. Also würde es keine spektakuläre Geschichte über Carls Austreten aus dem Militär geben. Niall stellte sich vor, wie Leonard Carl nahelegte, das Militär zu verlassen und einen zivilen Beruf zu ergreifen, weil er sonst das Foto veröffentlichen würde. Wie Carl sich dem fügte, um dann jahrzehntelang in der Angst zu leben, dass Leonard ihn eines Tages wieder damit erpressen würde ...

Hatte Carl etwa Leonard Huffman entführen lassen? Den Trubel um den ermordeten Air Cadet zum Anlass genommen, etwas zu inszenieren, das auf eine falsche Spur führte? Es steckten gar keine Islamisten dahinter, sondern – Carl. Hatte Carl gedacht, dieses Bild sei in dem Schließfach? Hätte Leonard ihn in den Tod geschickt, wenn er von der Bombe gewusst hätte?

Aber warum jetzt? Was war geschehen, dass Carl jetzt das Foto beseitigt wissen wollte? Weil Leonard ihn wieder damit konfrontiert hatte. Was hatte Leonard von ihm verlangt? Wie groß musste es gewesen sein, dass er bereit gewesen war, sein Leben aufs Spiel zu setzen – und das seines Sohns?

Niall verstand es nicht. Bis Karen wie eine Vision vor ihm auftauchte. Karen, mit der Carl damals verheiratet gewesen war. Hatte sie davon gewusst? Hatte Leonard gedroht, ihr von Carls Vergangenheit zu erzählen?

Was hätte das gebracht?

Irgendetwas bedachte er nicht richtig. Niall überlegte weiter, aber er bekam Karen nicht aus dem Kopf. Karen, die Innenministerin, die sich Dinge herausnahm, die eigentlich dem Premierminister oder dem Außenminister zustanden. Karen, die über Kriegseinsätze sprach. Karen …

Nicht lange nach dem Golfkrieg hatten sich die beiden scheiden lassen, und Carl hatte Susan geheiratet. Aber Carl und Karen waren bis heute befreundet.

Freundschaftlich verbunden.

Ein Mann, der für das Gesundheitsamt arbeitete, und die Innenministerin.

Ein Film über islamistische Terroristen.

Die Entführung des Mannes, der die Idee zu dem Film hatte. Und der Material besaß, um den Mann vom Gesundheitsamt zu erpressen. Aber um was zu erreichen?

Es ergab keinen Sinn.

Noch mal von vorn. Leonard hatte gewollt, dass Niall die Hintergründe der Tat beleuchtete. Die Hintergründe an der Hinrichtung von Paulie Ferguson. Religiöser Fanatismus. Radikalisierung. Der MI5.

Der Inlandsgeheimdienst. Berichtete an die Innenministerin. Der Inlandsgeheimdienst hatte sich für Farooq interessiert.

Der Inlandsgeheimdienst hatte einen Henker, einen Schlächter angeworben.

Was hatte Carl damit zu tun?

Nichts.

Es sei denn ...

Niall verließ das Archiv. Auf dem Flur wartete Annie auf ihn. Sie sah ihn besorgt an, spürte, dass etwas mit ihm geschehen war. Sie fragte nicht.

Er gab ihr den Umschlag und sagte: »Versiegeln Sie ihn wieder. Und verstecken Sie ihn.«

Niall ging an ihr vorbei, die Treppe hinunter, durch den Shop, und trat in den hellen Sonnenschein. Im Archiv hatte er fast gefroren, die Sommerhitze traf ihn, als wäre er gegen eine Wand gerannt. Nicht die erste Wand heute, dachte er.

Der Asphalt kochte. London war unerträglich bei diesen Temperaturen. Niall drehte sich nach der Galerie um und dachte daran, wie er hier seinen Vater kennengelernt hatte. Er hatte ihn damals gefunden, ohne ihn gesucht zu haben. Heute würde er ihn wieder finden.

37

Niall ging zum Piccadilly Circus, vorbei an geschlossenen Bars und Theatern, durch Seitenstraßen, die trotz des strahlenden Sonnenscheins dunkel und kühl wirkten, als würde die Nacht nie ganz aus den Gebäuden verschwinden. Er kaufte sich eine Baseballkappe und eine Sonnenbrille, ließ sich von den Touristenströmen aufnehmen und hinunter zur Themse treiben, wo er sich in ein dunkles Pub an die Bar setzte, den Fernseher im Blick, und Kaffee bestellte.

In den Nachrichten sagten sie, dass er vermutlich tot war. Sie sprachen von einem möglichen Attentat, das in Verbindung zu der Entführung seines Vaters stand. Dann sprachen sie vom Krieg. Von den USA, die bereits Kampfjets losgeschickt hatte. Von dem britischen Premierminister, der vor wenigen Minuten vor die Presse getreten war und mitgeteilt hatte, dass einem Militäreinsatz gegen den IS nichts mehr im Wege stand. Sie sprachen noch von weiteren Ländern, die sich an den Einsätzen beteiligen würden, aber sie sagten nicht, welche es waren. Es interessierte sowieso niemanden. Die einzig interessanten waren die USA und das Vereinigte Königreich.

Was der große Bruder vormacht, macht der kleine nach, sagten viele. *We're the 51st State of America.*

Sie zeigten die Umfragewerte, was den Kriegseinsatz betraf. Das Ja zum Krieg gegen den IS war seit dem Mord an Paulie Ferguson gestiegen. Die Befürworter hatten in den vergangenen zwei Tagen noch einmal deutlich zugenommen.

Der Anschlag auf die Synagoge hatte ein weiteres Meinungsbild verändert. Waffen für Israel, hieß es nun, wo vorher nicht einmal ein Viertel der befragten Briten so etwas befürwortet hätte.

Der letzte Punkt der Umfrage betraf die Hamas. Über fünfzig Prozent der Befragten fanden, dass die Hamas und Israel zusammen gegen den IS kämpfen sollten.

Sie wollten eine Region aufrüsten, die seit Jahrzehnten im Krieg versank. Panzer, die westeuropäische Länder oder die Vereinigten Staaten an Katar oder den Irak geliefert hatten, waren nun im Besitz des IS. Panzerfahrzeuge und schwere Geschütze aus russischer Produktion ebenfalls. Waffen aus dem letzten Golfkrieg. Amerikanische Hubschrauber. Waffen aus Saudi-Arabien. Alle Regierungen dementierten diese Meldungen. Der IS sei durch Schutzgelderpressungen reich geworden und hätte durch geschickte Raubzüge all das erbeutet. Den Rest auf dem Schwarzmarkt gekauft. Ein Großteil der Offiziere seien Ehemalige des sunnitischen Militärs unter Saddam Hussein. Oder desertierte syrische Soldaten.

Noch mehr Waffen sollten in den Nahen Osten geschafft werden. Für noch mehr Kriege. Es gäbe keine andere Lösung für diesen Konflikt, sagten Sprecher der Regierungen. Der IS sei zu aggressiv und anders nicht mehr aufzuhalten.

Wenn es Krieg gab, ging es nie um Religion oder Menschenwürde, sondern immer nur um wirtschaftliche Interessen. Um Küstenlinien und Häfen, um Ölvorkommen und Zugang zu strategisch wichtigen Punkten. Krieg im Namen Gottes war eine Lüge. Schon immer. Auch wenn ein paar arme Idioten, die man als Kanonenfutter missbrauchte, daran glaubten.

Wie praktisch, dass Paulie Ferguson so kurz vor der Entscheidung, ob Großbritannien in diesen Krieg ziehen würde, gestorben war. Wie unglaublich praktisch. Fast schon Fügung.

Niall kannte die Haltung von Leonard Huffman genau. Jeder kannte sie. Sie war klar und eindeutig. »Es gibt keinen einzigen guten Grund für Krieg.« Das allein war seine Mission gewesen, die ihn um die Welt getrieben hatte, damit er den Menschen zeigte, was sie sich gegenseitig antaten. Warum hatte ein Mann mit solchen Idealen das grausame Foto von Carl und seinem Opfer zurückgehalten? Was war die Abmachung zwischen den beiden Männern gewesen?

Und was war vorgefallen, dass Carl es nun offenbar für nötig hielt, Leonard entführen zu lassen?

Niall bestellte sich einen neuen Kaffee und ein Glas Wasser, als die Meldung über den Fernsehbildschirm lief: »Eilmeldung: Fotograf Leonard Huffman von Entführern freigelassen«, stand da. Niall atmete erleichtert auf. Er spürte, wie ein großer Teil der Anspannung von ihm abfiel, wie er trotzdem mit einem Mal am ganzen Körper zitterte.

Er ließ den Kaffee stehen und bestellte sich einen Whisky, nahm sein Handy und klickte sich durch die Nachrichtenseiten. Überall dieselbe Meldung, weitere Informationen würden folgen.

Sein Vater war also frei. Hieß es.

Er hatte damit gerechnet, dass genau das passieren würde. Er stellte sich vor, wie Carl seinen alten Bekannten

Leonard quälte: »Wo hast du das Foto von mir?« Und Leonard, der sagte: »Es gibt keins mehr.« Und Carl, der sagte: »Aber du hast ein Schließfach, ich weiß es, da ist es bestimmt.« Und Leonard, der sagte: »Ich werde dir beweisen, dass es auch dort nicht ist.«

Konnte es so gewesen sein? Hatten sie ihn dorthin geschickt, damit er den Beweis erbrachte, dass ein anderes Bild im Safe lag? Hatte Carl anschließend Niall töten wollen, um sicherzugehen, dass er niemals herausfinden würde, worum es eigentlich gegangen war?

Hätte er dann nicht besser Leonard töten müssen?

Und wieder der Gedanke, dass Leonard ihn vielleicht wissentlich in den Tod geschickt hatte. Geh nach Hause. Geh sterben.

Irgendetwas stimmte da nicht.

Carl hätte Leonard nicht laufen lassen, wenn er wüsste, dass Niall das Foto gefunden hatte. Niall musste jetzt nur warten, bis sein Vater garantiert in Sicherheit war. Er würde warten. Seinen Whisky trinken, warten, für die anderen tot sein.

Etwa eine Stunde später suchte er seine Hosentaschen nach Geldscheinen ab, fand noch einen Zehner und bestellte sich etwas zu essen. Der Barmann fragte ihn beiläufig, ob er die Sonne nicht vertrug oder Ärger mit seiner Frau hatte. Niall behauptete, beides sei der Fall.

Mitten während seiner Mahlzeit zeigten sie die ersten Bilder von Leonard. Er stieg gerade aus einem zivilen Polizeiwagen. Eine Meute Journalisten bestürmte ihn. Er weinte über seinen getöteten Sohn. Er beschrieb seine Entführer als arabischstämmig und sagte, sie hätten sich selbst als Salafisten bezeichnet und vom Islamischen Staat gesprochen. Er hatte London nie verlassen, aber sie hätten davon gesprochen, ihn ins Ausland zu schaffen und dort zu töten, wenn man ihren Forderungen nicht nachkäme. Dann brachte man ihn in das Gebäude, vor dem sie sich befanden. Es war ein Krankenhaus. Niall erkannte Detective Inspector De Verell. Er wusste nicht, ob De Verell seinem Vater die Wahrheit gesagt hatte oder nicht. Vielleicht ließen sie ihn in dem Glauben, Niall sei tot, damit er nicht schauspielern musste und am Ende noch alles versaute.

Traute Niall den Ermittlern so viel Grausamkeit zu? Einem Mann nicht zu sagen, dass sein Sohn noch lebte, während er denken musste, er sei schuld an dessen Tod? Niall musste sich die Frage mit Ja beantworten.

Leonard war nun also frei. Carl hatte bekommen, was er wollte. Das Foto, so glaubte er, existierte nicht mehr. Leonard war angemessen bestraft worden. Niall war aus dem Weg geräumt worden, so dachte er, konnte keine Fragen mehr stellen, keine Fotos mehr finden, keinen Schaden mehr anrichten und die Dokumentation nicht mehr drehen.

Die Doku. Über zwei junge Männer, die im Trainingscamp gelernt hatten, wie man Menschen tötete. Einer von ihnen war vielleicht vom Geheimdienst angesprochen worden, um die Salafistenszene zu infiltrieren.

Niall aß auf und ging. Der Weg nach Harrow war weit, und er hatte vorher noch einiges zu erledigen.

38

Susan schrie tatsächlich auf, als sie ihn sah. Es war ein kratziger, etwas verunglückter Schrei. Sie schlug sich eine Hand vor den Mund, und Niall sah, dass sie geweint hatte.

»Du lebst ja!« Sie fiel ihm um den Hals.

»Ja.« Er versuchte, sich sanft aus ihrer Umarmung zu befreien, aber sie klammerte sich nur noch fester an ihn.

»Niall, ich bin so glücklich! Du lebst!« Er spürte warme Tränen an seinem Hals.

»Susan, das war ein Missverständnis. Tut mir leid, dass du dich aufgeregt hast.«

Er spürte an seiner Schulter, wie sie den Kopf schüttelte. Langsam lockerte sie die Umarmung, und er konnte sie sacht von sich wegschieben.

»Ist Carl da?«

Sie nickte schluchzend. Niall ging an ihr vorbei ins Wohnzimmer, wo Carl schon aufmerksam wartete. Niall blieb im Türrahmen stehen und betrachtete den Mann: Carl würde ihm ansehen, dass er alles wusste. Vielleicht nicht wirklich alles, aber doch genug. Und Niall sah Carl an, dass er tatsächlich nicht mit ihm gerechnet hatte. De Verell hatte dichtgehalten.

»Für wen arbeitest du?«, fragte Niall. »MI5?«

Susan war ihm gefolgt. »Carl, er sagt, es war ein Missverständnis, ist das nicht großartig, dass er lebt?« Als ihr niemand antwortete, merkte Susan, dass etwas nicht stimmte. »Was ist los?«

»Dein Mann arbeitet für den Inlandsgeheimdienst«,

sagte Niall und ließ Carl nicht aus den Augen. Er hörte Susan japsen.

Carl lachte. »Junge, dir muss es wieder gut gehen, wenn du solche Scherze machen kannst. Jetzt komm rein und setz dich hin. Hast du deinen Vater schon gesehen?«

»Im Fernsehen.« Niall blieb, wo er war. »So lange habe ich gewartet.«

»Diese Araber haben ihn endlich laufen lassen. Du musst sehr erleichtert sein. Willst du dich wirklich nicht hinsetzen?«

»Wie lange willst du das noch durchziehen?«, fragte Niall.

Carl sah seine Frau an. »Susan, bist du so lieb und machst Niall etwas zu trinken? Was möchtest du? Für einen Whisky ist es vielleicht zu heiß. Vorschläge?«

Niall sagte nichts. Susan blieb hilflos stehen, wischte sich nur verstohlen die Tränen von den Wangen.

»Dann entscheide ich. Susan, ich habe eine Idee. Im Keller haben wir doch diesen wunderbaren Riesling.«

»Du trinkst doch lieber ...«

Er unterbrach seine Frau. »Liebes, der, von dem ich dir gesagt habe: Wir heben ihn uns auf für einen ganz besonderen Anlass. Erinnerst du dich?«

Sie dachte nach, nickte.

»Gut. Sieh mal nach, ob der ordentlich gekühlt ist. Der wäre bei dem Wetter genau das Richtige. Und schließlich haben wir etwas zu feiern. Niall, der Wiederauferstandene! Und Leonard ist auch wieder heil zurückgekehrt. Schade, dass er nicht hier ist.«

Susan ging eilig zum Vorratsraum hinter der Küche. Niall hörte, wie sie zwischen Flaschen herumsuchte.

Carl stellte sich vor Niall, die Hände in den Hosentaschen, ein Lächeln auf den Lippen. »Na komm. Setz dich zu mir, dann reden wir über alles.« Er fasste Niall am Ellbogen und schob ihn zum Sofa.

Niall setzte sich nicht. »Hast du eigentlich Karen einen Gefallen getan, indem du dafür gesorgt hast, dass alle hier im Land zu wahren Rassisten werden? Oder hat sie dir einen Gefallen getan, indem sie diese wirklich, wirklich merkwürdige Rede über die Notwendigkeit der Waffenlieferung nach Israel gehalten hat? Willst du Karriere machen innerhalb deiner ... Strukturen, oder benötigt sie deine Unterstützung auf ihrem Weg zur Premierministerin? Braucht ihr euch gegenseitig?«

Carl schüttelte langsam den Kopf. Auch er setzte sich nicht hin. »Niall, das war wohl wirklich etwas viel für dich, nicht wahr? Aber jetzt sollten wir uns erst einmal darüber freuen, dass es deinem Vater gut geht.«

Aus der Küche hörte Niall, wie Susan mit Gläsern hantierte. Eins fiel ihr zu Boden, sie stieß einen spitzen Schrei aus, rief dann sofort hinterher, dass alles in Ordnung sei. Er sah, wie Carl versonnen über die Ungeschicklichkeit seiner Frau lächelte.

Niall sagte: »Je länger ich drüber nachdenke, desto sicherer bin ich mir, dass Karen nach deiner Pfeife tanzt.«

Carl schüttelte amüsiert den Kopf. »Eine so selbstbewusste Frau wie Karen. Wie kommst du nur auf so einen absurden Gedanken.«

»Ja, niemand würde auf so etwas kommen. Ich glaube, du hast etwas gegen sie in der Hand. Weißt du, warum ich das glaube?« Er machte eine kleine Pause, für den Effekt, nicht weil er dachte, Carl würde antworten. Carl wirkte tatsächlich so, als sei er mit den Gedanken mehr bei seiner Frau, die man die Scherben zusammenkehren hörte. »Weil es wohl kaum umgekehrt ist. Wenn sie das Foto kennen würde, hätte sie dich längst ans Messer geliefert. Einfach nur, um dich loszuwerden. Jemand wie Karen findet spielend neue Leute, die ihr schnell einen Gefallen schulden werden.«

»Welches Foto?« Carl ließ es beiläufig interessiert klingen.

»Du weißt, wovon ich rede.«

»Mein Junge, der heutige Tag ist dir tatsächlich nicht gut bekommen.« Als Schritte zu hören waren, hellte sich sein Gesicht auf. »Susan, meine Liebe, hast du auch drei Gläser mitgebracht? Was denn, nur zwei? Aber nein, du setzt dich natürlich zu uns.«

Susan stellte Flasche, Weinkühler und Gläser ab, ging zurück in die Küche.

»Du willst sie dabeihaben, damit ich nicht mehr über das Foto rede, stimmt's?«, fragte Niall.

Susan kam mit einem dritten Glas und einem Korkenzieher zurück.

»Schraubverschluss, Liebes.« Carl lächelte, als er den Korkenzieher sah. »Sagt mittlerweile gar nichts mehr über die Qualität des Weins. Man bekommt den wundervollsten Tropfen mit einem Schraubverschluss, und den billigsten Fusel verkaufen sie einem mit Korken.« Carl goss jedem von dem Riesling ein. Er hob sein Glass und sagte: »Niall, mein Junge, trinken wir darauf, dass alles vorbei ist. Darauf, dass du lebst und dass dein Vater wohlbehalten aus der Hand der Entführer zurückkehren konnte.«

Susan war die Einzige, die sich hingesetzt hatte. Sie nahm ihr Glas und sah verunsichert von einem zum anderen. »Niall, was ist mit dir?«, fragte sie leise. »Nimm doch dein Glas und trink erst mal was.«

Nialls Blick blieb auf Carl gerichtet. »Susan, ich glaube, es ist besser, wenn du uns für einen Moment allein lässt.«

Sie erhob sich.

»Sie bleibt hier«, sagte Carl.

»Willst du das wirklich?«

Er glaubte, in Carls Blick etwas Höhnisches zu erkennen.

»Was ist denn los?«, fragte Susan, jetzt klang ihre Stimme schrill.

»Ich habe vorhin keinen Scherz gemacht. Dein Mann ist nicht der, für den du ihn hältst. Ich bin mir sicher, dass er morgens nicht ins Gesundheitsamt fährt, sondern sein Büro im Thames House hat. Und ich weiß, dass er hinter der Entführung meines Vaters steckt.«

Ein erstaunter Aufschrei. »Wie kannst du so etwas …«

»Leonard und er kennen sich schon seit über zwanzig Jahren.«

»Ja, er hat mir erzählt, dass …«

»Sie waren beide einundneunzig zusammen im Irak. Carl hatte seinen Spaß daran, die Kriegsgefangenen zu misshandeln. Leonard hat davon ein Foto gemacht.«

Lachend winkte Carl ab.

Susan rief empört: »Carl, sag doch was zu diesem Unsinn!«

Aber Carl lächelte nur, hielt das Glas in der Hand und schien abzuwarten.

»Leonard hat ihn beobachtet«, fuhr Niall fort, »als er einem der Gefangenen den Lauf eines Sturmgewehrs in den Arsch gerammt hat. Der Mann kniete nackt und gefesselt vor ihm. Er war bereits unterworfen und gedemütigt. Aber das hat Carl offenbar nicht gereicht.«

»Das ist ekelhaft, Niall!«

»Sag das nicht mir. Sag das deinem Mann.«

»Ich kann mir nicht vorstellen, dass Carl ...«

»Ich habe das Foto gesehen, Susan.«

Carl blieb immer noch ungerührt. »Niall, du musst da etwas verwechseln.«

»Nein. Ich habe das Foto gesehen«, wiederholte er. »Carl, du kannst so nicht weitermachen. Das Foto gibt es noch. Leonard hat mir gezeigt, wo es ist. Er hat es mir gezeigt, als du ihn entführt hast. Sonst hätte ich wohl nie davon erfahren. Ich nehme an, für den Fall, dass genau dies eintreten würde, hast du versucht, mich umzubringen.« Er ignorierte Susans Wimmern. »Ich bin eigentlich nur hier, weil ich Antworten von dir will. Wahrscheinlich bekomme ich sie nicht, aber ich dachte, ich will es wenigstens versucht haben, bevor ...« Er überlegte, wie er es formulieren sollte.

In diesem Moment spürte er, was es hieß, Macht über andere Menschen zu haben. Nicht durch physische Gewalt, sondern durch Wissen, durch den Besitz von Informationen. Er fühlte sich entspannt und erhaben zugleich, unantastbar und stark. Niall setzte sich auf das Sofa, lehnte sich zurück und schlug die Beine übereinander.

»Das Foto, mein lieber Carl, existiert noch, ebenso das Negativ. Ich werde dir natürlich nicht sagen, wo es ist. Aber selbst wenn du es wüsstest, selbst wenn du jetzt in diesem Moment die Möglichkeit hättest, die Negative zu zerstören und alle Abzüge, die es jemals gab, zu vernichten. Selbst dann ...« Er ließ das Ende des Satzes in der Luft hängen.

Carl nickte. »Selbst dann wäre es zu spät, meinst du. Was hast du getan?« Er sprach ruhig und fest, das Weinglas in der einen Hand, die andere lässig auf die Rückenlehne eines Sessels gelegt.

»Ich habe es natürlich abfotografiert. Als Ganzes, einzelne Details, alles ist jetzt digital. Es ist nicht ganz so gut wie ein Scan, aber ich denke, es reicht.«

»Wo sind die Dateien jetzt?«

»Wo sollen sie sein?« Niall nahm sein Glas, spürte so etwas wie Triumph. »Im Netz. Gemailt an den Account meiner Kollegin.«

»Die schöne Israelitin«, sagte Carl und nickte.

»Das weißt du?«

»Natürlich.«

Niall lächelte, nahm endlich sein Glas und trank einen Schluck. Der Riesling war kühl und trocken, vielleicht etwas zu säuerlich für seinen Geschmack. Bis zu diesem Zeitpunkt war es eine Theorie ohne stichhaltige Beweise gewesen, dass Carl für den Geheimdienst arbeitete. Jetzt glaubte Niall, dass aus wackligen Beinen ein stabiles Fundament geworden war.

»Beths Account«, sagte er. »Aber das allein wäre nicht besonders aufregend, nicht wahr? Also sind die Fotos auch noch auf meinem Blog, das ich vorhin eingerichtet habe. Ich bin der, dessen Vater entführt wurde. Ich bin der Sohn von Leonard Huffman. Wenn ich sterbe, werden sich noch viel mehr Leute als jetzt schon für mein Blog interessieren. Sie werden die Fotos sehen. Sie sind da draußen, Carl. Du kannst sie nicht mehr zurückholen. Jemand wird sie finden und verbreiten, selbst wenn die Originale vernichtet wären. Es ist vorbei.«

Carl hob sein Glas, lächelte und prostete erst Niall, dann Susan zu. »Auf uns. Es hätten große Männer aus uns werden können.« Er trank das Glas in einem Zug aus.

Susan schluchzte neben Niall auf dem Sofa und schien ganz und gar desorientiert.

»Trink, meine Liebe«, sagte Carl. »Danach geht es dir besser.« Sie gehorchte ihm, wie immer.

Niall schmeckte der Wein nicht besonders. Er wollte das Glas gerade zurück auf den Tisch stellen, als Carl zusammenbrach. Susan sprang auf und wollte zu ihm, aber sie geriet ins Stolpern, ächzte, fiel zu Boden. Niall spürte eine unangenehme Schwere hinter seinen Augen, und ihm wurde schlecht. Die Lider fielen ihm zu, die Welt tauchte in Rot und Schwarz. Wirre Bilder erschienen, von Beth, von Laura, wenigstens lebte Laura, er sah die beiden Frauen über eine Straße laufen, irgendwie tauchte Leonard noch auf und wollte ihm etwas sagen, aber Niall hörte ihn nicht. Hilflos fiel er in einen schweren, dunklen Schlaf.

39

Zum zweiten Mal an diesem Tag fand er sich in einem Krankenwagen wieder. Diesmal lag er, und man hatte ihm einen Infusionsschlauch angelegt.

»Er ist wach«, sagte eine Sanitäterin.

DI Gilpin, blond und kühl wie immer, kam in den Wagen und nickte ihm zu. »Sie hatten Glück«, sagte sie.

»Was ist passiert?« Er hatte einen ekelhaft sauren Geschmack im Mund. Als hätte er sich übergeben.

»Wie geht's Ihnen?«

»Kotzübel. Kopfweh. Halsweh.« Er hatte sich offenbar wirklich übergeben.

»Ihr Glück, dass sie nur so wenig getrunken haben. Man hat Ihnen trotzdem den Magen ausgepumpt.«

Er versuchte sich zu erinnern. Der Wein, dieser Riesling für »besondere Anlässe«, den Susan holen musste.

»Was ist mit Carl und Susan?«, fragte er.

Gilpin schüttelte den Kopf.

»Um Susan tut es mir leid«, sagte Niall. »Sie hatte keine Ahnung, was los war.«

»Sie müssen sich übrigens bei Ihrer Kollegin bedanken.«

Niall folgte Gilpins Blick und sah nach draußen in die Dunkelheit. Im Krankenwagen war es gleißend hell. Er brauchte einen Moment, um sich zu orientieren. Dort standen Polizeiwagen, das Auto der Gerichtsmedizin, ein Leichenwagen. Eine Frau hatte sich an den Streifenwagen gelehnt und rauchte. Er hatte Beth noch nie rauchen sehen. Aber sie war es.

»Sie hat das Foto von Carl Davis in den Mails gefunden. Ist hergekommen, hat gesehen, was los war, und uns angerufen.« Gilpin zögerte, überlegte vielleicht, ob sie ihm alles erzählen sollte, tat es dann. »Sie ist in das Haus eingebrochen und hat Ihnen Salzwasser in den Hals geschüttet, bis Sie gekotzt haben.« Jetzt lächelte Gilpin. »Ich glaube, Sie mag sie.«

Niall hustete und wechselte das Thema. »Was war das für ein Zeug, das Carl in den Wein geschüttet hat? Ich meine, es muss ja im Wein gewesen sein.«

»Keine Ahnung. Warten Sie das Labor ab. Das kann ein paar Tage dauern.«

»Kann ich nach ...« Er hatte sagen wollen: nach Hause. Bis ihm einfiel, dass es seine Wohnung nicht mehr gab. »Wo wohne ich denn jetzt?«

»Wir kümmern uns um ein Hotel, wenn Sie wollen. Für die nächsten Tage.« Sie sah ihn an. »Tut mir wirklich leid für Sie.« Es klang aufrichtig.

»Ja. Klar.« Er wandte sich an die Sanitäterin. »Kann ich aufstehen?«

Sie sah nach der Infusion, die fast komplett durchgelaufen war. »Wenn Ihnen danach ist?«

»Ist es.«

»Denken Sie dran, weiter viel zu trinken.«

»Klar.« Er setzte sich vorsichtig auf, wartete ab, wie sein Kreislauf reagierte. Ihm wurde kurz schwarz vor Augen, aber dann ging es wieder. Langsam stand er auf, kletterte aus dem Wagen und ging ein paar Schritte. DI Gilpin folgte ihm wie ein Hund.

»Würden Sie mich einfach mal eine Weile in Ruhe lassen?« Er klang harscher als gewollt.

Sie hob abwehrend die Hände und verzog sich zu ihren Kollegen, die gerade aus dem Haus kamen.

Niall ging zu Beth, die ihm eine Zigarette anbot. Er schüttelte den Kopf. »Mir ist schon schlecht.«

»Du siehst auch echt scheiße aus.« Sie musterte ihn mit zusammengekniffenen Augen, schüttelte dann den Kopf. »Grün steht dir nicht – als Gesichtsfarbe.«

»Ah. Ja. Danke.« Er lehnte sich ebenfalls an den Streifenwagen. »Und: Danke.«

»Schon okay.« Sie warf die aufgerauchte Zigarette auf den Boden und trat sie aus. »Du solltest dich hinlegen.«

»Aha. Wo denn?«

»Hotel?«

»Hat Gilpin auch vorgeschlagen. Vielleicht eine gute Idee.«

»Leonard?«

»Vielleicht eine bessere Idee.«

»Frag ihn. Ihr habt euch sowieso noch einiges zu erzählen.«

Natürlich hatten sie das. Niall hatte ihn noch nicht gesehen, seit man ihn freigelassen hatte. Er wusste immer noch nicht, was man Leonard erzählt hatte: dass sein Sohn tot war und dann doch nicht tot war. Oder ob man ihn von Anfang an eingeweiht hatte.

»Es ist mitten in der Nacht, nehme ich an.«

»Nicht ganz so dramatisch. Elf.«

»Kommst du mit?«

Beth, die sich gerade eine neue Zigarette anzünden wollte, hob abwehrend die Hände. »Nein, das ist euer Ding. Ich störe nur.«

»Ohne dich wäre ich nicht hier. Also?«

Sie rauchte still und ließ sich Zeit mit der Antwort. »Na gut«, sagte sie endlich. »Jemand muss ja auf dich aufpassen.« Fast so etwas wie ein Lächeln. Sie griff in ihre Umhängetasche und kramte einen Kaugummi hervor. Nicht für sich, für ihn. »Hier. Bis du dir die Zähne geputzt hast.«

Er nahm ihn. »Ich glaube, ich besitze nicht einmal mehr eine Zahnbürste.«

»Kann man alles kaufen.«

Er sah sie an und musste lachen. Sie grinste und sah zu Boden. Niall konnte nicht anders, er umarmte sie.

Sie schob ihn von sich. »Nicht gleich übertreiben«, murmelte sie.

»Niall«, hörte er Gilpins Stimme.

Er drehte sich um zu ihr, sagte: »Ich würde jetzt gern zu meinem Vater. Kann ich gehen?«

»Niall, ich muss mit Ihnen reden. Wir.«

Er sah sie zusammen mit DI De Verell auf den Streifenwagen zukommen.

Niall sagte nichts. Er spürte, dass etwas nicht in Ordnung war. Er wollte nichts davon hören. Es war schon zu viel geschehen.

»Ihr Vater«, sagte De Verell. Er hielt ein Tablet in der Hand, öffnete mit der anderen die Beifahrertür des Streifenwagens. »Setzen wir uns? Beth, Sie auch, wenn Sie wollen.«

Als alle vier in dem Wagen Platz genommen hatten, hielt De Verell das Tablet so, dass Niall gut sehen konnte. »Eine Videobotschaft an Sie.«

Niall erschrak. »Ist er schon wieder entführt worden?«

De Verell schüttelte stumm den Kopf und drückte auf Play.

Das Video zeigte Leonard in seinem Büro im Sender. Die Kamera hatte er gute zwei Meter entfernt mit Stativ aufgebaut, schätzte Niall. Leonard wirkte froh und ruhig, irgendwie aufgeräumt. Nialls Herzschlag beruhigte sich wieder, als er ihn sah.

»Niall, mein Sohn. Ich muss dir etwas erklären. Ich wollte, dass du die Dokumentation drehst, damit herauskommt, dass einer der beiden Attentäter Verbindungen zum MI5 hatte. Genauer gesagt zu Carl. Und um es ganz deutlich zu sagen: Die beiden jungen Männer wurden gezielt zu dem Attentat angestiftet. Ich weiß nicht, ob die gesamte Behörde mit drinsteckt. So etwas weiß man da nie. Carl hat den Plan, die Lage im Nahen Osten weiter zu befeuern. Je mehr Spannungen im Nahen Osten, desto wichtiger seine Position beim MI5. Er will, dass die Regierung mehr Waffen dorthin liefert, er will vor allem, dass Israel weiter beliefert werden kann. Großbritannien soll für Israel der wichtigste Verbündete werden, wichtiger noch als die USA. Wenn ihm das gelingt, wird er zu einem der mächtigsten Männer im Land. Die Stimmung im Parlament war allerdings über Jahre nicht danach. Er hat deshalb Karen instrumentalisiert. Ich wollte ihn aufhalten. Ich konnte nicht einfach zu ihm gehen und sagen: Denk an das Foto, ich habe dich in der Hand. Ich brauchte Beweise, mithilfe der Doku, ich wollte, dass es jeder mitbekommt, was er vorhat. Dann hat er von mir verlangt, dich aufzuhalten. Ich habe gesagt, das würde ich nicht tun. Den Rest kennst du.« Leonard machte eine Pause, presste die Lippen zusammen, wandte den Blick von der Kamera ab. Dann sprach er weiter. »Niall, ich habe mehr als einen großen Fehler im Leben gemacht. Das Foto von Carl hätte ich von Anfang an veröffentlichen müssen. Es nicht zu tun, widerstrebte mir und meinen Idealen. Er hat damals schon gewusst, wie man Menschen manipuliert, nach seiner Militärzeit ist er nicht umsonst gleich zum Geheimdienst gekommen. Woher ich das weiß? Es gab zwei Menschen, die eingeweiht waren. Karen und ich. Aber das ist eine andere Geschichte.« Leonard machte wieder eine kurze Pause, atmete tief ein. »Er hat damals im Irak gesagt, dass er von dir wüsste. Da war es noch ein Geheimnis, weil wir, deine Mutter und ich, dich schützen wollten. Er sagte: ›Du willst nicht, dass es jemand erfährt, und weißt du, warum es besser ist, dass es niemand erfährt? Weil sonst der arme kleine Junge in Gefahr geraten könnte. Stell dir vor, man würde ihn entführen. Nur um dich dazu zu bringen, etwas nicht zu veröffentlichen. Wäre das nicht schrecklich?‹« Er ließ die Worte wirken, nahm den Blick nicht von der Kamera. »Wenn man sein Herz an etwas hängt, wenn man liebt, dann ist man erpressbar. Genauso, wenn man Geheimnisse hat. Bei mir traf beides zu. Bitte, geh zur Polizei. Geh mit meiner Aussage an die Öffentlichkeit. Jemand muss Carl aufhalten.« Er strich sich übers Gesicht und starrte eine Weile vor sich hin. Dann: »Niall, ich bin heute zu der Überzeugung gelangt, dass ich in meinem Leben zu viele Fehler gemacht habe. Ich kann nach allem, was wegen mir und durch mich geschehen ist, so nicht weitermachen. Es gibt kein Gericht, vor dem ich mich verantworten könnte. Nur uns beide. Ich ertrage es nicht, dir unter die Augen zu treten, und ja, ich bin ein Feigling. Ich habe mich erpressen lassen und versäumt, das Richtige zu tun. Du wärst meinetwegen fast umgekommen. Dabei hätte ich sterben sollen. Das werde ich nun tun. Niall, ich habe dich immer im Herzen getragen und immer geliebt, so gut ich es konnte. Ich bin sehr stolz auf dich.«

Das Bild wurde schwarz.

FREITAG

40

»Wann?«, fragte Niall, als er sich wieder etwas gefangen hatte. Sie saßen noch immer in dem Streifenwagen. Bis auf Beth. Sie lehnte gegen den Kofferraum und rauchte.

»Er hat das Video aufgenommen, als Carl Davis noch am Leben war. Er wusste nicht, dass Sie das Bild von Davis ins Netz gestellt hatten. Ich vermute, das war seine Art von Selbstmordattentat, um zu beweisen, was für ein Mensch Carl Davis war.«

Carl hatte wirklich alle manipuliert. Susan hatte nicht gewusst, mit wem sie verheiratet war, und Carl hatte es Spaß bereitet. Und Karen? Vielleicht hatte er ihr dabei geholfen, Karriere zu machen. Und dafür den einen oder anderen Gefallen eingefordert. So wie jetzt. Er sprach aus, was er dachte.

Gilpin nickte. »Es gibt über jeden Politiker eine MI5-Akte. Keiner weiß, was darin steht. Abgesehen vom Geheimdienst.«

»Also weiß auch Karen nicht, was in ihrer Akte steht.«

»Selbst wenn sie nie im Leben etwas getan hat, das sie erpressbar macht, könnten in ihrer Akte ein Haufen Lügen stehen. Es geht nicht um Fakten. Es geht um Behauptungen.«

»Die Geheimdienste dieser Welt sind auch dazu da, die Geschichte nachträglich zurechtzubiegen. Sie wiederholen ihre erfundenen Wahrheiten so lange, bis sie selbst daran glauben«, sagte De Verell.

Niall hatte Carl immer geglaubt. Dieser herzliche, hilfsbereite Mann, etwas nervig manchmal in seiner konservativen Haltung. Nie hätte er ihm so etwas zugetraut. Und jetzt erfuhr er, dass er größenwahnsinnig genug gewesen war, um zu glauben, er könne die Zukunft des Landes steuern. Für alles hatte er seine Leute gehabt. War niemand da gewesen, um ihn zu stoppen?

Außer Leonard?

Vielleicht hatten es schon andere vor ihm versucht und hatten es nicht überlebt.

Sie ließen Niall aussteigen und brachten ihn zurück zum Krankenwagen. Bereitwillig ließ er sich etwas geben, das gegen den Schock half, wie man ihm sagte. Beth blieb bei ihm, hielt zwar nicht seine Hand, klopfte ihm aber hin und wieder auf die Schulter und murmelte Durchhalteparolen. Er schlief noch im Krankenwagen ein und erwachte erst Stunden später in einem Raum, der nach Krankenhaus aussah. Es war ein Einzelzimmer, gnädigerweise. Beth war auf dem Besucherstuhl eingeschlafen.

Niall sah, dass auf dem Nachttisch neben seinem Bett drei Handys lagen. Eines, das so riesig war, dass es fast ein Tablet sein konnte. Vermutlich das neue Gerät von Beth. Es war ausgeschaltet. Daneben sah er sein Smartphone und das alte von Beth. Er nahm seins und ging ins Internet. Er wollte wissen, was sie in den Nachrichten über Leonards Tod geschrieben hatten. Und was über Carl. Und ob er selbst in den Medien wieder lebendig oder immer noch tot war.

Er wünschte sich, er hätte nicht nachgesehen.

Die einzig gute Nachricht: Der Bruder von Cemal und Dilek, Serhat Bayraktar, war wieder auf freiem Fuß. Über

Carl fand er nichts, dafür, dass es letzte Nacht zu einem Familiendrama, einem erweiterten Selbstmord im Londoner Stadtteil Harrow gekommen war.

Das Abschiedsvideo seines Vaters war nirgendwo im Netz zu finden.

Es gab eine offizielle Stellungnahme der Innenministerin, dass die Vorwürfe, der Inlandsgeheimdienst hätte vor längerer Zeit schon Verbindung zu einem der Mörder von Paulie Ferguson aufgenommen, vollkommen haltlos und aus der Luft gegriffen seien. Sie sprach von Verschwörungstheorien, für die das Internet bekanntlich ein wunderbarer Nährboden sei.

Über den Tod von Leonard Huffman hieß es, er hätte die Entführung nicht verkraftet, möglicherweise zu schreckliche Dinge in dieser Zeit erlebt, würde sich nun Vorwürfe machen, dass zwei seiner Mitarbeiter und auch fast sein Sohn seinetwegen gestorben seien. Offenbar aber hätten die Entführer ihn dahingehend beeinflusst, dass er kurz vor seinem Freitod noch einige wirre Theorien aufgestellt hatte.

Die Synagoge, dachte Niall. Steckte Carl auch hinter diesem Anschlag? Oder war das ein Zufall gewesen? Ein Attentat, befeuert durch Paul Fergusons Tod? Würden sie es jemals erfahren? Was hatte De Verell gesagt: Die Geheimdienste biegen die Vergangenheit nachträglich zurecht. Nein, sie würden es nie erfahren. Er googelte nach Meldungen zu dem Attentat auf die Synagoge. Es gab immer noch keine Hinweise darauf, wer die Selbstmordattentäterin aufgehalten hatte. Die Presse schrieb etwas von »unklaren Abläufen während des Attentats«. Niall sah zu der schlafenden Beth und lächelte.

Mittlerweile hatte man die Zahl der Toten auf vierundneunzig korrigiert, zwei ältere Menschen waren ihrer Rauchvergiftung erlegen. Achthundert hätten sterben sollen. Beth hatte über siebenhundert von ihnen gerettet, und niemand würde sich je bei ihr bedanken können. Weil sie es nicht wollte.

Niall legte das Telefon zur Seite. Er merkte, dass er weinte, er hatte versucht, die Tränen aufzuhalten, aber jetzt weinte er. Beth wurde wach und sah ihn an. »Oh. Ich war kurz eingenickt. Schau bloß keine Nachrichten.« Sie sammelte die Handys vom Nachttisch ein.

»Zu spät«, sagte er.

»Man kann dich nicht aus den Augen lassen.«

»Serhat ist frei.«

»Ja, das ist gut.«

»Wir sollten uns bei ihm melden.«

»Das war der Plan.«

»Und hören, wie es Dilek so geht.«

Beth nickte. »Aber nicht morgens um fünf.«

»Willst du nicht nach Hause? Da schläfst du bestimmt besser.«

Sie überlegte. »Eigentlich ist niemand mehr da, der vorhaben könnte, dich umzubringen, oder?«

Er musste trotz allem lachen, sah dann, dass sie es gar nicht als Scherz gemeint hatte. »Geh nach Hause«, sagte er. »Danke für alles.«

»Besorg dir ein neues Telefon. Deins wird mit Sicherheit überwacht. Ich hab dir gleich gesagt, als mein Büro durchsucht worden ist, der Geheimdienst hat da die Finger drin.«

»Carl ist tot.«

»Wer weiß, wer jetzt am anderen Ende sitzt und dir zuschaut.«

»Du bist echt paranoid.«

»Ja. Hilft manchmal.« Sie stand auf und ging zur Tür. »Ich hol dich nachher ab. Dann fahren wir zu Serhat.«

»Danke«, sagte Niall noch einmal, aber sie war schon weg.

DREI WOCHEN SPÄTER

01:00:00:00

Aufblende.

Die junge Frau in dem Video trägt einen Hidschab. Man sieht sie in der Halbnahen, von der Hüfte an aufwärts. Sie steht vor einer weiß getünchten Wand.

»Ich habe immer für Freiheit und Gleichheit in meinem Land gekämpft. Ich habe immer gedacht, Großbritannien sei mein Land, weil ich dort geboren wurde und einen britischen Pass habe. Man hat mich aber nie als Britin akzeptiert. Mich nicht, meine Brüder nicht.« Umschnitt auf seitliche Großaufnahme. »Mein älterer Bruder Cemal fühlte sich so fremd, dass er in den Dschihad zog. Er tötete Menschen, weil er davon überzeugt war, das Richtige zu tun. Er stand für seinen Glauben ein. Er starb in einem britischen Gefängnis.« Umschnitt auf frontale Nahaufnahme. »Er starb nicht einfach so, er wurde von britischen Polizisten getötet, genau wie sein Freund Farooq. Mein jüngerer Bruder wurde ohne Grund wegen eines anderen Verbrechens ins Gefängnis gesteckt. Ohne Anwalt, ohne Anklage. Er wurde tagelang misshandelt. Er ist achtzehn Jahre alt.« Umschnitt auf Halbnahe. »Ich dachte bis vor Kurzem, mein großer Bruder hätte mit dem Dschihad den falschen Weg gewählt. Ich weiß jetzt, dass er den einzig richtigen gegangen ist. Ich werde ihm folgen. Mein Name ist Dilek Bayraktar.«

Das Bild wird schwarz.

01:01:27:38